Benedikt Mancini

Die Abenteuer des Ritters Hugolin von Bärenfels

Band 1

Der Schwur

„Grausamkeit ist keine Frage, zu welchem Volk man gehört oder welchen Glauben man hat, sondern wie roh die Seele geworden ist", sagt ein schicksalsgeprüfter Nubier im Roman. Dies wird dem Leser deutlich, wenn er Hugolin von Bärenfels auf seiner abenteuerlichen Reise durch faszinierende, aber meist gefährliche und kriegerische Landschaften durch halb Europa begleitet. Reisen verändert und Hugolin lernt, dass ritterliche Tugenden nicht ausreichen, verantwortlich zu handeln, sondern Selbstbeherrschung, Verstand und Herzensbildung notwendig sind. An seiner Entwicklung sind erfreulicherweise auch beeindruckend beherzte und selbstbewusste Frauenfiguren beteiligt. Wunderbar, jederzeit die Karte an der Hand zu haben, Hugolins Reiseroute zu folgen und dabei auf selbst besuchte Sehnsuchtsorte zu stoßen. Ein spannungsreicher, anschaulicher und auch das Heute erhellender Roman.

Ute Hahn

Hintergrundinformationen über
Ritter Hugolin von Bärenfels und seine Zeit:
www.hugolin.eu

für

Isabel, Marc und Philipp

Der sagenumwobene Ritter Hugolin von Bärenfels lebte in einer fernen Zeit. Fast ein Jahrtausend liegt trennend zwischen uns und ihm. Wie können wir dorthin gelangen? Wir müssen den Mantel der Geschichte weit lüften, um einen Blick auf diese Zeit zu erhaschen. Aber der Mantel der Geschichte ist alt, Risse durchziehen ihn von oben bis unten. Wenn wir ihn am Kragen fassen, fallen womöglich die Ärmel ab. Es gäbe vielleicht eine andere Möglichkeit, in die Vergangenheit zu blicken. Sie ist schwierig und nicht richtig erforscht: Wenn es uns gelänge, schneller zu sein als das Licht, dann könnten wir den Film der Geschichte rückwärtslaufen sehen, bis zu der Stelle, die wir gerne betrachten möchten. Die Ereignisse, die sich vor 1000 Jahren zugetragen haben, sind ja nicht gänzlich vorbei. Sie schwirren als Lichtbilder mit Lichtgeschwindigkeit durchs Weltall. Ein Mensch, der beispielsweise zwölf Jahre alt ist, müsste nur zwölf Lichtjahre überbrücken, dann könnte er seiner eigenen Geburt wie in einer Live-Übertragung zuschauen. Das wäre spannend! Die eigenen Eltern können sich vielleicht gar nicht mehr genau an alles erinnern, was damals passiert ist. Weiß man denn noch, wie die Hebamme aussah, welche Farbe der Kreißsaal hatte – und war es überhaupt ein Kreißsaal, in dem die Geburt stattfand? Lächelten oder weinten Mama und Papa, als sie den Säugling zum ersten Mal im Arm hielten? Hatten sie den Namen für das Kind sofort parat und waren sie sich einig? Bemerkten sie die Eichhörnchen, die draußen vor dem Fenster durch die alten Bäume kletterten? Oder wie der Mond der Erde zublinzelte? Wenn man zwölf Jahre zurückschauen könnte, dann irgendwann auch 100 Jahre oder 1000 Jahre. Man müsste nur das Licht erwischen, das 1000 Lichtjahre von uns entfernt durch das Weltall saust. Viele Wissenschaftler halten das für undenkbar. Aber es ist doch in gewisser Weise denkbar, wir tun es ja gerade.

Man sagt, dass niemand schneller sein kann als das Licht, dass man also das Licht nicht überholen kann. Und selbst wenn man schneller wäre als das Licht, je weiter das Licht durch das

Weltall rast, desto breiter wird es gestreut. Zu Beginn der Lichtreise auch nur einige Millimeter zu verrutschen, würde dann bedeuten, dass man wegen der Lichtstreuung in 1000 Lichtjahren Entfernung auf dem falschen Lichtbildstrahl landet. Dann sieht man nicht die Geschichte eines Europäers, sondern die Geschichte eines Persers, eines Mongolen, eines Chinesen, eines Inders oder eines Indianers.

Wegen solcher Schwierigkeiten, die heute noch unüberwindlich erscheinen, forscht man mit der Strahlung, die aus dem Weltall zurückgeworfen wird. Denn es gibt nicht nur das Echo für Schall, sondern auch ein Echo für Licht und jegliche Strahlung. Dies wiederum bedeutet, dass der Film der Vergangenheit und die lebendigen Bilder der Geschichte ständig um uns sind, da sie durch das Lichtecho zurückgeworfen werden. Dieses Lichtecho ist allerdings so schwach und vermischt mit vielen anderen Signalen, dass man es heute noch nicht richtig entschlüsseln kann. Aber die Forschung hat schon viele Rätsel gelöst, warum nicht auch dieses? Außerdem gelingt es schon heute, aus der kosmischen Hintergrundstrahlung Rückschlüsse auf die Entstehung des Universums zu ziehen. Dabei blickt man rund 14 Milliarden Jahre zurück. 14 Milliarden Jahre! Was sind dagegen 1000 Jährchen? Vielleicht wird es eines Tages möglich sein, mit Hilfe des Lichtechos genauer in die Vergangenheit zu schauen. Möglicherweise wird man sogar irgendwann das Licht einholen können, zum Beispiel indem man die Krümmung des Weltraums geschickt ausnutzt.

Das ist nun aber wirklich Zukunftsmusik. Müssen wir uns vorläufig doch mit dem Mantel der Geschichte begnügen? Was aber soll das eigentlich sein, der „Mantel der Geschichte"? Ein Stück Stoff, unter dem man etwas verstecken oder schützen kann? Oder ein Zaubermantel, mit dem man Superkräfte gewinnt? Ein Kleidungsstück, das bedeutende Menschen tragen und von dem man im Vorübergehen ein wenig gestreift wird, wenn man es auch nicht selbst anziehen kann – und das dann verschwindet? Der Mantel der Geschichte hilft uns offensichtlich auch nicht richtig weiter. Natürlich kann man fragen: Warum sollen wir uns überhaupt mit einem Hugolin und mit Geschichte beschäftigen? Ist es nicht viel wichtiger, die Zukunft zu ergründen? Der Blick in die Geschichte führt uns zu vielen spannenden Abenteuern. Er kann uns zeigen, was der Mensch eigentlich ist – und was vom Menschen bleibt nach Jahrzehnten oder Jahrhunderten. Man kann erkennen, welches menschliche Verhalten über die Zeiten hinweg gleich oder ähnlich geblieben ist und was sich verändert hat. Auf diese Weise lassen sich auch Erwartungen und Modelle für die Zukunft entwickeln.

Selbst ohne Lichtecho und Geschichtsmantel können wir einiges über die Zeit Hugolins erfahren, wenn auch nicht mit allerletzter Sicherheit. Es gibt Urkunden, Aufzeichnungen, Erzählungen, Gedichte, Bilder, Statuen, Burgruinen, Münzen, Waffen, Rüstungen und andere Zeugnisse. Wir wissen eine ganze Menge darüber, wie die Menschen damals lebten, wie sie liebten, kämpften, starben; wo sie bauten, wohnten, was sie aßen; was sie glaubten, hofften oder taten. Hugolins Geschichte selbst wurde aber noch nie aufgeschrieben. Bis zum heutigen Tag hat man sie nur von Mund zu Mund weitergegeben, und erst in diesem Buch wurde sie erstmals schriftlich festgehalten. Man hat diese Zeit „Mittelalter" genannt. Aber diese Bezeichnung ist nicht ganz passend. 1000 Jahre Geschichte – so lange ungefähr rechnet man die Dauer des Mittelalters – sind kein Mittelding, sondern mehr als das. Mögen damals manche Gegenden der Welt rückständig gewesen sein, so blühten an anderen Orten Hochkulturen. Das Römische Reich war noch nicht untergegangen, wie man manchmal meint. Auch andere große Reiche zeigten, zu welchen Leistungen Menschen in der Lage sind. Man denke nur an die Araber oder an die Chinesen, Mongolen, Inkas. Den geschichtlichen Raum, in dem Hugolin von Bärenfels lebte, nennen wir am liebsten „Ritterzeit", auch wenn natürlich nicht alle Menschen Ritter waren. Aber Könige und Kaiser ließen ihre Söhne ritterlich ausbilden. Viele Adlige waren Ritter. Bei Frauen standen Ritter in einem besonderen

Ruf. Und arme Landleute träumten davon, in den Ritterstand erhoben zu werden, was manchen auch gelang.

Einer hochstehenden Familie anzugehören, war Gnade der Geburt. Diese Gnade war Hugolin zuteil geworden, aber sie hatte ihm auch das Wichtigste weggenommen, das ein junger Mensch haben kann. Seine Mutter war gestorben, nachdem sie ihn zur Welt gebracht und mit liebenden Küssen geherzt hatte. Der Kummer über diesen Verlust hatte auch seinen Vater dahingerafft, und Ritter Hugolin musste bereits als Kind die Herrschaft von Burg Bärenfels übernehmen. Anfangs war dies eine sehr schwere Last, und viele Verwandte wollten an seiner Stelle bestimmen, was zu tun war. Aber Hugolin nahm schließlich sein Schicksal selbst in die Hand.

Der junge, bartlose Ritter mit seinem dunkelblonden Lockenhaar war beliebt bei den Bauern, Waldleuten und Flößern seiner Gegend, im benachbarten Adel aber fand er viel Neid und Feindschaft. Seine Nähe zum gewöhnlichen Volk ließ ihn verdächtig erscheinen. Man höhnte, Hugolin könne besser musizieren als das Schwert führen. Tatsächlich saß der Ritter oft auf seinem Turm und ließ die Flöte erklingen. Dann dachte er an seine Vorfahren, die er liebte, an die Schönheit des Waldes, die ihm Kraft schenkte, oder an die ungewisse Zukunft, welche wie das aufglühende Morgenrot über dem Horizont stand. Eine gesiegelte Urkunde des Kaisers schützte die Stammburg Bärenfels vor dem Zugriff benachbarter Burgherren, die nur auf eine Gelegenheit warteten, um ihre eigenen Reichtümer zu vermehren und ihren Besitz auszudehnen. Zwar verfügte Burg Bärenfels nicht über viele steinerne Häuser und Mauern, aber immerhin besaß sie ein mächtiges Tor, einen erhabenen Turm und ein stolzes Herrenhaus, in dem man viele Gäste empfangen konnte. Da die kleine Festung auf einem hohen Felssporn lag, konnte man sie auch ohne gigantische Mauern gut verteidigen, vor allem wenn sich die Burgbewohner im hohen Turm versteckten und die Leiter einzogen. Ihre Lage am westlichen Rand des Rheintals, dort, wo das sanfte Weinland in bewaldetes Bergland übergeht, machte sie zu einem wertvollen Kleinod an einer langen Kette von Burgen und Jagdschlössern.

Ж

Heute wollte Hugolin nicht daran denken, dass jemals Feinde seine Burg erobern könnten. Burg Bärenfels war doch sein festes Erbe. Er erhob sich in seinem Bett und schnupperte an der Luft, die morgendlich-kühl vom Fenster hereinwehte und nach Wald, Harz und Moos roch, auch ein wenig nach Wildschwein, Bienenhonig und Eule. Allein am Geruch konnte man schon die Tageszeit erkennen, denn im Laufe des Tages roch es stärker nach Harz und weniger nach Moos. Der Ritter liebte es, solchen Sinneseindrücken zu folgen und dabei die Gedanken schweifen zu lassen. Heute führten sie ihn tief in den Wald hinein.

Da riss ein durchdringender Schrei Hugolin aus seiner Versonnenheit. „Zu den Waffen!", dachte er sofort, sprang auf und griff nach seinem Schwert, das neben dem Bett an der Wand lehnte, eilte die Turmtreppe hinab und sprang auf seinen Hengst Zentaurus, der ihn durch das Burgtor in den Wald trug. Seine Ahnung hatte ihn nicht getäuscht: Im Wald lauerte Gefahr. So schnell galoppierend, wie es nur ging, hörte Hugolin lauter werdende Hilfeschreie, und auf der nächsten Lichtung entdeckte er das Schreckliche: Eine Bande grimmiger Räuber hatte eine Bauersfrau mit ihren Kindern überfallen. Die Angegriffenen wehrten sich mit Stöcken und Spießen, aber sie hatten keine Chance gegen die Übermacht. „Feige Halunken!", brüllte der Ritter und stürmte in scharfem Galopp auf die Übeltäter zu. Mit Schwert und Pferdehufen richtete er unter den Gaunern eine solche Unordnung an, dass sie in große Verwirrung gerieten. Geschickt nutzte Hugolin diesen Moment. Einem ersten verpasste er einen Hieb mit dem Schwertknauf, so dass der Schurke bewusstlos zu Boden stürzte. Der nächste wurde von Zentaurus' Hufen aus dem Sattel gehoben und landete rücklings auf einer Wurzel.

5

Stöhnend blieb er auf dem Boden liegen. Der dritte Räuber versuchte, Hugolins Pferd mit einem Dolch zu verletzen. Da schnappte der Ritter seinen Arm und warf den Gegner ebenfalls zu Boden, wo er von einem der Bauernsöhne, die sich nun in den Kampf einschalteten, festgehalten wurde. Schließlich ergaben sich die Missetäter, fünf an der Zahl, und wurden von Hugolin in einen Schweinstall eingesperrt.

Die Bauersfrau und ihre Kinder staunten und konnten es nicht fassen, dass der böse Spuk ein so schnelles Ende gefunden hatte. „Ein Entschlossener erreicht mehr als tausend Feiglinge", wandte sich Hugolin lachend an die Familie, „gut, dass ihr geschrien habt!" Die Frau und ihre Kinder lösten sich langsam aus ihrer Erstarrung und dankten dem tapferen Ritter. „In diesem Wald sorgen Ritter für Gerechtigkeit", sprach einer der Söhne feierlich. Seine Mutter unterbrach ihn: „Erkennst du den Ritter von Bärenfels? Er hat uns Land für den Ackerbau verliehen. Unsere Familie lebt auch in friedlichen Zeiten von seiner Güte." Hugolin war so viel Ritterehre unangenehm, wusste er doch, dass es viele gefährliche, räuberische Strauchritter diesseits und jenseits des Rheines gab. „Was machen wir mit diesen Halunken hier?", wollte er wissen. „Sollen wir sie im Schweinestall gefangen halten, bis ihr Gestank größer ist als ihre Schande? Sollen sie dem Gericht unterworfen werden?" Die Frau erwiderte: „Nein, edler Ritter, wir möchten nicht den Tod auch nur eines Menschen auf unsere Seelen nehmen. Und was hätten wir von einer Folterstrafe? Nein, das hat keinen Sinn. Verpflichtet die Räuber zu einer anständigen Arbeit. Sie sollen durch ehrliche Arbeit für ihr Leben sorgen."

Hugolin nickte. Ihm gefiel die versöhnliche Haltung der Frau, die nicht auf Rache bedacht war. So beschied er den Räubern, sie hätten fortan als Schweinehirten zu arbeiten. Diese jedoch, kaum dass sie aus ihrem Gefängnis geschlüpft waren, ergriffen die Flucht, indem sie auseinanderliefen und im Dickicht des Unterholzes verschwanden, jeder in eine andere Richtung. Hugolin verzichtete auf eine Verfolgung, denn bei dieser Flucht hätte er nur einen einzigen Schurken fassen können und diesen wahrscheinlich töten müssen. Das aber widersprach dem Wunsch der Frau. Traurig über den Zustand der Welt, aber auch stolz über die Errettung der Bauernfamilie trabte Hugolin zurück in seine Burg, wo er sich wusch und ein kleines Frühstück zu sich nahm. Von der Spitze seines Turmes erschien ihm der Wald schön und geordnet, eine wilde Ordnung freilich, aber doch voller Harmonie. Dies passte zum Flötenspiel, in welchem selbst die wildesten Klänge immer noch eine harmonische Melodie bilden konnten.

Ж

Die Ruhe dauerte nur kurze Zeit, denn ein Bote meldete die Ankunft des Grafen Reginald, welcher nicht gerade zu Hugolins Freunden zählte. Im Volk trug er den Beinamen „der Habgierige". Diese Habgier mochte dazu beigetragen haben, dass er fettleibig aussah und sein Gesicht aufgedunsen wirkte. Alsbald erschien der hohe Herr mit großem Gefolge, das kaum Platz im Burghof fand. Bunte Wimpel, gewaltige Schilde, prächtige Pferde füllten den Platz, und aus ihrer Mitte trat breit und schieläugig der beleibte Graf Reginald hervor, der sich kaum Mühe gab, den Hausherrn nach Sitte und Ehre zu begrüßen. „Na, mein zartes Ritterlein, hast du noch keine Dienerschaft für deinen Steinhaufen gefunden? Fehlt es womöglich in dieser entlegenen Gegend an menschlichen Wesen? Oder kannst du dir die Dienerschaft nicht leisten?" „Ihr traut Euch wohl nicht alleine durch den Wald?", erwiderte Hugolin und blickte auf die Schar, die seinen Hof bevölkerte. Graf Reginald spie auf den Boden. „Willst du einen Zweikampf?", fauchte er. „Gerne, wenn er ehrlich ist!", entgegnete der Ritter. Jetzt wurde der Graf rot im Gesicht, bezwang aber nochmals seine Wut.

Reginalds Züge verwandelten sich in ein breites Grinsen. „Ich bringe dir eine kaiserliche Botschaft, die von größter Bedeutung für deine Zukunft ist", sagte er mit rauer Stimme.

Ritter Hugolin blickte ihn misstrauisch an und erwiderte: „Hochverehrter Graf Reginald, Ihr seid mir nicht gerade als Freund des Herrschers bekannt, was könntet Ihr von unserem Imperator bringen?" Der hohe Herr gab sich ein wichtiges Aussehen, als er anhob und sprach: „Friedrich der Zweite, Kaiser des Römischen Reiches und König von Sizilien zählt zu meinen Freunden, ebenso wie Papst Honorius der Dritte. In deiner Angelegenheit sind diese beiden mächtigsten Herrscher der Welt übrigens derselben Ansicht." „Welche Angelegenheit?", fragte Hugolin forschend. „Ich glaube nicht, dass diese hohen Herren Zeit haben, sich um mich kleinen Ritter zu kümmern." Erneut trat ein Grinsen in das Gesicht des Grafen. „Na, na, nicht so bescheiden, du sollst dem Kaiser schon bald gegenübertreten und vielleicht sogar an seiner Seite reiten. Deine Mission ist von großer Bedeutung, wie ich schon sagte." Hugolin wurde ungeduldig. „Worum geht es? Rückt heraus damit!" Reginald blickte Hugolin verächtlich an und sprach: „Du sollst endlich für die Schande deines Hauses bezahlen! Du kannst sie tilgen, indem du den Kaiser bei seinem Zug gegen die Muselmanen begleitest und mit ihm die Heilige Stadt Jerusalem aus den Händen der Feinde Gottes zurückeroberst!"

Diese Sätze waren ungeheuerlich mit ihrer bösen Beleidigung. Ritter Hugolin hätte den Grafen am liebsten in den nächsten Schweinestall geworfen. Er fühlte seine Wut mit heißem Blut bis zur Kopfhaut schlagen und wusste zugleich, dass er auf keinen Fall zeigen durfte, wie tief er sich getroffen fühlte. Der Ritter ließ seinen Blick zum Bergfried schweifen, dem hohen Turm der Burg Bärenfels, und betrachtete den Wappenschild seiner Familie, den er vor kurzem hatte anfertigen lassen. Mit ruhiger Stimme sprach er: „Unser Rittergeschlecht hat keinen berühmten Namen, aber es ist ehrbar und hat seine Tapferkeit und seine Tugend oft genug unter Beweis gestellt. Es gibt keine Schande, die man tilgen müsste!" „Keine Schande", prustete Reginald, „der Begründer dieser Linie armer Ritter war ein irländischer Mönch, der vor seinen Mönchspflichten davonlief, um der süßen Fleischeslust zu folgen. Sein Sohn – ein Bastard! Und diese lächerliche Burg diente einst als Gefängnis für die Ahnherrin, die aus ihrer eigenen Familie hinausgeworfen worden war wie ein fauler Apfel. Ist es nicht so, Ritter?"

(Burg Bärenfels in fantasievoller Darstellung)

Hugolin blickte sich um. Die Männer, die den Grafen begleiteten, hatten die Hände an den Schwertknäufen, bereit, jeden Angriff gegen Reginald abzuwehren und den Ritter zu töten. Er zählte mehr als zwei Dutzend Bewaffnete. Gegen diese Übermacht hatte er keine Chance, zumindest nicht im offenen Kampf. „Nun?", fragte Reginald und zeigte wieder sein freches Grinsen, aber Hugolin ließ sich nicht provozieren. „Nun, Erlaucht, da Ihr Euch so viel Mühe gebt, meinen Unverstand zu belehren, so wird mir bewusst, dass ich Euch nicht den Empfang bereitet habe, der Euch gebührt. Bitte lasst mich einige Vorbereitungen treffen und erscheint zur Stunde des Sonnenuntergangs, damit ich Euch ein würdiges Festmahl anbieten kann!" Der Graf hatte eine solche Einladung nicht erwartet. „Bringen wir die Sache hinter uns und sparen wir uns umständliche Formen!", schlug er vor. „Aber nein", erwiderte Hugolin, „einen Boten des hohen Herrschers und Freund des Papstes muss man angemessen empfangen. Wir sehen uns zur Stunde des Sonnenuntergangs. Die Pferde können unterdessen gerne die Tränke nutzen. Eure Dienerschaft möge aus dem Vorratsraum hervorholen, was zur Verpflegung benötigt wird. Und Ihr, verehrtester Graf, könnt gerne ein Bad im Badehaus meiner schönen Burg nehmen." Bei diesen Worten fasste sich Hugolin an die Nase.

Diese unerwartete Freundlichkeit gefiel Reginald gar nicht, und er traute ihr nicht. Wollte Hugolin ihn in eine Falle locken? Sollte er beim Abendessen vergiftet werden? Höchste Vorsicht war geboten, zumal da man beim Festmahl keine Waffen trug. Besonders gefahrvoll erschien ihm das Bad, bei dem man womöglich nackt ins Wasser stieg, ohne Helm und Rüstung. Deshalb suchte er nach einer wirkungsvollen Ausrede. „Ritter Hugolin, deine Gastfreundschaft in Ehren, das Bad kann ich nicht annehmen. Ich bade nie!" „Wie bitte?", zeigte sich Hugolin erstaunt. „Ihr wisst nicht, was Euch entgeht!" Reginald wollte nicht lange über die Sache reden. Daher stellte er klar: „Ich bin ein Graf und kann selbst entscheiden, ob ich bade oder nicht. Ich bin kein Ritter und muss niemandem etwas vorschwimmen." Hugolin hatte offensichtlich einen wunden Punkt des hohen Herrn getroffen. Es bereitete ihm eine gewisse Freude, nachzuhaken. „Erlaucht, wisst Ihr denn nicht, dass ein Bad in der Kunst der Liebe Wunder wirken kann? Stellt Euch vor, Ihr kehrt in Euren Palast zurück und berichtet der Edlen Frau von Eurem Bad!" „Ja, ja, sie wäre sicherlich entzückt." „Entzückt", lächelte Hugolin, „Ihr würdet erscheinen wie Parzival vor der liebreizenden Königin Condwiramurs!" Reginald, der noch nie von Parzival gehört hatte und dem die Art des Gesprächs Unbehagen bereitete, entschuldigte sich und zog davon.

Am Abend war der große Speisesaal des Herrenhauses festlich geschmückt. Die Waldleute hatten Hugolin geholfen, und die Bauernfamilie schenkte dem Ritter eine Ziege, die zubereitet wurde. Graf Reginald der Habgierige hatte aus Furcht vor einem Überfall nicht gebadet. Er gab seinen Waffenleuten strenge Anweisung, keinen Wein zu trinken. Man fürchtete Trunkenheit und Giftanschlag. Reginald ließ sogar den hölzernen Boden des Speisesaales untersuchen, bevor er sich zu Tisch setzte. Denn vielleicht würde eine Falltür die Gäste in die Tiefe reißen. Ein Ehrenplatz an Ritter Hugolins Seite blieb leer. „Hier sollte meine Herzensdame sitzen", erklärte er zur allgemeinen Verwunderung. Auf der anderen Seite saß ein Mönch, der ehrwürdig, aber etwas verwildert aussah. Im Unterschied zu Graf Reginald roch er aber nicht nach Festgelagen und Körperschweiß, sondern nach Harz und Höhle. „Vater Antonius", wurde der Mönch vorgestellt, „er lebt als Einsiedler in der Tiefe des Waldes und hat zu Ehren der hohen Gesandtschaft seine Einsiedelei verlassen."

Graf Reginald starrte verwirrt in die Runde. Seine Waffenleute, die ohne ihre kriegstechnischen Geräte wie Halbwüchsige aussahen, saßen einer Gesellschaft aus Bauern, Köhlern, Handwerkern und einem Mönch gegenüber. Sogar Frauen waren zugegen, was dem Grafen besonders missfiel. Männer sollten unter sich bleiben, so war seine Meinung, vor allem wenn es um politische Fragen ging.

Ritter Hugolin hingegen schien bester Laune zu sein. Er erhob den Becher und sprach lobende Worte über die anwesenden Gäste. Zögerlich nippten Reginalds Leute an den Weinbechern, während der Graf einen Hustenanfall vortäuschte, um nicht trinken zu müssen, und sich sogar zu Boden gleiten ließ, um unter den Tischen nach möglicherweise versteckten Waffen Ausschau zu halten. So überlegen er bei seinem ersten Erscheinen im Burghof ausgesehen hatte, so lächerlich wirkte er jetzt. Hugolin von Bärenfels genoss die Situation und hielt eine kurze Rede, in der er den Grafen ermunterte, seinen Ehrenplatz wieder einzunehmen, und die Anwesenheit des Mönches erklärte. „Unter allen weisen Männern, die ich kenne, ist Vater Antonius der größte. Ich entscheide nichts Wichtiges ohne seinen Rat. Als Mann Gottes wird er uns auch Auskunft geben können, ob Schande oder Fluch auf dem Rittergeschlecht von Bärenfels lasten."

Graf Reginald der Habgierige ahnte nun, dass er nicht mit Waffen, sondern mit Worten besiegt werden sollte. Grimmig raunte er seinem Adlatus zu: „Lass unseren Pfaffen kommen!" Aber der Adlatus zuckte mit den Schultern, denn der Beichtvater des Grafen war in der Hofkapelle der heimischen Burg eingeschlossen. Reginald hatte es selbst so angeordnet, denn niemand sollte Gelegenheit haben, in seiner Abwesenheit mit einem Mann zu sprechen, der alle Verbrechen des Grafen aus der Beichte kannte.

Jetzt erhob sich Antonius von seinem Sitz. Seine mageren Gesichtszüge setzten sich in einem schmächtigen Körper fort. Dieser dürre Mann war Hugolins stärkste Waffe. „Verehrte Gesellschaft, so sehr ich den Ritter von Bärenfels wertschätze, muss ich ihn doch ermahnen, meine Ohren nicht mit schmeichelnder Rede zu füllen. Denn gelangt die Schmeichelei vom Ohr ins Herz, so weckt sie Eitelkeit und Ruhmsucht, die auch in meinem schwachen Körper schlummern und darauf warten, zu erwachen und die Herrschaft zu übernehmen. Ich komme nur selten aus meiner Einsiedelei, weil Glanz und Elend der Welt den Geist allzu leicht verwirren. Das Haus derer von Bärenfels darf jedoch auf meine Dienste rechnen, denn sie haben mich Zeit meines Lebens beschützt, und ich erkläre öffentlich, dass weder Schande noch Fluch auf diesem Rittergeschlecht lasten. Es ist wahr, dass ein ehemaliger Mönch Ahnherr des Geschlechtes ist. Aber dieser stammte selbst aus dem Adel Irlands und verließ den Mönchsstand mit kirchlichem Einverständnis. Eigensinn und Lebenslust der Franken ließen die Erfüllung seiner Mission unmöglich erscheinen. König Pippin bestätigte seine adlige Würde. Auf dem Burghügel hier war einst Karl der Große zu Gast, als er sich auf dem Weg nach Rom befand. Er adelte diesen Ort durch seine Anwesenheit."

Graf Reginald der Habgierige war rot vor Zorn. Auf seiner Stirn sammelten sich Schweißperlen. Die Worte des

Einsiedlers konnten seinen Plan vereiteln, Burg Bärenfels in Besitz zu nehmen, während Ritter Hugolin im Kampf gegen die Muselmanen den Tod finden sollte. Alle Vorsicht vergessend nahm er einen kräftigen Schluck Wein und erhob sich zur Gegenrede. „Der Mönch hat schön geredet", fing er an, „aber ich glaube nicht, dass ein Einsiedler Dinge wie Ehre, Recht und Politik der großen Welt beurteilen kann. Ich aber bin im Auftrag des Kaisers hier und soll Ritter Hugolin zum Zug gegen die Muselmanen rufen. Er darf diesen Ruf nicht zurückweisen. Ein solcher Widerstand gegen den Kaiser müsste hart bestraft werden."

Alle Augen richteten sich auf den Ritter, der jetzt zum Handeln gezwungen war. Hugolin erwiderte: „Wenn ich Kreuz und Schwert nehme, um gegen die Sarazenen zu ziehen, welche die Heilige Stadt Jerusalem beherrschen, dann geschieht dies freiwillig wie bei jedem echten Ritter des Kreuzes. Aber ich will es nicht, dieser Krieg geht mich nichts an." Vor Wut stieß Reginald Teller und Becher von sich und stützte seine Fäuste auf den Tisch, als er zur Antwort ausholte: „Die Muselmanen sind gottverdammte Verbrecher. Jeder Christ muss sie bis aufs Blut bekämpfen!" Hugolin antwortete kühl: „Warum tut Ihr es dann nicht?" Er gab ein Zeichen, dass man die Türen öffnen möge. „Wir brauchen Luft." Reginald hingegen brüllte: „Wenn du deine Waldschranzen rufst, damit sie uns mit ihren Knüppeln erschlagen, so sieh dich vor! Wir sind auf deinen Angriff vorbereitet. Aber höre, was der Kaiser dir zu sagen hat!"

Der fette Graf zückte eine Pergamentrolle und reichte sie seinem Adlatus. „Könnt Ihr nicht selbst lesen?", bemerkte Ritter Hugolin spitz. Der Adlatus holte Luft und verkündete in klarer deutscher Sprache: „Friedrich der Zweite, erhabener Kaiser der Römer, König Siziliens …" Es folgte eine Reihe feierlicher Formeln, die offensichtlich auf dem Pergament standen. Der Adlatus sprach langsam und laut, als er die entscheidenden Sätze vortrug: „Der Ritter von Bärenfels soll uns beim Kampf gegen den Sultan, Herrscher des Bösen und

Feind aller Christen, Gefolgschaft leisten und dadurch den befleckten Ruf seines Hauses reinigen. Diktiert und gesiegelt am Hof zu Palermo. *Fridericus Secundus Dei Gratia Romanorum Imperator Semper Augustus.*"

Hugolin blickte den Adlatus finster an und fragte, als dieser zu Ende gekommen war: „Dies soll der Kaiser verfügt haben?" „Höchstpersönlich", schaltete sich Reginald ein, „wie geschrieben steht: ‚Diktiert und gesiegelt am Hof zu Palermo'." Da sprang der Ritter auf und ergriff den Grafen am Kragen. „Verräter, Schwindler, Betrüger, Räuber!", brüllte er mit schrecklicher Stimme. „Das ist alles gelogen! Noch vor kurzer Zeit hielt sich Friedrich in deutschen Landen auf. Er zog nach Rom, um vom Papst die Kaiserkrone zu erlangen. Aber es ist unmöglich, dass er sich bereits in Palermo befindet! Und es ist unmöglich, dass die Urkunde den weiten Weg von Sizilien hierher in so kurzer Zeit zurückgelegt hat! Reginald, du bist ein Betrüger, ein niederträchtiger Betrüger, du versündigst dich an Papst und Kaiser!"

Der ganze Saal war aufgesprungen, nur der Mönch saß regungslos auf seinem Platz. Reginalds Männer suchten nach ihren Waffen, ergriffen die Tischmesser und stürzten sich auf die Waldleute. Schläge knallten, Holz splitterte. Hugolin umklammerte immer noch Reginald und schrie: „Haltet ein, oder ich töte den Grafen!" Dieser röchelte bereits, doch als er Luft holen durfte, rief er: „Der Mönch und die Frauen – schnappt sie euch!" Kurze Zeit später tummelten sich die Männer in Zweikämpfen, aber zahlreiche Frauen und der Mönch waren gefangen. Hugolin und Reginald befahlen eine Kampfpause.

In den nun folgenden Verhandlungen siegte die Frechheit über die Ehrlichkeit, und Reginald legte die Bedingungen fest, damit die Geiseln freikämen. Hugolin sollte einen Schwur ablegen, im Heiligen Land gegen die Sarazenen zu kämpfen und seine Burg der Verwaltung des Grafen zu überlassen. Verbittert willigte der Ritter ein, um das Leben seiner Freunde zu schonen. In Anwesenheit des Einsiedlers sprach er: „Ich,

Hugolin von Bärenfels, schwöre, dass ich meinem hohen Herrn, dem Kaiser Friedrich, Gefolgschaft leiste bei seinem Zug ins Heilige Land!" Außer dem leisen Stöhnen einiger Verletzter herrschte nach diesen Worten Totenstille im Saal, bis Reginald grimmig fragte: „Und weiter?" Hugolins Blicke durchbohrten das von Schweiß und Fett glänzende Gesicht des habgierigen Grafen, als er ergänzte: „Und ich gelobe meinem Kaiser tatkräftige Waffengefolgschaft, auf dass seine Feinde ihre gerechte Strafe finden mögen!" Nun wurde der Graf misstrauisch, weshalb er nachhakte: „Schwöre, dass du gegen die Muselmanen kämpfen wirst!" Der Ritter entgegnete: „Ich schwöre, gegen jeden Feind zu kämpfen, der meinen Kaiser bedroht, sei er Sarazene oder nicht, sei er arm oder reich …" „Halt, halt!", unterbrach ihn Reginald. „Du sollst gegen die Muselmanen kämpfen, nicht gegen die ganze Welt!" „Das ist mir einerlei!", erwiderte Hugolin. „Wenn es nur rechtmäßig vom Kaiser so festgesetzt worden ist!" Sein Gegenüber wurde ungeduldig: „Der Wille des Herrschers wurde dir vorgelesen. Diesen Willen zu hinterfragen oder auszulegen, steht dir nicht zu! Nun schwöre, dass du dem Willen deines Herrn unverzüglich, sofort, ohne Verzögerung, nachkommst!"

Da ergriff der Einsiedler das Wort: „Erlaucht! Habt Ihr denn überhaupt keinen Respekt vor dem Wort des Herrn von Bärenfels? Wenn Ihr ebenso viel Ehre und Pflichtgefühl habt wie jener, dann hört auf zu drängen. Ihr habt das Wort des Ritters! Entwertet es nicht mit Eurer Fragerei! Der Herr von Bärenfels hat genug auf seine Seele geladen, hört auf!" Reginald brummte: „Hugolin, wenn du nicht unverzüglich tust, was du geschworen hast, dann nehme ich diesen vorlauten Mönch mit zu meinem Pfaffen, damit er unterwiesen wird, wie man sich gegenüber dem hohen Adel zu benehmen hat!" Hugolin streckte seinen Körper und hob das Haupt, um die Entschlossenheit seiner Worte zu unterstreichen: „Wenn Ihr Euch gegen diesen Mann Gottes versündigt, beweist Ihr, dass Euch nichts heilig ist, dann seid Ihr nicht besser als die Sarazenen, denen Ihr die Gottesfurcht absprecht. Lasst von

Vater Antonius ab, ich werde in wenigen Stunden aufbrechen und tun, was ich geschworen habe!" Der Graf, der mittlerweile von Müdigkeit befallen wurde, entschied sich, das Erreichte gut sein zu lassen, nickte kurz und verschwand in der Tür.

Seine Leute folgten ihm, nur einige Wachen blieben zurück, welche Hugolin und die übrigen misstrauisch beobachteten. Der Ritter wollte keine weiteren Worte verlieren. Zu schwer lastete das Schicksal auf ihm, und Traurigkeit legte sich über seine Getreuen.

Ж

Schon am nächsten Morgen brach Hugolin auf. Die Bauernsöhne wollten ihn begleiten, aber er lehnte ab. „Nun bin ich ein fahrender Ritter wie in den alten Zeiten", erklärte er tapfer, „nur drei Pferde – mein bestes Streitross, mein Marschpferd und ein Lastpferd – werden mein Gefolge bilden. Ob ich Burg Bärenfels jemals wiedersehe, weiß ich nicht, aber ich bin Herr meiner selbst." Vater Antonius segnete den Tapferen und trug ihm auf, kein unschuldiges Blut zu vergießen. „Wenn du Jerusalem siehst", sagte der Einsiedler, „dann denke daran, dass der Tempel Gottes nicht an eine bestimmte Stadt gebunden ist, sondern im Herzen des Menschen seinen Platz hat. Nicht die Sarazenen überfallen und beschmutzen ihn, sondern unsere schlechten Gedanken und Taten. Gott schütze dich!" Nach dem Segen des Mönchs ritt der Ritter los.

In seinem Innern bebte alles, der Verlust der Burg und die ungewisse Zukunft quälten ihn. Wer waren die Sarazenen? Gewiss, er kannte ihren Namen. Es war ein schrecklicher Name, der Name eines gewaltigen, aber unbekannten Feindes. Die Christenheit zitterte vor den Sarazenen und suchte dennoch den Kampf mit ihnen. Als Ritter hatte er schon viele Geschichten über sie gehört, aber was wusste er verlässlich? Wie sollte er, Hugolin von Bärenfels, gegen die wildfremden Horden kämpfen, wenn er ihre Kampfweise, ihre Techniken, ihre Stärken und Schwächen gar nicht kannte? Es galt auf jeden Fall, mehr herausfinden über diese Krieger, sonst würde er wie tausende vor ihm erbärmlich untergehen und Burg Bärenfels niemals wiedersehen. Einen kleinen Hoffnungsschimmer hatte Hugolin, das Schicksal zu wenden. In erreichbarer Nähe lag die Festung Trifels. Hier konnte man hohe kaiserliche Beamte treffen, die den Reichsschatz bewachten. Hugolin wollte dort herausfinden, ob Graf Reginald tatsächlich im Sinne des Kaisers gehandelt hatte. Zumindest müsste man ihm sagen können, ob der Kaiser tatsächlich einen Zug gegen die Sarazenen anführe oder nicht. Vielleicht wäre er dann befreit von seinem Schwur und könnte womöglich auch Burg Bärenfels bald zurückerhalten.

Die Nacht verbrachte Hugolin mit seinen Pferden mitten im Wald, wo er von der hereinbrechenden Dunkelheit überrascht worden war. Kein Mond erleuchtete den Weg, die Zweige der Bäume schlugen dem Reiter ins Gesicht. So hielt der Ritter auf einer kleinen Lichtung und richtete sich notdürftig für die Nacht ein. Eine Decke schützte ihn vor dem sehr kalten Wind, aber große Ungewissheit nagte in seinem Innern. Monate der Unsicherheit, kalte Nächte, Fremde, Kämpfe und Wunden warteten auf ihn. Sollte er jemals die Grenze des Sarazenenreiches erreichen, hätte er dann noch Kraft und Ausrüstung, um gegen die wilden Reiter des Sultans bestehen zu können? Und was war das für ein christliches Heer, das sich an der Küste Italiens sammelte und dem er sich anschließen sollte? Sicherlich waren nicht alle tapfere und ehrliche Ritter. Es gab bestimmt auch Diebe und Mörder, die ihrer Strafe entgehen wollten und in die Ferne flohen, um neue Bluttaten zu vollbringen. Und die reichen Grafen, die ihre bezahlten Söldner kämpfen ließen, selbst aber Kampf und Mühe scheuten, was war mit ihnen anzufangen? Tiefe Zweifel erfassten den Ritter, und er sehnte sich nach seiner Burg, wo er ein friedliches Leben mit ehrlichen Nachbarn und Freunden geführt hatte.

So dunkel der Wald auch war, er schlief nicht. Von allen Seiten drangen Laute an Hugolins Ohren: Knacken, brechende Zweige, Rufe und Schreie von Tieren. Plötzlich wurde es still ringsum, nur eine Eule rief, und Hugolins Pferde drehten unruhig die Nüstern in den Wind. Der Ritter tastete nach seinem Schwert. Was verbarg sich im Gebüsch und ließ den Wald verstummen? Es musste ein Bär sein, das gefährlichste Tier des Waldes. Jetzt konnte Hugolin einsetzen, was er von den Waldleuten gelernt hatte. Vorsichtshalber band er seine Tiere los, damit der Bär sie nicht so leicht erwischen konnte. Er schob seine Position genau in die Mitte der Lichtung, um Abstand nach allen Seiten zu gewinnen. Mit höchster Aufmerksamkeit lauschte der Ritter in die Dunkelheit hinein und strich über Zentaurus' Nacken, um ihn zu beruhigen. Hugolin versetzte alle seine Sinne in höchste Aufmerksamkeit.

Plötzlich sprang zwischen den Bäumen ein gewaltiger Hirsch hervor. Dem Ritter stockte der Atem. So ein schönes Tier hatte er noch nie gesehen. Die Enden des Geweihs schimmerten weiß in der Dunkelheit, von den Augen ging ein magischer Glanz aus, die Brust erhob sich wie ein mächtiges Gebirge. Wie war dieses Tier so lautlos durch den Wald gekommen? Ritter Hugolin ließ sein Schwert sinken. Er wäre gerne wie dieser Hirsch gewesen, so kraftvoll, majestätisch und gewandt, ein König des Waldes. Der Hirsch blickte ihn an, als hätte er dem Ritter etwas zu sagen. Das gewaltige Tier erhob sein Haupt, spannte seinen Körper und sprang auf den Ritter zu, so dass dieser einen dumpfen Schmerz spürte und auf den Boden gedrückt wurde. Dann war das Tier verschwunden. Hugolin rang nach Atem, seine Brust donnerte vor Schmerz, während die Lungen wie gelähmt schienen. Ihm wurde schwindelig, die Atmung versagte ihren Dienst. Der Ritter begann, mit den Armen zu rudern und griff nach oben, wo Sterne zwischen den Baumwipfeln glänzten. Doch die Sterne fingen an zu tanzen, wurden dunkler und verschwanden ganz. Hugolin hörte nur noch ein Pferdewiehern, dann versagten ihm die Sinne.

Tief hinab in die Dunkelheit wurde er gezogen. Kälte umgab ihn, aber er konnte sich nicht bewegen, um Wärme zu schaffen. Still und starr musste er verharren, als sich eine Bilderwelt vor ihm auftat. Es waren nicht nur Bilder, sondern auch Gesänge. Man trug einen Mann zu Grabe. Hugolin erkannte den treuen Einsiedler, der hinter dem Sarg schritt und betete. Der Mann, den sie beklagten – es war Hugolin selbst! Eine Prozession von Mönchen und Menschen, von denen der Ritter nur wenige erkannte, zog durch das Schiff einer Kirche und brachte den Sarg zur Gruft, die sich im Vierungskreuz der Kirche öffnete. Ein modrig-kalter Treppengang begrüßte den Zug, und nur wenige Feuerspäne erhellten flackernd die finstere Wölbung der Gräberwelt unter dem Kirchenboden. Hier unten klangen die Stimmen gedämpft, der lateinische Gesang verschwamm zur Unkenntlichkeit, beißender Feuergeruch vermengte sich mit dem Duft von Weihrauch. Hugolin wollte rufen: „Nicht ins Grab! Ich lebe doch!" Aber er hatte keine Stimme, und die Mönche taten, was sie zu tun gewohnt waren. Vater Antonius sprach Segensworte, dann wurde der Sarg in eine Wandhöhle geschoben. Der Zug der Menschen ging vorüber, Gesichter mit Sorgenfalten, Tränen, ausdrucksloser Leere oder auch zuversichtlicher Frömmigkeit. Antonius stand neben der Wandöffnung und verschloss sie schließlich mit einer Steinplatte, auf der in Lettern der Name Hugolin von Bärenfels stand, Ritter des Kreuzes, verstorben im Dienst seines Kaisers. Dann wurde es wieder dunkel. Ein rauschhafter Strudel erfasste Hugolin und trug ihn in die Lüfte. Als er zur Seite blickte, sah er auf zwei schimmernde Flügel, die Flügel eines Falken. Er schwebte hoch über einer Burg, der Ruf einer Vogelpfeife zog ihn nach unten. So landete er auf dem Lederhandschuh eines Edlen. Dessen Gesicht war zerfurcht von Narben und Falten, aber eine zartschöne Dame stand neben ihm und sprach: „Mein lieber Vater, Coloman, du solltest an den Hof des Kaisers gehen, deine Kunst der Falkenzucht würde dort hoch belohnt!" Der Edle antwortete: „Nein, mein Platz ist hier. Die Welt, in der der Kaiser lebt, ist nicht die meine, und die vielen Höflinge kennen nur äußere, aber keine innere Ehre." „So spricht der stolze Herr von Bärenfels, so kenne ich meinen Vater, aber bist du auch glücklich?" Hugolin, an die Gestalt des Falken gebunden, wollte mit menschlicher Stimme rufen. Das mussten seine Verwandten sein, womöglich sein Urahn Coloman! Aber er brachte nur einen schrillen Falkenton und ein Flattern der Flügel hervor. Der Mann wandte sich an seine Tochter: „Du bist das Glück deiner Mutter und deines Vaters. Aber nun willst du ja offensichtlich fort von uns, weg an einen großen Hof. Ich sorge mich, ob es dir dort gut ergehen würde." „Aber Vater, gewiss doch, am Hof ist das Leben bunt und lustig." „Kind, du würdest dich bald langweilen. Im ganzen Reich gibt es keinen Hof, der groß und bunt genug ist für deine Lebensfreude. Einen Hof, der dir dauerhaft Freude bereiten würde, gibt es vielleicht in Cordoba oder Bagdad, aber nicht im christlichen Reich. In Bagdad verkehren Gesandte aus der ganzen Welt, dort findet man glänzende Seide und erlesene Duftöle, prachtvolle Brunnenanlagen und üppige Gärten, gewaltige Kuppelbauten und einzigartigen Schmuck in Hülle und Fülle. Man würde dich respektvoll behandeln als eine fränkische Prinzessin, aber du müsstest einen fremden Glauben annehmen. Und wenn du Pech hättest, würdest du als Dame des Harems enden und deine Söhne würden vielleicht bei einem Wechsel der Herrschaft getötet werden, ein typisches Schicksal für Rivalen in der Thronfolge!" Die Tochter blickte ihren Vater streng an: „Das sagst du nur, um mich in deiner kleinen Burg festzuhalten!" „Nein, du kannst gehen, wohin du möchtest. Aber bedenke: Wir Menschen sind bei der ersten Entscheidung frei. Danach folgen wir meistens dem Lauf der Dinge und ihrem Zwang." Missmutig blickte die Tochter zu Boden: „Es gäbe einen Hof, der mir gefallen würde: Konstantinopel! Am dortigen Kaiserhof soll es all das geben, was die Kalifen besitzen, aber der Glaube ist christlich." „Konstantinopel! Ich bewundere deine Bescheidenheit. Aber meine Tochter, dort wärst du keine fränkische Prinzessin, man würde dich behandeln wie ein

Mädchen vom Land, und wenn die Blüte deiner Jugend vorüber wäre, würde es dir noch schlechter ergehen. Du würdest immer eine Fremde bleiben, aber keine verlockende Fremde, etwas Besonderes, sondern eine, auf die man hinabblickt. Das wünsche ich dir nicht. Bei Gott, Konstantinopel ist das neue Rom, aber ein Rom, das uns verschlossen ist. Sieh dir dagegen diese Welt an, in der du groß geworden ist: Der Wald schenkt uns, was wir zum Leben brauchen. Wir sind frei und glücklich und stark genug, uns gegen jedes Gesindel zu verteidigen. Hier bist du die schönste und reichste Adlige der Umgebung, eine Position, die du nirgendwo anders erreichen kannst." Trotzig entgegnete die junge Dame: „Es sei denn, mein zukünftiger Gemahl kann all das übertreffen." „Tochter, fordere das Schicksal nicht heraus! Gehe zum Kaiser, wenn du dorthin gerufen wirst, aber nicht, wenn du Lust danach hast oder wenn dich irgendjemand drängt!" Falke Hugolin wollte sich bemerkbar machen und begann erneut zu flattern, aber ein starker Sog ergriff ihn, zog ihn weg vom Gespräch der beiden Vorfahren und ließ ihn auf dem kühlen Waldboden erwachen, wo der Hirsch ihn niedergestreckt hatte.

Ж

Völlig verwirrt und mit schmerzender Brust tastete Hugolin um sich. Er begriff die Welt nicht mehr. War er nun ein fahrender Ritter oder ein verirrter Falke, weilte er im Reich der Lebendigen oder in der Totenwelt? Es war sein Hengst Zentaurus, der in ihm die Freude über das Erwachen weckte. Seine kraftvolle Statur schenkte dem Ritter neuen Mut, und er erhob sich langsam. Hugolin griff nach seinem Schild und ritzte mit dem Dolch die Umrisse eines Hirsches und eines Falken in die Innenseite, damit er diese Nacht nie vergessen würde. Der Ritter dachte unentwegt an die letzten Worte Colomans: „Fordere das Schicksal nicht heraus! Gehe zum Kaiser, wenn du dorthin gerufen wirst, aber nicht, wenn du Lust danach hast oder wenn dich irgendjemand drängt!" War das vielleicht ein Hinweis für ihn, vom Kriegszug abzulassen? Oder sollte er sich dem Kaiser einfach nicht nähern? Hatte das Ganze überhaupt etwas mit ihm zu tun? In dieser Ungewissheit tat es gut, auf einen Plan zurückzugreifen. Hugolin erinnerte sich an das Vorhaben, zur Burg Trifels zu reiten. So machte er sich auf den Weg.

Er war noch nicht sehr weit gekommen, da hörte er hinter sich lauter werdendes Pferdegetrappel. Der Ritter blickte sich um und war überrascht: Da eilten Gefolgsleute des Grafen Reginald heran! Jetzt riefen sie: „Halt an, Ritter Hugolin! Sofort anhalten!" Hugolin folgte der Anweisung und sah sich im nächsten Moment von den Reitern umstellt. Einer von ihnen sprach in scharfem Tonfall: „Du reitest in die falsche Richtung! Wo willst du hin?" „Nach Trifels", antwortete Hugolin ehrlich, aber er verbarg sein eigentliches Anliegen. „Ich möchte dort eine kaiserliche Reisegenehmigung einholen." „So ein Unsinn", rief der Reiter, „ein Ritter des Kreuzes braucht keine Reisegenehmigung. Jeder Christ muss ihm Zoll- und Wegefreiheit gewähren. Du stehst unter dem Schutz des Papstes. Also wende dich um und reite nach Italien, wo sich die Ritter des Kreuzes sammeln!" Hugolin ahnte, dass man ihn zwingen würde, dieser Anweisung zu folgen. Er antwortete: „Gut, ich danke euch für eure Hilfe." Er wandte sich mit seinen Pferden um und trabte in anderer Richtung weiter. Die Reiter folgten ihm mit etwas Abstand. Hugolin erhöhte das Tempo, die anderen taten es ebenso. Man verfolgte ihn. Wollten die Kerle über ihn herfallen und ihn im entlegenen Wald umbringen? Nun galoppierte Hugolin, so schnell es nur möglich war. Es ging über Wurzeln, gebrochene Äste, Steine, bis nach einer Wegbiegung eine Brücke auftauchte, die einen kleinen Fluss überspannte. Der Ritter entschied sich augenblicklich, mit Zentaurus unter der Brücke Schutz zu suchen. Die beiden anderen Pferde ließ er weiterlaufen. Der Reitertrupp näherte sich und preschte über die Brücke hinweg.

Es war nicht viel Zeit zu verlieren. Der Ritter wusste: Die Männer würden bald bemerken, dass er nicht mehr vor ihnen ritt. Sie würden umkehren und nach ihm suchen. So galoppierte Hugolin wieder in Richtung Trifels, Zentaurus anflehend, er möge sein ganzes Können zeigen. Der Hengst war ihm als einziges Pferd geblieben. Zentaurus flog jetzt über den Waldboden, kaum einholbar für einen gewöhnlichen Reiter, schon gar nicht für eine ganze Reiterschar. Aber die Verfolger kannten Hugolins Ziel. Das Pferd durfte nicht nachlassen, und es gab sein Bestes. Zentaurus trug seinen Ritter durch ein enger werdendes Tal. Wo aber war der Burgfelsen, wo die Turmspitzen? Hugolin preschte weiter. Er wusste nicht, wie lange er geritten war, da tauchte tatsächlich in erhabener, trutziger Schönheit die Silhouette der Reichsburg vor ihm auf. Der Anstieg war steil, und selbst für Zentaurus wurde es nun beschwerlich, aber er ließ nicht nach, bis Hugolin endlich an einem Vorposten anlangte und sein Anliegen vortrug. Um seinen Verfolgern ein Hindernis zu legen, sagte er: „Tapfere Wächter von Trifels, habt Acht! Ich wurde im Wald verfolgt. Wahrscheinlich sind es Strauchritter, die allein reitende Ritter angreifen wollen. Also überprüft bitte jeden, der mir folgt. Es könnte sonst auch Gefahr für den Reichsschatz bestehen!" Die Wachen lächelten, denn die Burg war sehr gut gesichert. Aber sie versprachen, besondere Achtsamkeit zu üben.

Hugolin erreichte das innere Tor, und da er alleine ritt, wandte man keine besonderen Vorsichtsmaßnahmen an. So gelangte er in den Burghof, wo Zentaurus endlich rasten durfte und der Ritter Erkundigungen einholen konnte. Aber wider Erwarten weilte derzeit kein ranghoher Beamter in der Burg. Einer der Männer, mit denen Hugolin sprechen konnte, erklärte ihm: „Wir wissen nichts von einer kaiserlichen Anordnung bezüglich der Burg Bärenfels. Warum sollte sich der Imperator ausgerechnet um einen kleinen Ritter kümmern? Aber wir wissen, dass der Kaiser Kämpfer für einen Zug gegen die Sarazenen benötigt. In Ägypten kämpft ein christliches Heer gegen den Sultan, Pfalzgraf Ludwig nimmt daran teil." Hugolin war enttäuscht. Er hatte Zugang zu einer der wichtigsten Burgen des Reiches erlangt, aber man konnte ihm nicht weiterhelfen. Vielleicht hätten einige Worte genügt, um ihn von seiner furchtbaren Last zu befreien. So aber musste er tatsächlich aufbrechen und als Ritter des Kreuzes nach Italien reiten. „Du solltest stolz sein!", meinte einer der Männer. „In Rom werden unsere Könige zu Kaisern gekrönt. So geschieht es auch mit dem hohen Herrscherpaar Friedrich und Konstanze. In solchen Zeiten nach Italien zu ziehen, ist etwas Besonderes, erst recht, wenn man es im Zeichen des Kreuzes tut. Sei ein wahrer Pilger, dann erlangst du göttliche Gnade!"

Man lud Hugolin ein, die Nacht in der Burg zu verbringen, aber der Ritter dachte sorgenvoll an seine Verfolger und wollte lieber sofort wieder aufbrechen. „Welchen Weg soll ich am besten wählen?", erkundigte er sich bei den kaiserlichen Rittern. „Reite über die Alpen", lautete die Empfehlung, „dort wirst du genauere Nachrichten erhalten. Wenn sich ein Ritterheer sammelt, dann in Brindisi. Meide aber den Weg durch das churrätische Alpengebirge, viel sicherer ist die Via Imperii im Osten! Reite zur Donau und dann nach Augsburg!" Hugolin dankte den Wachen und machte sich wieder auf den Weg.

Traurig trabte Hugolin durch das Burgtor. Wie gerne wäre er hiergeblieben, aber er musste schnell wieder in den schützenden Wald. Von unten hörte er schon die aufgeregten Rufe mehrerer Männer. Wahrscheinlich waren es Reginalds Leute. Ein zweites Mal würden sie ihn nicht entwischen lassen. So schlug der Ritter einen seitlichen Pfad ein. Zentaurus setzte die Hufen behutsam auf den Waldboden, so dass kaum ein Laut zu hören war. Am Berghang gewann der Reiter schnell Abstand zur Burg und war bald wieder in der Ebene, wo der Hengst galoppieren konnte. Für sich und sein Pferd fand Hugolin einen Weg durch den Wald, auf welchem die Verfolger mit großer Wahrscheinlichkeit abzuschütteln waren. Jedenfalls sah und hörte der Ritter vorläufig nichts mehr von ihnen. Er übernachtete in einem gut geschützten Waldversteck und verzichtete auf Feuer, um keine Spuren zu hinterlassen.

Nach gewaltigen Anstrengungen und Entbehrungen gelangte Hugolin schließlich an einen großen Fluss, welcher der mächtige und weitverzweigte Rhein sein musste. Diesen Fluss galt es zu überqueren, wollte er die empfohlene Route über die Alpen nach Italien finden – und wollte er den Häschern Reginalds endgültig entkommen. Wie aber sollte er auf die andere Seite gelangen? Das Wasser teilte sich in ein Aderwerk kleiner und großer Ströme. Nirgendwo konnte man richtig auf die gegenüberliegende Seite blicken. Keine Brücke, keine Furt wiesen den Weg. Ritter Hugolin musste eine Fähre finden.

Ж

In endlos erscheinenden Windungen zog der Rhein seine Bahn durch Wälder, Auen und Ackerland. Die Bauern, die Hugolin traf, hatten den Fluss selten überquert. Sie fürchteten das Hochwasser, das vor allem im Frühjahr, zur Zeit der Schneeschmelze, weite Ebenen überflutete. Schlimmer war das Hochwasser im Sommer, dann zerstörte es eine ganze Ernte. Die Schiffer, die hin und wieder auf kleinen Kähnen zu sehen waren, winkten nur kurz und zogen vorüber. Hugolins Rufe verhallten in der Auenlandschaft.

Der Ritter fand endlich ein Wirtshaus. Die letzten Tage hatte er im Wald verbracht, jeden Menschen und jede menschliche Behausung meidend, um für die Verfolger keine Spuren zu hinterlassen. Nun aber wollte er sich stärken. Er fütterte Zentaurus im Stall und begab sich selbst zu Tisch, wo er endlich nach Herzenslust essen und trinken konnte. Die gebratenen Rheinfische schmeckten hervorragend, und der Wein mundete köstlich. Aber als Hugolin nach seinem Hengst schauen wollte, fand er ihn nicht mehr im Stall. Welcher Schreck! Ein anderer Gast musste das edle Tier gestohlen haben, während er sein eigenes Pferd, alt und kränklich, zurückgelassen hatte.

Da stand er nun, der Ritter von Ehemals-Bärenfels, verloren und verlassen. An der erstbesten Raststation hatte er auch noch

25

sein letztes Pferd verloren. Selbstzweifel überfielen und übermannten ihn. In seinem Innern dachte Hugolin: „Ich trauriger Tropf, ich Schattenbild eines Ritters, ich ... ich Schande meines Hauses, meines Rittergeschlechts ... sogar Zentaurus habe ich mir stehlen lassen! Vor den Reitern Reginalds bin ich geflohen wie ein eingeschüchtertes Reh, und auf dem Trifels habe ich mich mit billigen Sprüchen kleiner Beamter abfertigen lassen! Habe ich denn alles verloren, was mich früher zu einem aufrechten Burgherrn gemacht hat? Ist es da nicht besser, ich stürze mich ins Abenteuer, biete den Feinden die Stirn, ziehe in den Krieg gegen die Sarazenen, ob es der Kaiser nun befohlen hat oder nicht? Es ist allemal ehrenhafter, als durch die Wälder zu reiten wie ein Flüchtling oder sich das Pferd stehlen zu lassen wie ein dummer Knappe! Auf, Ritter Hugolin, hol dir deine Ehre zurück!"

Mut und Wut ergriffen den Ritter, nachdem er sich solchermaßen selbst zugeredet hatte. Er wusste, zuerst musste er Zentaurus zurückgewinnen, dann würde sich alles Weitere finden. Der müde Gaul, den der Dieb im Stall gelassen hatte, war für eine Verfolgung nicht zu gebrauchen. Zu Fuß hatte der Ritter große Nachteile, trotzdem blieb ihm keine andere Wahl. Hugolin kannte die Hufspur seines Pferdes genau, ihr folgte er nun mit dem Federschritt der Waldleute.

Es vergingen Stunden, und beinahe hätte der Verfolger die Fährte verloren, aber schließlich erkannte er, dass er dem Dieb ganz nahegekommen war. Im Schlamm hatten sich die Hufspuren noch nicht mit Wasser gefüllt, jeden Moment konnten Ross und Reiter vor ihm auftauchen. Er musste vorsichtig sein. Würde er entdeckt, konnte der Dieb im Galopp seine Beute vielleicht endgültig in Sicherheit bringen. Hugolin legte alles ab, was an einen Ritter erinnerte und verbarg es in einem hohlen Baum. Im Untergewand, gesenkten Hauptes und nur mit einem Dolch bewaffnet suchte er nun die Entscheidung.

Alsbald sah er den flüchtenden Dieb, der sich offensichtlich sehr sicher fühlte, denn er hatte keine Eile mehr. Wie sollte er auch ahnen, dass der fremde Ritter seine Spur aufgenommen hatte und ohne tüchtiges Reittier eine solche Entfernung zurückgelegt hatte? Hugolin aber erinnerte sich an den nächtlichen Hirsch und hoffte, sich ebenso leise und kraftvoll bewegen zu können. Er spannte alle seine Muskeln und sprang in wenigen Sätzen auf den verruchten Kerl zu, packte ihn und riss ihn zu Boden. So überrascht der Halunke war, er leistete dennoch Widerstand. Mit einem Fausthieb traf er Hugolins Schläfe, dass der Ritter taumelte. Der Dolch fiel zu Boden, und als Hugolin nach ihm greifen wollte, spürte er einen schrecklichen Fußtritt. Hatte er seinen Gegner unterschätzt? War er von der Verfolgung so ermattet, dass er im Zweikampf unterlag? Die Rettung kam in letzter Sekunde. Mit einem kräftigen Schlag seiner Hufen schleuderte Zentaurus den vermaledeiten Dieb in die Luft, so dass er furchtbar stürzte und benommen liegen blieb.

Einen gemeinen Pferdedieb zu töten, wäre nicht nur das Recht Ritter Hugolins gewesen, sondern beinahe seine Pflicht, und er spürte sogar Verlangen danach. Als er aber in die angstverzerrten Augen des Übeltäters blickte, war es ihm unmöglich, dieses flackernde Lebenslicht auszulöschen. Er band dem Dieb die Hände und lehnte sich an einen Baum, von der Anstrengung fast überwältigt. Sein Pferd hatte ihn gerettet. Nun leckte es seine Hand, als wollte es den Ritter trösten und die Lebensgeister wecken. Hugolin dankte es mit einer Umarmung. Wie gut war es, einen solchen Freund zu haben. Der Ritter fühlte unendliche Erleichterung. Er zog sich auf den Rücken Zentaurus' und ließ den humpelnden Gefangenen vorangehen.

An dem hohlen Baum, in dem er seine Ausrüstung verborgen hatte, zwang er den Elenden in die Knie. Bis dahin hatte der Gauner kein Wort verloren. Hugolin richtete sich mit strengem Ton an ihn: „Warum hast du eine so niederträchtige Tat begangen?" Der Dieb erwiderte mit gesenktem Kopf: „Mir ist bewusst, dass ich den Tod verdient hätte, edler Herr, aber ich könnte Euch noch nützlich sein." Hugolin stutzte. „Du wagst es, mir einen Handel anzubieten, frech und nichtswürdig, wie du vor mir im Schlamm kniest?" „Keinen Handel, Herr, nur etwas Dankbarkeit", versuchte der Mann Hugolin zu überzeugen. Der Ritter spürte tiefe Verachtung, war es aber gewöhnt, selbst dem Feind das Recht der Rede nicht zu verweigern. „Kann ein Kerl wie du überhaupt Dankbarkeit empfinden?" „Ja, mein Herr", brachte dieser hervor, „ich bin kein guter Mensch und habe keine Gnade verdient. Aber nehmt, was ich anzubieten habe, dann könnt Ihr mich immer noch töten. Meine dunkle Seele wird mit einem solchen Tod vor Gottes Strafgericht vielleicht etwas heller erscheinen." Der Ritter erwiderte: „Du redest von Gott, als würdest du ihn fürchten. Willst du mich mit frommem Gerede täuschen?" Leise entgegnete der Gefangene: „Warum sollte ich nun, da ich den Tod erwarte, Gottes Namen lästern und meiner Schuld eine weitere Sünde hinzufügen?"

Hugolin war ein wenig gerührt von der Reue des Mannes, aber er wusste nicht, ob er ihr vertrauen durfte. Deshalb entschied er, den Mann zu prüfen. „Mir scheint, du hast die rechte Einstellung, um vor den Herrn des Lebens und Sterbens zu treten. Darum will ich dich direkt dorthin befördern. Senke dein Haupt und empfange den Schwerthieb, der dich von deinem bisherigen verruchten Leben befreit." Drohend erhob der Ritter die Waffe. Wortlos senkte der Dieb seinen Kopf tief hinab zur Erde und murmelte ein leises Gebet. Da wandte sich Hugolin ab und befahl dem Mann, aufzustehen. „Ich bin nicht dein Richter, verschwinde jetzt! Aber wisse, dass jedes Vergehen, das du künftig begehen solltest, mit zehnfacher Last auf deiner Seele liegen wird." Der Mann seufzte. „Ich weiß es, edler Herr, und werde mich hüten. Ich kenne einen Fährmann in der Gegend, der Euch sicher auf die andere Seite des Flusses bringen kann." Hugolin nickte wortlos und überließ dem Mann die Führung, ritt aber in größerem Abstand von ihm.

Am späten Nachmittag erreichten sie die Fähre, die im Begriff war, das Ufer zu verlassen. Hugolin führte sein Pferd auf das Floß. Die Stelle war günstig für eine Überfahrt, und dennoch schwankte die Fähre hin und her, als sie in stärkere

Strömung geriet. Beinahe hätte ein Baumstamm, der in der Mitte des Flusses trieb, das Floß gerammt. Mit knapper Not entging man der Gefahr und erreichte schließlich das andere Ufer, wo Pferde die Fähre flussaufwärts zogen, bis sie ihr Ziel erreichte.

ж

Ein Kaufmann namens Heinrich von Külsheim, der auch die Fähre nutzte, bot an, den Ritter zu einer naheliegenden Stadt, Wiesloch, zu begleiten und ihm Unterkunft zu gewähren. Heinrich war ein lustiger Zeitgenosse, und nach den schweren Sorgen und Anstrengungen der letzten Tage willigte Hugolin gerne ein. „Warum bist du ohne Gefolge unterwegs?", fragte ihn der gutgelaunte Händler. „Jeder Ritter von Bedeutung zeigt stolz die Anzahl seiner Knappen und Diener. Auch eine hübsche Frau würde gut zu dir passen. Vor allem aber …" – der Kaufmann musterte ihn von Kopf bis Fuß – „vor allem aber ein Küchenmeister!" Hugolin antwortete missmutig: „Lass mich, ich bin ein Ritter des Kreuzes!" Der Kaufmann stockte: „Was, wie bitte? Du gehörst auch zu diesen Wahnsinnigen, die sich die Bäuche aufschlitzen lassen und den Orienthandel durcheinanderbringen?" „Ja", erwiderte der Ritter knapp. „Dann musst du mit mir kommen, Hugolin, ich werde dich bekehren!"

Der Kaufmann verzichtete fortan auf seine Witze, sparte aber nicht mit spitzen Bemerkungen gegen die „Wahnsinnigen", wie er alle nannte, die im Orient Krieg führen wollten. Heinrich erklärte: „Jerusalem gehörte allen Völkerschaften, die jemals ein Reich im östlichen Meer errichtet haben, den Ägyptern, Assyrern, Babyloniern, Persern, Griechen, Römern und wie sie alle heißen. Jetzt gehört das kleine Wüstenstädtchen den Sarazenen, na und? Jerusalem wird es überleben! Eine Heilige Stadt kann man ohnehin nicht besitzen, zumindest kann man das Heilige an einer Stadt nicht besitzen, oder? Was wollen unsere Ritter dort? Sie lassen sich in der Judäischen Wüste in Dörrfleisch verwandeln! Und weißt du, dass lausige Ritter des Kreuzes Konstantinopel, die christlichste aller Städte, geplündert haben? Pfui über diese Strauchritterbanden, die Plage unseres Zeitalters!"

Der Kaufmann brachte ihn in sein Haus und erzählte aus seinem Leben. Als junger Mann war er bis an die levantinischen Küsten gesegelt. Zypern, Ägypten, das Heilige Land, Kleinasien – alles hatte er gesehen und wertvolle Waren mitgebracht. Er kannte viele fränkische Ritterburgen und hatte ihren Schutz genossen. Sein Haus glich einem orientalischen Palast, und die Seele dieses Hauses war eine fremdländische Frau, die früher eine Schönheit gewesen sein musste. „Die Zierde und Schicksalsgöttin meines Hauses", stellte Heinrich seine Frau vor, „sie heißt Adelheid, ihr muslimischer Geburtsname lautet Adeelah." Ritter Hugolin betrachtete die ebenmäßigen, dunklen Gesichtszüge der Frau. Ein trauriger Glanz umspielte ihr Lächeln, und bald erfuhr Hugolin, dass der Kaufmann Vorrechte eingebüßt und viele seiner Kunden verloren hatte, nachdem er Adeelah geheiratet hatte. Sie war zum christlichen Glauben übergetreten, aber man traute ihr nicht. Manche Nachbarn nannten sie „die orientalische Spinne".

Das Mahl, das Ritter Hugolin aufgetischt wurde, übertraf alle Genüsse, die er jemals gekostet hatte. Er bedauerte, dass seine Geschmacksnerven nicht besser entwickelt waren, um den Moselwein vom Neckarwein zu unterscheiden, um schwarzen, weißen und roten Pfeffer allein am Geruch zu erkennen. „Lass mich dein Lehrmeister sein!", freute sich Heinrich und ließ immer neue Schätze aus der Küche auftragen. Der Koch, der die Großzügigkeit seines Hausherrn kannte, hatte Angst um die Vorräte und ließ bald verlauten, man könne nichts Geeignetes mehr anbieten. Ritter Hugolin war froh darüber, denn seine Bauchdecke hatte sich bedenklich gespannt. Aber nun eilte der Kaufmann selbst in den Keller und kehrte mit Klosterkäse zurück. So schrecklich der Geruch in der Nase brannte, der Geschmack dieses Käses versetzte

Hugolin in Entzückung, die sich mit den rauschhaften Gefühlen verband, welche der Genuss des Weines hervorgerufen hatte. Es fiel Hugolin schwer, die Fragen der anmutigen Frau nach seiner Herkunft und seinen Plänen zu beantworten.

Schließlich wollte der Ritter von Bärenfels aber wissen, wie Heinrich und seine Frau einander kennen gelernt hatten. Adelheid berichtete: „Es geschah auf dem Markt in Antiochia. Ich war Dienerin im Haus eines fränkischen Adligen namens Fulko, und man schickte mich auf den Markt, um dort Hühner abzuholen. Eines der Hühner lief mir davon, und ich hatte große Not, es wieder einzufangen. Da half mir Heinrich. Zu zweit gelang es uns schnell, und ich war sehr erleichtert, denn mein Herr behandelte mich überaus streng. Vielleicht wäre ich geschlagen worden, hätte ich nicht alle Hühner mitgebracht." Heinrich ergänzte: „Fulko war ein übler Zeitgenosse. Wer ihn verärgerte, musste mit furchtbaren Strafen rechnen. Er soll Boten, die unangenehme Botschaften überbrachten, getötet haben, und kämpfte sogar gegen seine eigenen Geschwister."

Adelheid nickte und fuhr fort: „Heinrich wusste, welch schweres Schicksal ich als Dienerin im Hause Fulkos hatte, da ich eine Sarazenin war. Er ging mit mir und verlangte Fulko zu sprechen, um mich freizukaufen. Aber mein Herr ließ ihn lange warten und schickte schließlich einen Diener, der sich nach dem Anliegen erkundigte." Der Kaufmann schaltete sich erneut ein: „Fulko war nicht bereit, mit mir zu reden oder mit mir zu verhandeln. Er ließ mir einen Vertrag zur Unterschrift vorlegen. Darin stand, ich könne die Dienerin Adeelah mitnehmen, wenn ich dafür drei arabische Pferde gäbe und Adeelah taufen ließe. Ich willigte ein, fluchend natürlich, aber gleichzeitig froh, dass ich sie befreien und mit mir nehmen konnte." Adelheid lachte: „Selbst so ein geschickter Kaufmann wie Heinrich hatte es nicht leicht, drei arabische Pferde zu finden. Man verachtet die Araber, aber ihre Pferde liebt man über alles, doch sie sind unbezahlbar teuer." „Ja", bestätigte Heinrich, „und dabei wusste ich noch nicht einmal richtig, wer

Adelheid war. Aber ich spürte eine große Liebe, und wir sind bis zum heutigen Tag sehr glücklich." Adelheid umarmte ihren Mann. Hugolin dachte, dass er gerne eine solch liebreizende Frau an seiner Seite hätte.

In der Nacht wurde Ritter Hugolin von Alpträumen heimgesucht. Der schwere Magen presste in seiner Fantasie böse Geister hervor. Im Traum lieferte er sich einen Zweikampf mit Fulko. Sein Gegner ließ Zentaurus eine Stolperfalle stellen, so dass Ross und Reiter schwer stürzten. Danach wankte Hugolin im Traum durch die Judäische Wüste und betrachtete Heerscharen von Rittern, die sich in Dörrfleisch verwandelten. Bald würde es auch ihn erwischen. Wie grauenhaft!

Ж

Am nächsten Morgen versuchte Heinrich nochmals, Hugolin den Kriegszug auszureden. Dies wäre vielleicht eine leichte Übung gewesen, hätte Hugolin keinen Schwur abgelegt. Heinrich blickte ihn traurig an. „Unser Schicksal ist es, mit klarem Verstand und gutem Herzen die Herrschaft des Unverstandes hinzunehmen." Diese traurige Weisheit traf Ritter Hugolin in tiefster Seele, aber er konnte ihr nichts entgegensetzen. Heinrich fuhr fort: „Da du wild entschlossen bist, in dein Unglück zu rennen, so möchte ich dich wenigstens vorbereiten. Die Feinde, gegen die du vielleicht kämpfen musst, sind ganz unterschiedlicher Art. Hierzulande werden sie Muselmanen, Sarazenen, Mauren oder Araber genannt, aber es gibt ganz verschiedene Herrscher, Völker und Stämme, die dem Glauben des Propheten Mohammed folgen und große Gebiete des Erdkreises erobert haben."

Hugolin hörte aufmerksam zu. Er wusste, wie wichtig es war, seinen zukünftigen Gegner zu kennen. Wenn er den Sarazenen begegnete, musste er gut vorbereitet sein. Heinrich hatte am Vortag berichtet, wie gut Sarazenen mit Pfeil und Bogen oder der Armbrust umzugehen wussten. Solche Waffen standen bei vielen christlichen Rittern in schlechtem Ruf, sie galten als feige. Aber wie sollte man sich mit einem Schwert gegen eine Armbrust wehren? Man kam nicht an den Feind heran, bevor man von diesem beschossen wurde. Noch nicht einmal eine lange Lanze konnte hier etwas ausrichten.

Der Kaufmann erzählte weiter: „Der Prophet Mohammed war von Beruf ein Kaufmann wie ich. Religiöse Gedanken spornten ihn an. Er predigte gegen den Vielgötterglauben und wollte die Menschen zum Glauben an einen einzigen Gott bringen. Das nahm man ihm übel, denn in seiner Heimatstadt Mekka war ein großes Heiligtum des alten Glaubens, und dieses Heiligtum brachte den Einheimischen große Gewinne durch Pilger ein. Mohammed entschloss sich, gegen Mekka Krieg zu führen. Er war siegreich und wurde zu einem berühmten Feldherrn. Am Ende seines Lebens hatte er ganz Arabien, ein riesiges Land, seiner Herrschaft unterworfen. Leider gaben sich die Araber mit diesem Erfolg nicht zufrieden. Sie eroberten Syrien und Ägypten und griffen das persische Sassanidenreich an. In kurzer Zeit hatten sie ein Riesenreich geschaffen. Aber je größer dieses Reich wurde, desto stärker zerfiel es wieder in einzelne Teilgebiete und Völkerschaften, was zu zahlreichen Kämpfen führte. Besonders gefürchtet sind die Mameluken: Sklaven, die hart ausgebildet und als Elitesoldaten eingesetzt werden. Sie dienen auch dem Sultan von Ägypten, der über Jerusalem herrscht. Die Mameluken sind den christlichen Rittern an Stärke und Ausbildung weit überlegen. Wer Jerusalem angreift, legt sich mit also einem Riesenreich und vielen Völkern an. Er hat den Sultan von Kairo zum Gegner und den Kalifen von Bagdad."

Heinrich hatte eine grobe Karte ausgebreitet und zeigte Hugolin die Städte mit ihren klangvollen Namen. Ihr Anblick flößte dem Ritter Respekt ein. Er bemerkte, dass auf der Karte viele Wüsten verzeichnet waren und fragte sich, wie man dort überleben oder womöglich kämpfen konnte. Er selbst hatte noch nie eine Wüste gesehen. Wenn er sich vorstellte, dass Hitze und Trockenheit das Rheintal in eine Wüste verwandeln würden, so wollte er hier nicht mehr leben, und selbst seine geliebte Burg Bärenfels wäre dann vielleicht nicht mehr bewohnbar.

Der Kaufmann fuhr fort: „Möglicherweise musst du gegen Söldner und Zwangssoldaten kämpfen, beispielsweise Nubier. Solche Soldaten sind ehemalige Kriegsgefangene – oder sie werden – wie die Mameluken – aus christlichen Grenzgebieten geraubt und in den Kriegsdienst gezwungen. Sie kämpfen besonders grausam, um sich auszuzeichnen und eine bessere Position zu erlangen, vielleicht sogar einen Ehrenposten unter den Soldaten." Dem Ritter von Bärenfels schwirrte der Kopf. So viele fremdländische Namen rankten sich um das Schicksal Jerusalems, und hinter all diesen Namen verbargen sich kämpferische Völker. Der Name Jerusalem bedeutete doch „Stadt des Friedens", sagte man – treffender aber wäre die Bezeichnung „Stadt der Kriege und Eroberungen".

Heinrich ließ keine Zeit zum Nachdenken, sondern erklärte: „Die Muslime kämpfen mit wilder Entschlossenheit. Sie haben hervorragende Pferde und ausgezeichnete Waffen. Ihre Formationen lassen sich nicht vergleichen mit dem, was du vielleicht aus Turnieren kennst. Sie kommen wie ein wilder Wespenschwarm über einen hilflosen Menschen, wenn sie zum Kampf ausschwirren. Sie schließen sich blitzschnell zusammen, umschließen ihre Feinde und lösen sich bei Bedarf ebenso schnell wieder voneinander. Mit wilden, uns unverständlichen Rufen verständigen sie sich untereinander. Ohne schwere Rüstungen sind sie wendig und kommen dem Gegner zuvor. Sie haben tödliche Waffen für den Nahkampf, können mit ihren Pfeilen aber auch aus großer Distanz töten. Weh dir, wenn du es mit solchen Kämpfern zu tun hast. Sie fürchten keinen Tod, denn ihr Glaube verspricht ihnen für tapferen Kampf ewiges Leben, und sie kennen das Gebiet, auf dem sie kämpfen. Ich hörte von einem Reiterführer namens Tarek Ibn Ali. Er war in der Lage, bei vollem Galopp von seinem Pferd abzuspringen und sofort wieder aufzuspringen. Auf diese Weise verwirrte er seine Gegner. Sie waren so durcheinander, dass es Tareks Soldaten leichtfiel, sie zu überrumpeln und niederzumetzeln. Derselbe Tarek kletterte mit bloßen Händen eine senkrechte Burgmauer hinauf, tötete die Wache und öffnete das Burgtor, so dass in kürzester Zeit eine christliche Festung erobert werden konnte."

Hugolin versuchte, klaren Kopf zu behalten. Wenn er sich vorstellte, dass er gegen einen Mann wie Tarek Ibn Ali kämpfen müsste, wurde ihm äußerst mulmig. Der Ritter von Bärenfels suchte nach einem Halt, nach einer wirkungsvollen Strategie für den Kampf gegen die Sarazenen. Deshalb erkundigte er sich: „Heinrich, sage mir, warum die Sarazenen in Spanien zurückgeschlagen werden konnten." Der Angesprochene runzelte nachdenklich die Stirn. „Die Araber eroberten Nordafrika wie im Flug. Sie verbanden sich mit den Wüstenvölkern Mauretaniens und besetzten Spanien als Mauren, wie sie dort genannt werden. Die fränkischen Könige mussten alle Kraft aufbringen, dass sie nicht auch noch den Rest Europas in Besitz nahmen. Durch blutige Schlachten konnten die Mauren an der Pyrenäengrenze gebremst werden. Aber es hat Jahrhunderte gedauert, bis der Norden Spaniens wieder fest in christlicher Hand war. Man sagt, die Mauren wären heutzutage untereinander zerstritten und hätten kein starkes Interesse mehr an Spanien. Daher gelinge es den christlichen Fürsten, Stück um Stück des Landes zurückzuerobern. Aber das ist ein Kampf mit offenem Ende. Ich habe dir gesagt, wie geschickt die muslimischen Kämpfer sind. Sie ziehen sich zurück und greifen vielleicht im nächsten Moment wieder an. Ihre Klugheit ist berühmt. Muslime sind nicht nur starke Kämpfer, sie haben auch ein großes Wissen. Niemand kennt beispielsweise die Geheimnisse der Medizin so gut wie sie. Vielleicht werden die Mauren bald wieder erstarken und nach Norden vordringen. Wer weiß, wie viele Soldaten sie aus den Wüsten hervorholen können?"

Heinrich machte eine Pause, dann sprach er: „Ich bin ein Kaufmann. Die Sarazenen und Mauren verfügen über Waren, die es in ganz Europa nicht gibt. Man sollte mit ihnen Handel treiben, wie es die Kaufleute aus Venedig, Genua oder Pisa tun. Davon hätten alle etwas, sogar die Ritter des Kreuzes. Die Kriegerfürsten wissen das ganz genau, und sie handeln gerne mit den Muslimen, reden aber nicht darüber und erschweren ehrlichen Kaufleuten wie mir die Arbeit. Um die Kriegszüge in den Orient zu sichern und Schiffe für diesen Zweck zu reservieren, hat außerdem der Papst verboten, mit Muslimen Handel zu treiben."

Hugolin war aufgewühlt von all diesen Nachrichten. Drängende Fragen bewegten ihn. Wie sollte er in den kommenden Kämpfen bestehen? Wie groß war die Gefahr, dabei umzukommen! Zum Abschied umarmte ihn der Kaufmann. Hugolin dankte ihm von Herzen und folgte dann der Straße von Wiesloch in Richtung Wimpfen. Heinrich hatte ihm empfohlen, am oberen Neckar die Berge der Schwäbischen Alb zu überqueren, ein Stück der Donau zu folgen und dann, vorüber an Augsburg, die Alpen zu erreichen. Dort gebe es eine sichere Straße durch das Gebirge.

ж

Der Ritter von Bärenfels gelangte schließlich zur Königspfalz Wimpfen, einer mächtigen Festungsanlage hoch über dem Neckar. Am Flussufer befand sich ein Chorherrenstift, dem namhafte Ritter angehörten. Hugolin war beeindruckt. Auch Bier und Wein schmeckten hier ganz vorzüglich. In der Schenke kam Hugolin mit einigen Rittern zusammen, die jung und tatendurstig waren. Sie schwärmten von ihren Erfolgen bei großen Turnieren und Zweikämpfen. In der Ecke aber saß ein alter Ritter, der die Jüngeren als Prahlhänse verlachte. „Ihr habt doch keine Ahnung vom echten Kampf! Vor dem Turnier verbringt ihr mehr Zeit mit euren Wappen und Kleidern und all dem Putz. Als ich so alt war wie ihr, diente das Turnier als echte Kampfesübung. Heute ist es nur noch ein Wettlauf um die schönste Rüstung. Wenn ihr euren Mut beweisen wollt, dann kämpft gegen einen echten Feind, dem ihr nicht nur einen

Schlag auf die gepolsterte Rüstung gebt, sondern mit dem ihr auf Leben und Tod kämpft. Dann zieht doch am besten nach Jerusalem und tötet die Sarazenen!"

Einer der jungen Ritter erhob sich von seinem Platz: „Ritter Berengar", sprach er, „du warst vielleicht einmal ein tapferer Ritter, der viele Feinde besiegt hat. Jetzt aber bist du nur noch ein Großmaul, das von der Vergangenheit spricht, als sollte sie ewig dauern. Als du jung warst, gab es noch nicht so scharfe und starke Waffen wie heute. Du hast deine Feinde wahrscheinlich mit Holzknüppeln bekämpft – und dabei wahrscheinlich so viele Schläge auf deinen Helm bekommen, dass dir die Zunge heute noch zum Hals heraushängt!" Selbstzufrieden über den Hohn und Spott, den er in die Welt gesetzt hatte, begab sich der junge Ritter wieder zu seinen Freunden, die ihm auf die Schultern klopften, als hätte er eine große Tat vollbracht.

Ritter Berengar konnte eine solche Beleidigung nicht auf sich sitzen lassen. Er stellte den Becher zur Seite, zog seinen Gürtel fester um die Hüften und stand auf. „Wer wagt es, so mit mir zu sprechen?", fragte er den jungen Ritter, der sich mit einem gespielten Lächeln verbeugte und erklärte: „Ich heiße Volkmar von Offenheim, und dies sind meine Freunde: Hildebert, Jörgl und Ekkehard." Der Alte trat auf Volkmar zu und blickte ihn scharf an: „Ohne deine Freunde fühlst du dich klein und schwach?" Volkmar schien die Lage unangenehm zu werden. Er griff nach seinem Schwert, aber Berengar hielt seine Hand fest und fragte erneut: „Brauchst du deine Freunde, um dich stark zu fühlen?" Der junge Ritter erwiderte: „Ich bin mit meinen Freunden stark, aber natürlich auch ohne sie. Aber warum sollte ich auf meine Freunde verzichten?" Berengar umklammerte die Hand des Jüngeren noch fester, als er sprach: „Du solltest auf deine Freunde verzichten, wenn sie nicht Zeugen einer schmählichen Niederlage werden sollen! Schick sie weg, dann kämpfen wir hier, an Ort und Stelle, miteinander!"

Ritter Volkmar war hin- und hergerissen. Was würde geschehen, wenn er die Freunde entließ? Da hörte er Hildeberts Stimme: „Wir können gerne gehen, wenn es für den Beweis deiner Tapferkeit besser ist, lieber Freund!" Ekkehard und Jörgl nickten zustimmend. Noch ehe Volkmar antworten konnte, nahmen die Männer ihre Waffen und gingen zur Treppe. „Wir warten draußen", verkündete Hildebert, „ruf uns herein, wenn du mit dem alten Schwächling fertig bist!" So stand Volkmar plötzlich alleine vor Berengar. Dieser ließ seine Hand los. Sofort schnappte sich der Jüngere seine Waffe und erhob das Schwert gegen den Alten. Berengar aber blieb ruhig und steckte seine Hände in den Gürtel. „Großartige Freunde hast du", sagte der Alte, „ich bedaure deine Lage außerordentlich." Volkmars Halsadern schwollen an. „Jetzt lass uns kämpfen!", stieß er aus. Ritter Berengar blickte zum ersten Mal anerkennend auf ihn: „Du hast mehr Tapferkeit, als ich dachte. Aber lass den Unsinn mit dem Schwert!" Ritter Volkmar, der die Mäßigung, die Berengar vorgeschlagen hatte, als Demütigung empfand, wollte nicht mehr zurück. Er fuchtelte mit dem Schwert vor dem Gesicht seines Gegners herum.

So aufbrausend Berengar anfangs gewesen war, nun schien ihn nichts mehr aus der Ruhe zu bringen. Er wandte sich zu seinem Tisch und nahm den Becher: „Viel Glück, Ritter Volkmar von Offenheim!" Nach diesen Worten trank er einige Schlucke und setzte das Gefäß wieder ab. In diesem Moment aber donnerte Volkmars Schwert auf den Tisch, direkt neben Berengars Hand. Der Wirt, der herzugekommen war, rief: „Hört auf mit der Gewalt! Ich will kein Blut in meiner Schenke, das bringt Unglück und verdirbt das Geschäft!" Volkmar bedrohte den Wirt sofort mit der Waffe, so dass der unglückliche Mann ebenso schnell wieder verschwand, wie er gekommen war. Nur Hugolin saß noch immer auf seinem Platz und beobachtete alles. Da holte Volkmar zum nächsten Schlag aus. Dieses Mal streifte er Berengar am Unterarm, so dass dieser vor Schmerz aufschrie. „Bist du wahnsinnig, du nichtsnutziger Dummkopf?", brüllte der Getroffene, und es hallte von allen Wänden. Nun griff auch Berengar nach seinem Schwert und nahm den Zweikampf auf. Mit wenigen Schlägen hatte er den jungen Hitzkopf an die Wand gedrängt. Als Volkmar erkannte, wie aussichtslos seine Lage war, ließ er seine Waffe fallen und hoffte, verschont zu werden.

Berengars linker Arm schmerzte furchtbar, und er hätte den tödlichen Streich zu gern geführt. Da rief Hugolin: „Tapferer Ritter Berengar, tu es nicht!" Berengar wandte sich um und blickte auf den Ritter, dem er bisher kaum Beachtung geschenkt hatte: „Bist du auch einer von Volkmars Freunden? Jung genug wärst du ja!" „Nein, nein", antwortete Hugolin, „ich kenne deinen Gegner nicht." Da bückte sich Volkmar unerwartet nach seinem Schwert und holte aus. Berengar aber hatte ihn im Augenwinkel beobachtet und drehte sich blitzschnell um. Volkmar wurde von Berengars Schwert in den Bauch getroffen und sank in die Knie. Dann sackte er wortlos nach vorne, stöhnte auf und starb.

Ritter Berengar stellte sich vor Hugolin auf und sprach: „Wenn du auch nur daran denkst, dein Schwert gegen mich zu erheben, bist du ebenso tot wie dieser Prahlmeister, dessen Blut nicht auf dem Feld der Ehre versickert, sondern in Schande gerinnt!" Hugolin schluckte. „Ich habe doch gesagt, dass ich nicht zu diesen Rittern gehöre. Lass ab von mir!" Berengar musterte Hugolin eindringlich. Da wurde die Tür aufgestoßen, und der Raum füllte sich mit Wachen. „Was ist hier los?", brüllte ihr Anführer. Ritter Berengar antwortete gelassen: „Hier wurde soeben ein Spitzbube zur Strecke gebracht, als er einen angesehenen Ritter hinterrücks ermorden wollte." Der Anführer schaute sich um und fragte schließlich Hugolin: „Gehörst du zu diesem Mann, der sich angeblich verteidigen musste?" Der Ritter von Bärenfels verneinte. Aber nun wurde er offensichtlich von zwei Seiten als falscher Parteigänger beschuldigt. Erst als Ritter Jörgl, einer der Freunde Volkmars, im Raum erschien, löste sich das Missverständnis auf. Nun konnte Hugolin bezeugen, wie der Kampf verlaufen war, und die Wache schenkte Berengar einstweilen Glauben. Der Leichnam Volkmars wurde hinausgetragen, seine Gefährten folgten wortlos.

Leicht ermattet setzte sich Ritter Berengar zu Hugolin. Der Wirt kam herbeigelaufen und wollte wissen, wer die Zeche der jungen Ritter bezahle. Erst nachdem Berengar versprochen hatte, dafür aufzukommen, beruhigte sich der Mann und füllte die Becher neuerlich. Berengar erkundigte sich nach Hugolins Absicht und Ziel. Als dieser berichtete, dass er einen Schwur abgelegt habe, das Kreuz zu nehmen und gegen die Sarazenen zu kämpfen, war Berengar sichtlich zufrieden mit ihm: „Du tust gut daran! Meine Familie kommt aus Segovia in Kastilien, weit weg von hier in Spanien. Dort kämpfen wir seit vielen Jahren gegen die Mauren. Mit der Zeit ist es uns gelungen, alte christliche Gebiete zurückzuerobern. Ich weiß, wie wichtig der Kampf ist, ob in Spanien oder im Heiligen Land. Viel zu lange haben wir Christen zugesehen, wie die Stammlande unseres Glaubens von fremden Völkerscharen besetzt und entweiht wurden. Unsere Gleichgültigkeit hat uns inneren Schaden zugefügt, denn wir sind unseren Brüdern und Schwestern nicht zu Hilfe geeilt, als sie in höchster Not waren. Sultan Saladin hat die Heilige Stadt Jerusalem den tapferen christlichen Rittern entrissen. Manche sagen, er sei noch milde gegenüber den Besiegten gewesen. Aber dieses scheinbar freundliche Gesicht war nur ein Trick, um uns glauben zu lassen, Christen könnten unter der Herrschaft des Sultans ein sicheres Leben führen."

Hugolin war erstaunt und fragte nach: „Sultan Saladin war milde gegenüber seinen Feinden?" „Ja", erwiderte Berengar, „niemand wurde getötet, wenn er sich ergab, und tatsächlich leben heute Christen im Reich des Sultans und werden in ihrer Lebensführung kaum eingeschränkt. Aber glaube mir, das ist nur ein Trick, eine geschickte Taktik, um den Papst, den Kaiser und die christlichen Fürsten zu besänftigen. In Wahrheit aber war Saladin eine Bestie, und seine Nachfolger sind nicht besser. Saladin brachte sogar seine eigenen Glaubensbrüder um. Wie gut, dass unser Papst Honorius ein aufrechter Mann ist und zum Kriegszug gegen die Muselmanen aufgerufen hat. Aber das Heer der Christen steckt in Ägypten fest. Manche Fürsten sind sogar in ihre Heimat zurückgekehrt, so dass ein Scheitern der Kämpfe droht. Es ist Zeit, dass der Kaiser eingreift. Er kann das Blatt wenden und einen christlichen Sieg herbeiführen. Gott wird es uns nicht verzeihen, wenn wir unseren christlichen Brüdern nicht zu Hilfe eilen und wenn wir die heiligen Orte, an denen Jesus und die Apostel gewirkt haben, den Feinden überlassen. Jerusalem ist das Herz unseres Glaubens. Wenn das Herz aber aus dem Körper gerissen wird, kann der ganze Körper nicht weiterleben. Wir müssen Jerusalem zurückerobern, koste es, was es wolle. Heilige Männer haben zum Krieg aufgerufen, denke nur an den Heiligen Bernhard, den tapfersten und klügsten aller Mönche, die jemals gelebt haben."

Die leidenschaftlich vorgetragenen Worte bewegten Hugolin, und er dachte daran, dass der Kriegszug vielleicht doch eine gute und gerechte Sache wäre. Er wusste es zu schätzen, einen Mann vor sich zu haben, der offensichtlich einige Erfahrung mit den Sarazenen gesammelt hatte. „Die Sarazenen – oder Mauren, wie du sie nennst – sollen hinterhältige und niederträchtige Menschen sein, was denkst du darüber?", erkundigte sich Hugolin. Ritter Berengar runzelte die Stirn: „Sie sind hinterhältig und niederträchtig, aber sie sind auch nur einfache Menschen, manchmal tapfer, manchmal wankelmütig. Die menschlichen Eigenschaften, ob gute oder schlechte, sind bei ihnen besonders stark ausgeprägt. Vor allem sind die Mauren unberechenbar. Manche kämpfen auf der Seite christlicher Fürsten gegen ihr eigenes Volk, weil sie sich einen Vorteil davon erhoffen. Andere sagen, es wäre ein Verbrechen gegenüber Gott, wenn sie an der Seite eines Christen kämpfen würden. Manche Mauren achten die Christen und lassen sie in Frieden leben, wenn diese ohne Murren ihre Steuern bezahlen. Andere machen sich einen Spaß daraus, Christen zu quälen. Es ist ein wildes Volk, aber auf kurz oder lang werden wir sie in

Spanien besiegen. Im Heiligen Land sind sie allerdings sehr viel schwerer zu überwinden. Die christlichen Ritter müssen über das Meer kommen oder eine beschwerliche Landreise auf sich nehmen. Unterwegs leiden sie Hunger und Durst. Krankheiten und Seuchen bedrohen das Leben der Ritter. Wenn sie Akkon erreichen, sind sie völlig entkräftet und an das heiße Klima nicht gewöhnt. Außerdem ist die Zahl der Sarazenen unerschöpflich."

Ritter Berengar nahm einen kräftigen Schluck aus seinem Becher und fuhr fort: „Trinken. Es gibt im Heiligen Land nicht genug zu trinken. Quellen sind selten, das Wasser fault, Wein findet man nicht leicht. Die Sarazenen aber sind ein Wüstenvolk, genauso wie die Mauren. Die einen kommen aus den Wüsten Arabiens, die anderen aus den Wüsten Mauretaniens. Diese Menschen sind hart und genügsam – zumindest, wenn sie nicht schon lange in Städten leben. Sie können mit wenigen Tropfen Wasser am Tag auskommen, sind schnelle Reiter und geübte Kämpfer. In Spanien freilich verlieren sie von Jahr zu Jahr ihre frühere Kraft, die sie fast unbesiegbar gemacht hat. Dort leben sie in Saus und Braus. Je größer ihr Reichtum, desto näher ihr Ende, denn sie werden satt, faul und kampfunfähig. Die Mauren versuchen, ihre körperliche Schwäche durch List und Tücke auszugleichen, aber das wird nicht lange so gehen. Ich habe selbst gegen sie gekämpft."

Der alte Ritter blickte in die Ferne. Für Hugolin sah es aus, als würde er ein Loch in die steinerne Wand starren. Berengars Gedanken führten ihn zurück in die Vergangenheit an einen weit entfernten Ort. „Einmal war es", so sprach er, „nicht weit von Toledo, der prächtigen Stadt. Da zogen wir durch ein Tal, schleppten allerhand Kriegsgerät mit uns und suchten den Kampf mit den Mauren. Plötzlich erschienen sie. Hoch über dem Tal stellten sie sich auf und kamen wie eine Welle auf uns herab. Obwohl wir in der Überzahl waren, hatten wir größte Mühe, sie abzuwehren. Ich hatte es mit einem stattlichen Kämpfer zu tun. Unsere Waffen kreuzten sich, die Schilde prallten aufeinander. Er hieb von rechts und links, ich konnte der Geschwindigkeit seiner Schläge anfangs kaum folgen und sie nur mit Schwierigkeiten abwehren. Erst als ich von meinem Pferd sprang, brachte ich ihn durcheinander. Er musste sich mit seinem kurzen Schwert tief zu mir herabbeugen, und da gelang es mir, seinen Arm zu fassen. Mit einem Ruck riss ich den Gegner zu Boden. Dort aber war er hilflos, und ich tötete ihn. So erging es vielen Mauren, die sich zu voll gefressen hatten am spanischen Weizen, an Kaninchen und Früchten."

Die Erzählungen Berengars beflügelten Hugolins Gedanken, Ängste und Fantasien. „Ritter Berengar", sprach er, „haben die Sarazenen nicht auch Großes vollbracht? Ist ihr Reichtum nicht ein Zeichen für ihre Stärke?" „Gewiss", antwortete der Spanier, „sie haben große Burgen und Moscheen erbaut. Jeder Adlige in Kastilien hätte gerne einen Palast mit maurischen Höfen, Gärten und Brunnen. Man sagt, sogar Kaiser Friedrich liebe die arabische Lebensweise. Arabische Tänzerinnen soll es in seinem Palast geben, außerdem viele orientalische Tiere. Es sollen Araber gewesen sein, die als erstes eine Universität erbauten, so behaupten sie es jedenfalls selbst. Aber dennoch: Die Kraft dieses Volkes kommt aus der Wüste, und aus der Wüste kommt auch ihr Reichtum. Es waren Karawanen, die durch die arabischen Wüsten zogen, Weihrauch und Myrrhe und Gewürze transportierten. Sie begründeten den Reichtum des Volkes. Es ist niemandem gelungen, die Araber in der Wüste zu besiegen. Ebenso kann man die Mauren in Mauretanien nicht besiegen. Aber in Spanien kann man sie bezwingen, und so Gott will auch im Heiligen Land."

Hugolin blickte Berengar nachdenklich an: „Was hat es mit ihrem Glauben auf sich?" Der Ritter antwortete mit einer Gegenfrage: „Bin ich ein Priester oder ein Mönch? Fragen des Glaubens habe ich nicht zu beurteilen. Ich weiß noch nicht einmal, ob man das Glauben nennen darf, wenn die Mauren beten und ihren Gott anrufen. Sind es nicht einfach ungläubige Heiden? Die Mauren machen es einem recht schwer, das alles zu verstehen. Der Koran, der ihre Lehre enthält, ist in arabischer Sprache geschrieben, und ich kenne keine Übersetzung des Buches. In ihren Gotteshäusern gibt es kaum Bilder. Wie soll man verstehen, was sie denken? Sie geben sich in Spanien auch keine Mühe, ihren Glauben zu verbreiten. Aber sie wollen trotzdem die Welt beherrschen."

Über die vielen Erzählungen hatte Hugolin einen schweren Kopf bekommen. Der Wirt lief unruhig um seine Gäste herum. Offensichtlich hatte er Angst um die Zahlung, und ein Todesfall in der Schenke belastete den guten Ruf. So hoffte er, dass die beiden Männer bald ihren Abschied nähmen. Berengar bezahlte alles Notwendige und lud Hugolin ein, mit in sein Haus zu kommen. Der Ritter von Bärenfels war dankbar für diese Einladung und folgte dem Spanier. Dessen Haus schmiegte sich an eine hohe Mauer, und alsbald durfte Hugolin in einen tiefen Schlaf fallen.

Ж

Der nächste Morgen wäre hell und schön gewesen, hätten nicht laute Rufe und polternde Schläge gegen das Tor die friedliche Stimmung zerstört. Wachen standen vor dem Tor und verlangten nach dem Ritter Berengar. Dieser rief: „Ich bin ein Ritter und kein Hund, also hört auf mit eurem Geschrei, dann öffne ich!" Draußen wurde es etwas ruhiger, und Berengar trat vor sein Haus. Sofort umringte ihn die Wache. „Wir haben Befehl, dich zum Verhör zu bringen!", rief der Anführer. „Du hast den Sohn eines reichen Adligen getötet und musst dich dafür verantworten." Hugolin, der diesen Vorwurf mithörte, beeilte sich, seinem Gastgeber zu Hilfe zu kommen. Berengar brummte: „So ist das heutzutage. Die Tat eines Ritters zählt nichts mehr. Die Rechtskundigen haben die Herrschaft übernommen. Ich frage mich, ob sie mit ihrem Studium auch Kriege führen und ein Reich verteidigen könnten. Komm mit, mein Freund, dann lernst du etwas von dieser Welt kennen."

Sie erreichten bald das Gebäude, in dem die kaiserlichen Beamten tätig waren.

Ein wohlgekleideter Mann, Freiherr von Gemmingen, empfing die Gruppe. Der Freiherr kannte den Ritter Berengar offensichtlich. Er begrüßte ihn mit strengen Worten: „Berengar aus Kastilien, du hast immer noch nicht begriffen, welche Sitten hierzulande herrschen. Du bist nicht umgeben von Mauren, sondern von Edelmännern und Freien, denen du Respekt erweisen musst!" Der Spanier verbeugte sich leicht zum Gruß und erwiderte: „Euer Hochwohlgeboren, wenn man mir den Respekt erwiesen hätte, der unter Edelmännern und Freien üblich ist, dann wäre dieser Volkmar vielleicht mein Freund geworden. Aber er machte sich selbst zu meinem Feind und hat sich den Tod eingehandelt." Der Freiherr von Gemmingen blickte den Ritter missbilligend an: „Du weißt wohl nicht, wen du dir als Gegner ausgesucht hast! Volkmar von Offenheim ist der Sohn Rüdigers von Offenheim, welcher Verwalter der kaiserlichen Weingüter am Neckar ist. Seine Handelsbeziehungen reichen vom Rhein bis an die Donau, und schon unter den Vorfahren Rüdigers gab es einen kaiserlichen Mundschenk."

Berengar seufzte: „Hatte dieser Volkmar außer seinen feigen Freunden und seiner reichen Familienwurzel auch etwas Eigenes? Hat er eine mannhafte Tat vollbracht, derer man ihn rühmen oder derentwillen man um ihn trauern könnte?" Der Freiherr von Gemmingen antwortete verärgert: „Darüber ist hier nicht zu sprechen. Es geht um deine Tat und um den Ausgleich, den du leisten musst! Rüdiger fordert drei Goldmünzen. Nur so kann das Blutgericht abgewendet werden." Hugolin, der die ganze Zeit zugehört hatte, wunderte sich sehr über den Verlauf der Vernehmung und hatte das Bedürfnis, über die Tat zu berichten und dadurch zur Aufklärung beizutragen. Daher sprach er: „Euer Hochwohlgeboren, gestattet bitte, dass ich das Wort ergreife. Ich war zugegen, als Volkmar starb, und ich weiß, dass Ritter Berengar unschuldig ist. Zwar hat er Volkmar getötet, aber der

Ritter von Offenheim wollte ihn rücklings mit dem Schwert erschlagen."

Der Freiherr betrachtete Hugolin mit Verwunderung: „Wer bist du und wie kommst du dazu, Berengar in Schutz zu nehmen? Der Ritter aus Kastilien ist berühmt dafür, dass er Streit sucht. Wir müssen den Vorfall nicht lange betrachten. Der Schaden muss ausgeglichen werden!" Hugolin missfiel diese Rede, und er antwortete: „Drei Goldmünzen ist dem Herrn von Offenheim das Leben seines Sohnes wert. Es ist noch kein ganzer Tag vergangen, da lebte Volkmar noch. Er ist noch kaum begraben, da verhandelt man schon über den Preis seines Lebens, ist das nicht unwürdig?" Der Freiherr blickte grimmig auf Hugolin hinab, dann aber musste er lachen und sagte: „Bist du ein Mönch, dass du so wenig verstehst vom Lauf der Welt?"

Hugolin wollte widersprechen, besann sich aber, dass er seine Rechte als Burgherr von Bärenfels verloren hatte. Vor einem kaiserlichen Beamten durfte er keinesfalls rechthaberisch auftreten. Vielleicht würde man ihm noch verbieten, seinen Namen als Herr von Bärenfels zu führen. Auch schien ihm der Freiherr von Gemmingen nicht geneigt zu sein, gegen einen Mann wie Graf Reginald vorzugehen. Also galt es, vorsichtig zu sein. „Euer Hochwohlgeboren", sprach Hugolin, „ich bin kein Mönch, aber es wäre gut für die Seele Volkmars, wenn Mönche oder fromme Chorherren für ihn beten würden. Es könnte doch ein gerechter Ausgleich sein, wenn Ritter Berengar dem Chorherrenstift hier im Neckartal die Goldmünzen gäbe, damit dort für Volkmars Seele gebetet wird." Dieser Vorschlag hatte etwas Zwingendes an sich. Sowohl der Herr von Gemmingen als auch Ritter Berengar stimmten zu. Der Freiherr erklärte, Volkmars Vater sei wohlhabend genug und lege außerdem großen Wert auf gute Beziehungen zum Stift und seinen Weinbergen, so dass auch für ihn der Ausgleich annehmbar erscheinen müsse.

Ritter Berengar dankte Hugolin für seine Unterstützung. Noch am selben Tag nahm der Herr von Bärenfels Abschied von der Königspfalz und zog weiter nach Heilbronn, der Hafenstadt am Neckar.

Ж

Als Hugolin in die Stadt einritt, erinnerte er sich an die größte Stadt, die er bisher gesehen hatte, die Domstadt Speyer am Rhein. In Heilbronn fehlte es an Gebäuden vom Ausmaß des kaiserlichen Domes, aber die Stadt war erfüllt von einem geschäftigen Treiben. Händler, Handwerker und Ritter eilten durch die Gassen. Das Gefühl, unter vielen Menschen zu stehen, aber von ihnen nicht bemerkt zu werden, war Hugolin fremd. Auf seinem Pferd fühlte er sich wie ein stummer Beobachter und ließ die Welt um sich herum kreisen. Da schlug plötzlich etwas gegen sein Bein. Der Ritter drehte sich zur Seite und erblickte zwei Männer, die heftig miteinander stritten. Ihre Kleidung hing zerfetzt an ihren Leibern, die Haut war rot und blutig von Kratzern und Schürfwunden. In der Menschenmenge tauchten einige Frauen auf, die den Kampf beobachteten. Die Männer keuchten und gurgelten, aber brachten keine Worte hervor, während die Frauen die beiden Kämpfenden anstarrten, ohne Partei zu ergreifen. Hugolin drängte sich mit Zentaurus zwischen die Hitzköpfe und befahl ihnen, innezuhalten: „Hört auf mit eurem Streit!", rief er. „Ihr seht aus wie zwei dumme Strauchdiebe, ist euch das nicht peinlich?" Die zwei Gescholtenen wankten auf ihren Beinen und hielten sich an Zentaurus fest, welcher unruhig den Kopf hin- und herschwenkte. Eine der Frauen kam herbei und sprach Hugolin an: „Edler Ritter, möchtet Ihr vielleicht um das Fräulein werben? Seht doch selbst, was für Jammerlappen um ihre Hand anhalten. Was soll denn daraus werden?"

Hugolin, der die beiden Männer im Augenwinkel behielt, erwiderte: „Ich weiß nicht, von welchem Fräulein die Rede ist, aber ich habe nicht die Absicht, um ihre Hand anzuhalten." Die Angesprochene zog ärgerlich die Stirn in Falten: „Ihr Männer seid doch alle ziemlich dumm, wenn es um uns Frauen geht.

Entweder prügelt ihr euch gegenseitig nieder – oder ihr erkennt nicht die Bedeutung einer Frau, die in eurer Nähe ist und reitet dumpf an ihr vorüber!" Hugolin wunderte sich über die merkwürdigen Worte und fragte nach: „Kannst du mir vielleicht erklären, worum es denn geht, bevor du mich einen Dummkopf nennst?" In diesem Moment bemerkte der Ritter, dass die beiden Kämpfer zusammensackten und in den Schmutz der Straße fielen. Sofort schwang er sich von seinem Pferd und untersuchte die am Boden Liegenden. Beide zeigten zahlreiche Wunden, aber keine schien lebensgefährlich zu sein. Daher rief der Ritter die Frauen, die den Kampf beobachtet hatten, herbei, und bat sie, die Verwundeten zum Haus des schönen Fräuleins zu bringen.

Er selbst folgte dem kleinen Zug, der sich alsbald in Bewegung setzte. Es war nicht leicht, die Verwundeten durch die engen Gassen der Stadt zu tragen, aber das Haus des Fräuleins lag nicht weit entfernt. Das Fräulein selbst saß an einem Fenster und blickte auf die Straße hinab. Als sie die Frauen mit den Verwundeten kommen sah, stützte sie den Kopf sichtlich gelangweilt auf die rechte Hand und gähnte ein wenig. Offensichtlich hatte sie kein Mitleid mit den Kämpfern. Sie machte noch nicht einmal Anstalten, sich nach dem Zustand der Männer zu erkundigen. Die Frauen ihrerseits riefen, man solle das Tor öffnen, aber nichts geschah. Hugolin klopfte mit seiner Faust gegen das Tor und rief zum Fräulein: „Lasst öffnen, diese Männer, die offensichtlich um Eure Gunst kämpfen, brauchen Hilfe!" Das Fräulein aber antwortete: „Ich öffne nur dem Sieger die Tür. Aber da offensichtlich beide Verlierer sind, sollen sie draußen bleiben!" Hugolin spürte Wut gegen diese Person, die sich so kalt und hochnäsig verhielt. Aber er wusste, dass es nichts half, sich aufzuregen oder dem Fräulein zu drohen. Er musste sie auf andere Art und Weise überzeugen, daher sprach er: „Edles Fräulein, wenn es sich herumspricht, dass tapfere Kämpfer, die bis zur Erschöpfung für Euch gekämpft haben, keine Beachtung bei Euch finden, so wird bald niemand mehr um Eure Hand anhalten, um Euch werben oder für Euch kämpfen!" Das Fräulein verzog die Mundwinkel, dachte einen Moment nach, dann rief sie ins Haus hinein, man möge das Tor öffnen und die Wunden der Männer versorgen.

Als endlich geöffnet wurde, trug man die Kämpfer hinein. Hugolin folgte, um nach dem Rechten zu sehen. Im Innenhof nahm sie der Hausherr in Empfang. Seine Stirn war von Sorgenfalten zerfurcht. Er begrüßte den Ritter von Bärenfels und dankte ihm, dass er sich der Verwundeten angenommen hatte. „Meine Tochter bringt mich noch um den Verstand", seufzte er, „jeden Tag sitzt sie am Fenster und lässt die Männer Schlange stehen. Sie singen und jaulen in der Gasse oder raufen sich. Aber keiner kann ihr Herz erobern, und meine Familie wird langsam zum Gespött der ganzen Stadt." Hugolin entgegnete: „Vielleicht sollte man dem Fräulein verbieten, sich am offenen Fenster aufzuhalten!" „Ja, ja", erwiderte der Mann, „das habe ich schon längst versucht, aber sie verweigerte so lange das Essen, bis ich ihr wieder erlaubte, sich öffentlich zu zeigen. Warum hat mich Gott mit einer solchen Tochter geschlagen? Ihre Schönheit ist ein Fluch für die ganze Familie!"

Die beiden Männer konnten sich mittlerweile wieder aufrichten. Doch kaum hatten sie sich gegenseitig erblickt, da wollten sie erneut aufeinander losgehen. Hugolin trat zwischen sie und verkündete ihnen, das Fräulein wolle weder den einen noch den anderen haben. Da traten große Tränen in die Augen der Männer. Sie wankten aufeinander zu und umarmten sich. Die Ablehnung des Fräuleins hatte sie zu Schicksalsgefährten gemacht. „Wollt Ihr, edler Ritter, vielleicht einmal mit meiner Tochter sprechen?", wandte sich der Hausherr an Hugolin. Die verwundeten Männer reckten ihre Hälse und wollten die Fäuste zur Drohgebärde erheben, aber dazu fehlte ihnen die Kraft. Da ließ sich die Stimme des Fräuleins vernehmen: „Der Ritter scheint mir wenig edel und schon gar nicht reich zu sein. Er hat nur ein einziges Pferd und keine Dienerschaft bei sich." Ihr Vater unterbrach sie: „Was willst du eigentlich, Tochter?

Keiner ist dir gut genug. Dieser Mann hat offensichtlich ein treues und liebevolles Herz, sonst hätte er die Verwundeten nicht hierhergebracht! Komm herunter und begrüße den Ritter!"

Das Fräulein ließ auf sich warten, aber dann stieg sie die Treppe zu den Versammelten hinab. Hugolin, der seinen wütenden Ärger über die Worte des Fräuleins unterdrücken musste, sah die erhabene Gestalt engelgleich die Treppe herabschweben. Es verschlug ihm den Atem, und das Gefühl des Ärgers wich einem anderen, wundersamen Gefühl, das er nicht hätte beschreiben können. Es war eine Mischung aus Leichtigkeit und Schwere, aus Fröhlichkeit und Traurigkeit, aus blendendem Licht und verschlingender Dunkelheit. „Wie heißt der junge Ritter?", fragte das Fräulein und blinzelte ihn mit meerestief glänzenden, wimpernumsäuten Augen an. Sie zog die Schultern, stemmte die Hände in die Hüften und wogte ein wenig hin und her, leicht wie eine Mohnblume im Frühlingswind. Hugolin starrte auf das Fräulein, als wäre er versteinert. „Wie er heißt?", krächzte nun einer der beiden Kämpfer, die sich immer noch umarmt hielten. „Ähäm", räusperte sich Hugolin, „von Bärenfels!" Das Fräulein lachte: „Ähäm von Bärenfels, was für ein sonderbarer Name!" Ihr Vater ermahnte sie: „Helena, du achtest zu sehr auf Äußerlichkeiten. Auf den Namen kommt es nicht an. Ritter Ähäm von Bärenfels ist sicherlich ein guter und rechtschaffener Mensch. Nicht wahr, Ritter Ähäm?" Hugolin war feuerrot vor Scham, als er stotternd antwortete: „Nein, nein!" Helenas Vater blickte ihn verdutzt an: „Nein? Ihr seid kein guter und rechtschaffener Mann?" „Aber ja doch", brachte Hugolin hervor. „Na also", zeigte sich der Vater zufrieden, „erzählt mehr von Euch, Ritter Ähäm!" Der Ritter schluckte, dann sagte er: „Ich heiße nicht Ähäm, sondern Hugolin, Hugolin von Bärenfels." „Das klingt schon besser!", warf das Fräulein ein. „Aber wo liegt Bärenfels, ich habe noch nie davon gehört!" Hugolin wollte gerade beginnen, von seiner schönen Burg zu erzählen, da nahmen die beiden Verwundeten all ihre

Kraft zusammen und stürzten sich auf den Ritter. „Du Dieb der Liebe!", rief der eine von ihnen. „Du feiger Schleicher!", entfuhr es dem anderen. Hugolin wehrte sich und schleuderte die Männer von sich. Da lagen sie wieder auf dem Boden. „Siehst du, lieber Vater", sprach das Fräulein schnippisch, „die Männer sind alle gleich. Am Ende prügeln sie sich, wenn sie nicht bekommen, was sie haben wollen. Auch Ritter Ähäm macht da keine Ausnahme!" Sie wandte sich der Treppe zu und entschwand im Obergeschoss.

Hugolin blieb fassungslos stehen. Zu seinen Füßen lagen zwei liebestolle Raufbolde, an seiner Schulter lehnte ein weinender Vater, unter dem Torbogen standen einige Frauen, die ihn mit bösen Augen anfunkelten. Nur Zentaurus schien bei Verstand zu sein. Hugolin tätschelte das Pferd, schwang sich auf seinen Rücken, sprach einen Abschiedsgruß und ritt hinaus auf die Straße in Richtung Cannstatt, vorüber an Sontheim und Talheim. Er wollte die große Stadt hinter sich lassen. Das Stadtleben war nicht seine Welt. Lieber wollte er gegen Bären und Wölfe kämpfen, als in die Schlingen städtischer Liebschaften und Wirrnisse zu geraten. Trotzdem ging ihm die hübsche Helena nicht aus dem Sinn. Er verachtete ihr hochnäsiges Auftreten, aber das Bild ihrer Schönheit hielt sein Herz und seinen Verstand auf sonderbare Weise gefangen.

Ж

Zwischen Heilbronn und Cannstatt übernachtete Hugolin in einem Wirtshaus, in dem man von gefährlichen Stromschnellen am Neckar erzählte. Der Ritter war so müde, dass er den Erzählungen kaum Beachtung schenkte und sich bald schlafen legte. Allerdings bestand er darauf, im Stall bei seinem Pferd zu bleiben, denn er fürchtete neuerlichen Diebstahl und Verlust. Zentaurus war das treueste Wesen, das er kannte. In der Nähe des Pferdes zu nächtigten, vermittelte das Gefühl besonderer Sicherheit. Im Traum allerdings stieg das Bild Helenas in ihm auf und brachte seine Seele durcheinander.

Am nächsten Morgen spürte Hugolin den Drang, nach Heilbronn zurückzukehren und um die schöne Helena zu werben. Er versuchte, diesen Drang mit klugen Gedanken zu bekämpfen: Helena sei viel zu eingebildet, keine Frau fürs Leben, zu viele Männer hätten sich um sie geschlagen und so weiter. Aber jedes Mal, wenn er einen Gedanken zu Ende gedacht hatte, sah er wieder das schöne Fräulein die Treppe herabschweben und ihn anblinzeln. In diesem Moment wurde jeder andere Gedanke bedeutungslos.

In diesem merkwürdigen Gefühlszustand überließ Hugolin seinem Pferd Zentaurus die Führung. Der Hengst war ein kluges Tier, er zog mit dem Ritter weiter gen Süden durch das Neckartal. Nach einer weiteren Nacht erreichte der verwirrte Ritter Cannstatt, wo er einen Schmied aufsuchte, denn ein Hufeisen hatte Schaden erlitten und musste erneuert werden. Auch ergab sich endlich eine Gelegenheit, ein neues Lasttier zu erwerben. Man verbrachte die Nacht in Cannstatt ritt am nächsten Tag weiter in Richtung Esslingen. Noch immer quälte den Ritter der Zauber, den Helena auf ihn geworfen hatte, aber Hugolin erreichte hinter Esslingen ein Stammland der Kaiserfamilie, was seine Gedanken endlich in eine andere Richtung lenkte. Vielleicht gelang es ihm, doch noch etwas über die Pläne des Herrschers zu erfahren und Graf Reginald als Betrüger zu entlarven. So ließ er sich von einem Knappen, Eugen mit Namen, den er in Esslingen angeworben hatte, zur Burg Rechberg geleiten.

Die Festung erhob sich trutzig auf einem Kegelberg vor dem Gebirge der Schwäbischen Alb. Der junge Eugen kannte einige Wachen, und so gelang es tatsächlich, dass Hugolin dem Burgherrn, Graf Hildebrand von Rechberg, und seiner Frau Anna vorgestellt wurde. Die beiden erkannten sehr wohl, dass sie es bei dem müden Ritter mit einem ehrenwerten Menschen zu tun hatten und gewährten ihm großzügige Gastfreundschaft. Wie lange hatte Hugolin nicht mehr gebadet! Die wohlige Wärme ließ ihn allerdings so sehr entspannen, dass er noch im Badehaus einschlief – so tief, dass er von Eugen ins Bett getragen werden musste. Dort wachte Hugolin erst am Mittag des folgenden Tages auf.

Der Burgherr freute sich, einen erstarkten Ritter vor sich zu sehen, als er ihn zum Mittagessen empfing. Das wunderbar zubereitete Wild schmeckte Hugolin ausgezeichnet, und Hildebrand, der weitaus geringeren Hunger als sein Gast verspürte, erzählte diesem von den Freuden der Jagd und von den wundervollen Burgen in der Umgebung. Der Graf erhob sich und führte Hugolin zum Fenster, von wo man einen eindrucksvollen Blick auf die Festungsanlage des Staufen-Berges hatte. „Sieh hinüber, Hugolin!", forderte Hildebrand seinen Gast auf. „Dort wohnen die Verwandten des Kaisers. Sein Urahn, Herzog Friedrich I., ließ die hohen Türme errichten. Mein Vater war Marschall im Dienste des Königs Philipp von Schwaben, des Onkels unseres heutigen Kaisers. Ich kann dir vieles erzählen von den großen Taten dieser Familie. Wie schändlich aber war es, dass König Philipp wehrlos ermordet wurde, als er zu Bamberg bei einer Hochzeitsfeier weilte. Dieses Verbrechen hat das ganze Reich ins Chaos gestürzt, bis endlich Friedrich die Macht sichern konnte und dem Durcheinander ein Ende bereitete."

Hugolin bewunderte seinen Gastgeber. Er lebte in dieser rauen Gegend und schien doch mehr Feinsinn und Weltkenntnis zu besitzen als der Adel weit und breit. „Kennt Ihr unseren Herrscher? Seid Ihr ihm leibhaftig begegnet?", erkundigte sich der Ritter. „Oh ja!", erwiderte Hildebrand. Seine Gemahlin Anna, die hinzutrat, ergänzte: „Wir waren Gäste bei der Königskrönung in Aachen, als man Friedrich auf dem Thron Kaiser Karls huldigte. Damals hat er auch die Gebeine des großen Kaisers Karl in den goldenen Schrein gebettet und diesen eigenhändig verschlossen. Nie wieder habe ich so viel Pracht gesehen wie in diesen Tagen!" „Ja, ja", begeisterte sich Hildebrand, „wir sind ja eigentlich sparsame Leute, aber diese Feier haben wir uns etwas kosten lassen. Auch ich habe Gold gespendet für den Schrein Karls des Großen. Ein bisschen Rechberg-Gold ist also auch in diesem heiligen Schrein, der täglich verehrt wird!" Hugolin war sehr verwundert. Noch nie hatte er von Rechberg-Gold gehört, und sollte die Adelsfamilie tatsächlich über eine Goldmine verfügen? Danach zu fragen, wäre aber sicherlich unhöflich, würde vielleicht sogar habgierig erscheinen. Die Gräfin jedoch bemerkte das Erstaunen im Gesicht ihres Gastes und klärte ihn auf: „Das Gold stammte natürlich nicht vom Rechberg, sondern von spanischen Kaufleuten, die es bei Mauren gekauft hatten, welche wiederum Handelsbeziehungen bis nach Timbuktu pflegten." Nun stieg Hugolins Erstaunen ins Unermessliche: „Timbuktu? Das liegt doch in Afrika, im Malireich! Und gehört Timbuktu nicht den Muslimen, gegen die Kaiser Karl einst in die Schlacht gezogen war?" Gräfin Anna lächelte: „Ja, edler Ritter, so ist es. Es war nicht leicht, dieses Gold zu kaufen, aber nun hat es den richtigen Platz gefunden, an dem es bis zum Jüngsten Tag Zeugnis ablegen kann für die Gnade, die Gott Kaiser Karl erwiesen hat."

Ritter Hugolin staunte. Seine Gastgeber wussten vieles, vielleicht konnten sie ihm auch Auskunft geben, ob sich der Kaiser tatsächlich auf einen Kriegszug ins Heilige Land vorbereitet. Auf dieses Thema angesprochen, vertrat Graf Hildebrand eine klare Ansicht: „Selbstverständlich wird Friedrich nach Jerusalem ziehen und die Stadt zurückerobern. Er hat es versprochen – in Aachen, bei der Königskrönung! Vor kurzem hat er dieses Versprechen bekräftigt, als er in Rom zum Kaiser erhoben wurde. Im Angesicht des Papstes gelobte er, das Kreuz zu nehmen und ins Heilige Land zu ziehen, um dort gegen die Sarazenen zu kämpfen. Es besteht gar kein Zweifel, dass der Kaiser dieses Versprechen wahrmachen wird. Unser Herrscher ist von anderer Gesinnung als König Otto, welcher den Papst anlog, er werde das Kreuz nehmen – nur um die Kaiserwürde zu erlangen und dann nicht gegen die Sarazenen, sondern gegen unseren Friedrich zu kämpfen. Aber Gott hat gerecht geurteilt und die Herrschaft Ottos beendet, nun herrscht Friedrich, und er ist ein Mann, der seinen Worten Taten folgen lässt! Hätte er nicht so viel Zeit benötigt, um die

Angelegenheiten in deutschen und italienischen Landen zu ordnen, längst schon wäre er nach Jerusalem aufgebrochen. Auch musst du bedenken, dass es ein gewaltiger Aufwand ist, ein Heer aufzustellen, es auszurüsten und über das Meer zu bringen. Außerdem muss man in der Heimat Vorkehrungen treffen und für alle wichtigen Aufgaben Verantwortliche auswählen, die zugleich tüchtig und treu sein müssen. Man hat wohl vergessen, dass sowohl Friedrichs Vater als auch Friedrichs Großvater auf dem Weg nach Jerusalem gestorben sind, noch bevor sie den eigentlichen Kampf aufnehmen konnten. Der Kaiser darf nichts überstürzen. Aber der Papst wollte nicht warten und schickte bereits ein Heer nach Osten. Da dieses Heer aus eigener Kraft den Sultan nicht besiegen konnte, hat man sich mit den Seldschuken verbündet, die Muslime sind und oftmals gegen Christen gekämpft haben. Das bedeutet nichts Gutes. Man darf nicht mit Feinden gemeinsame Sache machen, das rächt sich. Der jetzige Kriegszug kommt seit Jahren nicht voran, es ist eine Schande. Hätte man doch gewartet, auf dass Friedrich das Notwendige hätte vorbereiten können. Jetzt ist alles sehr viel schwieriger geworden. Es besteht die Gefahr, dass sich die Kräfte zersplittern. Manche Ritter des Kreuzes sind bereits wieder nach Italien zurückgekehrt. Andere sollen sich in Konstantinopel aufhalten, anstatt in die Kämpfe einzugreifen."

Der Ritter von Bärenfels berichtete dem Gastgeber schließlich von seinem eigenen Schwur, zu dem er gezwungen worden war. Auch hierzu hatte Hildebrand eine klare Anschauung: „Ein Schwur, Ritter Hugolin, ist ein Schwur. Er darf nicht gebrochen werden. Außerdem benötigt der Kaiser Hilfe, wie ich dir schon gesagt habe. Du unterstützt ihn bei einer wichtigen Verpflichtung und hast Gelegenheit, Verdienste zu erwerben. Nutze diese Gelegenheit! Sollte Graf Reginald unrecht gehandelt haben, so wird ihn eine gerechte Strafe treffen. Ich verspreche dir, dass ich alles aufschreiben lasse, was du mir berichtest hast, und es den kaiserlichen Beamten überreiche. So werden deine Rechte gewahrt. Es ist besser für dich, wenn du nicht dein eigener Zeuge bist, sondern mich Zeugnis ablegen lässt. Und es ist besser für dich, wenn du die Glaubwürdigkeit deiner Worte durch tapfere Taten bekräftigst – beim Zug gegen die Sarazenen!" Gräfin Anna nickte bestätigend und lächelte Hugolin so freundlich an, dass der Ritter fast das Antlitz Helenas zu erkennen meinte und sofort von seligen Gedanken gefangen genommen wurde. Weder Verstand noch Gefühl ließen eine Widerrede zu.

Graf Hildebrand gab Hugolin viele Ratschläge, wie er gut und sicher nach Italien gelangen könne. Er hatte den Weg über die Alpen selbst schon mehrmals zurückgelegt und bestätigte die Route, die Kaufmann Heinrich vorgeschlagen hatte. Und wie die Ritter der Feste Trifels empfahl er die Via Imperii, um die Alpen zu überqueren. Hildebrand nannte einige Namen von Verwandten und Freunden, die Hugolin entlang des Weges helfen könnten. Außerdem versicherte er, dass man unterwegs vieles über das Heilige Land erfahren könne, denn es handle sich um eine bewährte Pilgerroute, die nicht nur für Reisen nach Rom gewählt werde, sondern auch für die Pilgerschaft ins Heilige Land. Der Ritter von Bärenfels war froh über die genauen und verlässlichen Informationen, aber er hatte ein sehr flaues Gefühl im Magen. Die Heimat lag endgültig hinter ihm. Er befand sich auf einer Reise gewaltigen Ausmaßes. Hatte er noch vor kurzem über Jagd und Flötenspiel nachgedacht, so befasste er sich jetzt mit der Alpenüberquerung und einer gefährlichen Fahrt übers Meer. Hugolin blickte hinaus in den Wald und auf die Staufen-Festung. Alles hier erschien so fest und stabil: uralte Bäume, steinerne Mauern und Türme, erhabene Berge. Sollte er diesen Blick bald gegen schwankende Wellen oder die endlose Trockenheit der Wüste tauschen? Graf und Gräfin schienen ihn zu verstehen, als sie ihm auf die Schulter klopften und Hildebrand aufmunternd sprach: „Du bist noch jung. Das ist die richtige Zeit für Reisen und Abenteuer. Später wirst du deinen Kindern und Kindeskindern erzählen, was du in jungen Jahren erlebt hast, und in ihnen die Sehnsucht nach einem großen Leben nähren." Hugolin, der sich gar nicht groß vorkam, nickte tapfer.

Nun galt es, aufzubrechen und den Weg zur Donau zu suchen. Bald schon befand er sich am Fuß der Burg, blickte sehnsüchtig zurück, dachte an das Bad, den gedeckten Tisch und die freundschaftlichen Ratschläge des Grafen. Eugen, der Knappe, begleitete Hugolin noch an Geislingen vorüber bis auf die Anhöhe der Alb, wo er mit einem angemessenen Lohn entlassen wurde. Dann machte sich Hugolin, allein mit dem treuen Zentaurus und einem Lasttier, auf den Weg zur Donau.

Ж

In der Nähe der Stadt Ulm wollte Hugolin die Straße nach Augsburg einschlagen, aber seine Reise fand eine unerwartete Wendung. Er war auf Ritter gestoßen, die leidenschaftlich darauf aus waren, gegen die Sarazenen zu kämpfen. Sie hatten prächtige Rüstungen, goldene Schwertknäufe, silberne Harnische. Diese Herren nannten sich „Befreier von Golgotha", jenes Jerusalemer Felsens, auf dem das Kreuz Jesu aufgerichtet worden war, und erzählten von Heldentaten, die an Tapferkeit kaum zu übertreffen waren. Sie hatten gegen Drachen gekämpft und christliche Prinzessinnen aus dem Harem des Sultans befreit. In den Grabhügeln der Pharaonen, so erzählten sie, waren ihnen böse Geister begegnet, die ihnen das Augenlicht rauben wollten. Und im Thermaischen Golf mussten sie eine Seeschlange töten, die zehn Schiffslängen maß. Hugolin war beeindruckt, auch wenn ihm manche Geschichten übertrieben vorkamen. Er hätte gerne einmal einen Drachen gesehen oder die Mumie eines Pharaos. Am meisten gefiel ihm die Erzählung von Prinzessin Julia der Langhalsigen. Muselmanen hatten sie überfallen und gefangen genommen. Sie sollte den Anführer der Horde heiraten. In der Hochzeitsnacht biss sie ihm ein Ohr ab, angeblich aus leidenschaftlicher Liebe. Jungfräulich wurde sie aus der Ehe entlassen, blieb aber gefangen. Die Ritter Tilo und Tasso verkleideten sich als Karawanenreiter und befreiten sie. Wie gern hätte Hugolin eine solche Tat vollbracht. Todesmutig wäre er in die Mitte der Feinde gesprungen, hätte die allgemeine Verwirrung genutzt und die Prinzessin – die aussah wie die schöne Helena – auf dem Rücken seines fliegenden Pferdes davongetragen. Oh wie großartig waren diese edlen Abenteuer! Hugolin ließ sich umfangen von einer Welt, in der alles klar und heldenhaft erschien. Roter Wein beflügelte Erzählungen und Fantasie, bis die Männer am frühen Morgen zu Bette gingen. Der Wein schenkte Hugolin einen besonders tiefen Schlaf.

Aber der Ritter erwachte nicht dort, wo er sich schlafen gelegt hatte. Alles schaukelte um ihn herum. Träumte er noch? War er trunken vom Wein? Nein! Er befand sich im Bauch eines Schiffes, das in schneller Fahrt den Fluss hinunterfuhr. Die „edlen" Ritter oder ihre Kumpane hatten ihn offensichtlich ausgeraubt und an einen Kapitän verkauft, welcher ihn als Sklave halten oder weiterverkaufen wollte. Wo aber war Zentaurus, sein treues Pferd? Hugolin erhob sich und wurde von Ketten zurückgerissen. Ein Pferd hatte im Schiffsbauch wohl kaum einen Platz. Die Decke war niedrig, der Boden vom Flusswasser feucht. Erst jetzt bemerkte Hugolin, dass noch andere Menschen hier weilten. Sie blickten ihn mit hohlen Augen an, schienen aber nicht sprechen zu können oder sprechen zu wollen. „Wer seid Ihr?", fragte Hugolin in Richtung der Männer, die mit langen Bärten, ausgemergelt, zusammengekrümmt dasaßen, manche von ihnen mitten in Wasserlachen. Ausdruckslos blickten ihn die Köpfe an. Hugolin ahnte, dass diese Menschen des Sprechens nicht mehr mächtig waren. Sie mussten schon sehr lange in Gefangenschaft sein.

Von oben wurde eine Luke geöffnet. Jemand warf Brotrinden herab. Die Sklaven stürzten sich darauf, so gut es ihre Fesseln zuließen. Sollte Ritter Hugolin so enden wie diese Kreaturen? Er war wütend auf die schäbigen Strauchritter, die ihn verraten und verkauft hatten. Aber noch wütender war er auf sich selbst, dass er ihnen Glauben geschenkt hatte. Abenteuerlust und Fernweh hatten ihn verführt. Jetzt saß er im dümmsten Abenteuer seines Lebens, und mit jedem Moment wurde er weiter in die Ferne getragen. Hugolin schüttelte sich. Wie grausam hatte das Schicksal zugeschlagen! Erst Ritter des Kreuzes wider Willen, jetzt Sklave ohne Willen. Ohne Willen? Das durfte nicht sein! Er durfte nicht so stumpf werden wie seine Genossen im Bauch des Schiffes. Daher begann er, Geschichten zu erzählen, so viele ihm nur einfielen. Es waren Begebenheiten, von denen er gehört hatte oder die er selbst erfand. Da er immer noch an Helena denken musste, überlegte er sich Geschichten, in denen Helena einmal als liebreizende, sanfte Frau auftrat, ein andermal als bösartige Furie. Die Männer blickten ihn verständnislos an, aber nach einiger Zeit zeigten ihre Gesichter schon ein Lächeln oder den Ausdruck von Empörung, je nach Fortgang der Erzählung. Langsam fanden sogar manche ihre Sprache wieder. Jedenfalls schien es so. Die Laute, die sie hervorgurgelten, waren völlig unverständlich. Monatelange Entwöhnung hatte sie sprechunfähig gemacht. Trotzdem versuchte der Ritter, sie zu ermutigen. Mit ihrer Hilfe konnte man vielleicht die Freiheit erkämpfen. Aber bis dahin war es sicherlich ein weiter Weg.

Wenn Hugolin nicht erzählte oder schlief, überlegte er fieberhaft, wie man sich aus dem Schiffsbauch befreien könne. Wie die Ketten loswerden? Wie die Luke öffnen? Wie die Mannschaft überrumpeln? Die Ketten waren rostig, aber sehr stabil. Man musste sie aus der Verankerung reißen. Das feuchte Holz ließ sich bearbeiten. Zuerst rieb er eine Kettenkante daran, dann fand er einen alten Schiffsnagel, mit dem er Stück um Stück herausarbeitete. Schließlich gelang es ihm, die Ketten aus der Schiffswand zu lösen. Sie störten ihn immer noch, aber er konnte sich viel freier bewegen. Inzwischen hatten manche Gefangene seine Tätigkeit nachgeahmt. Vielleicht nur, um besser nach den Brotkanten springen zu können, die einmal am Tag in den Schiffsbauch geworfen wurden. Schließlich hatten sich fünf Männer von den

59

Wandverankerungen befreit. Hugolin erklärte ihnen seinen Befreiungsplan. Sie nickten, aber der Ritter wusste nicht, wie sehr er sich auf ihre Hilfe verlassen konnte.

Als am nächsten Tag die Luke geöffnet wurde, sprang Hugolin vor und ergriff den Fuß des Mannes, der oben stand, zerrte ihn blitzschnell nach unten und verschloss die Luke von innen. Die anderen Gefangenen stürzten sich auf ihren Peiniger, der nicht zu schreien wagte, sondern um Gnade winselte. Wenn alles gut ging, fiel niemandem auf, dass ein Besatzungsmitglied fehlte, und man konnte bei Nacht die Luke öffnen und den Rest der Mannschaft überwältigen. Hugolin knöpfte sich den Kerl vor, der offensichtlich nur ein Diener war, und fragte ihn nach der Beschaffenheit des Schiffes, nach Stärke und Bewaffnung der Mannschaft. Unter dem Versprechen, sein Leben zu schonen, gab der Mann alle Auskünfte preis, die Hugolin benötigte. Er riet, den Wachwechsel nach Mitternacht abzuwarten, denn dann kehre völlige Ruhe ein. Das Schiff liege wahrscheinlich vor Anker, und in einer unauffälligen Nacht würden sogar die Wachen dösen.

Hugolin gab seinen Leuten genaue Anweisungen, und als die Nachtwache gewechselt wurde, machte sich der Ritter zum Angriff bereit. Er wartete noch einige Momente, dann öffnete er vorsichtig die Luke. Halbmondlicht erleuchtete die Nacht und blendete seine Augen, die keine Helligkeit mehr gewöhnt waren. Trotzdem erkannte er schnell, dass das Schiff genau so beschaffen war, wie es der Diener beschrieben hatte. Hugolin gab den anderen ein Zeichen und schlich zum Vorderdeck, wo zwei Matrosen Wache hielten. Er durfte sie nicht gleichzeitig angreifen, sonst könnte einer von ihnen Alarm schlagen. Hugolin warf einen Krug über Bord, der mit einem lauten Klatschen auf das Wasser schlug und unterging. Tatsächlich, einer der Matrosen löste sich vom anderen, um nachzusehen, woher das Geräusch gekommen war. Der Ritter duckte sich, wartete, bis der Mann knapp vorüber war, sprang ihm an die Gurgel, drückte seinen Mund zu und stieß den Kopf gegen einen Balken. Lautlos glitt der Matrose zu Boden. Hugolin überließ ihn den anderen, die den Mann wegzerrten.

Der zweite Mann war kräftiger, offensichtlich von höherem Rang, aber der Ritter warf ihn nach einem entschlossenen Anlauf über Bord. Die Strömung riss ihn schnell hinweg, sein Schreien war nur kurze Zeit zu hören. Hugolin wünschte ihm, dass der schwimmen könne und wandte sich dann den kleinen Kajüten zu, die mit Ausnahme der Kapitänskajüte von außen verriegelt werden konnten. Nun war es an der Zeit, den Verantwortlichen zu stellen. Ritter Hugolin trat in die Kapitänskajüte und packte den dicken Schiffsführer, der ihm als Trunkenbold beschrieben worden war. Ihn zu überwältigen war nicht schwierig, und als der Mann sich kurz darauf im Schiffsbauch wiederfand, weckte er die Lebensgeister auch der letzten Gefangenen, welche sich auf ihn stürzten und mit aller Kraft verprügelten. Hugolin musste den Kapitän herausziehen, um sein Leben zu bewahren.

Als die Matrosen in den verriegelten Kajüten erwachten und ihre Lage erkannten, flehten sie um Erbarmen und versprachen, Hugolin als neuen Kapitän anzuerkennen, wenn er sie nur am Leben lasse. Der Ritter von Bärenfels fühlte sich wider Willen wie ein Pirat. Aber das war in dieser Lage das Beste, das ihm passieren konnte. Bald waren alle Gefangenen von ihren Ketten befreit. Die Mannschaft schwor Hugolin die Treue und in kühnen Träumen dachte der Ritter daran, die Donau hinabzufahren, das Schwarze Meer zu durchkreuzen und Konstantinopel, die Hauptstadt des Ostens, anzusteuern. Wie glücklich hatte sich sein Schicksal gewendet! Einstweilen musste er Ordnung in das Schiff bringen und seine genaue Position bestimmen.

Am Morgen erblickte Hugolin ein weites Tal, an dessen Hängen Burgen und Klöster im Sonnenlicht leuchteten. Der Ritter war überwältigt vom Anblick dieser Landschaft, die ihm nach den Tagen der Gefangenschaft wie das Paradies erschien. Die Vernehmung des Kapitäns ergab, dass man sich im Gebiet der oberösterreichischen Donau befand. So malerisch die

Landschaft erscheine, es gebe gefährliche Stromschnellen und Strandräuber, die nur darauf warteten, dass ein Schiff kentere. Auch der ansässige Adel betreibe Räuberei und nutze seine Machtstellung schamlos gegen Reisende aus. Sogar König Richard Löwenherz solle im Donautal gefangen genommen worden sein – auf dem Rückweg vom Heiligen Land. Der Ex-Kapitän senkte den Kopf und sagte seufzend: „Außerdem hast du den Steuermann über Bord geworfen. Ohne ihn haben wir kaum eine Chance, sicher durch die Stromschnellen zu gelangen. Zum Donner, innerhalb weniger Stunden bin ich von einem reichen Kapitän zu einem Gefangenen abgestiegen, und nun wartet der kalte Tod auf uns alle."

Hugolin war betroffen, zeigte es aber nicht. Ohne die geringste Erfahrung sollte er Kapitän eines Donauschiffes sein und die Verantwortung für viele Menschenleben tragen. Und was war mit der Ladung? Er wandte sich fragend an den Ex-Kapitän. „Das Schiff hat Tierfelle, Wein und Salz geladen", gab dieser Auskunft und fuhr fort: „Vor uns liegt ein Hafen, der das Stapelrecht einfordert: Wien. Dort musst du sicherlich die Ladung offenlegen und Handelsbriefe vorzeigen. Ein so großes Schiff wie dieses erregt Aufmerksamkeit im Vergleich zu den vielen Flößen, die in großer Zahl auf dem Fluss unterwegs sind. Ich warne dich: Man wird sofort bemerken, dass etwas nicht stimmt! Als Pirat landest du am Schandpfahl, oder man schlägt dir direkt den Kopf ab. Aber selbst wenn du an Wien vorüber bist: Je näher du dem Donaudelta kommst, desto größer werden die Drachenfische, die sogar eine ganze Schiffslänge erreichen können. Sie haben schon viele Matrosen verschlungen. Ein unerfahrener Kapitän hat keine Chance, alle seine Leute gesund zum Schwarzen Meer zu bringen!" Hugolin blickte den gefangenen Ex-Kapitän prüfend an. Wie viele seiner Worte waren gelogen? Der Gefangene nutzte die Pause, um auf weitere Gefahren hinzuweisen: „Der Fluch der Nibelungen lastet auf vielen Orten entlang der Donau. Die Geister derer, die Hagen von Tronje einst ermordete, sie irren noch immer rachesuchend durch das Flusstal."

Ritter Hugolin brummte der Kopf, aber er blieb misstrauisch gegenüber allem, was der Ex-Kapitän gesagt hatte. Er musterte seine Mannschaft. Von den ehemaligen Gefangenen mussten einige dringend an Land, am besten in die Obhut eines Spitals. Drei finstere Gesellen zahlte er mit einem Anteil der Ladung aus und empfahl ihnen ebenfalls den Landgang. Einen Steuermann wollte er im nächsten Hafen anheuern, ebenso einen Flusslosten für die Stromschnellen. Der Herr von Bärenfels prüfte die Ladung und fand, dass einiger Wein verschwunden sein musste. Bestimmt hatte der Ex-Kapitän daran Schuld. Die Bescheinigungen waren auf den Namen Sebolt ausgestellt, welcher von den Matrosen Sebolt der Geizige genannt wurde. Die Bescheinigungen mussten sich ändern lassen, sofern der elende Ex-Kapitän seine Einwilligung dazu erklärte. Zunächst weigerte sich dieser, aber nachdem man ihn mit einem Seil ins Wasser gelassen hatte und das Lied der Donaudrachenfische gesungen hatte, änderte er seine Meinung.

Ж

Innerhalb eines Tages hatte Hugolin von Bärenfels sein Leben neu geordnet. Er vermisste schmerzlich seine Burg und seinen Hengst. Aber verglichen mit einem Sklaven durfte er sich seines Daseins wieder freuen. Seit langem konnte er auch wieder die Flöte spielen, was sein Herz erfreute. In seinen Gedanken tauchten Erinnerungen auf an Graf Hildebrand, Ritter Berengar, Kaufmann Heinrich, aber auch an die Begegnungen mit dem nächtlichen Hirsch und an den Falkentraum.

Ex-Kapitän Sebolt der Geizige hingegen war übler Laune. Er musste nicht nur die Annehmlichkeiten des Kapitänslebens entbehren, sondern auch den guten Wein, den er sich sonst bereits zur Mittagsstunde einverleibte. Sebolt stieß garstige Flüche aus und brüllte die Matrosen an, sie kämen alle wegen Meuterei an den Galgen. Schließlich musste Hugolin die

Knebelung Sebolts anordnen. Für sich selbst ließ er das Gewand eines Ritters des Kreuzes schneidern. Damit kam man leichter an den Kontrollposten vorbei, die es entlang des Flusses gab. Jeder kleine Adlige entlang des Stromes wollte seine Kasse aufbessern, Ritter des Kreuzes aber waren von Abgaben befreit.

Man näherte sich Stromschnellen, die Sebolt der Geize als „Höllensteine" bezeichnet hatte. Ritter Hugolin ließ einen Teil der Ladung auf Karren umladen, die man am Ufer mieten konnte. Auch schickte er einige Männer an Land, um das Schiff zu erleichtern. Der neue Steuermann und sein Lotse prüften Wasserstand und Kieltiefe, außerdem den Wind und die Gerätschaften des Schiffes. Alles schien in Ordnung zu sein. In einer Kapelle, die dem Heiligen Nikolaus geweiht war, goss Hugolin Öl in die Lampen und entzündete sie. Dann begab er sich auf die gefährliche Fahrt.

Anfangs lag das Schiff ruhig in der Strömung, aber schon bald begann es zu schwanken. Die Befehle des Lotsen wurden aufgeregter, seine Stimme schneidend und ungeduldig. Der Steuermann brüllte, und die spritzende Gischt füllte bald das Deck mit Wasser. Wellen und Strudel wurden lauter und lauter, so dass man kaum noch die Rufe des Lotsen verstand. Er gab Zeichen, ebenso der Steuermann. „Mann über Bord!", brüllte es unverhofft neben Hugolin. Der Ritter eilte zur Reling, band ein Seil um seine Hüften, befestigte es und setzte zum Sprung in die Fluten an. Der Steuermann sah es und brüllte verzweifelt: „Nein! Nein! Zurück!" Aber Kapitän Hugolin befand sich bereits im Wasser. Kein geübter Schwimmer war er, jedoch mutig und stark. Ein jeder Ritter musste schwimmen können, und dies half in einer solch gefährlichen Situation. Wenige Meter vor ihm trieb der Matrose im Wasser, wurde immer wieder hinabgezogen in die Tiefe, wo gefährliche Felsen lauerten, und kam erneut an die Oberfläche. Hugolin ruderte mit seinen Armen, so schnell er konnte. War der Matrose schon tot oder nur bewusstlos? Jetzt bekam er seinen Kragen zu fassen und zog ihn zu sich heran. Aber konnte er sich auf seine

Mannschaft verlassen, die nun das Seilende in ihren Händen hielt? Es wäre leicht gewesen, den Kapitän in den Fluten ertrinken zu lassen. So viel Wankelmut und menschliche Falschheit Hugolin in seinen jungen Jahren auch erlebt hatte, jetzt zogen sie ihn heraus und mit ihm den Matrosen, der viel Wasser geschluckt hatte, aber noch am Leben war. Ein letztes Felsenriff musste noch passiert werden, dann gelangte das Schiff wieder in ruhigeres Fahrwasser.

Auf den Sandbänken und Inseln unterhalb der Stromschnellen sah man die Gerippe gestrandeter Schiffe, zerborstene Fässer, zerfetzte Ruder. Hätte Hugolin diesen Friedhof menschlicher Hoffnungen früher gesehen, vielleicht hätte er die gefährliche Fahrt nicht gewagt. Schnell ließ er die Ladung an Bord bringen. Zu groß war die Gefahr, Plünderern in die Hände zu fallen. Mit Schaudern dachte Hugolin an das Schicksal der Nibelungen, die mit vielen Kriegern unter dem Geleit Hagen von Tronjes auf diesem Fluss in Richtung Ungarn gezogen waren, dem sicheren Untergang am Hof des Hunnenkönigs entgegen. Welches Schicksal würde ihn erwarten?

Der Abendstern war erschienen und leuchtete über dem Horizont. Ein Zeichen kommenden Glücks? Hugolin probierte zum ersten Mal selbst vom Wein, der annehmlich mundete, obwohl er kräftig durchgeschüttelt worden war. Dieser Wein schmeckte nach einer anderen Welt. Vielleicht aber war es auch die überstandene Gefahr, die jeden Schluck so kostbar machte. Die Matrosen waren ausgelassen und tranken auf das Wohl ihres Kapitäns, der vielleicht der einzige Donaukapitän weit und breit war, welcher jemals eigenhändig einen Matrosen aus dem Wasser gerettet hatte. Sie erzählten von schönen Flussnixen, von Elfen in den umliegenden Wäldern und träumten von Frau und Kind.

Einige Tagesfahrten später erreichte Hugolins Schiff den Stapelhafen von Wien. Es kostete viel Überredungskunst und einige Münzen, damit die Ladung nicht vollständig an Land gebracht werden musste. Als Ritter des Kreuzes genoss

Hugolin aber manchmal Vorrechte. Um alles zu überprüfen, musste das Schiff wenigstens eine Nacht im Hafen bleiben.

Hugolin nächtigte in einem Wirtshaus, tat aber kaum ein Auge zu, da er sich an seine letzte Wirtshausnacht erinnerte, welche ihn zu einem Sklaven gemacht hatte. Schlaflos stand er am Fenster und ging alsbald hinab in die Wirtsstube. Er traute seinen Augen nicht: Da saßen Tilo und Tasso, die prahlerischen Schurken, die ihn verraten hatten. Halb betrunken lehnten sie auf einem Tisch und erkannten den Ritter nicht. Es war die Stunde der Rache. Hugolin setzte sich zu den beiden, schenkte ihnen ein und überredete sie schließlich, einen Gang zum Hafen zu unternehmen. Kurze Zeit später lagen sie gefesselt im Schiffsbauch neben dem geknebelten Sebolt, drei Schurken der schlimmsten Sorte. Als Kapitän hatte Hugolin nun alle Macht über sie. Vor allem aber wollte er wissen, wo sie Zentaurus, sein geliebtes Pferd, gelassen hatten. Der Hengst befand sich, so erfuhr Hugolin schließlich, im Stall des Wirtshauses. Erfüllt von glücklicher Hoffnung rannte der Ritter zurück und fand tatsächlich das Tier, das er so lange vermisst hatte. Es war abgemagert und in schlechtem Zustand, aber Hugolin dachte in diesem Moment nur an die Wiedersehensfreude. Zentaurus schleckte an seiner Hand, wie er es früher oft getan hatte. Keinen Moment wollte Hugolin seinen Hengst alleine lassen, er brachte ihn sofort zum Hafen. Aber was musste er dort sehen? Wachen hatten das Schiff umstellt und Sebolt der Geizige stand fluchend an Deck, neben ihm Tilo und Tasso, die sich trotz ihrer Trunkenheit als Ritter des Kreuzes und „Befreier von Golgotha" aufspielten.

Der Steuermann, den Hugolin von Bord geworfen hatte, hatte im Hafen gelauert und das Schiff angezeigt. Hugolin, hoch zu Ross, erkannte, dass die Lage aussichtslos war. Wieder einmal hatte er alles verloren, allerdings sein Pferd wiedergewonnen. Er wandte sich ab und ritt davon.

Ж

Sebolt des Geizigen Schiff ging noch in derselben Nacht in Flammen auf. In volltrunkenem Zustand, auf der Suche nach weiterem Wein, war der Kapitän mit einer Öllampe im Laderaum gestürzt und hatte die gelagerten Tierfelle in Brand gesteckt. Die Matrosen konnten sich retten, während ihr Kapitän Abschied vom Leben nehmen musste. Tilo und Tasso hatten zu diesem Zeitpunkt das Schiff bereits verlassen.

Völlig übernächtigt ritt Ritter Hugolin weiter, den Strom entlang. In den Mittagsstunden gönnte er sich und seinem Hengst etwas Ruhe und Schlaf. Das Misstrauen gegen Diebe und Räuber ließ ihn am Tage besser schlafen als in der Nacht. Aber in seinen Träumen fand er keine Ruhe. Er sah einen Hirsch, wie er sich aufbäumte, als wolle er den Weg verwehren, den Hugolin eingeschlagen hatte. Der Ritter rätselte über diesen Traum. Wie gerne wäre er nach Bärenfels zurückgekehrt. Aber er hatte nichts in der Hand gegen den Grafen Reginald, der auf der Burg sicherlich eine wehrhafte Besatzung zurückgelassen hatte. Um sich von Reginalds bösem Verhängnis zu befreien, hätte Hugolin ein Schreiben des Papstes und des Kaisers benötigt, eine fast unerfüllbare Voraussetzung. Hugolin hätte nach Brindisi reiten können, wie es ursprünglich vorgesehen war, aber alleine mit einem abgemagerten Pferd über die Alpen zu reiten, käme beinahe einem Selbstmord gleich. Außerdem hatte Hugolin davon gehört, dass einige norditalienische Städte Krieg gegen den Kaiser führten und jeder Anhänger Friedrichs dort in Gefahr sei. Vor ihm hatten schon viele Jerusalempilger den Weg entlang der Donau gewählt, auch die ersten Ritter, die bewaffnet dorthin reisten. Spätestens in Konstantinopel würde man auf kampferfahrene Ritter treffen, die das Heilige Land kannten. So erschien es klüger, die Donau hinabzuziehen, hoffend, Gott möge seinen Schutz gewähren. Hatte Hugolin nicht auch Zentaurus zurückerlangt – wider jede vernünftige

Hoffnung? Wie schön war es, auf seinem Rücken zu sitzen, sich nach vorne zu beugen und das Pferd atmen zu spüren! Wie gut tat es, nicht ganz allein zu sein! Wie sicher konnte er sich fühlen mit einem treuen Pferd! Irgendwann würde der Hengst wieder zu seinen alten Kräften zurückfinden, dann könnte Hugolin vielen Gefahren entgegentreten, ohne eine Niederlage befürchten zu müssen.

Am Abend gerieten Ritter und Pferd in sumpfiges Gelände, und Hugolin dachte erneut an den warnenden Traum. Zur Sicherheit hielt er an und blieb an Ort und Stelle. Erleichtert über diese Entscheidung nickte er ein und wurde erst geweckt, als nächtlicher Regen einsetzte. Er wickelte sich fester in seine Decke. So ließ es sich aushalten. Der Regen aber hörte nicht auf, und als Hugolin bei Tagesanbruch die Augen aufschlug, hatte sich der Weg, auf dem er gestern noch geritten war, in sumpfiges Gelände verwandelt.

Eine Gruppe von Weiden bot mit ihrem Wurzelwerk Halt, aber sobald sich das Pferd zu drehen versuchte, stapfte es im Schlamm und drohte tief einzusinken. Von den Blättern und Zweigen troff das Wasser herab, kalter Wind ließ Hugolin vor Kälte zittern, dem Pferd neben ihm ging es nicht besser. Der Ritter versuchte sich krampfhaft zu erinnern, was Waldleute in einer solchen Situation taten. Aber er kannte niemanden, der jemals in einen solch gefährlichen Sumpf geraten war. Hugolin fielen nur die Erzählungen seiner Vorfahren ein, die aus Irland stammten. Sie handelten von Irrlichtern, Sumpfgeistern und Moorleichen. In den Sümpfen sollte es angeblich Wiedergängergeister geben, die an den Ort ihres Todes zurückkehrten und andere dazu verdammten, ihr Schicksal zu teilen. Hugolin spürte, wie an seinen Füßen der Wasserspiegel stieg. Ihm war unheimlich zumute.

Bald schon beobachtete der Ritter eine leichte Strömung, die die Wurzeln der Bäume blank legte. Wenn es so weiterging, würden vielleicht die Bäume umfallen. Es bräuchte nur etwas Naturgewalt, keineswegs den Einfluss böser Geister, um an diesem Ort zu sterben. Hugolin verspürte Hunger, Müdigkeit und zunehmende Schwäche. Im Schiffsbauch bei den Gefangenen und als Kapitän einer Schiffsmannschaft hatte er eine Aufgabe gehabt, die ihn über sich selbst hinauswachsen ließ. Aber hier war er allein. Seine Kräfte wirkten wie gelähmt. Mutlosigkeit kroch in sein Inneres und ließ die Knie erweichen. Hugolin spürte die Versuchung, auf sein Pferd zu steigen, alles auf eine letzte Karte zu setzen und in Richtung des alten Weges aus dem Sumpf hinauszupreschen oder aber rettungslos unterzugehen. Später kam ihm die Idee, ein Sumpffloß aus Weidengeflecht zu bauen. Aber damit hätte er höchstens sich selbst, keineswegs Zentaurus retten können. Die Lage war aussichtslos. Der Regen musste nachlassen und der Weg trocknen. Aber das konnte viele Tage dauern, und jetzt wurde der Niederschlag auch noch stärker. Das Wasser stieg und stieg, die Strömung nahm zu. Bald musste Hugolin in den Baum hinaufsteigen, der ihn beschützte. Sein Pferd wieherte und schlug aus, der Ritter hielt es an den Zügeln fest und redete beruhigende Worte.

Der Ritter wusste nicht, wie lange er schon im Sumpf gefangen war. Selbst bei Tag wurde es nicht richtig hell, so dicht und schwer hingen die Wolken über den Wipfeln. Noch einmal riss der Himmel auf, und Hugolin erkannte, dass sich der ganze Sumpf in einen See verwandelt hatte, nein in einen Fluss ohne sichtbare Grenzen. Vielleicht war er ein Teil der mächtigen Donau geworden. Dies bedeutete höchste Gefahr, aber vielleicht auch eine letzte Chance: Mit einigem Glück war es vielleicht möglich, schwimmend eine Donauinsel oder sogar ein Ufer zu erreichen. Der Ritter ahnte, dass dies die einzige Chance war, aber er spürte auch, wie gefahrvoll ein solcher Versuch sein musste. Unmöglich erschien es, in eine selbst gewählte Richtung zu schwimmen, denn dazu war die Strömung viel zu reißend. Außerdem konnte Treibholz einen Schwimmer schwer verletzen. Gefahr drohte auch von den vielen Strudeln. Möglicherweise wurde man von den Wassermassen gegen einen Baum geworfen und versank bewusstlos in der Flut. Sollte man von all dem verschont bleiben, so war nicht gewiss, festen Grund zu erreichen. Vielleicht würde man tiefer in den Sumpf geraten oder von der Flussströmung fortgerissen werden, ertrinken oder an einem Felsen zerschellen.

Sollte Hugolin das Abenteuer alleine wagen und Zentaurus später retten? Würde der Hengst so lange ausharren? Würde Hugolin das Tier wiederfinden? Nein! Beide oder keiner! Der Ritter wartete, bis die Wolken etwas aufrissen und Helligkeit durchdringen konnte, dann ließ er sich und sein Pferd in die Strömung gleiten. Der Hengst wieherte in furchtbarer Angst, das Wasser bot keinen Halt mehr, und es war grausam kalt. Immer wieder versuchte sich Hugolin an einem Baum festzuhalten, aber die Geschwindigkeit nahm zu, und bald mussten sich Ross und Ritter ganz der Führung des Wassers überlassen. Hugolin betete um Rettung und versuchte, möglichst wenig Wasser zu schlucken. Zentaurus kämpfte ums Überleben und reckte seinen Hals immer wieder panisch nach oben. Da sah der Ritter das Glitzern einer riesigen, breiten Wasserfläche. Es war der Hauptfluss, auf welchen die beiden nun hinausgeschleudert wurden. Hugolin schwanden die Sinne. Mit letzter Kraft wickelte er die Pferdezügel noch fester um sein Handgelenk, dann übermannte ihn Besinnungslosigkeit.

Ein stechender Schmerz brachte das Bewusstsein zurück. Der Ritter hing an einem Felsen, Pferd und Zügel zerrten mit furchtbarer Gewalt an seinem Arm, aber es war noch Leben in den beiden zerschundenen Wesen, und Hugolin konnte festen Grund spüren. Mit der Kraft des letzten Überlebenswillens zog der Ritter seinen Hengst zu sich heran. Der Anblick war tragisch und komisch zugleich: Ein Ritter ohne Rüstung, Schwert und Schild klammerte sich an einen Felsen mitten im Donaustrom, sein Pferd neben ihm, mit den Hufen ständig ausgleitend. Vorbeifahrende Schiffer würden ihn wahrscheinlich für einen Sohn des Flussgottes halten – oder für einen Irren, der mit seinem Pferd von einer Brücke gesprungen war. Aber bei diesem Hochwasser gab es kein einziges Schiff weit und breit.

Stunden bangen Wartens folgten. Hugolin hätte beinahe ein vorbeitreibendes Boot ergriffen, aber eine Welle schlug es zur Seite. Der Wasserspiegel musste sinken, bis endlich die ersten Donauschiffe auftauchten. Fast verhungert wurde Hugolin endlich an ein Deck gezogen. Hugolin wusste nicht, ob dies im Traum geschah oder in Wirklichkeit. Die Stimmen der Donauschiffer klangen für ihn wie aus unendlicher Ferne kommend, leise und verschwommen. Noch immer hielt er die Zügel fest, mit blutenden Händen und Armen, und leistete mit letzter Kraft Widerstand, als man ihm das Pferd abnehmen wollte. Dann sank er besinnungslos zusammen. Zentaurus musste noch ein ganzes Stück im Wasser schwimmen, bis endlich ein Ufer erreicht war.

Ж

Der Ritter von Bärenfels bemerkte nicht mehr, wie all dies geschah. Man brachte ihn in ein Kloster, dessen feste Mauern Geborgenheit schenkten. Hugolin versank er in einen tiefen Schlaf, der drei Tage und Nächte dauerte.

Als der Ritter erwachte, fand er sich in einer Klosterzelle wieder und musste lange nachdenken, bis er begriff, wie er hierher gelangt war. Er trat hinaus in die Gänge, wo alles still war. Das Kloster lag oberhalb der Donau, fast wie ein gestrandetes Schiff. Hugolin spürte einen unbändigen Hunger. Aber wo war in einem solchen Gebäude die Küche? Der abgehärmte Ritter öffnete verschiedene Türen, bis er schließlich auf einen wohlbeleibten Mönch traf. „Seid Ihr der Küchenmeister?", erkundigte sich Hugolin. „Der Friede Christi sei mit Euch!", antwortete der Mönch und fuhr fort: „Wisst Ihr nicht, dass heute Fasttag ist?" Hugolin blickte enttäuscht drein. „Im Kloster herrschen strenge Regeln!", seufzte er. „Ja, aber das ist Euer Glück", lächelte der Mönch, „denn dann bleibt für die Gäste mehr Essen übrig!" Der Mann stellte sich als Pater

Andreas vor und geleitete den Ritter ins Gästerefektorium, wo ihm alsbald aufgetischt wurde. Die Kost war einfach, aber für einen entwöhnten Magen bekömmlich.

Nach dem Essen führte Pater Andreas den Gast durch die Bibliothek und einen Säulengang. Schließlich öffnete er eine kleine Tür in der Klostermauer, und die beiden traten hinaus in die wunderschöne Natur des Donautals. Das Hochwasser der vergangenen Tage war deutlich zurückgegangen, und der Fluss zog friedlich seine Bahn. Andreas und Hugolin unterhielten sich über das Vorgefallene und über die Reisepläne des Ritters. Der Pater war begeistert von dem Vorhaben, nach Konstantinopel zu fahren. Er schwärmte von dieser Stadt: „Ihre Schönheit ist einzigartig. Allein schon die Häfen der Metropole mit ihren baumhohen Schiffsmasten sind ein großartiger Anblick. Diese Stadt ist der Maßstab für Wissenschaft, Kultur, Kleidung und kluge Verwaltung. Kein Platz der Welt hat so viele und reiche Bibliotheken, kein Ort so prachtvolle Kirchen und Mosaiken. Viele Völker lebten dort friedlich beisammen, bevor die Ritter des Kreuzes kamen: griechische und auch lateinische Christen, Juden, Muslime, alle hatten dort einen Platz. Was jetzt aus der Stadt wird, weiß niemand. Hoffen wir, dass die Ritter des Kreuzes die Stadt nicht zu Grunde richten."

Hugolin war ein wenig beschämt, denn er gehörte zu jenen Rittern, die offensichtlich das Missfallen des Paters erregten. Daher sagte er: „Ehrwürdiger Vater, auch ich bin ein Ritter des Kreuzes. Obwohl ich nicht freiwillig in diesen Dienst getreten bin, nehme ich ihn ernst und bin bereit, gegen die Sarazenen zu kämpfen. Ich werde mein Schwert nicht gegen Christen führen und nicht gegen Alte, Frauen, Kinder oder Unbewaffnete. Nur mit Kriegern möchte ich kämpfen. Auf diese Weise hoffe ich, Blutschuld von meiner Seele fernzuhalten. Aber ich spüre, dass auch der Tod eines feindlichen Kriegers Schuld bedeuten kann. Ich bin kein kaltherziger Mensch, der sich des Tötens erfreut. Selbst einen Mörder zu töten fällt mir schwer. Ich denke, einem solchen Mann habe ich nicht nur das irdische Leben entrissen, sondern ihm im Zustand schwerster Sünde jede Möglichkeit zur Besserung genommen. Er fährt für immer in die Hölle. Ist es nicht so?"

Pater Andreas wurde sehr nachdenklich: „Ich weiß nichts Sicheres darüber, was mit der Seele nach dem Tod geschieht, wer in den Himmel gelangt und wer in die Hölle verdammt wird. Ich bin nicht Gott und auch kein Heiliger. Gewiss, all dieses Fragen stelle ich mir auch, und ich kenne einige Lehrmeinungen darüber. Aber wo ist Gewissheit?" Hugolin war erstaunt über die Worte des Mönchs. Warum sprach er so zögerlich? Hatte er nicht die Bibel und die Lehren der Kirche studiert? War es nicht seine Aufgabe, über Leben und Tod, Jenseits, Himmel und Hölle Auskunft zu geben? Daher fragte Hugolin: „Pater Andreas, Ihr habt doch gewiss die Heilige Schrift gelesen. Ist dort nicht alles klar dargestellt?" Andreas blickte zu Boden: „Nein, Ritter Hugolin, dort ist nicht alles klar dargestellt. Wir finden in der Bibel sowohl die Todesstrafe als auch das Tötungsverbot. Vieles in der Heiligen Schrift ist rätselhaft, geheimnisvoll. Auch nach langem Studieren bleiben viele Fragen offen." Der Mönch schwieg einige Zeit, und Hugolin wagte nicht, die Stille zu unterbrechen.

Schließlich fuhr der Pater fort: „Es gibt eine Sache in der Bibel, die mich sehr beschäftigt. Es ist das Problem, dass Jesus selbst von seinen engsten Vertrauten, den Aposteln, oftmals nicht verstanden wurde. Wenn man das Neue Testament aufmerksam liest, findet man Stellen, die zeigen, dass sich viele Jünger und Apostel ziemlich begriffsstutzig verhielten. Vielleicht waren sie einfach nur Menschen wie du und ich. Sogar ganz am Ende, bei der Himmelfahrt des Herrn, stellten sie einige unpassende Fragen und bewiesen dadurch, dass sie noch nicht begriffen hatten, worum es ihrem Meister eigentlich ging. Jesus muss oftmals sehr einsam gewesen sein. Am ehesten erkannten die Frauen seine Botschaft. Man muss sich auch deshalb fragen: Wer von uns, die wir uns auf Jesus berufen, hat das richtige Verständnis?"

Andreas bemerkte, dass seine Worte den Ritter verwirrten. Dieser hatte gehofft, bei einem Mönch einfachen Rat und klare

Wegweisung zu finden. „Es tut mir leid, Ritter Hugolin, wenn ich Euch nicht all das geben kann, was Ihr erhofft. Ich bin nicht Mönch geworden, weil ich mich im Besitz einer unerschütterlichen Wahrheit sehe, sondern weil ich nach der Wahrheit suche und mich nach der Gegenwart Gottes sehne. Ich möchte nicht töten und bin froh, dass ich im Kloster nicht töten muss. Aber wie soll ich einen Ritter belehren, dessen Beruf das Töten ist?" Hugolin erwiderte: „Mein Beruf ist nicht das Töten. Das Töten kann eine Notwendigkeit sein, ist aber keinesfalls das Ziel des Ritters. Das weiß ich und deswegen suche ich nach einem gerechten Maßstab, wann ich töten darf und wann nicht. Man sagt, dass Gott im Krieg auf der Seite desjenigen steht, der für eine gerechte Sache kämpft."

Der Pater legte Hugolin die Hand auf die Schulter: „Vielleicht gibt es Dinge, für die man töten muss. Aber woher wissen wir, dass eine Sache so gerecht ist, dass wir dafür töten dürften? Jesus sagte zu denen, die aus scheinbar gerechten Gründen töten wollten: Wer von euch ohne Sünde ist, werfe den ersten Stein! Da ließen sie alle ihre Waffen sinken. Für welche Sache sollte man töten dürfen? Für die Sache Gottes wohl kaum. Jesus wollte das nicht. Dazu gibt es eine ganz einfache und einleuchtende Geschichte im Evangelium: Judas kam mit einer Schar Männer in den Garten Gethsemane, wo Jesus die Nacht im Gebet verbracht hatte. Jesus sollte verhaftet werden. Einer seiner Anhänger wollte Jesus verteidigen und erhob das Schwert. Aber Jesus sagte zu ihm: ,Steck dein Schwert in die Scheide; denn alle, die zum Schwert greifen, werden durch das Schwert umkommen.'" Die Worte trafen Hugolin ins Herz. Der Mönch wiederholte sie in lateinischer Sprache: „Omnes enim qui acceperint gladium gladio peribunt."

Andreas sah, dass Hugolin von Selbstzweifeln erfasst wurde und sprach: „Ich werde für Euch, Ritter Hugolin, beten, dass Ihr nicht unnötig Blut vergießen müsst und dass Eure Seele keinen Schaden erleidet. Aber tragt selbst Verantwortung, dass Ihr nicht unbedacht tötet. Behauptet nicht,

Gott habe Euch aufgetragen, ein Leben auszulöschen. Er ist Herr über Leben und Tod, er allein. Niemand sollte seinen Namen anrufen, um zu töten. Die meisten Ritter des Kreuzes sehen das anders, ich weiß. Aber Ihr seid ein nachdenklicher Mensch. Bleibt nachdenklich. Dann wird Gott Euch zur rechten Zeit Hilfe und Wegweisung schenken." Ritter Hugolin verneigte sich: „Ich danke Euch, ehrwürdiger Vater. Ich werde beherzigen, was Ihr gesagt habt. Sagt mir aber: Lehrt die Kirche nicht, es sei Gottes Wille, Jerusalem von den Sarazenen zu befreien?"

Andreas, der gehofft hatte, das schwierige Gespräch zu einem guten Abschluss gebracht zu haben, seufzte und erwiderte: „Im Glaubensbekenntnis steht nicht, dass man Jerusalem von den Sarazenen befreien müsse. Und hat nicht Jesus selbst in Bethlehem, Nazareth und Jerusalem unter Fremdherrschaft gelebt? Hat er seine Macht etwa gegen die Römer eingesetzt? Hat er seinen Jüngern befohlen, sie sollten die fremden Soldaten aus dem Land werfen?" Der Ritter von Bärenfels antwortete: „Aber der Papst hat dazu aufgerufen, Krieg gegen die Sarazenen zu führen!" Pater Andreas schaute in die Weite und erwiderte: „Das mag sein, aber der Papst hat nicht gesagt, der Krieg sei die Pflicht eines einzelnen Gläubigen oder jedes Gläubigen. Einen Krieg als gerecht zu verstehen, bedeutet noch keinen Zwang, zur Waffe greifen zu müssen." Hugolin äußerte Zweifel: „Wie konnte man dann von mir verlangen, in den Krieg zu ziehen?" „Letztlich kann das niemand verlangen", entgegnete der Mönch, „letztlich hat der Papst nur die Vergebung aller Sünden, zu denen man sich in der Beichte bekannt hat, versprochen, und den Erlass aller Bußstrafen, wenn man im Zeichen des Kreuzes kämpft." Eine kurze Stille trat ein. Fast schien es, als könnte man die Wellen der Donau, welche unten im Tal floss, glucksen hören. Ein warmer Wund trug den Geruch geschnittenen Grases aus dem Tal empor. Hugolin aber war traurig: „So hat man mich doppelt getäuscht", sprach er, „denn die angebliche Sünde, von der ich reingewaschen werden soll, kann ich nicht anerkennen, und eine Bußstrafe wäre nicht gerechtfertigt. Graf Reginald hat behauptet, meine Familie sei von einem entlaufenen Mönch gegründet worden, welcher seinen heiligen Pflichten verraten hätte. Aber das ist nicht wahr, und ich würde dies niemals als eine Sünde meiner Familie oder meiner selbst beichten. Also gibt es auch nichts – nichts Wesentliches –, wovon ich mich durch eine bewaffnete Pilgerfahrt befreien könnte. Der Kampf, in den ich ziehe, ist in dieser Hinsicht sinnlos. Aber zurück kann ich dennoch nicht." „Keiner von uns ist ohne Sünde, jeder von uns benötigt Vergebung und Befreiung", entgegnete Pater Andreas. Hugolin überzeugte dies nicht: „Auch und gerade Graf Reginald dürfte nicht frei von Sünde sein. Warum zieht er nicht nach Jerusalem?"

Der Pater seufzte, dann sprach er: „Erwarte nicht von einem Mönch, dass er all diese Dinge besser versteht als andere. Unser ehrwürdiger Vater Abt sagt, der Papst rufe zum Krieg im Heiligen Land, weil er die Kriege in Europa beenden wolle und lieber einen äußeren Feind habe als Bruderkriege in Europa. Ist es nicht besser, so fragt er, dass sich die christlichen Fürsten verbünden und untereinander Frieden schließen – besser als Frieden mit den Feinden zu halten? Hat die Bruderliebe nicht Vorrang? Ich denke, so ist es, auch wenn es besser wäre, nicht nur mit dem Bruder, sondern auch mit dem Feind in Frieden zu leben." Hugolin schaute wieder auf den Fluss und seinen fernen Lauf, als er sagte: „Dann bleibt am Ende nur der Sinn des Krieges selbst. Wir bekämpfen einen äußeren Feind, um unsere Gemeinschaft nach innen zu schützen und um Gebiete zurückzuerobern, die einst unter christlicher Herrschaft standen. Ob Gott diesen Krieg tatsächlich verlangt oder ihn vielleicht sogar verabscheut, wissen wir nicht. Der tapfere Kaiser Friedrich Barbarossa starb auf dem Weg ins Heilige Land. König Richard Löwenherz konnte Akkon erobern, Jerusalem aber nicht. Wenn Gott selbst einem christlichen Kaiser und einem christlichen König den Sieg nicht gewährt, wer sollte dann Hoffnung haben, in Gottes Namen die Heilige Stadt in Besitz nehmen zu dürfen?"

Der Mönch schwieg einige Zeit, während sich die Sonne ins Abendrot kleidete und den blauen Fluss langsam rötlich zu färben begann. „Ritter Hugolin", sprach er schließlich, „niemandem bleiben innere Kämpfe erspart. Wir Mönche haben sehr viele innere Kämpfe zu bestehen. Die Verletzungen und Narben, die wir davontragen, sieht man nicht mit bloßen Augen. Das ist bei Euch Rittern anders. Ich habe schon so viele kranke und sterbende Ritter gesehen. Sie liegen in den Spitälern, manche suchen in den Klöstern ihre letzte Ruhe. Auch diese Klostermauern haben schon viele Ritter beherbergt, die nur noch einen Wunsch hatten: Sie wollten in Frieden sterben. Nur wenigen wurde dieser Wunsch erfüllt. Die meisten litten furchtbare Schmerzen wegen ihrer Kriegswunden und Alterskrankheiten. Aber am schlimmsten ging es jenen, die zu ihren körperlichen Schmerzen auch noch innere Verzweiflung fühlten. In ihren Träumen schrien sie wie Kinder nach ihrer Mutter und bei Tag erzählten sie von furchtbaren Taten, vom Tod ihrer Freunde und von der Tötung ihrer Feinde. Das Blut, das sie gesehen hatten, haftete in ihrem Gedächtnis und war nicht wegzuwaschen. Hugolin, Ihr seid ein Ritter mit Verstand und Feingefühl. Denkt immer daran, dass Ihr nicht so enden sollt. Tut nichts, was Ihr am Ende Eures Lebens bereuen müsstet." Hugolin fühlte sich durch die Worte des Mönchs getroffen, aber der Gedanke an den eigenen Tod weckte zugleich Widerstand in seinem Innern. Daher antwortete er: „Wenn ich eines Tages sterben muss, dann wahrscheinlich im Kampf, und ich werde auch in diesem Moment nicht wissen, ob mein Kampf gottgefällig ist oder nicht." Pater Andreas runzelte die Stirn: „Ihr seid hartnäckig. Dann will ich Euch eröffnen, was ich in meinem Innersten denke: Es gibt keinen Krieg, der frei von Sünde ist. Lassen wir einmal alle komplizierten Gedanken beiseite. Denken wir einmal nicht daran, was der Papst oder manche Lehrer der Kirche über den gerechten Krieg sagen. Fragen wir einfach: Was ist der Kern der Botschaft Jesu Christi, unseren Herrn? Dies lässt sich eigentlich ganz leicht beantworten: Liebe Gott, liebe Gottes

Schöpfung, liebe dich selbst, liebe deinen Nächsten, liebe deine Feinde. So lässt sich die Botschaft Jesu Christi zusammenfassen. Haben in diesen Leitsätzen Krieg, Kampf oder Gewalt einen Platz?"

Hugolin hörte die Worte, die der Mönch leidenschaftlich vortrug, mit einem leichten Erstaunen und dachte laut nach: „So betrachtet sollte ich mein Kriegswerkzeug wegwerfen. Ich könnte in diesem Kloster um Aufnahme als Mönch bitten und in Frieden leben, besser noch *für* den Frieden leben." „Du bist herzlich willkommen!", freute sich Pater Andreas und breitete seine kräftigen Arme aus, um Hugolin damit zu umschließen. „Aber Pater Andreas", fuhr der Ritter fort, „warum predigen nicht alle Mönche den Frieden, wenn die Sache eigentlich so einfach und klar ist, wie Ihr es sagt? Stattdessen rufen viele Mönche, so hat man mir berichtet, zum Krieg gegen die Sarazenen!" Andreas ließ die Arme sinken und entgegnete: „Zu den Mönchstugenden gehören Demut und Gehorsam. Wir folgen den Weisungen, die die Oberen uns erteilen." „So bin ich lieber Ritter", sprach Hugolin, „zwar muss ich die Herrschaft über mir anerkennen, aber ich bin dennoch frei in meinem eigenen Leben und in meinen eigenen Entscheidungen! Demut ist auch für uns Ritter eine Tugend, eine sehr edle sogar. Aber Gehorsam dient der Machtausübung, mit Tugend hat das nicht viel zu tun. Gehorsam macht die Seele nicht edler, weder die des Befehlenden noch die des Gehorchenden." Pater Andreas entgegnete: „Du befolgst auf dem Weg, der dich hierhergeführt hat, den Befehl eines Grafen!" „Nein!", sprach Hugolin. „Ich befolge einen Schwur, meinen eigenen Schwur, das ist etwas anderes!" Der Mönch nickte: „Wenn der Schwur nur nicht erzwungen worden wäre. Ich möchte Euch nicht entmutigen, aber wenn wir schon über den Willen Jesu Christi sprechen: Er hat die Seinen aufgefordert, überhaupt nicht zu schwören. So steht es in der Bergpredigt geschrieben."

Der Ritter von Bärenfels spürte in seinem Innern tiefe Zweifel: Was war richtig, was falsch? Welche Worte von

Menschen, welche Worte der Heiligen Schrift konnten als Maßstab gelten? Andererseits hatte endlich jemand in voller Klarheit mit ihm gesprochen, auch wenn diese Worte auf seinem Denken und Fühlen lasteten. Hatte sich der Ritter von Anfang dagegen gesträubt, die bewaffnete Pilgerfahrt auf sich zu nehmen und gegen die Sarazenen zu kämpfen, so erschien ihm dies hier und jetzt als ein folgenschwerer Fehler und sogar als eine Sünde. Er wunderte sich über sich selbst, einen Schwur geleistet zu haben, der ihn zum Krieg drängte. Die Umstände, die ihn damals zu einem solchen Schritt veranlasst hatten, wirkten mit Abstand betrachtet fast bedeutungslos im Vergleich zu den Folgen, die sich nun abzeichneten. Pater Andreas spürte, wie sehr Hugolin mit sich und der Welt, ja sogar mit Gott rang. Er sprach: „Ritter, Ihr seid auf dem Weg nach Jerusalem noch nicht sehr weit gekommen, aber dennoch habt Ihr schon viel erlebt und in den Wellen der Donau Bekanntschaft mit dem Tod gemacht. Das sind schwierige Erfahrungen. Euer Denken und Fühlen haben sich verändert. Keiner von uns hat einen Anspruch auf ein leichtes Leben, und edler Mut bewährt sich in Zeiten der Herausforderung. Geht Euren Weg weiter und bittet Gott um seinen Beistand, er lässt die Seinen nicht im Stich!" Hugolin fasste sich ein Herz und erwiderte: „Ja, ich gehe meinen Weg weiter, auch wenn er ungewiss wie im Nebel liegt."

Pater Andreas wurde zum Gebet gerufen, und Hugolin begleitete ihn in den Kirchenraum, wo er sich nachdenklich an eine Säule lehnte, während er den lateinischen Gesängen lauschte. Der Ritter blieb noch einige Zeit im Kloster, um wieder zu Kräften zu kommen. Auch Zentaurus hatte die Erholung dringend notwendig. Lange Zeit erschien es fraglich, ob er überhaupt wieder gesunden und den Ritt fortsetzen könne. Der Ritter von Bärenfels dachte zeitweilig daran, dem treuen Tier jede weitere Strapaze zu ersparen und es auf den satten Donauwiesen sein weiteres Leben führen zu lassen. Aber Zentaurus zeigte so viel Freude, sobald Hugolin im Stall erschien, dass Hugolin seine Gedanken fallen ließ und

Erleichterung spürte bei dem Gedanken, nicht alleine weiterzureisen. Zentaurus war ein Tier, aber zugleich der treueste Gefährte, den der Ritter hatte.

Mit Pater Andreas führte Hugolin noch manches Gespräch über Demut und Gehorsam, über die Lebensweisen von Rittern und Mönchen, über die Bibel und die Lehren der Kirche, über Konstantinopel und Jerusalem. In manchen Momenten erschien ihm das Leben eines Mönches so außergewöhnlich, dass er Andreas darum beneidete. In anderen Momenten spürte er in sich ein so starkes Verlangen nach Freiheit, dass er sich nicht vorstellen konnte, die strenge Lebensform eines Klosters auf sich zu nehmen.

Als der Tag des Abschieds gekommen war, erhielt Hugolin den Segen des Abtes für die weitere Reise und brach gestärkt auf. Pater Andreas stand noch lange am Tor und blickte dem Ritter nach.

Ж

Einen Tagesritt vom Kloster entfernt erreichte Hugolin am Abend eine gastfreundliche Burg. Dort traf er eine Gruppe von Reisenden, denen er sich anschließen wollte. Diese Leute geleiteten eine edle Dame, Carolina von Bratislava, nach Esztergom. Alle verhielten sich ehrerbietig gegenüber der jungen Frau. Sie erschien selbstbewusst und fröhlich, ihr Gesicht zeigte eine einnehmende Schönheit, die fast geheimnisvoll wirkte, denn sie strahlte aus dunklen, mandelförmigen Augen. Über den Wangen, die ein wenig hervortraten, erhob sich eine hohe Stirn, welche von dunkelblondem, leicht gewelltem Haar gekrönt wurde. Eine schmale Nase führte hinunter zu sanftroten Lippen, die keck über einem wohlgeformten Kinn hervorsprangen. Hugolin war sofort eingenommen von der schönen Frau, die – so erklärte man ihm ungefragt – in Esztergom von ihrem Onkel, dem Freiherrn von Knigge, erwartet wurde. Bei ihm sollte ihre höfische Bildung verfeinert werden, damit sie mit einem hohen

Herrn verheiratet werden konnte. Der Ritter von Bärenfels wäre gerne an der Stelle dieses hohen Herrn gewesen, aber er hatte im Moment keinerlei Besitz vorzuweisen, und Gefühle der Zuneigung zu zeigen, verbaten ihm die Schüchternheit und der Stolz. So ritt er mit würdiger Haltung neben der Kutsche der Dame, bot seine Dienste an und brachte manches Heldenlied zu Gehör. Auch spielte er häufig auf seiner Flöte bezaubernde Melodien. Dass er sich regelmäßig wusch, gefiel der Dame, die großen Wert auf die Pflege des Körpers legte, sich aber auch gerne geistreich und humorvoll unterhielt. Ihre Lieblingsstädte waren Wien, Passau und Regensburg. Hugolin wusste von diesen Städten und hatte sie bei seiner Reise gestreift, aber aufgrund der schwierigen Umstände nicht wirklich kennengelernt.

Carolina wiederum freute sich auf die Stadt Esztergom und war voller Erwartungen. „Weißt du, Ritter Hugolin, auch dir würde das Leben in einer Donaustadt gefallen. Es ist viel abwechslungsreicher als jede Burg." „Gewiss, Fräulein Carolina", gab Hugolin zur Antwort, „ich reise nach Konstantinopel, und diese Stadt soll ganz besondere Reize haben." „Wie aufregend", begeisterte sich das Fräulein, „am liebsten würde ich mitreisen, wenn es mein Vater erlauben würde. Oh, ich wäre ein stolzes Fräulein, beschirmt von einem Ritter des Kreuzes, alle würden mich beneiden!" Hugolin, den dieser Gedanke glücklich machte, erwiderte: „Vielleicht kann ich das Schiff zurückerlangen, das mir geraubt wurde. Dann könntest du mit bunten Fahnen durch den Bosporus segeln und in Konstantinopel direkt am Goldenen Horn landen." Diese Vorstellung traf genau Carolinas Geschmack. „Oh bitte, du musst dein Schiff zurückgewinnen!"

Hugolin fühlte, dass er das Herz der Dame gewinnen könne, aber er wusste gleichzeitig, wie schwer es sein würde, für diese Liebe Dauerhaftigkeit und Zustimmung der Familie zu erlangen. „Welche Mode trägt man in Konstantinopel?", wollte Carolina wissen. Hugolin war mit dieser Frage überfordert, erinnerte sich aber an die Worte des Paters Andreas,

Konstantinopel sei ein Vorbild für den ganzen Erdkreis. Daher sagte er: „Diese Stadt richtet sich nicht nach einer Mode. Was sie hervorbringt, ist Maßstab für die ganze kultivierte Welt." Die Dame war beeindruckt. „In Regensburg, so hörte ich, trägt man die Hauben sehr kurz und besetzt sie mit Goldfadensäumen", meinte sie, worauf Hugolin erwiderte: „Das habe ich leider nicht sehen dürfen. Als wir dort landeten oder vorüberfuhren, hielt mich der niederträchtige Kapitän Sebolt der Geizige gefangen." „Nein! Du warst Gefangener auf deinem eigenen Schiff?" Hugolin erzählte die ganze Geschichte, und Carolina hörte ihm mit weit geöffneten Augen zu. „Wie aufregend", fand sie, „wenn man am Donauufer sitzt, vermutet man nicht, welche Schrecknisse sich auf einem Schiff zutragen können!"

Die Dame erzählte von ihren Zukunftsplänen, und Hugolin wurde das Herz schwer, als sie von dem Vorhaben berichtete, das ihr Vater zum Zweck der Verehelichung vorgesehen hatte. Dem Ritter erschien das Vorgehen kalt und herzlos, und er spürte einen tiefen Schmerz, dass er Carolina niemals würde heiraten dürfen. Er nahm sich vor, sein Herz verschlossen zu halten und keine weiteren Gefühle für die schöne Dame auszubilden. Aber je öfter er sie anblickte, desto schwerer fiel es, diesen Vorsatz einzuhalten.

Carolina hatte ein fröhliches Wesen. Ihre Zofe, Heidrun mit Namen, fürchtete manchmal, die Dame rede zu offenherzig, überhaupt sei es unziemlich, mit fremden Männern so lange zu sprechen. Ein höflicher Gruß solle ausreichen. „Du wirst niemals einen hohen Herrn finden, der dich heiratet, wenn du so vorlaut bist", flüsterte sie Carolina zu. Aber diese lachte nur: „Meinst du, ich möchte mein restliches Leben schweigend verbringen?" „Du kannst mit Damen deines Standes sprechen", erklärte die Zofe. „Wie langweilig!", gab Carolina zurück, „Männer erleben so viel Abenteuerliches. Sieh dir Ritter Hugolin an, er hat in wenigen Wochen mehr erfahren als manch anderer in einem ganzen Leben!" Der Zofe missfiel diese Bemerkung, aber sie wollte sich auf keine Diskussion einlassen. „Deine Neugier wird dir noch viel Ärger einbringen", seufzte sie, „und ich werde dafür gerügt." „Ach Heidrun, wer könnte dir böse sein?", erwiderte Carolina lächelnd. „Meine Abenteuerlust und Neugier habe ich bestimmt nicht von dir!"

Inzwischen war der kleine Zug von Pferden und Kutschen auf einer Anhöhe angelangt. Von hier aus sah man den Bogenlauf der Donau, das schimmernde Grün des Waldes, einzelne Türme und kleine Burgen dazwischen. Am Horizont stand dünner Rauch, und es funkelte wie von Spiegeln. Das musste die Stadt Esztergom sein. „Wie schön!", rief Carolina aus, aber ihre gute Laune schien einer Besorgnis Platz zu machen. Hugolin ermannte sich, musste er doch dem Ziel dieser Reiseetappe mit traurigen Gedanken entgegenblicken: „Ich werde dich sicher dorthin geleiten!", sprach er mit fester Stimme. „Daran besteht kein Zweifel", erwiderte Carolina und blickte auf die bewaffneten Reiter, die sie umgaben. Sie ahnte nicht, dass sie Hugolins Hilfe noch in Anspruch nehmen würde.

Ж

Zur Nacht quartierte man sich in einem Gasthof ein. Die Pferde wurden von Knechten gepflegt und gefüttert. Man bereitete alles für den Einzug in die große Stadt vor. Carolina und ihre Zofe waren mit Haartracht und Kleidung beschäftigt, die Stunden bis zur Nachtruhe vergingen wie im Flug. Hugolin aber wurde von Schlaflosigkeit geplagt. Er wanderte zwischen Wirtshaus und Stall hin und her und suchte schließlich einen Ausblick auf die Donau. Der Fluss zog ruhig und bestimmt seine Bahn. Eine Nachtigall war zu vernehmen, und unter einer Schar Enten entstand eine kurze Unruhe, dann war alles wieder still. Hugolin betrachtete den nächtlichen Fluss, aber was er sah, war Carolina. Das Mondglitzern des Wassers erinnerte an ihre Augen, das sanfte Wiegen der Pappeln und Weiden an ihr Haar, und er lauschte, ob er nicht ihr fröhliches Lachen vernähme. Ohne dass Hugolin es wahrhaben wollte – so fühlte sich ein Verliebter. Einige Minneverse schenkten ihm eine gewisse Erleichterung:

Dein Mund ist Schloss und Schlüsselein.
Deine Stimme dringt in mein Herz hinein.
Ich wusste nicht, dass ich dieses Herz besitze,
Lass es schlagen ewiglich und itze.

Hugolin blickte zum Wirtshaus hinüber. Carolinas Zimmerfenster war dunkel, nur die Wirtshausstube leuchtete im Licht einiger Öllampen. Plötzlich wurde alles dunkel. Merkwürdig. Hugolin versuchte, genauer hinzusehen. Er erkannte, dass ein Pferd vor dem Eingang des Hauses stand. Ebenfalls merkwürdig. In der Nacht gehörten Pferde in den Stall. Der Ritter erhob sich und ging den Weg hinauf. Er versuchte, die Tür zur Gaststube zu öffnen, aber sie war verriegelt. Hugolin klopfte gegen das Holz. Erst nach einiger Zeit öffnete eine müde Dienerin die Tür. Als Hugolin die Treppe ins Obergeschoss hinaufstieg, hörte er plötzlich Pferdegetrappel. Sofort drehte er sich um, sprang die Stufen hinunter und sah, wie ein Pferd mit zwei Reitern im Wald verschwand. Im selben Moment ertönte ein durchdringer Schrei. Hugolin erkannte sofort Heidruns Stimme: „Entführung! Zu Hilfe! Entführung!" Der Ritter begriff sofort. Ohne lange nach Waffen zu suchen, hastete Hugolin zum Stall, warf sich auf seinen Hengst und stürmte dem Entführer nach. Der Waldweg führte weg von der Donau. Hugolin wusste nicht, wohin, aber von Ferne vernahm er das fliehende Pferd. Er wusste, dass er schneller sein konnte als dieses, hatte der Entführer doch eine zweite Person bei sich, die geliebte Carolina. Aber der Ritter musste kühlen Kopf bewahren. Jetzt einen Fehler zu machen, wäre unverzeihlich.

Der dunkle Waldweg erschien dem Reiter wie ein Hindernislauf. Wurzelwerk und Steinbrocken brachten das Pferd mehrmals beinahe zu Fall. Hugolin musste die Geschwindigkeit drosseln. Aber auch der Entführer konnte nicht im vollen Galopp reiten. Plötzlich verstummte das Getrappel vor ihm. Ein Sturz? Eine Rast? Oder hatte man Hugolin entdeckt? Der Ritter ließ sich vom Pferd gleiten, führte Zentaurus am Zügel und schlich voran. An einer Weggabelung blieb er stehen. Wohin sollte er sich wenden? Wohin hatte der Entführer seine Carolina gebracht? Hugolin untersuchte den Boden, ob irgendwelche frischen Spuren zu finden seien. Genau in der Mitte der Gabelung lag ein frischer Pferdeapfel, eine klare Spur! Als sich Hugolin aufrichten wollte, traf ein schwerer dumpfer Schlag seinen Hinterkopf, und er stürzte zu Boden. Vor seinen Augen flimmerte es. Mit aller Kraft versuchte der Ritter, sein Bewusstsein zu bewahren – er durfte dem Angriff nicht erliegen. Von seinem Kopf floss Blut. Stechender Schmerz durchzuckte den Körper. Schließlich gelang es ihm, sich halb aufzurichten. Vielleicht ließ die Blutung in dieser Position nach.

Es vergingen einige Augenblicke, bis sich Hugolin erhob und zu seinem Pferd wankte. Mit Mühe zog er sich auf den Rücken des treuen Tieres. Sollte er zum Wirtshaus zurückkehren und Hilfe holen? Das Pferd nahm ihm die Entscheidung ab, es galoppierte hinter dem Entführer her und schien den Weg ohne Hugolins Führung besser zu finden als zuvor. Der Ritter wusste nicht, wie lange er geritten war, als sich Zentaurus jäh aufbäumte. Vor ihm wälzten sich zwei Gestalten im Gras. Carolina und ihr Entführer im zarten Liebesspiel? So schoss es Hugolin durch den Kopf. Ihm blieb das Herz beinahe stehen, dann schlug es rasend schnell. Nein, das konnte, das durfte nicht sein! „Hilf mir schon!", hörte er Carolinas Stimme. „Steh nicht so dumm herum!" Das Fräulein kämpfte tapfer gegen den Mann, der alle Schwierigkeiten hatte, sie zu bezwingen. Mit dem Rest seiner Kraft und dem Einsatz des ganzen Körpers drückte Hugolin den Entführer zu Boden, während Carolina ihn mit gezielten Schlägen endgültig zur Strecke brachte. Bald lag der Kerl gefesselt da und ließ keinen Laut mehr von sich hören. Carolina half Hugolin, die Blutung an seinem Kopf zu stillen, indem sie einen Ärmel ihres

Gewands abtrennte und um Hugolins Stirn band. Dann ritt sie gegen die Bitten des Ritters zum Wirtshaus zurück, um die übrigen Reiter zu holen. Wären diese Reiter Verbündete des Entführers, brächte sich Carolina in eine sehr gefährliche Lage. „So ein Quatsch!", tat Carolina diese Sorge ab. Sie erklärte, der Entführer habe sich in das Fräulein verliebt, wie es häufig passiere, und er habe sie gewaltsam in seinen Besitz bringen wollen. Ritter Hugolin stand betroffen da: Es gab viele Männer, die sich in Fräulein Carolina verliebten! Aber da war sie schon entschwunden und tat, was sie für richtig hielt. Sie alarmierte die Reiter, welche alsbald ihren früheren Genossen als Gefangenen abführten. Hugolin wusste nicht recht, ob er sich als Sieger oder Verlierer fühlen sollte, aber ein sanfter Wangenkuss Carolinas erinnerte ihn daran, dass die Rettung gelungen war, und versetzte ihn in ein seliges Glücksgefühl.

Ж

Beim Einzug in die Stadt Esztergom war Ritter Hugolin beeindruckt von den mächtigen Mauern, Toren und Bauwerken. Jede Straße sah anders aus, vor allem roch es sehr unterschiedlich. Aus einer Gasse quollen ekelerregende Kadavergerüche hervor, aus einer anderen Gasse duftete es nach frischem Gemüse und Brot. Wie viele Donaustädte war Esztergom wohlhabend durch seinen Hafen und die vielen Kaufleute, die hier durchzogen oder ansässig waren. Sie brachten wundervolle Waren in die Stadt. Ihre Häuser zeigten Bögen und Simse. Tapferkeit und Überlebenskunst, die Hugolin auszeichneten, galten allerdings wenig. Reichtum, Eleganz, guter Stand und makelloser Ruf waren hier gefragt. Das begriff der Ritter sehr bald, als der Zug das Haus des Freiherrn von Knigge erreichte, in dem Fräulein Carolina bleiben sollte. Hugolin hatte damit gerechnet, gastfreundlich aufgenommen zu werden, insbesondere da er das Fräulein so tapfer beschützt hatte. Aber diese Geschichte wollte man schnell vergessen, am besten gar nicht hören. Auch Carolinas

Mut, dass sie als Frau so wirkungsvoll gegen ihren Entführer gekämpft hatte, fand keine Anerkennung. Der Übeltäter wurde dem Gericht übergeben. Hugolin erhielt die Anweisung, sich von einem Wundarzt behandeln zu lassen. Danach würde der Hausherr ihn empfangen. Er könne sich eine Belohnung abholen und Abschied von dem Fräulein nehmen. Der Ritter war enttäuscht und niedergeschlagen. Carolina zuckte traurig mit den Schultern. Sie vermochte nicht viel gegen die Strenge, die hier herrschte.

Ritter Hugolin war an der in Aussicht gestellten Belohnung nicht wirklich interessiert, aber auf jeden Fall wollte er Carolina nochmals wiedersehen. Daher ging er bereitwillig zum Wundarzt, der ihm den Kopf kahl rasierte und Öl auf die Wunde strich. Mit diesem Erscheinungsbild wirkte Hugolin wie ein geschundener Sklave. Im Haus des Freiherrn von Knigge gab man ihm einige Münzen und empfahl ihm eine Unterkunft. Das Fräulein, so teilte man mit, sei bereits bei einer Gesellschaft und könne den Ritter nicht mehr empfangen, sie lasse ihn aber grüßen und wünsche ihm Glück für die weitere Reise. Hugolin wartete, durfte aber Carolina nicht mehr sehen. So hinterließ er einen ebenso traurigen wie liebevollen Brief, in welchem er Carolina andeutete, welchen Platz sie in seinem Herzen habe und dass er alles dafür gäbe, sie wiederzusehen. Dann machte er sich mit Zentaurus traurig auf den Weg.

Ж

Auf dem Marktplatz hatte sich eine riesige Menschenmenge versammelt, die einem leidenschaftlichen Prediger lauschte, welcher von einem großen Strafgericht sprach und die Zuhörer aufforderte, Buße zu tun und das Kreuz zu nehmen. Der Mann, in die Kutte eines Mönchs gekleidet, fuchtelte energisch mit Armen und Händen, als er rief: „Denkt an die Marcellusflut! Sie hat ganze Dörfer verschlungen, tausende Menschen hat sie getötet. Die gesamte Küste des Nordmeeres wurde verwüstet, viel Land wurde weggespült. Warum? Es war ein großes

Strafgericht Gottes! Nicht nur am Nordmeer, auch hier an der Donau drohen Überschwemmung und Tod! Bekehrt euch und tut Buße! Das ist der Wille des Herrn, unseres Gottes! In den Tagen vor der Marcellusflut lebten die Menschen in Sünde, sie missachteten die Gebote Gottes und der Kirche. Deshalb mussten sie untergehen!" Da rief jemand: „Diese Flut hat auch viele rechtschaffene Menschen getötet, hat Kirchen und Klöster zerstört!" Der Mönch war um eine Antwort nicht verlegen: „Die Gerechten wohnen bei Gott. Viele Gerechte haben die Flut überlebt. Abt Emo hat mir davon erzählt. Sein Kloster liegt an der Küste, in Wittewierum, und es hat die Flut gut überstanden. Hört gut zu! Gott rettet die Gerechten und straft die Sünder! Die Marcellusflut beweist es! Tut Buße! Wer stark genug ist, der nehme das Kreuz und helfe bei der Befreiung Jerusalems! Jeder, der so handelt, erhält Ablass von allen Sündenstrafen! Nutzt die Gelegenheit, sie bietet sich nicht immer! Die Kirche gewährt auch vollkommenen Ablass!" „Das ist Unsinn!", rief jemand aus der Menge. „König Andreas von Ungarn ist jüngst aus dem Heiligen Land zurückgekehrt. Er hat Jerusalem nicht gesehen! Mit all seinen Rittern konnte er nichts, gar nichts erreichen! Auch der Herzog von Österreich ist nach Hause gefahren!" Der Mönch erwiderte: „Den Ablass haben sie dennoch erhalten, diese beiden tapferen Männer – und viele ihrer Gefolgsleute ebenso!" „Was ist mit den Friesen?", brüllte ein breitschultriger Mann, der aus der Menge hervortrat und sich vor den Mönch stellte. „Welche Friesen?", erwiderte der Prediger mit harmloser Stimme. „Die Friesen, die das Kreuz nahmen, zu tausenden!", sprach der Breitschultrige. „Oliver von Köln hat ihnen das Kreuz gepredigt, sie folgten dem Grafen von Holland ins Heilige Land. Mönch, sag, kennst du ihre Geschichte? Du muss sie kennen!" Der Angesprochene erhob die Arme in den Himmel und rief: „Herr Jesus Christus, bewahre uns vor Lügen, Irrglauben und Ketzerei!" Eine Antwort auf die Frage aber gab er nicht. Der aufgebrachte Mann aber fuhr fort: „Die Friesen folgten zu tausenden derselben Predigt, die du uns hier hältst! Buße, Ablass,

Vergebung für die vielen Sünden – durch eine bewaffnete Pilgerreise ins Heilige Land. Sie glaubten diesem Oliver. Was war ihr Dank? Sie kämpften in Portugal gegen die Sarazenen und eroberten ganze Landstriche für die Christen. Einige kehrten nach diesen verdienstvollen Kämpfen zurück in ihre Heimat. Was war ihr Dank? Was war ihr Lohn? Die Marcellusflut hat sie hinweggerafft, viele von ihnen, hunderte, wenn nicht tausende!"

Der Mönch war einige Schritte zurückgewichen. Jetzt aber reckte er seine Brust und rief: „Da seht ihr es, all ihr Kleingläubigen! Gott straft diejenigen, die ihr Gelübde nicht erfüllen! Hätten alle Friesen die Pilgerreise fortgesetzt, so wäre die Marcellusflut nie über die Küste hereingebrochen! Denn Gott schützt die frommen Pilger!" Der Breitschultrige ließ diese Behauptung nicht ohne Antwort: „Das ist doch gelogen! Viele Friesen sind weitergezogen ins Heilige Land und kämpfen vielleicht jetzt gerade gegen die Sarazenen. Was erwartet sie, wenn sie nach Hause zurückkehren? Ihre Dörfer sind zerstört, ihre Häuser von der Flut weggespült, ihre Liebsten sind zerstreut oder tot! Das ist das Ergebnis der Pilgerfahrt? Und was war mit den vielen Kindern, die einst über die Berge zogen, um mit frommen Gebeten Jerusalem von den Sarazenen zurückzuerlangen? Die meisten von ihnen sind gestorben! Und was ist mit unserem Kaiser Barbarossa? Er starb auf dem Weg ins Heilige Land – kurze Zeit, nachdem er hier durch das Donautal gezogen war!" „Aber Gott hat alle Seelen der Gerechten vor dem ewigen Tod bewahrt!", rief der Mönch der Menge zu. „Wir sterben so oder so!", hörte man die Stimme einer Frau: „Die Donau schenkt uns Leben und nimmt uns Leben, ob wir oder unsere Liebsten ins Heilige Land pilgern oder nicht!" Eine andere rief: „War der Mönch denn schon selbst im Heiligen Land?" Es kam immer mehr Unruhe in die Menge. Der Breitschultrige drohte dem Mönch mit seinen Fäusten: „Verschwinde von hier, du Lügenmaul! Du willst uns in den Tod führen, nicht ins Leben!" Der Mönch begann, um Hilfe zu rufen. Ritter Hugolin sprang von seinem

Pferd und stellte sich direkt vor den Mann. „Lasst den Mönch in Frieden!", stieß er hervor. „Er hat euch kein Leid angetan!" Die Umstehenden blickten Hugolin finster an, aber niemand wagte es, die Hand gegen ihn zu erheben. „Dieser Mensch", knurrte der Breitschultrige, „predigt den Krieg, seine Worte sind Gift, nicht weniger gefährlich als Schwerter oder Dolche! Er soll verschwinden!" Eine Frau rief mit greller Stimme: „In den Lagern der Kreuzpilger verdienen Prostituierte ihr Geld. Sollen wir unsere Männer und unser Erspartes hergeben, damit es an Prostituierte verschwendet wird?" Andere Frauen erhoben ebenfalls ihre Stimmen, die Menge geriet in große Aufruhr.

Hugolin ergriff den Mönch am Arm und zog ihn zu sich. „Ketzerei!", rief der Mönch in die Menge. „Sei still!", entfuhr es dem Ritter. Er schob den Prediger vor sich her. Mit Zentaurus schützte er die eine Seite, mit dem erhobenen Schwert die andere. So entfernten sie sich vom Markplatz, wo eine aufgeregt diskutierende Menge zurückblieb. Je größer die Entfernung wurde, desto lauter schimpfte der Mönch über die schlechten, ungehorsamen Leute, die lieber in Sünde lebten als sich um ihr Seelenheil zu kümmern. Hugolin wollte wissen: „Was hat es mit diesem Ablass auf sich?" „Du kennst den Ablass nicht?", entgegnete der Mönch, der plötzlich etwas freundlicher wurde und sich als Pater Bruno vorstellte. „Jeder Sünder ist auf Ablass angewiesen, und die Kirche gewährt ihn großzügig für jeden, der sich anstrengt, seine Sünden wiedergutzumachen." Der Ritter erwiderte: „Vater Antonius, mein Beichtvater, gewährt mir die Vergebung der Sünden, wenn ich aufrichtig bereue und Buße tue, aber von Ablass hat er nie gesprochen." Bruno wies Hugolin darauf hin, dass er sein Schwert in die Scheide stecken möge, und erklärte: „Sicherlich kennt dein Beichtvater auch den Ablass, jeder Priester kennt ihn." Hugolin zog die Stirn in Falten: „Der Ablass bedeutet Sündenvergebung?" „Der Ablass bezieht sich auf den Erlass der Sündenstrafen", sprach der Mönch. Hugolin aber fragte: „Wozu soll das notwendig sein? Wenn in der Beichte die

Sünden vergeben werden, ist doch kein Erlass von Sündenstrafen mehr notwendig." „Oh doch!", ereiferte sich der Pater. „Nach der Beichte musst du noch Buße tun, sonst ist die Sündenvergebung nicht wirksam. Die Sündenstrafen aber sind fürchterlich, du musst sie spätestens im Fegefeuer erdulden, wenn nichts bereits früher!" „Merkwürdig", erwiderte der Ritter, „wie soll man sicher sein, ob die Buße ausreicht und richtig erfüllt ist?" „Da hast du es", kam es von Bruno, „deshalb ist der Ablass besonders wichtig. Die Kirche weiß, wie die Buße beschaffen sein muss, und wenn du einen Ablass der Kirche erwirbst, bist du auf der sicheren Seite. Dann kann dir nichts mehr passieren! Pilgere nach Santiago, nach Rom oder Jerusalem, dann kannst du sicheren Ablass gewinnen. Am besten nimmst du das Kreuz und schließt dich dem Zug ins Heilige Land an!"

Hugolin brummte: „Ich habe das Kreuz genommen – oder besser gesagt, es wurde mir auferlegt. Ja, ich bin ein Ritter des Kreuzes. Somit erhalte ich sicheren Ablass?" Bruno nickte: „Wenn du Jerusalem als Pilger erreichst oder wenn du tapfer gegen die Sarazenen kämpfst. Die Kirche verwaltet den Gnadenschatz Christi und bezahlt deine Mühe mit einem vollkommenen Ablass." „Der Gnadenschatz Christi?", zeigte sich Hugolin verwundert. „Der große Gnadenschatz, ja. Durch seinen Gehorsam am Kreuz hat Christus diesen Schatz gefüllt. Nach ihm haben viele Heilige den Gnadenschatz vermehrt. Nun kann der Papst aus einer großen Fülle schöpfen und den Ablass zuteilen." Für Hugolin klang all dies sehr merkwürdig. „Woher weiß der Papst, wie groß dieser Gnadenschatz ist und wie lange er ausreicht? Muss er nicht dafür sorgen, dass auch kommende Generationen an der Gnade Gottes Anteil haben?" „Sei unbesorgt", versuchte Bruno zu beruhigen, „der Schatz ist riesig, und der Papst weiß schon, was er tut. Die Kirche lehrt, dass der Gnadenschatz unerschöpflich ist. Es gibt allerdings Gelehrte, die meinen: Wenn der Gnadenschatz doch irgendwann aufgebraucht wäre, müsste das große Strafgericht über die Menschheit hereinbrechen, dann wäre das Weltende da." „Wenn es so wäre", entgegnete Hugolin, „dann wünschen sich doch bestimmt manche Menschen, dass der Schatz möglichst schnell verbraucht wird, um das Strafgericht herbeizuführen!" Der Pater schüttelte den Kopf: „Menschen können das Strafgericht nicht auslösen, ohne dass Gott selbst es so anordnet." Der Ritter geriet immer mehr in Zweifel: „Das klingt einigermaßen verwirrend, wenn nicht widersprüchlich. Läuft das alles nicht auf einen großen Tauschhandel hinaus?" Der Pater erhob abwehrend die Arme: „Nein, nein, Unsinn, mit Tauschhandel hat das nichts zu tun! Gott ist kein Händler! Und Christus selbst hat die Händler aus dem Tempel hinausgeworfen! Es ist nur so, dass der Gnadenschatz nicht unkontrolliert verteilt werden darf. Deshalb hat Christus den Papst beauftragt, über die Verteilung zu wachen." „Steht das so im Evangelium?", fragte der Ritter nach. „Nicht wortwörtlich", gab Bruno zur Antwort, „aber Christus hat Petrus die Schlüssel des Himmelreiches übergeben und ihm die Vollmacht zur Sündenvergebung übertragen." „Und der Gnadenschatz?" „Der Gnadenschatz …", sinnierte der Mönch, „ja, den hat es ja eigentlich erst gegeben, nachdem sich Christus am Kreuz geopfert hatte, also darüber konnte er vorher nicht in dieser Weise sprechen." „Jesus wusste tatsächlich nichts vom Gnadenschatz?" „Doch, doch, ganz sicher!", ereiferte sich der Mönch. „Aber seine Jünger hätten es ja gar nicht verstehen können, ohne dass sie den Tod und die Auferstehung Christi erlebt hatten." „Ich bin kein Theologe", sagte Hugolin, „aber für mich klingt das ganze nach einem großen Geschäft, auch wenn Gott kein Händler ist. Aber ich, ich muss ins Heilige Land ziehen, damit meine Familie von einem angeblichen Fluch befreit wird und ich meine Burg zurückerlange. Für mich ist es ein Tauschhandel, zu dem ich gezwungen werde!"

Bruno trat einen Schritt zurück: „Wenn du nicht mit der richtigen Gesinnung ins Heilige Land pilgerst, ist die Pilgerschaft möglicherweise umsonst. Es könnte dir so ergehen wie den Friesen, zumindest denjenigen, die nicht aufrichtigen Herzens, sondern aus Abenteuer- oder Beutelust aufgebrochen

sind. Ihre Dörfer wurden von der großen Flut zerstört."
Hugolin ahnte, dass er bei diesem Mönch keine überzeugende
Erklärung und keinen echten Trost erwarten konnte. Daher
sagte er: „Wir Ritter sind Beschützer der Wehrlosen, der
Priester und Mönche. Ich bringe Euch zu Eurem Kloster, dann
ist es gut." Pater Bruno, der seine Zuhörerschaft auf dem
Marktplatz offensichtlich nicht überzeugt hatte und niemanden
für die Kreuznahme gewonnen hatte, wäre gerne mit dem Ritter
im Gespräch geblieben, aber er musste einsehen, dass es keinen
Sinn hatte.

Ж

Nachdem Hugolin den Kreuzesprediger Bruno sicher zu
seinem Kloster geleitet hatte, suchte er matt und traurig die
Herberge auf, die man ihm empfohlen hatte. Er fiel in einen
dämmrigen Schlaf und verließ am nächsten Morgen die Stadt,
nachdem er nochmals vergeblich nach Carolina gefragt hatte.
Hätte er geahnt, dass auch Carolina ein schweres Herz in sich
trug, seine Hoffnung hätte ihn etwas glücklicher aussehen
lassen. So aber lachten die Jungen am Wegesrand über den
Kahlköpfigen, der hinterwäldlerische Kleidung trug. Niemand
schien zu wissen, dass hier ein tapferer Ritter vorüberkam. Er
war zu einer Spottfigur geworden.
  Ritter Hugolin zog sich zurück. In den Wäldern suchte er
innere Ruhe und Klarheit. Oft dachte er an den Hirsch, der ihm
so erhaben vorgekommen war, der ihn aber auch getroffen und
in den merkwürdigsten Traum seines Lebens versetzt hatte.
Hirsch und Falke erschienen ihm wie ein Spiegel seiner
eigenen Seele: einsam und dennoch würdevoll, unberührt von
den Lügen und dem Spott der Menschen. Aber selbst in seinen
Träumen war nichts von diesem Hirsch oder jenem Falken zu
sehen, und manchmal stieg in ihm der Gedanke auf, wie viele
Tiere den Pfeilen der Jäger zum Opfer fielen. Vielleicht war es
tatsächlich das Beste, gegen die Sarazenen zu kämpfen und
wenigstens einen würdevollen Tod zu finden. Vielleicht würde

jemand ein Heldenlied auf ihn dichten und es einst dem Fräulein Carolina vortragen.

Kampf war die wirkungsvollste Ablenkung für den Liebeskummer, der Hugolin so sehr quälte. So durchkämmte der Ritter die Wälder und fing allerlei Diebesgesindel ein. Mit jedem Fang verbesserte er seine Ausrüstung und verbreitete sich sein Ruf, der die Gauner in der Umgebung erzittern ließ. Burgherren luden den Ritter ein, bei ihnen Gast zu sein, an Ritterspielen teilzunehmen und Heldengeschichten zu erzählen. Aber ihm war nicht nach großen Worten zumute, eher nach Taten. Ein finsterer Drang hatte sich seiner Seele bemächtigt. Er suchte Feinde, die man vernichten konnte. Empfindungen, die er noch nie in seinem Herzen gefühlt hatte, stiegen plötzlich in ihm auf – nicht nur Wut, sondern auch ein Verlangen nach Rache – Rache für viele erlittene Schmähungen und Niederlagen. Ritter Hugolin wusste mit der Kraft seines Verstandes, dass er solchen Empfindungen nicht folgen durfte, aber die Worte der Mönche Andreas und Antonius fanden kaum noch Zugang zu seinem Herzen; der Friede von Burg Bärenfels, den er viele Jahre genossen hatte, hatte kaum noch Platz in ihm. Früher hatte sich menschliches Mitgefühl selbst für Verbrecher geregt, nun aber empfand der Ritter kein Mitleid mehr mit bezwungenen Gegnern. Der Liebesverlust und die Demütigung von Esztergom dagegen brannten wie Feuer in ihm.

Als er eines Tages einer Bande von Pferdedieben nachsetzte, die trotz ihrer Überzahl in panischer Angst vor seinem wütenden Angriff flohen, geriet ein wahrhaft edler Ritter, Sigismund von Kugelstein mit Namen, unschuldig zwischen die Fronten. Die flüchtenden Schurken rissen den Reiter von seinem Pferd, als er ihnen entgegenkam und nicht rechtzeitig ausweichen konnte. Hugolin aber hielt ihn für einen Räuber, warf sich auf den völlig verdutzten Mann und schlug auf ihn ein. Der Ritter von Kugelstein schrie auf, aber Hugolin hörte nicht auf mit seinen Hieben. Sigismund hätte schwere Verletzungen erlitten, wären nicht völlig überraschend die eigentlich verfolgten Pferdediebe zurückgekehrt. Dass ein unschuldiger Ritter für sie leiden oder gar sterben könnte, hatte ihr Gewissen in Unruhe versetzt. In gebührendem Abstand, der eine neuerliche Flucht ermöglichte, riefen sie Hugolin zu: „Lass ab von dem Mann, er ist unschuldig! Lass ab, du tötest ihn sonst!" Entgeistert blickte der Ritter von Bärenfels die Männer an und wurde sich schlagartig der Situation bewusst. Da kniete er, der ehemals so tapfere und gerechte Mann, über einem unschuldigen Menschen und hätte ihn beinahe erschlagen. Pferdediebe mussten ihn von einer solchen Tat abhalten. Wie tief war er gesunken! Bittere Reue überkam den Ritter. Er erhob sich zitternd und reckte seine Hände gen Himmel, stammelnd: „Wirf deine Blitze auf mich, großer und gerechter Gott! Vertilge mich vom Angesicht dieser Erde!" Dann sank er in sich zusammen.

Die Pferdediebe, erschüttert von diesem Anblick und beflügelt von dem vollkommen neuen Gefühl, etwas Gutes schaffen zu können, erbarmten sich der beiden. Sie wuschen und verbanden notdürftig die Wunden Sigismunds, hoben ihn auf ein Pferd und forderten Hugolin auf, ihnen zu folgen. Willenlos trottete dieser hinterher, bis sie ein Gasthaus erreichten, in dem Sigismund gepflegt werden sollte. Hugolin bekannte seine Verantwortung für den Zustand des Verletzten und wurde mit diesem aufgenommen. Die anderen hingegen verabschiedeten sich und versprachen, zu ihrer eigenen Besserung auch künftig Gutes zu tun.

ᚼ

Tag und Nacht verbrachte Hugolin am Bett des Verletzten, wenngleich er sich vor dem Moment fürchtete, in dem Sigismund wieder in der Lage sein würde, klar zu sprechen. In den vielen Stunden des Schweigens dachte er darüber nach, wie die Gefühle für Carolina sein Leben verändert hatten. Der frühere Hugolin erschien ihm glücklich und zugleich einfältig. Wie schön war das Leben auf Burg Bärenfels gewesen. Die

Weite des Waldes, der Austausch mit den Waldleuten und kleine Abenteuer hatten seinen Tag ausgefüllt. Es hätte ewig so weitergehen können, nun aber hatte er diese Welt hinter sich gelassen. Nicht nur der Ort und sein Besitz waren verloren, auch die Gefühle und Gedanken hatten sich grundlegend verändert. Er hatte sich in eine Frau verliebt, die er wahrscheinlich niemals wiedersehen würde. Er hatte Gewalt geübt und wusste noch nicht einmal genau zu sagen, was aus den Männern geworden war, die er dem Gericht überstellt hatte. Dabei hätte er beinahe selbst eine schwere Untat begangen. Selbst wenn er Carolina wiedersehen würde, konnte er nicht mehr als ehrlicher Ritter mit ihr sprechen. Hugolin schloss seine Augen und wünschte, er wäre in den Fluten der Donau ertrunken. Die Bilder des reißenden Stromes traten in seine Erinnerung, und in Gedanken ließ er den Felsen los, an dem er sich festgehalten hatte, um mit dem Wasser hinweggerissen zu werden.

„Wasser, Wasser!", flüsterte es neben ihm. Verstört blickte Hugolin auf. Zum ersten Mal hatte auch Sigismund seine Augen geöffnet. Mit schwacher Stimme bat er um etwas zu trinken. Zitternd führte Hugolin einen Becher an seine Lippen und traute sich kaum, in die Augen des Kranken zu blicken. Dieser aber starrte ihn an – fassungslos, sorgenvoll, prüfend. Der Ritter von Bärenfels spürte, dass er etwas sagen musste, wusste aber nicht, wie und was. Da hauchte der Kranke: „Bereust du es?" In eine Zimmerecke starrend antwortete Hugolin: „Ich habe mein Leben verwirkt. Ja, ich bereue, ich bereue sehr, was ich getan habe. Aber was ist dieses Ich, das etwas zu bereuen hat? Es ist nicht würdig, überhaupt ‚ich' zu sagen." Sigismund legte seine schwache Hand auf Hugolins Arm. Sie war kaum zu spüren, so leicht und kühl ruhte sie dort, aber zum ersten Mal empfand der Verzweifelte Trost und hätte am liebsten zu weinen begonnen. Aber noch waren seine Augen wie ausgetrocknet, unfähig, das angestaute Unglück hinauszuwaschen.

Sigismunds Zustand verbesserte sich. Nach einer langen Zeit der Körperkälte jedoch trat ein heftiges Fieber auf, das die Hoffnung auf Genesung immer wieder zurückwarf. Immerhin war Hugolin die Gelegenheit gegeben, dem Kranken nützliche Dienste zu erweisen. Mit der Zeit traute er sich auch, ungefragt Worte an Sigismund zu richten, und er erzählte ihm nach und nach die ganze Geschichte seiner Reise und ihres unglückseligen Ursprungs in einem erzwungenen Schwur. Als Sigismund endlich wieder zu Kräften kam, saßen sich nicht mehr zwei Fremde gegenüber. Es herrschte ein merkwürdiges Vertrauen, das Hugolin in seiner tiefsten Seele erleichterte, ohne zu wissen, ob er diese Empfindung wirklich genießen durfte. „Ich verzeihe dir!", sprach Sigismund schließlich. „Aber ich trage dir eine Buße auf." Hugolin, der sich jede Art von Buße gewünscht und diese herbeigesehnt hatte, war gleichwohl überrascht von diesem Augenblick und fürchtete plötzlich die Strafe. „Du musst etwas Ungewöhnliches tun", fuhr Sigismund fort, „wenn Du es erreichst, wirst du dir vielleicht selbst vergeben können." Erneut machte Sigismund eine kurze Pause, während Hugolin schweigend verharrte. „Du musst Carolina zurückerobern!" Mit einer derartig schwierigen Aufgabe hatte der Reumütige nicht gerechnet. Ratlos schüttelte er den Kopf und flüsterte: „Das ist unmöglich." Sigismund lächelte und entgegnete: „Vergebung gibt es nicht umsonst!"

Ж

In den nächsten Tagen hatten die beiden Ritter viel Zeit, sich auszutauschen. Sigismund erstarkte von Tag zu Tag, die Schwellungen in seinem Gesicht nahmen ab und gaben immer mehr eine stattliche und edle Erscheinung frei. Er beklagte sich nicht wegen der erlittenen Schmerzen, sah er doch, welches Schuldgefühl Hugolin plagte. Dieser war mehr als erleichtert über Sigismunds Genesung und glücklich über die Hoffnung, in ihm vielleicht einen Freund finden zu können. Aber je mehr Hugolin zu sich selbst zurückfand, desto stärker empfand er

Befremden und Schrecken, wenn er an seine Ausbrüche, an die furchtbare Wut dachte, die ihn noch vor kurzer Zeit ausgefüllt hatte. Eines Tages überwand er seine Scheu und bat Sigismund, die Herberge zu verlassen und einen Gang ans Ufer der Donau zu unternehmen, wo nicht nur das Wasser, sondern auch die Gedanken leichter fließen konnten. Zum wiederholten Male bat er um Vergebung. Sigismund entgegnete, ob Hugolin nicht an die Vergebung glaube. Dieser antwortete: „Oh doch, aber an Vergebung zu glauben bedeutet nicht, sie annehmen zu können. Ich habe keine Vergebung verdient, und ich glaube nicht, dass ich tun kann, was du verlangst, nämlich Carolina für mich zu gewinnen. Wie konnte ich einen Menschen wie dich schlagen? Wie konnte es passieren, dass Diebe mich davon abhalten mussten, dich womöglich zu töten?" Sigismund lächelte: „Hast du wirklich gedacht, ein Mensch könnte ohne Sünde durch diese Welt gehen? Meinst du wirklich, dass du kein Unrecht verüben könntest, nur weil dir selbst furchtbares Unrecht geschehen ist, als du deine Burg zurücklassen musstest? So einfältig kannst du doch nicht sein!" Der Ritter von Bärenfels schluckte: „So einfältig bin ich nicht und war ich nicht, aber ich wollte immer Herr meiner selbst sein. Man konnte mir meine Burg wegnehmen, nicht aber meinen Willen brechen. Nun aber habe ich mich schlimmer benommen als ein Tier. Wo gibt es ein Wesen, das sich so wüst aufführen kann wie ein Mensch – wie ich?"

Sigismund betrachtete den verzweifelten Genossen, der mit sorgenzerfurchter Stirn und traurigem Blick vor ihm stand. Er legte beschwichtigend seine Hand auf Hugolins Schulter und sprach: „Wer kann das ergründen? Der Schöpfer hat uns mit diesen Kräften ausgestattet, und wer Großes vollbringen kann, kann auch Großes zerstören. Aber selbst der schlimmste Wüterich findet sein Ende. Sei froh, dass du nicht getötet wurdest, als deine Seele finster war. Du hast Zeit, dein Leben in Ordnung zu bringen." Hugolin senkte den Blick und hörte Sigismund weiter zu. „Du möchtest Herr deiner selbst sein und hast doch erfahren, dass es stärkere Kräfte gibt als diesen

Willen." Hugolin nickte und erwiderte. „Die Liebe zu einer Frau kann die Welt aus ihren Angeln heben. Ich Armer!" „Oh nein!", warf Sigismund ein, „Du Reicher! Du hast diese Kraft gespürt – nicht jedem Mannsbild wird dies zuteil!" „Die Welt ist voller Minnesang", entgegnete Hugolin, „wovon handeln unsere Lieder? Von Liebe und Krieg – wenn nicht von Gott, aber auch dann sind Liebe und Krieg im Spiel." „Von Liebe und Tod handelt unser Leben, und doch verstehen wir weder das eine noch andere!", überlegte Sigismund. Er hatte selbst seine Stammburg Kugelstein verlassen, nachdem er seine Herzensdame verloren hatte, die einem schweren Fieber erlegen war, und nun dachte er nur noch daran, seinem Leben durch ehrenhafte Taten einen Sinn zu geben. So forderte er Hugolin auf: „Du hast einen Auftrag: Sei Herr deiner selbst und folge deiner innersten Stimme – deshalb habe ich von dir gefordert, Carolina zu suchen. Wann, wenn nicht jetzt?" Hugolin schaute in die Weite, blickte dem Treibgut hinterher, das der Fluss mit sich führte. „Gut, so soll es sein!", kam es über seine Lippen. Sigismund freute sich und erwiderte: „Dann lass uns zurückkehren in die Herberge, wo wir einen Plan schmieden und alles Notwendige vorbereiten können!" Hugolin betrachtete ihn eindringlich: „Sigismund, du bist willens, mir zu helfen?" „Was denkst du denn?", lachte sein Gefährte. „Meinst du, ich würde mir ein solches Schauspiel entgehen lassen? Gerne übernehme ich eine kleine Rolle, habe ich nicht lange genug darauf gewartet?" Der Ritter von Bärenfels schaute Sigismund an. Welch stattliche Erscheinung gab er ab: Die festen Gesichtszüge wurden von einem kräftigen Kinn und einer breiten Stirn umrahmt. Dass die Unterlippe leicht hervortrat, ließ den Ritter ein wenig trotzig erscheinen. Mit seinen großen, dunklen Augen verströmte Sigismund Erhabenheit und Selbstbewusstsein. Die schwarzen Haare bedeckten Ohren und Hals. Sie wogten beim Gehen, während sich die Nase schlank und lang, ein wenig spitz in den Wind streckte.

Belohnungen, die Hugolin für den Fang von Dieben, Räubern und Mördern erhalten hatte, so lautete alsbald der Plan, sollten für eine reiche Ausstattung verwendet werden, mit der man Carolinas Familie beeindrucken konnte. Hugolin und Sigismund warben eine Schar von Dienern und Knappen, ließen sich prachtvolle Kleidung schneidern und erneuerten ihre Schilde und Waffen. Dann brachen sie auf, um Carolina zu gewinnen.

Ж

Als die beiden Ritter hoch zu Ross in die Stadt Esztergom einritten, begleiteten sie neugierige Blicke. Junge Damen blieben stehen und bewunderten die stattlichen Erscheinungen. Kleine Jungen liefen den Reitern hinterher, erfüllt von wilden Träumen des abenteuerlichen Ritterlebens. Zentaurus schnaubte, um das quirlige Gewimmel auf Abstand zu halten. Gemäß der Sitte hoher Herren sandte Hugolin einen Boten voraus, dass er seine Ankunft im Hause Carolinas melde. Dieser kehrte mit einer Botschaft zurück, die ganz anders klang als zuletzt: Der Hausherr freue sich außerordentlich, dass der edle Ritter bei ihm einkehren wolle, und er bedaure, dass er ihm nur einen kleinen Saal, wenn auch den größten seines Hauses, zum Empfang bereiten könne. Das ganze Haus stehe ihm und seinem Gefolge zur Verfügung. Hugolin begeisterte sich und umarmte Sigismund, der ihm all dies ermöglicht hatte. Ein wahrer Freund! Hugolin forschte den Boten aus, ob er etwas von Fräulein Carolina erfahren habe. Nein, von ihr sei nicht gesprochen worden.

Voller Ungeduld preschte der Ritter von Bärenfels voran, aber Sigismund empfahl ihm, das würdevolle Tempo beizubehalten und keine Eile zur Schau zu stellen. Schließlich erreichte der Zug Carolinas Haus, das eigentlich das Haus des Freiherrn von Knigge war. Der Hausherr empfing den Ritter bereits am Eingang, was als Zeichen der Ehrerbietung galt. Dann geleitete er ihn in prachtvoll ausgestattete Empfangssäle.

Überall standen Diener und nahmen den Gästen jede Mühe ab. Hustete einer der Gäste, so reichte ihm ein Diener unaufgefordert einen Becher oder ein Tuch. Fasste sich jemand ans Knie, so erbot sich ein Diener, die Beinkleider zu lockern. Es war ein fürstlicher Empfang. Sigismund von Kugelstein hatte seinem Freund eingeschärft, niemals unhöflich zu erscheinen und nicht vorschnell nach Fräulein Carolina zu fragen. Zuerst sollte man sich nach dem Wohlbefinden der Dame des Hauses und des Hausherrn erkundigen. Am besten sei es, erst bei Tisch das eigentliche Anliegen vorzubringen. Dann sei die Stimmung gelöst, und man würde selbst im Falle eines Fehltritts nicht weggeschickt, sondern könne bis zum Ende des Essens das Missgeschick wiedergutmachen.

Ritter Hugolin zügelte also seine Ungeduld. Aber als er sich nach dem ersten Gang scheinbar beiläufig erkundigte, warum Fräulein Carolina nicht zugegen sei, da wurde es plötzlich still an der Tafel, und der Hausherr brach – gegen jede Form und Sitte – in Tränen aus. Der Ritter konnte sich die Gefühlswallung nicht erklären und fragte vorsichtig, ob es Carolina möglicherweise nicht gut gehe. Unter Schluchzen entgegnete der Freiherr, Carolina sei verschwunden, gänzlich verschwunden. Hugolin überlegte: Entführung, Verbrechen, Heimweh? Nein, nein, wurde ihm beschieden, es sei etwas ganz anderes passiert. Der Freiherr brachte einen Brief, welcher von Carolina geschrieben worden war, bevor sie das Haus im Geheimen verlassen hatte. Da seine eigene Stimme stockte, übernahm Ritter Sigismund das Vorlesen: „*Verehrter Oheim, sicherlich bereite ich Dir großen Kummer, wenn ich Dir mitteile, dass ich Dein Haus ohne Deine Erlaubnis verlassen muss. Dieser Brief soll Dir als Versicherung für meinen Vater und meine Mutter, Deine Schwester, dienen, dass Du Deine Pflichten nicht verletzt hast. Ich muss gehen, weil ich mein Herz verloren habe und es wiederzufinden hoffe, indem ich dem Ritter von Bärenfels nachreite und ihn spätestens in Konstantinopel am Goldenen Horn wiederzutreffen hoffe. Ich grüße Dich und sage Dir Dank. Deine Dir stets ergebene Carolina"*

Ritter Hugolin saß erstarrt. Mit allem hatte er gerechnet, aber nicht mit einer solchen Wendung. Er hätte lachen oder auch weinen können: vor Glück lachen, denn Carolina liebte ihn – vor Schmerz weinen, denn diese Liebe brachte sie in allergrößte Gefahr.

Man hatte ausgesandt, um Carolina wiederzufinden. Heidrun war von Carolina an einer Zollstelle zurückgelassen worden. Die Zofe besaß nicht die Statur für ein Liebesabenteuer, wie es Carolina im Sinn hatte. Heidrun war völlig außer Fassung und zugleich froh, dass man sie gefunden hatte. Aufgeregt berichtete sie dem Suchtrupp: „Stellt euch vor, Carolina hat sich als Ritter verkleidet! Dabei versteht sie das Kriegshandwerk doch gar nicht und ist viel zu lieb und viel zu fein dafür! Ihr müsst sie schnell finden und zurückholen! Jede Stunde bringt größere Gefahr für sie! Sie hat so eine zarte Haut, man wird sie für ein Kind halten oder entdecken, dass sie eine Frau ist. Als Ritter kommt sie doch niemals durch!" Der Anführer des Trupps aber sah sich einer unlösbaren Aufgabe gegenüber, er sprach: „Wir müssen uns aufteilen. Du kehrst mit einigen meiner Leute nach Esztergom zurück und berichtest dem Freiherrn von Knigge genau, was du weißt. Wir benötigen Verstärkung. An jeder Zollstation hinterlassen wir eine Nachricht, damit man uns findet. Die Aufgabe ist schwer!" Heidrun erkannte, dass die Lage noch schwieriger war, als sie es gedacht hatte. Tränen kullerten über ihre Backen, furchtbare Angst um ihre geliebte Herrin ergriff sie. „Lasst uns schnell aufbrechen", bat sie mit halb erstickter Stimme, „vielleicht können wir das Leben Carolinas noch retten." Der Anführer nickte und blickte besorgt auf die Donau hinaus. Das Wasser des Flusses zog kraftvoll und gleichgültig vorüber, unaufhaltsam, unerschüttert von den Schicksalen der Menschen.

Carolina hatte wohl bedacht, wie leicht man sie als Frau erkennen könnte. Sie schminkte ihr Gesicht mit Lehm und Ruß und gab sich auch sonst ein schmutziges Aussehen. Man sollte ihr nicht zu nahe kommen. Die ritterliche Ausrüstung, die sie angezogen hatte, wog schwer auf ihren Schultern. Aber sie gab ihr auch ein Gefühl von Sicherheit. Sie nannte sich Ritter Carl von Bratislava. Natürlich vermied sie es, mit erfahrenen Kämpfern zusammenzutreffen. Aber junge Heißsporne konnte sie leicht überwinden, sowohl im Kampf als auch bei Wortgefechten.

Bisweilen erzählte Carolina – alias Ritter Carl – Geschichten, die sie von Ritter Hugolin gehört hatte, und gab sie als eigene Erfahrungen aus. Am liebsten prahlte sie damit, wie sie Sebolt den Geizigen besiegt und die Ritter Tilo und Tasso zur Rechenschaft gezogen hatte. Sie schmückte diese Erzählungen aus. So berichtete sie, wie sie einen Donaudrachenfisch an Bord gezogen und mit bloßer Faust erschlagen habe oder dass sie einer Horde Flusspiraten das Handwerk gelegt habe. Befragt nach dem Ziel ihrer Reise gab sie an, in Konstantinopel eine Gesellschafterin für ihre Herrin zu suchen, welche eine griechische Adlige sei und mit einem fränkischen Edlen verheiratet lebe. Sie, besser gesagt Ritter Carl von Bratislava, blieb nie länger als eine Nacht an einem Ort, suchte überall nach Ritter Hugolin, doch leider auf der falschen Donauseite. Ansonsten hätte sie gewiss erfahren, dass Hugolin die Wälder vom Diebesgesindel befreit hatte und mit Ritter Sigismund nach Esztergom gereist war.

Hugolin und Sigismund ihrerseits suchten verzweifelt nach Spuren, die zu der edlen Dame führen könnten. Da sich Carolina so gut tarnte und viele Ritter, auch solche ohne Gefolge, an der Donau unterwegs waren, konnte man nicht leicht ihre Fährte aufnehmen. Immerhin kannte man ihr Ziel. Aber Konstantinopel war weit und der Weg dorthin beschwerlich und gefährlich. Es gab unterschiedliche Routen entlang des Flusses. Die Freunde teilten sich auf. Der Ritter von Kugelstein übernahm die linke Flussseite, der Ritter von Bärenfels durchkämmte die rechte Seite. Auch die Knappen erwiesen sich als nützlich und hilfreich, konnte man sie doch aussenden, um entlegene Höfe oder Burgen zu besuchen und Erkundigungen einzuholen. Einmal dachte Hugolin, er hätte seine Herzensdame beinahe gefunden, denn man berichtete ihm von einer Frau, die in der Donau gebadet und sich anschließend Männerkleidung angezogen habe. Aber es handelte sich dabei um einen Irrtum. Die angebliche Frau war ein Braumeister gewesen, dessen füllige Brust unzutreffende Einschätzungen hervorgerufen hatte. Wie dumm kam sich Hugolin vor, als man ihm den Braumeister vorstellte. Schnell weiter und keine Zeit verlieren! Unermüdlich suchte der Ritter in jedem Winkel, aber ergebnislos.

Der Ritter von Bärenfels hatte einen Treffpunkt mit seinem Gefährten vereinbart, welcher den Fluss mit einer Fähre überquerte. Auch Sigismund konnte nichts Verwertbares vorweisen. Immerhin fand Hugolin in der Gegenwart des Freundes etwas Ruhe, und sie erzählten von ihren Erfahrungen. Der Ritter von Kugelstein brach in schallendes Gelächter aus, als Hugolin ihm von dem Braumeister berichtete, der für eine Frau gehalten worden war. Ähnliches könne er nicht vorweisen, aber er habe von einem Ritter gehört, der in Regensburg ein Piratenschiff entdeckt habe und alleine die Mannschaft sowie ihren schreckhaften Kapitän, Sebolt den Geizigen, besiegt habe. Hugolin sprang auf. „Sebolt der Geizige?", fragte er aufgeregt. „Den habe ich auch getroffen!" Schnell erkannte er, dass jemand seine eigene Geschichte aufgegriffen, ausgeschmückt und weitererzählt hatte. Diese Person konnte niemand anderes sein, es musste Carolina sein!

Ritter Hugolin wollte sofort aufbrechen. Dass in der Nacht keine Fähre den Fluss kreuzte, kümmerte ihn nicht. Er hätte sich in die Fluten geworfen, hätte Sigismund ihn nicht zurückgehalten: „Willst du von den Fischen gefressen werden?", rief Sigismund. „Aber nein", entgegnete Hugolin, „das sind doch Märchen, die Donaufische sind nicht so gefährlich, wie mancher behauptet!" Sigismund schüttelte den Kopf: „Bist du immer noch so blind für die Gefahren des Lebens? Du ertrinkst, wenn du dich jetzt in den Fluss wirfst und wirst bei den Fischen dein Grab finden!" Hugolin sah ein: Der nächste Morgen musste abgewartet werden. Dann aber setzte er endlich mit Sigismund zur anderen Flussseite über. Bald fand man heraus, dass ein Ritter namens Carl auf dem Weg nach Konstantinopel unterwegs war. Die Geschichte mit Sebolt dem Geizigen tauchte noch häufiger auf, allerdings in immer neuen Fassungen. So schnell er konnte, preschte Hugolin voran. Er kam Ritter Carl immer näher, bis er eines Mittags in einer Pferdestation erfuhr, am Tag zuvor habe sich hier ein Kampf zugetragen. Zwei Ritter des Kreuzes, Tilo und Tasso, hätten sich der Angriffe eines wilden Kämpfers namens Carl erwehren müssen, bis sie ihn schließlich überwältigt und gefesselt abgeführt hätten. Der Kerl habe furchtbar geschrien, fast wie eine Frau. Hugolin wollte ebenfalls schreien vor Wut und Schmerz. Wären Tilo und Tasso jetzt zugegen, er hätte sie mit bloßen Händen zerrissen. So aber musste er die Suche fortsetzen, die mit diesem Tag weitaus schwieriger und gefahrvoller geworden war, und die Geliebte befand sich in höchster Gefahr.

Ж

Die Spur der beiden niederträchtigen Ritter war ausfindig zu machen. Ihre Prahlereien kannte man allerorten, und am nächsten großen Hafen wurde Hugolin der beiden habhaft. Wie es ihre Gewohnheit war, saßen Tilo und Tasso in einem Wirtshaus, tranken reichlich und rühmten sich großer Taten. Als Hugolin in die Stube trat, sprangen sie auf, aber selbst der leichtfüßige Tilo fand keinen Fluchtweg. Hinter dem Ritter von Bärenfels drängte sein Gefolge herein, darunter der wackere Sigismund. Die Gesuchten wurden aschfahl, als sie sich umstellt sahen. Ihre prahlerischen Reden hatten sie im selben Moment vergessen, noch nicht einmal ein Hauch mutiger Worte kam in ihren Mund. Unterwürfig und mit zitternder Stimme sprach Tilo: „Edler Herr von Bärenfels, tut uns nichts zuleide, wir sind doch Ritter des Kreuzes und unterstehen dem

Schutz des Papstes!" „Ihr beiden Schurken!", entgegnete Hugolin. „Ihr seid so schützenswert wie die Beulenpest. Man sollte euch vernichten, aber selbst dann wüsste man nicht, wohin man eure Körper werfen sollte!" Tasso bettelte: „Tapferer Herr, Ihr dürft uns nicht töten!" Tilo warf eilig ein: „Wir können Euch sicherlich nützlich sein!" „Oh ja, das könnt ihr", schnaubte Hugolin, „rückt Ritter Carl heraus!" Tilo und Tasso erschreckten sichtbar bei diesem Namen. Aber Tilo fragte mit gespielter Ahnungslosigkeit: „Wen meint Ihr? Wir kennen hier keinen Ritter Carl!" Tassos Knie allerdings zitterten, sogar sein dickes Kinn wackelte vor Angst. Hugolin zog sein Schwert und richtete es auf Tassos Kettenhemd. Dieser brach in Tränen aus und flehte um sein Leben und beteuerte: „Wenn wir geahnt hätten, dass Ihr Ritter Carl sucht, hätten wir ihn Euch übergeben, aber ein fremder Kapitän hat ihn mitgenommen!"

Ritter Hugolin von Bärenfels erstarrte. Er hatte fest damit gerechnet, am heutigen Tage seine geliebte Carolina zu finden und aus aller Gefahr zu retten. Aber dieser Angsthase vor ihm, ausgerechnet dieser Wicht wollte ihn kurz vor dem Ziel um das Ersehnte bringen? Hugolin drückte die Schwertspitze tiefer in Tassos Kettenhemd. „Ein fremder Kapitän soll ihn einfach so mitgenommen haben? Meinst du das? Oder wolltest du sagen, dass du den Ritter verkauft hast?" Tilo holte Luft, um an Stelle Tassos zu antworten, aber Ritter Sigismund, der ebenfalls sein Schwert gezückt hatte, warf ihm einen drohenden Blick zu. Tilo schwieg. Tasso aber rang mit seinen Tränen und mit dem Schweiß, der von seiner Stirn troff. „Ja, ja!", stammelte er, „Ihr habt Recht, hoher Herr! Wir haben Ritter Carl verkauft." Tassos Augen weiteten sich, als er sprach: „Aber wir haben es doch nur aus größter Not getan. Wir reiten im Auftrag des Papstes und unter dem Schutz des Kreuzes. Der Weg ist weit, die Mittel rar. Ritter Carl verhielt sich gewalttätig uns gegenüber, wir wussten doch nicht, dass Ihr nach ihm sucht!" Hugolin fühlte sein Herz vor Wut schlagen. „Mit einem Satz sprichst du die Wahrheit, aber im nächsten Satz versteckst du wieder eine Lüge, du Elender! Weder seid ihr mittellos noch hätte Ritter Carl ohne Grund zur Waffe gegriffen!"

Bei diesen Worten ließ sich aus dem Hintergrund ein Zecher vernehmen. Er warf einen Becher um und erhob sich vom Tisch: „Recht so, ja, Ritter mit dem spitzen Schwert, du hast ganz Recht!" „Wer bist du denn?", fauchte Hugolin. „Ich war Fischer", sprach der sichtlich alte Mann, „jetzt sitze ich jeden Tag hier im Wirtshaus und höre den Leuten zu, was sie zu berichten haben. Diese beiden Kerle da schimpfen sich Ritter, aber es sind doch eher Diebe und Ehrabschneider! Und dieser Ritter Carl, glaube es oder nicht, ist gar kein Ritter. In Wirklichkeit ist er eine Dame. Das zumindest haben diese beiden Prahlmeister behauptet, als du noch nicht hier gewesen bist. Und sie haben noch etwas erzählt, nämlich dass der Kapitän ihnen viel Geld gegeben hat, um die Dame mitzunehmen, denn so etwas Schönes könne man sehr gut weiterverkaufen. In den Häfen des Schwarzen Meeres würden hübsche Donaufrauen Bestpreise erzielen." Hugolin ließ sein Schwert sinken. Wie schlecht konnten Menschen sein! Da öffnete sich die Tür. Der Wirt trat eilig ein und zerrte einen Mönch mit sich herein. „Die beiden Ritter stehen unter dem Schutz der Kirche!", rief der Wirt und schob den Mönch in die Mitte. „Der da kann es bestätigen!" Der Mönch sah sich um und erkannte in Hugolin einen stattlichen Ritter. Er sprach zu ihm: „Dieser Sohn der Kirche handelt im Auftrag des Papstes. Niemand darf ihm etwas zuleide tun!" Tilo rief dazwischen: „Nicht doch, ehrwürdiger Mönch. Der dort will uns Böses tun. Wir sind die Ritter des Kreuzes, die es zu schützen gilt!" Der Wirt zischte aus dem Hintergrund: „Ich habe es doch gesagt, diesen Tasso und diesen Tilo sollst du retten! Die anderen sind Raufbolde, die mein Wirtshaus in Stücke hauen, wenn es so weitergeht."

Hugolin war höchst erzürnt, dass Tilo und Tasso unter den Schutz des Papstes gestellt und auf diese Weise geschützt werden sollten. Er forderte den Münzgießer auf, die Schlechtigkeit der beiden zu bezeugen, aber es half nicht viel.

Der Wirt sprach Drohungen aus, und Sigismund mahnte seinen Freund, er müsse so schnell wie möglich die Verfolgung des Kapitäns aufnehmen. Auf jede halbe Stunde komme es an. So bat Hugolin seinen Weggefährten, Tilo und Tasso zu folgen und sie angesichts der Gefahr, die von ihnen ausging, doch noch einer Bestrafung zuzuführen. Er ließ sich den gesuchten Kapitän genau beschreiben, mietete einen Schnellsegler und fuhr, so rasch es ging, die Donau abwärts.

Jedes Schiff wurde genau in Augenschein genommen. Zeitraubend war es, die größeren Donauhäfen zu durchkämmen. Erst nach drei Tagen gelang es Ritter Hugolin, den gesuchten Kapitän zu finden und zu stellen. Aber Fräulein Carolina war schon nicht mehr im Besitz dieses Mannes. Ein Kaufmann hatte sie ihm abgenommen. Dieser aber trieb Handel mit den Sarazenen. Welch eine schreckliche Vorstellung: Carolina, die süße Carolina womöglich im Harem des Sultans! Der Ritter hätte sich am liebsten selbst verflucht, denn er war mitverantwortlich dafür, dass Carolina aus Esztergom aufgebrochen war, um ihn, Hugolin, zu suchen. Aber was half es noch? Er musste handeln, es blieb keine Zeit für Selbstzerknirschung. Der Herr von Bärenfels schickte einen Boten zu Sigismund und machte sich auf den Weg, den Sarazenenkaufmann zu finden. Ach hätte er Carolina doch irgendwie trösten können! Aber sie war unerreichbar.

Der Ritter segelte bei Tag und auch bei Nacht, er gönnte sich keine Ruhe und schlief nur wenige Stunden. Einmal sah er im Halbschlaf die Traumbilder des Hirsches und des Falken. Ansonsten gab es kaum Zeichen der Ermutigung. Die Donau hatte mittlerweile eine gewaltige Breite eingenommen. Inseln und Seitenarme verwandelten den Fluss bisweilen in eine Art Seenlandschaft. So schön dieser Anblick war, wie sollte man hier ein einzelnes Schiff wiederfinden? Und dennoch war Hugolins Suche nicht ganz erfolglos. Eines Morgens entdeckte er ein Schiff, das am südlichen Donauufer gestrandet war. Die Mannschaft versuchte, es wieder fahrtüchtig zu machen. Aus Neugier und Hilfsbereitschaft zog es den Ritter dorthin. Wie überrascht und glücklich war er, als er tatsächlich den Sarazenenkaufmann traf. Freilich war der Kaufmann kein Sarazene, Hugolin nannte ihn nur auf diese Weise. Es handelte sich, wie sich herausstellte, um einen russischen Händler, dessen Familie seit langer Zeit Kontakte zu den Sarazenen unterhielt. Carolina aber hatte sich alle Tricks gemerkt, die Hugolin ihr erzählt hatte, beispielsweise bei der Befreiung auf Sebolts Schiff. „Meinen Steuermann hat sie über Bord geworfen!", beklagte sich der Kapitän, und der Matrose, der mit dem Steuermann Nachtwache gehalten hatte, beschwerte sich über eine heftige Beule, welche von einem Schlag des Fräuleins herrührte. Hugolin jubelte innerlich. Was für eine großartige Frau war Carolina! Sie selbst aber musste sich nach ihrer Selbstbefreiung auf den Weg nach Konstantinopel gemacht haben, jenem Zielpunkt, den Hugolin angegeben hatte. So ging der Ritter an Land. Zentaurus freute sich, endlich wieder festen Boden unter den Hufen zu spüren und galoppierte fröhlich am Ufer der Donau entlang. Hugolin wurde es leicht ums Herz, auch wenn er nicht wusste, wie schnell er das schöne Fräulein wiedersehen würde.

Indessen war Carolina wieder in die Rolle des Ritters Carl geschlüpft. Die tapfere Frau ahnte nicht, dass ihr Erwählter nur wenige Stunden entfernt ritt. Sie war auf sich selbst gestellt und genoss diese Freiheit sogar, stolz, dass sie ihr Schicksal selbst in die Hand genommen hatte. Wenn ihre Zofe, ihr Onkel, gar ihr Vater wüssten, wie frei sie sich in diesem Moment auf dem Pferderücken fühlte! Aber sie lebte nicht im Märchen und nicht im Heldenlied. Sie musste ihren Weg durch eine raue Umwelt finden. Carolina verfügte nur über geringe Mittel. Betteln war sie nicht gewöhnt, es wäre auch gegen ihre Ehre gewesen. Fahrende Ritter fanden zwar häufig eine gastfreundliche Unterkunft, aber das war nie gewiss, und woher sollte sie Verpflegung und Ausrüstung nehmen?

Die Dame von Bratislava fürchtete die vor ihr liegenden Sümpfe, von denen sie gehört hatte, und wählte den Weg über die Berge. Sie begleitete Händler auf unwegsamen, gefährlichen Routen und verdiente dadurch etwas, kam aber von der eigentlichen Richtung ab. Schließlich traf sie auf einen Kriegshaufen, der zum Schwarzen Meer unterwegs war, um dort Dienste im Kampf gegen Piraten anzubieten. Diesen Leuten schloss sich Carolina an, um Schutz und Gesellschaft zu finden. Die Einblicke in die Welt der Männer, die sie dabei erlangte, waren nicht angenehm und belasteten sie. Es fiel ihr nicht schwer, die großmäuligen Sprüche dieser Söldner nachzuahmen, aber sie tat es mit innerer Abscheu. Einer verfluchte die Weiber, weil sie angeblich keinen Verstand hätten, ein anderer lästerte über treue Eheleute, die sich die eigentlichen Freuden des Lebens entgehen ließen. Ein Dritter rühmte sich, viele Geliebte gleichzeitig zu besitzen und verlachte deren sehnsüchtige Gefühle als dümmlich. Egoismus, Lebensangst und Brutalität hatten die Seelen dieser Männer verformt. Sie erinnerten an Fratzengesichter, wie man sie an den Außenseiten der Kirchen und an manchen Burgmauern eingemeißelt sehen konnte. Hoffentlich verbarg sich hinter dem Gesicht des Ritters Hugolin nicht eine ebensolche Fratze. Kannte Carolina ihn eigentlich oder war sie einem Fantasiegebilde nachgelaufen? Solche Fragen quälten sie immer mehr und drängten die Liebe, die sie in ihrem Herzen trug, tief in ihr Inneres zurück.

Ж

Hugolin suchte vergeblich nach Spuren seiner Herzensdame. Niemand in dieser Gegend hatte von einem Ritter Carl gehört, und auch die Geschichte von Sebolt dem Geizigen war niemandem zu Ohren gekommen. Der Ritter konnte nicht ahnen, dass Carolina einen anderen Weg eingeschlagen hatte, um den Sümpfen auszuweichen. Langsam regten sich bei ihm Sorge und leise Verzweiflung. Wäre nicht Ritter Sigismund wieder erschienen, vielleicht wäre Hugolin in tiefe Traurigkeit versunken. Gemeinsam überlegten sie, wie weiter vorzugehen sei. „Wir sollten eine Gesandtschaft nach Konstantinopel schicken", empfahl der Ritter von Kugelstein, „in der Zwischenzeit können wir sorgfältig die ganze Route bis zum Schwarzen Meer absuchen. Hugolin war hin- und hergerissen, ob er selbst die Gesandtschaft übernehmen oder die Suche im Donaugebiet leiten sollte. Schließlich entschied er sich für Letzteres. Würde Carolina die große Stadt erreichen, so wäre sie dort vermutlich in Sicherheit. Hier aber, im Land der Sümpfe und wilden Tiere, benötigte sie Schutz. Man sollte die nördlichste aller denkbaren Routen wählen, die Donau selbst.

Der Ritter von Bärenfels war froh, mit seinem Freund reiten zu dürfen, der auch in schwierigen Zeiten ein heiteres Wesen besaß. Sigismund konnte – was nur wenigen Menschen gelang – über sich selbst lachen. Er vermochte Persönlichkeiten nachzuahmen und herrliche Grimassen zu schneiden. Wenn er sich wohl und in kameradschaftliche Laune fühlte, nahm er auch seine Freunde auf den Arm. So tat er es jetzt mit Hugolin. Er ahmte nach, wie der Ritter von Bärenfels von Tilo und Tasso getäuscht worden war: „Stellen wir uns einen Grünschnabel von einem Ritter vor!", sagte er. „Dieser Ritter hatte sich seine Burg wegnehmen lassen, mit jeder Art von Räubern Bekanntschaft gemacht. Aber trotzdem glaubte er jedes Märchen, das man ihm erzählte. Einst traf er auf einen Haufen fetter Ritter." Bei diesen Worten ahmte Sigismund den wohlbeleibten Tasso nach. „Als diese ihm erzählten, sie hätten dem Sultan den Turban gestohlen, forderte Ritter Grünschnabel einen Beweis. Da zog einer der Ritter" – jetzt wurde Tilo nachgeahmt – „aus seiner Tasche ein Schnupftuch. O ha, Ritter Grünschnabel kannte weder Schnupftücher noch Turbane. Er ließ sich aufschwatzen, dieses Schnupftuch sei der Turban des Sultans, jenes Mannes, der als Schrecken der christlichen Welt bekannt ist. Man beschwatzte den Ritter Grünschnabel, dass er mit diesem Turban das Herz jeder schönen Frau gewinnen könne und zog ihm die letzten Münzen aus der Tasche. Am nächsten Tag lief Ritter Grünschnabel zu einer holden Frau und hielt ihr das Schnupftuch unter die Nase, welches den Turban des Sultans darstellen sollte. Jene Frau aber gab ihm eine

Ohrfeige und zeigte ihr eigenes Schnupftuch, steckte es aber schnell wieder ein. Als Ritter Grünschnabel in die Schenke zurückkehrte, beschwerte er sich nicht etwa, dass man ihm ein Schnupftuch als Turban verkauft hatte. Sondern er sagte: Ich wusste gar nicht, dass es so viele Turbane des Sultans gibt." Sigismund brach in lautes Gelächter aus, und Hugolin, der die gute Absicht seines Freundes kannte, schob einen leichten Missmut zur Seite und lachte mit. Er wiederum ahmte den Ritter von Kugelstein nach, wie dieser durch die Straßen der Stadt Esztergom ritt. „Nicht zu schnell dürfen wir reiten, nicht zu schnell! Sonst sehen uns die hübschen Frauen nicht!" Erst als Sigismund versuchte, eine humorvolle Bemerkung über Carolina zu machen, stockte Hugolin das Lachen. „Meine Güte, bist du verliebt!", sagte der Freund. „Hoffentlich wird es dir gelingen, deine Herzensdame zu finden." Sie schauten nach den Sternen, die mittlerweile am Himmel blinkten, und betrachteten die Schiffe, welche vor Anker liegend auf den Donauwellen schaukelten.

Am nächsten Morgen brach eine Gesandtschaft nach Konstantinopel auf. Hugolin, Sigismund und ihre Leute durchforschten den Landstrich entlang der Donau, fanden aber wieder keine Spur von Carolina. „Vielleicht ist sie über die Berge gezogen", meinte der Ritter von Kugelstein, „aber dann finden wir sie ohnehin nicht, dort nicht und hier nicht."

Mit jedem Tag wurde es heißer. Nachts schrien die Eulen und flatterten Fledermäuse. Sigismund und Hugolin brachten lange Wegstrecken hinter sich und bereiteten sich innerlich auf die Herausforderungen vor, die vor ihnen liegen mochten. Man griff sie nicht an und raubte sie in den Herbergen nicht aus, denn ihre Zahl war zu groß. Ihre Gemeinschaft schützte sie auch vor den Fremden, denen sie begegneten und deren Sprachen sie nicht verstanden. Endlich erreichte man das Donaudelta, das sich in unfassbarer Weite zum Schwarzen Meer hin öffnete. Zum ersten Mal sah Hugolin von Ferne ein Meer. Es stimmte ihn fast ängstlich und nahm ihn gleichzeitig in Bann. So gefährlich die Schifffahrt auf einem Fluss erschien, auf einem Meer konnte sehr viel Schlimmeres passieren: ohne Wind war man den Strömungen überlassen oder blieb auf einer Stelle stehen, verdurstete vielleicht im Salzwasser. Bei Sturm bildeten sich baumhohe Wellen, die ein gewöhnliches Schiff ohne weiteres zum Kentern bringen konnten. Seeleute, die manchmal gar nicht schwimmen konnten, erzählten von grausamen Tieren, Seeschlangen und Meeresdrachen. Was schlummerte alles in der Tiefe?

Ж

Sigismund übernachtete nicht gerne in Wirtshäusern, wie es Hugolin trotz seiner schlechten Erfahrungen immer wieder getan hatte. Gab es eine Burg, so versuchte er, dort eine Unterkunft zu finden. In den Gemäuern einer Burg war man nicht nur sicher, sondern wurde auch weitaus besser verköstigt. Vor allem aber erfuhr man, was sich in der Umgebung und in der großen Politik zutrug. Der Ritter von Bärenfels aber mochte den Umgang mit einfachen Leuten, deren Charakter er gut einzuschätzen wusste. Zwar hatte er viel Ärger mit Diebesgesindel gehabt, aber die schlimmsten Räuber waren für ihn Leute wie Graf Reginald, nicht die Menschen von niederem Stand. Außerdem hatte Hugolin keine Freude daran, nach einer anstrengenden Reise höfische Zeremonien zu üben, wie es auf den Burgen üblich war, vor allem wenn Gäste kamen. Aber er ließ Sigismund gewähren.

Von der Burg aus, in der sie nun Aufnahme fanden, konnten sie über die Landschaft des Donaudeltas hinweg bis zur Schwarzmeerküste sehen. Auf der anderen Seite sollte in der Ferne die Stadt Tulcea liegen, ein bedeutsamer Handelsstützpunkt und Hafen. Der Burgherr, Ettore Raffaele di Rapallo, stammte aus dem Genueser Adel, seine Frau Birgitta kam aus Lübeck. Die Familie hatte das Anwesen am Donaudelta gekauft in der Absicht, die guten Handelsmöglichkeiten zu nutzen. Auf diese Weise waren Ettore und Birgitta zu einem beträchtlichen Vermögen gelangt, aber der Besitz befand sich ständig in Gefahr. Bulgaren und Venezianer verfolgten die Handelsaktivitäten, und der Genueser befürchtete, dass die Mongolen in naher Zukunft die Schwarzmeerküste verwüsten könnten. Die gefürchteten Reiter hatten große Teile Asiens erobert und waren bis nach Persien vorgestoßen. Wenn es gelingen sollte, die Mongolen in Schranken zu weisen, dann würden vielleicht die ebenfalls sehr gefährlichen Seldschuken ihr Herrschaftsgebiet ausdehnen. Sie hatten mit Sinope bereits einen wichtigen Hafen am Schwarzen Meer erobert, den sie auszubauen wussten. Zuletzt war in nicht allzu großer Entfernung, in Adrianopel, ein Ritterheer des Kreuzes von den Truppen des bulgarischen Zaren in einer blutigen Schlacht geschlagen worden. An den Küsten dieses Meeres blühten Handel und Seefahrt, aber zugleich war der Boden blutgetränkt. Hugolin mochte es kaum glauben: In dieser beschaulichen Landschaft, fern von den Kämpfen um Jerusalem, sollte es derartig kriegerisch zugehen, wie es Ettore Raffaele beschrieb? Vielleicht bedeutete der Name „Schwarzes Meer" so viel wie „Meer des Todes"! Aber Ettore widersprach, denn der Name komme von der nördlichen Himmelsrichtung, in der das Meer aus Sicht der Griechen und Römer lag. Schwarz stand für Norden, wie Rot den Süden symbolisierte – wonach man das Rote Meer benannt hatte.

Der Burgherr nahm die Gefahren, die er aufzählte, sehr ernst. Er hatte bereits einiges Vermögen in die italienische Heimat bringen lassen. Der mutigere Teil seines Herzens erwartete, dass man am Schwarzen Meer große Gewinne erzielen könne und die Region an Bedeutung gewinnen werde. So geriet Ettore, kurz nach der Beschwörung weltuntergangsähnlicher Zustände, ins Schwärmen und prophezeite eine große Zukunft des Handels am Schwarzen Meer. „Die Handelsbeziehungen zwischen unterschiedlichen Ländern fördern den Frieden, nicht den Krieg!", bekundete Ettore. „In den großen Seehäfen an allen Küsten des Meeres sind Niederlassungen unterschiedlichster Handelsmächte zu finden. Christen und Muslime, Griechen und Lateiner arbeiten dort zusammen, was ihnen viel Nutzen bringt. Dies zeigt sich beim Handel von Getreide, Wachs, Seide und Fellen, worauf sich meine Familie spezialisiert hat." Der Italiener blickte seine Gäste stolz an, doch dann verfinsterte sich sein Gesicht. „Verflucht ist aber der Sklavenhandel! Er greift an den Küsten des Schwarzen Meeres um sich! Schon die alten Griechen und Römer haben hier Sklaven aufgekauft. Heute werden Frauen, manchmal sogar Kinder verschleppt und an den Küsten des Meeres, bis nach Spanien weiterverkauft. Auf Beutezügen raubt man die Frauen aus Dörfern im Kaukasus-Gebirge, manchmal werden sie auch von einheimischen Händlern angeboten. Es gibt sogar arme Leute, die in ihrer großen Not die eigenen Kinder verkaufen. Wie schrecklich!"

Hugolin war überrascht, vom Sklavenhandel solchen Ausmaßes zu hören. Die einzigen Sklaven, die er bisher kennengelernt hatte, waren die armen Kerle auf dem Donauschiff gewesen, die er schließlich aus ihrem Schicksal befreien konnte. Wohl war es üblich, Kriegsgefangene für eine gewisse Zeit zu Sklavendiensten heranzuziehen, auch das war dem Ritter bekannt, aber einen so gewaltigen Sklavenhandel hätte er in diesen Zeiten nicht für möglich gehalten. Ettore Raffaele wunderte sich seinerseits über die Unwissenheit des Ritters und erklärte: „Du kennst offensichtlich nicht das Leben am Meer. Entlang der Küsten gibt es überall Sklavenmärkte. Hier am Schwarzen Meer kommen die Sklaven aus dem Kaukasus-Gebirge oder aus der Turk-Steppe. Andere Sklaven schafft man aus Afrika herbei. Es gibt auch maurische Beutezüge in Spanien. Gefangene Christen werden als Sklaven in Tunis und auf anderen Märkten in Nordafrika verkauft. Wenn du einmal nach Genua kommen solltest, wirst du dort einen der größten Sklavenmärkte sehen, die es an den Küsten des Meeres gibt." Der Ritter von Bärenfels erwiderte: „Aber unser christlicher Glaube verbietet doch den Sklavenhandel!" Sein Gastgeber runzelte die Stirn: „Das sollte man meinen. Mir ist der Sklavenhandel zuwider. Aber wenn ich recht weiß, dann verbietet der Papst nur den Handel mit christlichen Sklaven. Es gibt Regeln, wie man mit Sklaven umgehen soll. Auch Sklaven sollten gewisse Rechte zugestanden werden. Aber in manchen Gegenden gibt es sogar Klostersklaven. Das sollte nicht möglich sein, wenn der christliche Glaube tatsächlich den Sklavenhandel verbietet."

An dieser Stelle mischte sich Ritter Sigismund ein: „Nicht allen Sklaven geht es schlecht. Sie können es auch zu Wohlstand bringen." „Das stimmt", pflichtete Ettore bei, „bei den Muslimen sollen Militärsklaven sogar führende Positionen erlangt haben. Militärsklaven stehen oftmals in besonderen Ehren, weil man sie für besonders zuverlässig hält. Der Sultan von Kairo vertraut ihnen angeblich mehr als seinen eigenen Leuten!" Diese Gedanken beruhigten Hugolin nicht: „Das Schicksal der Frauen muss doch furchtbar sein. Sie sind ihren Herren wehrlos ausgeliefert und werden von niemandem beschützt." „Das Schicksal der Sklavinnen ist besonders bedauernswert", bestätigte der Herr von Rapallo, „aber auch hier gibt es Ausnahmen. Manche heiraten und kommen zu Ehren. Die Schönheit der Kaukasierinnen wird in Genua sehr geschätzt. Bei der Geburt von Kindern sterben oftmals Frauen. So versucht man, eine Not durch eine andere auszugleichen. Das klingt sehr schrecklich, aber manche Kaukasierin lebt in Genua als angesehene Ehefrau eines Adligen." Der Ritter von Bärenfels erinnerte sich an die Gespräche, die er mit dem Einsiedler Antonius geführt hatte. Er hatte ihn gelehrt, jeden Menschen als Geschöpf Gottes zu ehren. Zu den Bibelversen, die Antonius ihm beigebracht hatte, gehörte auch der Lobgesang Mariens, in dem es von Gottes Taten heißt: *„Er zerstreut, die im Herzen voll Hochmut sind. Er stürzt die Mächtigen vom Thron und erhöht die Niedrigen."* Wie konnte man dann so mit Menschen umgehen – vor den Augen der ganzen Welt – in jedem großen Hafen des großen Meeres?

Birgitta tadelte ihren Mann: „Ettore, warum verbreitest du so viel Trübsinn? Immer musst du über den Sklavenhandel sprechen, als wäre das unser größtes Problem!" „Aber nein", entgegnete dieser, „ich habe doch von den großartigen

Möglichkeiten des Schwarzen Meeres berichtet. Ich liebe den Handel und möchte nicht, dass jemand mit krummen Geschäften all dies erschwert oder ruiniert. Du weißt doch, wie ich denke. Ich bin überzeugt davon: Eines Tages wird es ein Rittertum des Handels geben, das einem Codex von Ehre und Vertrauen folgt. Dies wird zu einem großen wirtschaftlichen Aufschwung führen. Hätte ich die Möglichkeiten, ich würde noch heute eine solche Rittergemeinschaft ins Leben rufen!" Seine Frau war von diesen großen Plänen wenig angetan: „Muss alles bei dir groß und weltbewegend sein? Kannst du nicht auch mit dem zufrieden sein, was da ist? Und was für eine Rittergemeinschaft sollte das sein? Ein Orden? Wie sollten wir dann noch als Familie zusammenleben?" „Birgitta, natürlich kann ich keinen Ritterorden gründen und möchte auch nicht wie ein Mönch leben, aber sieh doch, welche Möglichkeiten es gibt! Man darf sich doch nicht ständig beengen lassen von den Grenzen des Alltäglichen!" Birgitta wandte sich an die Gäste: „Sigismund und Hugolin, wollet ihr einer Rittervereinigung zur Verbesserung des Warenhandels beitreten?" Der Ritter von Kugelstein vermied es, sich parteiisch in das Gespräch der Eheleute einzumischen. Aber Hugolin fragte nach: „Ritter haben doch normalerweise nichts mit Warenhandel zu tun, warum sollten ausgerechnet sie geeignet sein, diese Aufgabe auszuüben?" „Siehst du", wandte sich Birgitta an ihren Mann, „die Ritter wollen mit Handel nichts zu tun haben. Ritter sollen kämpfen oder Ländereien verwalten, aber nicht Handelswaren stapeln und um Preise feilschen!" Ettore vertrat eine andere Ansicht: „Der berühmte Orden der Tempelritter betätigt sich sehr erfolgreich am Warenhandel. Rittertum und Händlertum schließen sich keinesfalls aus. Wir benötigen einen Handel, der auf Ehre und Vertrauen beruht. Ritter sind dafür wie geschaffen."

„Leider kann ich nicht ganz zustimmen", äußerte sich Hugolin, „oder man müsste zuerst alles räuberische Strauchrittertum beenden." Ettore blickte ihn durchdringend an. „Schande über die Strauchritter, das ist wahr! Aber warum gibt es so viele von ihnen?" „Weil Ritter auch keine besseren Menschen sind!", warf Birgitta ein. „Nein", entgegnete ihr Mann, „weil sich Ritter ihren Unterhalt mit Ländereien verdienen müssen. Diese aber sind begrenzt. Wer beim Erbe nicht genug erhält, wird gezwungen zu Raubzügen. Welcher Vorteile wäre es, Handel zu treiben! Handel ist nicht auf den Besitz von Ländereien angewiesen. Es reichen einige Handelsniederlassungen." „Du bist ein Träumer!", gab seine Frau zur Antwort. „So kenne ich dich, seitdem wir verheiratet sind." „Ob Träumer oder nicht, was spielt das für eine Rolle", entgegnete Ettore, „man darf doch noch seinen Verstand anwenden – oder nicht? In der Welt, in der wir leben, sind Ländereien knapp geworden. In Italien, den deutschen Landen, Frankreich, England – wo man auch hinschaut – ist jedes Fleckchen Erde ein Besitz, ein Lehen oder versprochenes Land. Die hohen Herren verbringen die meiste Zeit ihres Lebens damit, die eigenen Ländereien gegen andere zu verteidigen oder auf Kosten anderer auszudehnen. Um diese Länder herum beanspruchen andere Mächte die Herrschaft: Mauren, Sarazenen, Seldschuken, Mongolen und so weiter und so fort. Es gibt keine großen Möglichkeiten, Ländereien hinzuzugewinnen, aber wir können den Handel ausdehnen. Friedlicher Handel ist die beste Möglichkeit, um den Ehrgeiz und das Besitzstreben des Menschen zu befriedigen."

„Du hast edle Gedanken", meldete sich endlich Sigismund zu Wort, „aber wie willst du diese Gedanken verbreiten? Keiner der Mächtigen spricht davon, kein Kaiser, kein Papst, kein König. Sie leben alle von den Abgaben, die in ihren Ländereien eingenommen werden. Und die berühmten Mönche, allen voran Franziskus, predigen Verzicht, wenn nicht sogar Armut. Für deine Ideen ist kein Platz in den Köpfen der Menschen, so traurig das sein mag. Auch wir haben anderes im Sinn. Wir suchen nach Carolina und müssen Hugolin von einem ungerechten Schwur befreien. Ganz sicher können wir uns nicht im Warenhandel betätigen." Ettore Raffaele kannte solche Einwände. „Wenn aber", so entgegnete er dem Ritter von Kugelstein, „eure Carolina in die Hände von Sklavenhändlern gefallen sein sollte, dann würdet ihr eure Meinung vielleicht ändern. Der gerechte Handel mit Waren – darin liegt unsere Zukunft, nicht im Streit um Ländereien." Birgitta umarmte ihren Mann. „Du hast jetzt genug geträumt, mein Lieber", fand sie, „lass die Gäste zur Ruhe gehen, es ist schon spät." Dankbar nahmen Hugolin und Sigismund das Angebot an.

Am nächsten Morgen riet Ettore Raffaele den Rittern, ein genuesisches oder griechisches, zur Not auch ein venezianisches Handelsschiff zu nutzen, wie sie an der Küste immer wieder anzutreffen seien. „Diese Schiffe fahren manchmal bis nach Kreta", sagte er. „Den Weg nach Konstantinopel finden sie fast im Schlaf, und darauf kommt es an. Die Meeresenge des Bosporus ist sehr gefährlich. Unberechenbare Strömungen können einen unerfahrenen Kapitän noch kurz vor dem Ziel in Seenot bringen." Hugolin und Sigismund dankten ihrem Gastgeber und umarmten ihn zum Abschied.

Bald befanden sich die Ritter mit Gefolge an Deck eines griechischen Schiffes und nahmen Kurs auf die Hauptstadt des Ostens, Konstantinopel. Die Lieder der Seeleute klangen fremd. Das Lateinische und Deutsche, womit man sich an der Donau oftmals verständigen konnte, galten hier nicht viel. Hugolin lernte viel Neues kennen: Handelswaren, feinste Stoffe, Muster von antiker Schönheit, schnittige Segel und Ruder aus eisenhartem Holz. Man aß keinen Eintopf und keinen Brei wie auf den notdürftig zusammengezimmerten Donauschiffen, sondern konnte an Bord Brot backen, Fische über dem Feuer braten oder Fleisch garen.

Ж

Carolinas – besser gesagt Ritter Carls – Mahlzeiten gestalteten sich sehr viel karger. Sie war mit ihrem Ritterhaufen in den bulgarischen Bergen unterwegs. Wilddachse, Füchse, Falken und Murmeltiere heiterten ihr Gemüt auf, welches von der langen Reise müde und von Sehnsucht nach dem Geliebten verzehrt wurde. Sie hatte ihre grobschlächtige Gesellschaft satt, auch wenn sie sich großer Beliebtheit erfreute. Man nannte sie mittlerweile „Ritter Feinsinn", um auf ihre guten Sitten hinzuweisen, und scherzte, Feinsinn könne schnell in Feindsinn umschlagen, wenn man Ritter Carl allzu frech anspreche. Carolina ihrerseits hielt sich mit prahlerischen Geschichten, die sie einst erzählt hatte, zurück. Aber sie machte sich einen Spaß daraus, die Angeber der Truppe als Lügenmäuler zu entlarven. Ein Ritter brüstete sich beispielsweise damit, er habe dem Lavafluss eines Vulkans Einhalt geboten. Aber er vermochte nicht zu erklären, wie die Lava überhaupt aussah. Ein anderer prahlte, einen bulgarischen Löwen erschlagen zu haben. Aber Carolina wies ihm nach, dass es in Bulgarien keine Löwen gab und dass er in seiner Geschichte ein altes mazedonisches Heldenlied nachgeahmt hatte. Wieder ein anderer machte sich mit einem Drachenkampf wichtig, konnte aber nicht erklären, warum das Feuer des Drachen zwar seinen Schild hatte schmelzen lassen, aber im dichten Wald, wo man angeblich gekämpft hatte, keinen Waldbrand verursacht hatte. Einer wie der andere musste eingestehen, dass seine Abenteuer sehr viel bescheidener waren, als er es behauptet hatte.

Den größten Triumph erlangte Ritter Carl dadurch, dass er derbe Liebesabenteuer als dumme Fantasien enthüllte. Ein Ritter wollte viele Frauen dadurch gewonnen haben, dass er sie mit der Größe seines Pferdes beeindruckte. Aber Ritter Carl meinte, seiner Erfahrung nach seien Frauen von der Eleganz und Gepflegtheit eines Reittieres mehr angetan als von seiner bloßen Größe. Ein anderer behauptete: „Man muss Frauen erzählen, wie erfahren man in Liebesabenteuern ist, das zieht sie magisch an!" Carl erwiderte: „Nein, eine Frau will niemals eine von vielen sein, sondern die einzige von allen." Man verstand nicht, woher Ritter Carl so viele Kenntnisse in Angelegenheiten der Liebe hatte, ohne jemals mit

Frauengeschichten anzugeben. „Ihr seht in Frauen nichts anderes als eine Kriegsbeute", sagte Carl, „aber damit bringt ihr euch selbst um die schönste Form der Liebe, das Spiel der Herzen, das sich nur entfalten kann, wenn höfische Regeln und freie Gesinnung einander bestärken, wenn tapfere Kraft die Zartheit des Herzens beschützt, wenn Geduld und Ungeduld den jeweils rechten Zeitpunkt finden."

Die Ritter saßen mit offenen Mäulern da. „Ritter Feinsinn", sagte einer, „gewinnst du die Frauen vielleicht durch den Klang schöner Worte? Kein Mensch kann diese Worte verstehen, aber sie wirken wohlgeordnet und haben einen bezaubernden Klang!" „Nein", erwiderte Ritter Carl, „ich gewinne überhaupt keine Frauen. Wenn ich eine Frau verehre, so muss ich ihr als Gewinn erscheinen, nicht umgekehrt!" Das war den Männern zu viel an Liebesweisheit. „Ich bevorzuge die Praxis", sagte ein besonders Schlauer, „die Theorie bleibt doch ein Hirngespinst." Ritter Carl zuckte mit den Schultern, er war nicht darauf angewiesen, seine Zuhörer zu überzeugen. Carolina aber fragte sich in ihrem Innern, ob Hugolin vielleicht von demselben Schlag sei wie diese Männer, die nur an leichten Kampf und billiges Vergnügen dachten, die Taten vollbrachten, um damit prahlen zu können, nicht um etwas Gutes zu erwirken.

Ж

Carolina hätte darüber unbesorgt sein können, aber Ritter Hugolin befand sich in einer ganz anderen Gefahr. Sein Kapitän war vom Kurs abgekommen und näherte sich einem anderen Schiff, welches furchtgebietend die Fahne der Muslime zeigte. Schiffe der Seldschuken mussten von Sinope einen weiten Weg zurücklegen und tauchten nur selten vor der Westküste des Schwarzen Meeres auf. Was hatten sie hier zu schaffen? Und warum zeigten sie so offen ihre Fahne? Sie mussten sich sehr sicher fühlen. Tatsächlich waren viele Soldaten an Bord. Hohe Segel und starke Ruderer machten es unmöglich, diesem Gegner zu entkommen. Wohl oder übel musste man die Behandlung der Übermacht erdulden. Es war ein großes Glück, dass die Muslime nicht hungrig nach Kampf oder Beute waren. Sie hatten ihre Hauptaufgabe bereits erfüllt: Kindersoldaten zu rauben. Jungen im halbwüchsigen Alter hatten sie aus den Küstendörfern entführt. Diese Kinder sollten einem harten Drill unterzogen werden, damit sie furchtlose Kämpfer würden. Ihre Heimatlosigkeit sollte sie an den Herrscher binden und gefühllos gegenüber anderen machen. Fremdländisch klingende Befehle erschollen vom Deck, aber dann vernahm man auch griechische Laute. Der Seldschukenkapitän, der sich seiner Überlegenheit bewusst war, verlangte vom Handelsschiff eine hohe Abgabe und wollte die Ladung genau untersuchen.

Zu Hugolins Verwunderung rief der Seldschuke einen fränkisch gekleideten Ritter herbei. Es war nicht zu fassen: Da tauchte Ritter Tilo auf! Wie konnte er hierher gelangt sein und wie war es ihm gelungen, das Vertrauen der Muslime zu ergattern? Wahrscheinlich hatte er seine Dienste angeboten, als Christ die Küstendörfer zu durchstreifen und den Raub von Kindern vorzubereiten. Als Tilo den Ritter Hugolin entdeckte, erschrak er zunächst, begann dann aber zu grinsen und flüsterte dem Kapitän etwas zu. Dieser gab Anweisung gab, Hugolin herbeizuholen. Der Ritter durfte sich nicht wehren, sonst hätte er vielleicht die gesamte Mannschaft in Gefahr gebracht. Zähneknirschend ließ er sich an Bord des muslimischen Schiffes bringen.

Der Kapitän selbst führte das Verhör mit ihm und bediente sich dabei der lateinischen Sprache. Ritter Hugolin war überrascht, so viel Bildung bei einem Mann zu finden, der für den Raub vieler Kinder verantwortlich war. Vielleicht bestand der Hauch einer Chance, dass man den Befehlshaber umstimmen konnte. Hugolin erklärte offenherzig, dass er in den Dienst des weströmischen Kaisers gerufen worden sei und am Zug ins Heilige Land teilnehmen müsse.

Der Kapitän hörte aufmerksam zu und erkannte, dass er es nicht mit einem gewöhnlichen fränkischen Ritter zu tun hatte. Es gefiel ihm, die Ansichten eines Feindes zu erforschen und stellte vielerlei Fragen. Er wollte Hugolins Meinung erfahren, warum es bei den Franken so viele Herrscher und Könige gebe, die nicht nur gegen äußere Feinde, sondern auch untereinander kämpften. Der Kapitän erkundigte sich nach der Bedeutung des Papstes und warum er immer wieder zum Krieg gegen die Muslime aufrief. Das Verhältnis des Kaisers Friedrich zum Sultan in Ägypten interessierte ihn ebenso wie die Beziehungen zwischen den Handelsmächten Venedig, Genua und Pisa. Auch wollte er wissen, ob und wie die Herrscher des Westens gegen die Mongolen zu kämpfen gedachten. Auf die meisten Fragen konnte Hugolin keine zufriedenstellende Antwort geben, obwohl er bereits lange gereist war und entlang des Weges mit vielen Händlern, Beamten, Rittern und Burgherren gesprochen hatte. Nur über seine Heimat und die Herrschaft des Pfalzgrafen bei Rhein wusste Hugolin so viel zu berichten, dass er das Interesse des Kapitäns weckte. Hugolin hatte Ludwig, den Pfalzgrafen und Herzog von Bayern, nicht persönlich getroffen, aber in seiner Heimat erzählte man viele Geschichten über ihn. Ludwig hatte mitgeholfen, den englischen König Richard Löwenherz auf der Reichsburg Trifels gefangen zu halten und ein Lösegeld zu erpressen, mit dem Kaiser Heinrich VI., Friedrichs Vater, die Kosten für einen Kriegszug nach Sizilien deckte. Später war Ludwig ins Lager Kaiser Ottos IV. übergelaufen, dem ärgsten Feind Friedrichs, wechselte später aber wieder die Seiten. Er liebte Macht, Luxus und Abenteuer. Und nun kämpfte er angeblich gegen den Sultan von Ägypten, welcher Jerusalem beherrschte. Der Seldschukenkapitän interessierte sich sehr für den Kampf der Franken gegen den Sultan, denn die Seldschuken waren selbst Kriegsgegner des Herrschers von Kairo. Gleichwohl traute er den Franken keinen Sieg zu, zumal da sich Kaiser Friedrich nicht persönlich an den Kämpfen beteiligte, nur einige Kriegsschiffe entsandt hatte.

Als der Kapitän sicher war, Hugolin für eine besondere Mission einsetzen zu können, sprach er: „Ich gewähre dir Leben und Freiheit, wenn du dich zu einem Dienst verpflichtest." Hugolin blickte den Kapitän an und bewunderte seine erhabene Gestalt, die in prachtvolle Gewänder gehüllt war, ganz anders als die Kittel, die mancher Donaukapitän trug. Die drückende Last eines neuen Schwurs kündigte sich an, aber der Ritter spürte, dass sein Leben noch eine Zukunft hatte und dass die Hoffnung, Carolina wiederzusehen, nicht vergebens war. „Ich nehme gerne jeden ehrlichen Dienst auf mich", entgegnete der Ritter, „aber ich vergieße kein unschuldiges Blut." „Du wirst vielleicht sehr viel Blutvergießen verhindern!", gab der Kapitän zurück. „Du sollst zu Kaiser Friedrich gehen, deinem Herrscher, und ihm von der Stärke und dem edlen Mut der Söhne des Propheten berichten. Friedrich weiß offensichtlich, dass er den Sultan nicht überwinden kann, sonst hätte er längst die Gelegenheit ergriffen, einen solchen großartigen Sieg zu erringen, der ihm eine größere Machtfülle schenken würde als sie jemals ein fränkischer Herrscher besessen hat. Aber Friedrich soll sich nicht nur vor dem Sultan von Kairo hüten, sondern auch vor dem Sultan von Konya, meinem Herrn. Überzeuge den Kaiser, dass er niemals gegen die Seldschuken Krieg führen darf. Ich werde dir ein Schreiben mitgeben, das du Friedrich überreichen musst!"

Ritter Hugolin von Bärenfels atmete tief durch, dann sprach er: „Ich möchte mich von einem Waffengefährten verabschieden." „Du bist frei", entgegnete der Kapitän, „und kannst mit deinen Streitern davonziehen!" Mit einer Handbewegung wies er zu Ritter Sigismund hinüber. „Er kann mit dir gehen!" „Ich denke an einen anderen Kämpfer", sagte Hugolin und deutete auf Ritter Tilo. „Dieser da, Ritter Tilo, ein tapferer Ritter des Kreuzes, von diesem möchte ich Abschied nehmen!" Der Kapitän war erstaunt: „Dieser da ist ein Ritter des Kreuzes?" „Ein sehr verdienstvoller!", bekräftigte Hugolin. „Er hat im Heiligen Land gekämpft und nach eigener Aussage über hundert muslimischen Kämpfern das Leben ausgelöscht. Er hasst die Söhne des Propheten."

Die Miene des Kapitäns verfinsterte sich. Mit einer Handbewegung ließ er Tilo herbeiholen. „Der fränkische Ritter lügt!", schrie Tilo. „Ich habe noch nie gegen Muslime gekämpft!" Kühl entgegnete Hugolin: „Lest, was auf der Klinge seines Schwertes eingraviert ist!" Man zog Tilos Schwert aus dem Gepäck hervor und untersuchte die Klinge. Tilo hatte sie mit Tierfett und Wachs eingerieben, man konnte nichts darauf lesen. Aber eine Reinigung veränderte alles. „Befreier von Golgotha", war da in klarer Schrift zu lesen. Dieser Beweis genügte dem Kapitän, der ebenso wie jeder Getaufte wusste, dass Golgotha für den Ort der Kreuzigung Christi in Jerusalem stand. „Du bist des Todes, Verräter!", fauchte er den niederträchtigen Lügner an. Tilo riss sein Schwert an sich und versuchte wie ein Irrsinniger, sich zu verteidigen. Als die Soldaten ihn bedrängten, stürzte er rücklings ins Meer und versank zwischen den Wellen. Die Goldstücke im Wams mochten ihn noch schneller nach unten ziehen. Hugolin erinnerte sich an Carolinas Worte: Wenn man am Ufer sitzt, ahnt man nicht, welche Schrecknisse sich auf einem Schiff zutragen können. Aber er war überglücklich, dass das Schicksal eine günstige Wendung genommen hatte.

Nachdem Tilo offensichtlich endgültig außer Gefecht gesetzt war, wandte sich Hugolin erneut an den Kapitän und bat ihn: „Lasst die armen Kinder frei, die Ihr aus den Küstendörfern mitgenommen habt!" Davon freilich wollte der Kapitän nichts wissen. „Es wird den Kindern in Konya besser gehen als in den Hütten der Fischer!", entgegnete er kühl. „Aber sie vermissen Vater und Mutter!", flehte der Ritter, der Kapitän jedoch blieb hart: „Wie lange werden ihre Eltern noch leben? Aus den Sümpfen kommen die Seuchen. In Konya aber ist die Luft sauber, die Kunst der Ärzte übertrifft die Kunst der Kräuterfrauen am Schwarzen Meer. Diese Kinder leiden jetzt, aber sie werden vielleicht höher steigen als jeder von uns. Also beruhige dich."

Hugolin musste erkennen, dass sein Bitten fruchtlos blieb. Er nahm den Brief des Kapitäns entgegen, welchen er Kaiser Friedrich überreichen sollte, und verabschiedete sich von den Seldschuken.

Ж

Nun galt es, endlich Konstantinopel zu erreichen. Die griechischen Seefahrer wollten nach der jüngsten Irrfahrt keinen Umweg mehr verschulden. Mit sorgfältiger Navigation erreichte man die Meerenge, die Passage zur prachtvollsten Stadt der Welt. Ritter Sigismund war begeistert von den majestätischen Schiffen, die hier wie in Paraden den Bosporus hinauf- und hinabfuhren. Hugolins Herz bebte voller Erwartung, hoffentlich bald die geliebte Carolina wiederzusehen. Er hatte kaum Augen für die Paläste, die bald in den Blick kamen und die Ufer des Bosporus säumten. Die Schiffsleute kämpften mit den Strömungen, welche das unruhige Wasser durcheinanderwirbelten und die Schiffe gegeneinander drängen konnten. Der Ritter blickte angestrengt nach vorn. Er hatte sich diesen Moment so feierlich vorgestellt, aber nun wollte er einfach schnell an Land gehen und die Vermisste suchen. Wäre der Ritter von Kugelstein nicht gewesen, Hugolin hätte nichts von dieser Pracht bemerkt: Steinerne Häuser, Mauern, Paläste, Landungsstege, kleine und große Hafenbuchten zogen vorüber. Der Himmel war erfüllt von Fahnen, Türmen und Turmzinnen. Kreuze erinnerten in jeder Himmelsrichtung an die christliche Weihe der Stadt. Von ferne konnte man den gewaltigen Kuppelbau der Hagia Sophia erkennen, der erhabensten aller Kirchen des Erdkreises.

Sigismund umarmte Hugolin, sie hatten das große Ziel erreicht, die Stadt am Goldenen Horn. Der Ritter von Bärenfels hielt angespannt Ausschau nach einer günstigen Landungsmöglichkeit. Am liebsten wollte er sich von einem kleinen Fährboot ans Ufer bringen lassen, aber dann hätte er sein Pferd zurücklassen müssen. Endlich wurde das

Handelsschiff im Hafen vertäut. Hugolin, Sigismund und ihre Männer nahmen Abschied von den griechischen Seeleuten. Dann setzten sie Fuß an Land. Sigismund berührte den Boden mit seiner Hand. Hugolin zog ungeduldig an den Pferdezügeln und schenkte dem Schimpfen der Matrosen, Fischer und Händler, die ihn umstanden, keine Beachtung. Sein Freund hatte Schwierigkeiten, dem Weg durch das Gedränge zu folgen. Wo sollte man suchen? Hier gab es tausende von Menschen! Das Goldene Horn war eine gewaltige Bucht mit langer Küstenlinie, die eine ebenso gewaltige Halbinsel begrenzte.

„Wo sollen wir mit der Suche beginnen?", wandte sich Hugolin an seinen Freund. Der Ritter von Kugelstein klopfte ihm kameradschaftlich auf die Schulter. „Ruhig Herz, du bist am Ziel einer gefährlichen Reise, du hast es geschafft!" „Ja", seufzte Hugolin, „aber noch ist der Sinn dieser Reise nicht erfüllt. Was ist nun zu tun?" Die beiden Freunde beratschlagten sich, nahmen Quartier und holten Informationen ein. Bei den Gesandten des fränkischen Adels wusste man nichts von einem

Fräulein Carolina oder einem Ritter Carl. Auch in den Kirchen und Klöstern der Stadt gab es keine Neuigkeiten. Hugolin hinterließ überall Botschaften für den Fall, dass Carolina auftauchte. Bald meldete sich tatsächlich ein Ritter Carl, der allerdings sehr verwundert war, als er von Hugolins Knappen befragt wurde, ob er eine Frau sei. Manche hielten Hugolin für verrückt: Ein irisch-fränkischer Ritter ohne Stammsitz, der mit der Botschaft eines Seldschukenkapitäns zu Kaiser Friedrich reisen wollte, nachdem er zwischendurch vielleicht an einem Kriegszug teilgenommen hätte, und der in Konstantinopel nach einer Frau suchte, die als Ritter verkleidet war, um sie womöglich ohne Erlaubnis des Brautvaters zu heiraten. Eine solche Erscheinung hatte man selbst in der Metropole noch nicht gesehen. Ehre und Spott lagen nahe beieinander.

Erneut war es Ritter Sigismund, der seinem Freund die gebührende Achtung verschaffte. Da man nicht wusste, wie lange man Aufenthalt in der Stadt nehmen sollte, die Zeitspanne aber beträchtlich sein konnte, mietete Sigismund einen kleinen Palast, der geeignet war, ehrenvolle Gesellschaften zu empfangen. Er verpflichtete Hugolin, seinen Namen und seine Geschichte abzuwandeln und sich als Ritter Kunibert auszugeben, der im Auftrag eines Adligen aus Bratislava dessen Tochter suche, die verschleppt worden sei. Möglicherweise trage sie die Kleidung eines Mannsbildes und werde als „Ritter Carl" ausgegeben. Diese Fassung sollte der Suche eine besondere Würde verleihen und den Spott beenden, den man über Hugolin in die Welt gesetzt hatte.

Aber es war der erste Ratschlag Sigismunds, der Hugolin schaden sollte. Als Carolina einige Tage später die Stadt erreichte, zog sie vorsichtig Erkundigungen ein. Das Erste, das sie erfuhr, war unglückseligerweise, dass ein Ritter Hugolin da gewesen sei, aber der Wahnsinn hätte von ihm Besitz ergriffen, und nun sei er verschwunden. Es sei aber noch ein anderer Ritter in der Stadt, der ebenfalls nach Fräulein Carolina suche, um sie zu ihrem Vater zurück nach Bratislava zu bringen. Das edle Fräulein ahnte nicht, dass die beiden Ritter ein und dieselbe Person waren, ihr geliebter Hugolin. Sie konnte nicht wissen, dass der Ritter von Bärenfeld nicht unter Wahnsinn litt, sondern nur darauf wartete, sie in die Arme schließen zu dürfen. Carolina dachte vielmehr, ihr Ritter sei tatsächlich vom Irrsinn gepackt worden und treibe sich irgendwo herum, ohne Sinn und Ziel. Außerdem war sie mittlerweile von Misstrauen gegen die Welt der Männer erfüllt. Bei ihrem Weg durch die Berge hatte sie die abscheulichen Prahlereien und schlechten Manieren ihrer männlichen Weggefährten erlebt und manchmal richtigen Ekel empfunden. Auf gar keinen Fall wollte Carolina von einem Boten ihres Vaters erkannt werden. In ihrer Verzweiflung sah sie keinen anderen Ausweg mehr, als das Kleid einer Nonne anzuziehen und ihr Leben in einem Kloster zu beschließen.

Unter den gegebenen Voraussetzungen erschien es unmöglich, dass Hugolin und Carolina noch zueinander fänden, obwohl sie nur einen Steinwurf weit voneinander entfernt lebten. Eines Tages erkundigte sich Hugolin sogar im Kloster Carolinas, wurde aber ergebnislos weggeschickt. Die Hoffnungen des Ritters schmolzen von Tag zu Tag. Er lebte in einem Palast und fand dennoch keine Freude.

ж

Hugolin hatte in all seinen Sorgen die Gesandtschaft vergessen, welche er von der Donau nach Konstantinopel geschickt hatte. Diese Leute waren immer noch nicht in der Stadt angelangt. Mit großer Verzögerung aber, nach unmenschlichen Anstrengungen und größten Gefahren trafen die Männer müde und zerlumpt in der Stadt ein. Wer sollte ihnen weiterhelfen, wenn nicht ein christliches Kloster? Die Nonnen, bei denen sie anklopften, waren wenig erbaut, eine Schar wilder Männer zu beherbergen. Aber die Pflicht christlicher Nächstenliebe verlangte es, zumindest bis die Gäste wieder ein wenig zu Kräften gekommen waren. Da niemand ihren Dialekt verstand, schickte man Schwester Carolina zu ihnen. Wie überrascht war

Carolina, als sie von diesen Männern unerwartet erfuhr, dass sie zu Hugolin gehörten und welchen Aufwand Ritter Hugolin – zusammen mit Ritter Sigismund – betrieben hatte, um sie zu finden. In ihrer Rührung verlor Carolina jede Fassung, brach in Tränen aus und sprach: „Ich bin Carolina, die traurige Carolina, von Ritter Hugolin gesucht. Aber seht, Hugolin hat bei seiner Suche den Verstand verloren. Er war in der Stadt, ist nun aber spurlos verschwunden. Ich ersticke an meiner Trauer. Dieses Kloster schenkt mir ein wenig Trost." Die Männer standen erstarrt, überwältigt von der Traurigkeit, die Carolina wider Willen verbreitete. Mancher musste gegen Tränen kämpfen. Auch die Männer hatten von großem Unglück zu berichten. Die Reise durchs bulgarische Gebirge war äußerst anstrengend gewesen. Am schlimmsten hatte es sie am Schipkapass getroffen, wo sie von Räubern überfallen worden waren. Man hatte ihnen schwere Wunden zugefügt und sie ausgeraubt.

Carolina kümmerte sich mit großer Fürsorge um die geplagten Männer. In Konstantinopel gab es hervorragende Ärzte. Pflege, Schlaf und gutes Essen ließen die tapferen Reiter langsam wieder zu Kräften kommen. Wieder und wieder erzählten sie Carolina von den Ereignissen an der Donau, welche die Liebe Hugolins bewiesen. Doch je größer diese Liebe erschien, desto stärker betrauerte Carolina den Verlust des Geliebten. Er schien unwiederbringlich verloren zu sein. Warum, so fragte sie sich, hatte der wackere Sigismund seinen Freund nicht beschützt? Wo war er überhaupt abgeblieben? Die Männer hatten keine Nachricht von ihm, aber vielleicht hielt er sich irgendwo in der Stadt auf. Carolina musste es herausfinden.

In der riesigen Stadt einen einzelnen Ritter zu finden, gestaltete sich schwierig, zumal da Sigismund – was Carolina nicht wissen konnte – selbst auf seiner Suche mittlerweile die äußeren Stadtviertel durchstreifte, weit entfernt vom Nonnenkloster. Nach großen Anstrengungen fanden Carolinas Boten im Galataviertel eine Spur. Genuesische Kaufleute erinnerten sich an einen Ritter Sigismund, denn dieser hatte ihnen von einem Freund erzählt, welcher aus dem Genueser Adel stammte und sich in Tulcea am Schwarzen Meer niedergelassen hatte. Man erinnerte sich auch, dass Sigismund auf der Suche nach einer jungen Frau gewesen war, deren Namen man allerdings vergessen hatte. Carolina, die von den Boten informiert wurde, fasste neuen Mut und ließ die Suche verstärkt fortsetzen. Die Gefolgsleute Sigismunds beteiligten sich, so gut sie es in ihrem geschwächten Zustand konnten. Doch es vergingen weitere Tage ohne greifbare Ergebnisse.

Da entschloss sich Carolina, etwas Aufsehenerregendes zu unternehmen. Sie nähte große Fahnen, die das Wappen der Familie von Bärenfels zeigten. Die Reiter sollten diese Fahnen bei ihren Zügen durch die Stadt überall zeigen, und Carolina erklomm selbst den Rücken eines Pferdes, um sie anzuführen. Dieses Auftreten erzielte eine starke Wirkung. Bürger, Händler, Reisende wunderten sich oder schimpften – ganz besonders über die Nonne, die im Damensitz auf einem Pferd reitend die Gassen passierte. Sigismund und Hugolin hörten von dem Spektakel und mussten in Erfahrung bringen, wer es wagte, das Bärenfels-Wappen in der ganzen Stadt zur Schau zu stellen – oder war es vielleicht ein Verwandter Hugolins, von dem er selbst nichts wusste?

Ж

Am Ufer des Goldenen Horns, auf der Galataseite Konstantinopels, trafen die beiden Reitertrupps aufeinander. Sofort erkannte Sigismund die Gefolgsleute, von denen man sich an der Donau getrennt hatte. Wie groß war die Wiedersehensfreude, wie groß aber auch die Verwirrung, die durch die unerwartete Situation und das Erscheinungsbild einer reitenden Nonne hervorgerufen wurde! Hugolin rieb sich die Augen und verstand nicht mehr, was da vor sich ging. Carolina aber bebte innerlich: War der Mann dort tatsächlich Hugolin? Hatte ihn der Wahnsinn gepackt? Warum rieb er sich so komisch die Augen? Warum stürmte er nicht auf sie zu, um sie zu umarmen? Carolina, die abseits des Getümmels stand und scheinbar von niemandem beachtet wurde, obwohl sie einen so großen Aufwand betrieben hatte, entschied sich, das Pferd zu wenden und zum Kloster zurückzukehren. Mit trauriger Würde trabte sie durch die Gassen hinab zum Ufer, begleitet von frechen Rufen der Händler. „Das soll eine Nonne sein? Nonnen dürfen nicht reiten!", brüllte einer, ein anderer: „Das ist doch keine Klosterfrau! Sie gehört in einen Harem!" Angestachelt von solchen Frechheiten rief ein Dritter: „He, du Holde – so allein – werde mein!" Carolina versuchte, das Geplöcke zu überhören, dann aber entfuhr es ihr: „Männer! Dumme Männer! Dumme Männer, die auf ihre Dummheit auch noch stolz sind! Ersticken sollt ihr an eurer Dummheit und an eurem dummen Stolz!" Keiner der Umstehenden hatte eine Nonne jemals in dieser Weise sprechen hören. Missmutig und feige zogen sie sich zurück.

Am Ufer angelangt, sprang Carolina von ihrem Pferd. Sie nahm die kleine Bärenfels-Fahne, die sie an das Zaumzeug gebunden hatte, betrachtete sie kurz und warf sie dann ins Wasser. Die Strömung nahm das Tuch auf und trug es auf kräuselnden Wellen mit sich. „Ad Deum!", sprach Carolina leise, aber fest, „Ad Deum, du schöner Traum! Ad Deum, du Welt der Liebe! Ad Deum, du Nichts, dem ich mein Herz verschenkte. Ad Deum!" Sie spürte Traurigkeit und Leere in ihrem Innern und dachte, sie selbst gleiche diesem Stück Tuch, das eine kurze Zeit im hellen Licht des Tages geweht hatte und nun langsam vom dunklen Wasser verschluckt wurde. Da hörte sie von hinten verzweifelte Rufe: „Tu es nicht, Carolina! Gehe nicht ins Wasser!" Es war die Stimme Hugolins – die Stimme des Mannes, der ihr so viel Unglück gebracht hatte und dessen angebliche Liebe ihr Leben schon beinahe zerstört hatte. Carolina stand wie versteinert. Neben ihr erschien die Silhouette eines Ritters. Der Mensch redete auf sie ein, aber sie konnte ihn nicht verstehen. Es war, als hätte sich eine Kugel aus Glas um sie herum gebildet. Hugolin fing an, zu verzweifeln. Warum antwortete Carolina nicht? Er hatte sie zuerst nicht erkannt in ihrem Nonnenschleier, aber jetzt blickte er in ihre dunklen Augen, sah ihre hohe Stirn und die schönen Wangen. „Carolina! Antworte doch! Antworte!", flehte er.

Sigismund hielt die Reiter zurück, die Hugolin gefolgt waren und nun über den seltsamen Anblick staunten, der sich ihnen bot. Nicht Hugolin schien verrückt geworden zu sein, sondern Carolina. Wie eine Statue stand sie am Bosporusufer, während Hugolin leidenschaftlich gestikulierte. „Stört die Liebe nicht", zischte Sigismund, „haltet Abstand!" Hugolin aber begann, Carolina all die Begebenheiten zu erzählen, die sie gemeinsam auf dem Weg nach Esztergom erlebt hatten: Die Entführung aus dem Wirtshaus, die Gespräche über ihre Familien und über die Zukunft, der Duft des Donauwaldes. Tatsächlich kam Bewegung ins Antlitz der Frau. Die Erinnerung belebte ihr Herz, und ihre Sinne kehrten zurück. Die Glasglocke verdunstete. Plötzlich war alles wieder da, sogar ihr Hugolin! Ihr Geliebter hörte auf zu gestikulieren. Ganz vorsichtig streckte er seine Arme nach ihr aus, und sie tat einen Schritt auf ihn zu. Da endlich umschlossen sich die beiden geplagten Seelen. Tränen fluteten ihre Augen und trugen den Staub des Leids mit sich hinweg. Ein unendlicher Frieden drängte aus ihrem Innern hervor, der eine fühlte den Herzschlag des andern.

Gerührt waren die Reiter auf ihren Pferden. Wie eine Phalanx erschien ihre Reihe, Bärenfels-Fahnen flatterten über ihren Häuptern. Aber es war kein Krieg zu führen, kein Kampf zu schlagen. Die Liebenden hielten sich umschlossen und wollten einander nicht mehr loslassen. Carolina betastete mit ihren Händen vorsichtig Hugolins Gesicht und seine Haare. „Bist du unversehrt?", wollte sie wissen. „Man hat dich doch für verrückt erklärt, und du musstest so viele Kämpfe bestehen!" Der Ritter von Bärenfels entgegnete: „Was sorgst du dich um mich? Weitaus gefährlicher war die Reise, die du hinter dich gebracht hast! Und wie mutig bist du, dass du alles hinter dir gelassen hast, um mir, den du kaum kanntest, zu folgen!" Endlich wagten sie es, sich zu küssen, was von den

Umstehenden mit großem und erleichtertem Jubel begleitet wurde.

Der Palast Hugolins und Sigismunds war fast zu klein, um das Fest zu feiern, das nun vorzubereiten war. Endlich hatte Hugolin auch Augen für die Schönheit der Stadt. Gemeinsam mit Carolina fuhr er auf einem Boot durch den Bosporus und beide erzählten sich stundenlang, was sie alles erlebt hatten, und sie träumten gemeinsam von ihrer Hochzeit.

Eines Morgens erschien eine Nonne am Tor und erkundigte sich nach dem Verbleib der Schwester Carolina. Ihr klösterliches Gelübde binde sie, und es sei unziemlich, dass sie sich so lange außerhalb der Klostermauern aufhalte. Ritter Hugolin traute seinen Ohren nicht. Das durfte nicht sein! Er wollte zu Carolina laufen und mit ihr aus der Stadt flüchten. Aber da erinnerte er sich, wie furchtbar es war, als entlaufener Mönch oder entlaufene Nonne zu gelten. War nicht auch sein Urahn Coloman ein Mönch gewesen? Litt nicht das Haus Bärenfels bis zum heutigen Tag unter diesem Schicksal? Dennoch, für Carolina würde er jede Schwierigkeit auf sich nehmen.

Hugolin gab Anweisung, alles für einen Ausritt vorzubereiten und unterrichtete Carolina über die Situation. Sie stand wie versteinert. Es war die Stunde, in der Hugolin die Führung übernehmen musste. Aber im letzten Moment wurde Hugolin von Sigismund aufgehalten. „Du kannst dein Leben nicht auf der Flucht verbringen, schon gar nicht mit einer Frau!", mahnte der Ritter von Kugelstein. „Es lässt sich bestimmt eine Lösung finden. Du musst bleiben, und Carolina muss für einige Zeit ins Kloster zurückkehren!" Schweren Herzens und von Zweifeln geplagt folgte Hugolin den Ratschlägen seines Freundes. Meistens hatte er klug gehandelt. Aber war es auch jetzt so, und hatte er nicht auch zumindest einen schweren Fehler zu verantworten?

Carolina kehrte ins Kloster zurück und musste sich einer strengen Bewachung unterziehen. Ritter Sigismund bat um Audienz beim Bischof, dem lateinischen Patriarchen. Er hätte

Macht und Möglichkeit, Carolina vom Gelübde freizusprechen, und nach einigen Verhandlungen tat er dies auch. Die Entscheidung fiel umso leichter, als man hörte, Schwester Carolina sei eine sehr aufsässige Nonne geworden, die mehr am Fenster stehe als in der Kirche. Sie bringe das ganze Klosterleben durcheinander und bereite der Mutter Äbtissin schlaflose Nächte.

Nun wurde alles für die Hochzeitsfeier in die Wege geleitet. Kaum eine andere Stadt der Welt kannte eine solche Auswahl an edlen und farbenprächtigen Stoffen wie Konstantinopel. Welch festliche Gewänder ließen sich daraus herstellen! Carolina hatte noch nie so viele unterschiedliche Farbtöne gesehen, wie sie die Tuchhändler und Schneider in der Stadt vorführten. Ihr Hochzeitskleid überstrahlte alles, was man in Bratislava jemals gekannt hatte, von Burg Bärenfels ganz zu schweigen. Der Bischof selbst zelebrierte die Hochzeitsmesse, die sich Carolina und Hugolin so sehr gewünscht hatten. Sie standen nun festlich gekleidet in einer großen Kirche. Schimmernde Mosaiken, blaue Freskenbilder und rotgoldene Ikonen leuchteten im Glanz unzähliger Öllampen. Vor den Augen und Ohren einer begeisterten Festgemeinde legten Hugolin und Carolina das Eheversprechen ab. Der Bischof segnete ihren Bund und erflehte Gottes Beistand für eine glückliche Zukunft. Blumenschmuck und Weihrauchduft erinnerten an die Schönheit dieser Welt und die Erhabenheit der jenseitigen Welt.

Es folgte ein Fest, das für Carolina und Hugolin mehr war als nur eine Hochzeitsfeier. Sie fühlten sich wie neu geboren, zu einer neuen Lebensweise berufen. Die Begeisterung der Freunde wurde von keiner Eifersucht getrübt, kein Ritter missgönnte Hugolin das unermessliche Glück, das ihn umstrahlte, keine Dame neidete Carolina die Freude, in der sie glühte. Musik und Tanz, erlesene Speisen und edler Wein befeuerten die Ausgelassenheit der Festgemeinschaft. Ach wäre doch das ganze Leben ein solches Fest!

Die unbeschwerten Tage dauerten nicht ewig. Denn was sollte aus dem Kriegszugversprechen werden, das Graf Reginald dem Ritter von Bärenfels abgerungen hatte? Nach all den Gaunereien, gegen die sich Hugolin hatte zur Wehr setzen müssen, erschien es völlig unangebracht, dieses erpresste Versprechen ernst zu nehmen. Wenn Hugolin an Burg Bärenfels dachte, dann sah er sich mit Ritter Sigismund und Gefolge die Burg belagern und zurückerobern. Was aber, wenn Reginald nicht gelogen hatte, sondern tatsächlich im Auftrag des Kaisers gehandelt hatte? Im Zweifelsfall musste er sein Versprechen einlösen oder auf irgendeine Weise endgültige Gewissheit erlangen, dass Reginalds Weisung nicht dem Willen Kaiser Friedrichs entsprach. In Brindisi wäre es nicht schwer gewesen, verlässliche Nachrichten über die Absichten des Kaisers zu erhalten. Dort wimmelte es von kaiserlichen Beamten, vielleicht hielt sich der Imperator sogar in der Nähe auf. Hier aber war es weitaus schwieriger. Die Nachrichten, die aus Italien eintrafen, deuteten darauf hin, dass Friedrich mit einem großen Gefolge in See stechen wolle, um die Ritter, die bereits im Osten kämpften, zu unterstützen und Jerusalem von den Sarazenen zurückzuerobern. Im ungünstigsten Falle würde man auf der Reise nach Italien an der Flotte des Kaisers vorbeisegeln und die Gelegenheit verpassen, mit dem Herrscher oder mit ranghohen Beamten in Kontakt zu treten. Davon aber hing das Schicksal Hugolins und somit auch Carolinas ab. Als ungehorsamer Untertan hätte der Ritter von Bärenfels mit den schlimmsten Strafen rechnen müssen. Hugolin wälzte die Gedanken hin und her, sprach stundenlang mit seinem Freund Sigismund und mit Carolina. Sie schlugen vor, nach Gesandten des Kaisers Friedrich, von denen sich doch einige in Konstantinopel aufhalten müssten, zu forschen und diese nach den Plänen des Kaisers zu befragen.

Beim Gedanken, Konstantinopel hinter sich zu lassen, verspürte Hugolin Wehmut. Er hatte diesen Ort fast ebenso lieben gelernt wie seine Stammburg Bärenfels. Hier in Konstantinopel hatte er Carolina wiedergefunden und sie geheiratet. Hier lebten so viele seiner Freunde. Hier befanden sich die schönsten Bauwerke, die er jemals gesehen hatte. Sollte er eines Tages nach Burg Bärenfels zurückkehren, so würde er sich dort gewiss wohlfühlen, aber würde Carolina ebenso empfinden? Sie war ein Kind der Stadt. Ihr war es nicht schwergefallen, Bratislava oder Esztergom gegen Konstantinopel einzutauschen. Wie aber würde sie über Bärenfels denken und sich dort fühlen?

Ж

Inzwischen hatte Sigismund in Erfahrung gebracht, dass im Regierungspalast eine Gesandtschaft des Kaisers Friedrich weilte. Vielleicht ergab sich eine Gelegenheit, mit diesen Herren zu sprechen, welche die Absichten des Herrschers und seinen Aufenthaltsort kennen mussten. So brach er zusammen mit Hugolin auf, um im Palast vorzusprechen. Ritter Hugolin empfand ein Unbehagen, wusste aber nicht, woher es kam. Er versuchte, dieses Gefühl zu unterdrücken und an der Palastpforte einen möglichst selbstsicheren Eindruck zu erwecken. Die Pforte ließ die beiden Ritter einige Zeit warten, dann wurde ihnen beschieden, sie müssten sich in eine Liste eintragen lassen, wenn sie mit einem Vertreter des Palastes oder gar mit einer fremden Gesandtschaft sprechen wollten. Dieser kleine Schritt wurde Hugolin zum Verhängnis. Denn als er seinen Namen in die Liste eintragen ließ, wurde die Wache herbeigerufen, welche den Ritter verhaftete. Sigismund wollte seinen Freund verteidigen, dieser jedoch sprach: „Hier ist Widerstand zwecklos. Aber es muss ein Irrtum sein, sicherlich komme ich wieder frei. Kümmere du dich um Carolina!"

Ritter Hugolin fand sich bald in eine Kammer eingesperrt. Man hatte ihm die prächtige Ausrüstung, die er zum Besuch des Palastes angelegt hatte, vollständig abgenommen und ihm einen Sack übergeworfen. Er war schäbig anzusehen und wusste nicht, warum man ihn verhaftet hatte, wessen man ihn beschuldigte. War er nicht friedlich in die Stadt gekommen und hatte niemanden provoziert? Gab es irgendeine andere Schuld, die er möglicherweise auf sich geladen hatte? Hugolin konnte sich keinen Reim auf die Gefangenschaft machen. Alles erschien ihm unlogisch und ungerechtfertigt, aber die Zweifel an sich selbst wurden von Stunde zu Stunde stärker.

Man überließ den Ritter seinem Schicksal, und er hatte bereits jedes Zeitgefühl verloren, Hunger und Durst nagten an ihm, als die Kammer geöffnet wurde und drei Wachen den Gefangenen abführten. Es ging eine enge Treppe hinab, tiefer in einen Kerker hinein. Aus den Zellen drangen Flüche und kleinlautes, jämmerliches Wimmern. Man durchschritt einen größeren Raum, in dem allerhand Folterwerkzeuge zu sehen waren. Hugolin sackte das Blut in die Beine, ihm wurde schwindelig. Da erhielt er von hinten einen Schlag und die Anweisung, zügig weiterzugehen. Schließlich erreichte man einen von Fackeln etwas heller erleuchteten Raum, in dem einige gutbekleidete Männer saßen. Hugolin erkannte einen Schreiber und ranghöhere Beamte. Die Wache trat ihm in die Knie, so dass der Ritter zu Boden stürzte. Er war gedemütigt, fühlte sich schwach und wehrlos, aber noch war er nicht gebrochen. Der Ritter von Bärenfels versuchte sich daran zu erinnern, wie oft er schon unglückliche, ausweglos erscheinende Situationen überwunden hatte. Das sollte ihm Mut verleihen. Aber gleichzeitig spürte er, dass er noch nie in einer derartig schwierigen Lage gewesen war. Bisher hatte er mit Gaunern oder Naturgewalten gekämpft, nun aber stand ihm die Macht des Palastes gegenüber. Nicht nur die Macht, sondern auch das Recht gehörte dem Palast. Möglicherweise hatte Hugolin unbedacht einen Fehler gemacht, dessen man ihn anklagen konnte.

Ein stattlicher Mann mit gepflegtem Haupt- und Barthaar richtete nun die Worte an ihn: „Hugolin von Bärenfels. Gestehst du ein, dass du schwere Schuld gegen Christus, gegen den Papst und gegen den Kaiser auf dich geladen hast?" Der Ritter atmete tief ein und aus, dann versuchte er mit möglichst fester Stimme zu antworten: „Ich bin mir keines Vergehens bewusst, aber ich übernehme jederzeit Verantwortung für das, was ich getan habe. Wenn ich unwissentlich einen Fehler begangen habe, so erklärt mir meine Schuld." Die Miene des Fragestellers verfinsterte sich: „Hugolin, man hat dich als einen klugen Mann beschrieben, der zudem eine schöne Frau geheiratet hat und das Leben zu genießen weiß. Du wirst doch jetzt nicht dein Gedächtnis verlieren und in blöder Selbstüberhebung die Beamten des Kaisers mit frecher Rede beleidigen wollen? Heute sprichst du mit uns, mit hohen Beamten, die Rechte und Pflichten kennen. Morgen wirst du es vielleicht mit Henkersknechten zu tun haben. Also nutze die Zeit, die dir bleibt, und sei ehrlich, sonst wirst du es bereuen!"

Die Erwähnung seiner Frau jagte Hugolin einen riesigen Schrecken ein. Er musste befürchten, dass man auch ihr Leid zufügen würde, wäre man mit ihm unzufrieden. Der Ritter kniete nieder und sprach: „Ich beuge meine Knie vor dem gerechten Weltenrichter, dem Herrn Jesus Christus. Ich bekenne, dass ich ein Sünder bin. Aber ich wollte niemals dem ehrwürdigen Kaiser oder irgendeinem Vertreter seines Reiches Schaden zufügen. Der Bischof selbst sei mein Zeuge, dass ich stets die Gastfreundschaft der Stadt in Ehren gehalten habe und mich ihrer würdig erwiesen habe." Nach diesen Worten herrschte ein Moment der Stille. Offensichtlich war das Tribunal auf eine solche Rede nicht vorbereitet. Dass Hugolin den Bischof erwähnt, ja ihn zum Zeugen angerufen hatte, war etwas vollkommen Neues, das noch in keinem Verhör vorgetragen worden war. Bedeutete dies eine ungeheuerliche Dreistigkeit oder durfte sich der Ritter tatsächlich auf den Geistlichen berufen?

„Ich warne dich erneut", setzte nun der Bärtige zu reden an, „verschlimmere nicht deine maßlosen Taten durch maßlose Worte! Aber da du erkennen sollst, dass du es mit einer Untersuchung zu tun hast, die sich auf das Recht stützt und klare Beweise gegen dich in der Hand hat, so lasse ich einen Zeugen rufen, der von dir, Hugolin, sagt, dass du ein Spion bist, der eine Verschwörung gegen den Kaiser des Ostens wie den

Kaiser des Westens unterstützt oder betreibt." Er, Hugolin, ein Spion? Ein Verschwörer? Der Ritter konnte es nicht fassen. Nein, unmöglich, wer sollte so etwas über ihn behaupten? Manches konnte man ihm nachsagen, aber kein Verbrechen und keine niederträchtige Verschwörung gegen den Kaiser – ja gar gegen beide Kaiser, den des Ostens und den des Westens! Trotzdem wurde es Hugolin mulmig, denn der Vorwurf war erdrückend. Der Vorwurf war so erdrückend, dass er mit baldiger Folter rechnen musste. Vielleicht würde er den Kerker niemals mehr lebend verlassen. Seine Leiche würde vielleicht verscharrt oder in die Kanäle geworfen, noch nicht einmal ein Abschied von Carolina wäre ihm vergönnt. Wie grauenhaft. Hugolin fröstelte.

Es dauerte nicht lange, da öffnete sich eine Tür, und die Wache brachte einen Ritter herein. Hugolin erkannte ihn sofort: Tasso! Es war Tasso, jener schändliche Verbrecher, der schon so viel Unheil über Hugolin und Carolina gebracht hatte, dass es ein Menschenleben kaum fassen konnte. Der Ritter von Bärenfels fühlte eine gewaltige Wut in sich aufsteigen. All die Vorwürfe, die gegen ihn erhoben wurden, beruhten auf einer verruchten, unhaltbaren Zeugenaussage. Hugolin war sicher, dass er die Lügen Tassos in Kürze würde zurückweisen können. Aber schnell musste er erkennen, dass die Machtverhältnisse anders waren.

Ritter Tasso begann zu zittern. Aber als Hugolin ihm ins Gesicht sagte, es seien Lügen, die ihn nun vor Angst zittern ließen, da gab Tasso weinerlich von sich: „Das ist er, das ist er! Hugolin von Bärenfels, einer der grausamsten Ritter unserer Zeit! Er macht gemeinsame Sache mit den Seldschuken und mit den Sarazenen! Ich habe ihn auf dem Schiff gesehen!" Dem Angeklagten verschlug es die Sprache. Der Beamte aber forderte Tasso auf, seinen Bericht fortzusetzen. Dieser erzählte: „Seldschuken jagten und verschleppten an der Schwarzmeerküste christliche Kinder. Mein Freund Tilo und ich selbst haben die armen Kinder verteidigt. Daher gerieten wir in Gefangenschaft der Muselmanen. Auf offenem Meer traf das Seldschukenschiff ein griechisches Schiff. Ritter Hugolin kam an Bord, um mit dem Kapitän zu verhandeln. Aufgrund der Verhandlung wurde der arme Ritter Tilo hingerichtet. Hugolin aber hat versprochen, im Auftrag der Feinde Gottes zu Kaiser Friedrich zu reisen. Sicherlich führt Hugolin dabei etwas Böses im Sinn. Der Seldschukenkapitän hat Hugolin einen Brief mitgegeben. Daran kann man erkennen, dass sich Hugolin mit den Feinden der Christen verbündet hat. Einige Tage später haben christliche Schiffe das Seldschukenschiff gestellt, die Muselmanen getötet und die Kinder befreit. Dadurch bin auch ich selbst, der arme Tasso, gerettet worden und habe Anklage gegen Hugolin erheben können."

Der Ritter von Bärenfels war vollkommen sprachlos. Tasso hatte mit seinen Lügen die Welt auf den Kopf gestellt, wahrscheinlich nur, um die eigenen Verbrechen zu vertuschen und seine Haut zu retten. Aber der kaiserliche Beamte schien ihm Glauben zu schenken, und Hugolin wusste, dass man bei Nachforschungen tatsächlich ein Schreiben des Kapitäns in seinem Gepäck finden würde. Selbst wenn der Inhalt dieses Schreibens kein Fehlverhalten des Ritters bezeugte, allein die Tatsache, dass ein solches Schreiben existierte, belastete Hugolin. So tief war der Ritter noch nie gefallen. Sollte die Linie der Herren von Bärenfels in diesem traurigen Gefängniskeller enden? War es nicht genug gewesen, ihm den Besitz zu rauben, musste nun auch noch seine Ehre zerstört werden? Und musste er die geliebte Carolina mit in sein Unglück reißen? Seine Lage war aussichtslos. Hugolin überlegte, ob es irgendeine Möglichkeit gab, seine Frau und die Gefährten zu schonen. Sollte er die Vorwürfe Tassos auf sich nehmen, um dadurch Leid von den anderen abzuwenden? Er war dazu bereit. Plötzlich erschien ihm der Tod als ein Freund, der ihn von der Widersinnigkeit der Welt, von den Verblendungen der Mächtigen und den Lügengespinsten ihrer Gefolgsleute befreien konnte.

Aber als er sich solchermaßen in die innere Dunkelheit fallen ließ, kam ihm eine letzte, möglicherweise rettende Idee.

„Auf dem Schiff", so erhob Hugolin seine Stimme, „waren viele Kinder. Man hatte sie geraubt. Christenkinder, die zu Soldaten gemacht werden sollten. Tasso und Tilo haben diese Kinder keineswegs verteidigt, sondern sie verraten. Ich flehe Euch an, im Namen der christlichen Gerechtigkeit, sucht und befragt wenigstens eines dieser Kinder, ob es von Tilo oder Tasso beschützt oder verraten wurde. Dann könnt Ihr erkennen, dass alle Worte Tassos gelogen sind." Man führte Hugolin weg. Er wusste nichts über die weiteren Beratungen, wusste nicht, ob man seine Bitte ernst nahm. Und vor allem musste er befürchten, dass es Tasso gelingen würde, die Kinder unter Druck zu setzen oder durch Bestechung für sich zu gewinnen. Das Schicksal Hugolins und seiner Gefährten hing an einem seidenen Faden. Die Stimme eines kleinen Kindes konnte Verderben bedeuten oder Rettung.

Ж

Nach der Verhaftung des Freundes war Sigismund sofort zu Carolina zurückgekehrt und hatte sie aufgefordert, die Stadt mit Hugolins Gefolge zu verlassen. Er selbst wollte mit wenigen Getreuen zurückbleiben und nach einem Weg suchen, den Freund zu befreien. Carolina widersprach, sah aber ein, dass es vorläufig das Beste wäre, Schutz zu suchen. Sie wusste, dass es ihrem Mann schweres seelisches Leid zufügen würde, wenn auch sie in Gefangenschaft käme. So willigte sie ein, Konstantinopel zu verlassen. Der Ritter von Kugelstein empfahl, auf einem Schiff Zuflucht zu suchen. So wäre Carolina beweglich und könnte schnell zurückkehren, zur Not aber auch fliehen. Boten sollten den Kontakt zwischen Sigismund und Carolina aufrechterhalten.

Die Untersuchungen, die man anstellen ließ, waren sehr umfangreich. Dabei hatte man weniger im Sinn, dem Gefangenen Gerechtigkeit zuteilwerden zu lassen. Vielmehr ging es darum, Spionage und Hochverrat aufzudecken. Man fand in Hugolins Gepäck das Schreiben des

Seldschukenkapitäns, der die christlichen Kinder geraubt hatte. Damit schien das Schicksal des Ritters besiegelt. Die entführten Kinder selbst waren zu einem großen Teil an die Schwarzmeerküste zurückgebracht worden. Nur wenige Kinder, die krank und daher reiseunfähig waren, hatte man im Spital gelassen, um sie zu pflegen. Ihre Vernehmung ergab kein klares Bild. Ob es am Fieber lag, das manche plagte, oder an der furchtbaren Angst, die ihre Erinnerung verwüstet hatte, die Kinder machten widersprüchliche Angaben über den Ritter Tasso. Manche konnten sich gar nicht an ihn erinnern, andere meinten, er sei ein ganz lieber, hilfsbereiter Mensch, der ihnen Geschenke gemacht habe, andere sagten, er habe mit den fremden Soldaten zusammen gelacht, was ihn wiederum verdächtig erscheinen ließ. So blieben die Ermittlungen schließlich stecken. Angesichts des Vorwurfes, der auf Ritter Hugolin lastete, konnte er nicht damit rechnen, geschont zu werden.

Wieder und wieder bat Hugolin darum, mit seinem Freund Sigismund sprechen zu dürfen. Aber er blieb im Ungewissen, ob diese Bitten überhaupt weitergegeben wurden. Er saß in der Dunkelheit des Gefängnisses und erhielt keinerlei Nachricht von außen. Der Ritter erinnerte sich an die Gefangenen im Schiffsbauch des Donauschiffes, welches Sebolt der Geizige befehligt hatte. Diese Männer waren völlig abgestumpft und willenlos geworden. Gegen eine solche Gefahr musste er ankämpfen, aber wie? Wie sollte er in der Verlassenheit und Verlorenheit dieser dunklen, feuchten Mauern die Kräfte im eigenen Innern wachhalten? Damals, im Schiffsbauch, hatte er Geschichten erzählt. Dies hatte Farben in die Fantasie gebracht, eine bunte Welt entstehen lassen und auch die Mitgefangenen angeregt. Wem aber sollte er hier etwas erzählen? Für sich selbst Geschichten zu erzählen, war doch unsinnig oder zumindest äußerst künstlich. Auch konnte er nicht stundenlang Lieder singen, denn seine Stimme begann dann zu krächzen und zu versagen. Seine Flöte aber hatte er nicht bei sich, und wahrscheinlich hätte man sie ihm weggenommen. Die Mauern mit Fingernägeln oder einer Schnalle auszuhöhlen, war aussichtslos und hätte ihn zudem verdächtig gemacht. So versuchte Hugolin, tief in seine Erinnerung hineinzugehen und die Vergangenheit gegenwärtig werden zu lassen. Je länger er dies versuchte, desto stärker begann in ihm aufzuleben, woran er nur noch selten gedacht hatte: das Leben im Wald, auf Burg Bärenfels, die Gerüche von Harz und Moos, der fröhliche Gruß der Waldleute, das fliegende Gefühl auf Zentaurus' Rücken, die Schönheit des Hirsches, der Ruf des Falken. Fiel Hugolin in Schlaf, so tauchte er noch tiefer ein in diese Welt, die für ihn jahrelang so selbstverständlich gewesen war, nun aber in unerreichbarer Ferne lag. Dann wieder ließ er Erinnerungen an Carolina freien Lauf, dachte vor allem an ihr Lachen, an ihren verwegenen Mut, der sich mit Eleganz und Empfindsamkeit verband. Sie hatte ein so wunderschönes Gesicht, eine ebenmäßige Nase, so liebevolle Augen, wallendes Haar!

Ritter Sigismund konnte etwas von den Vorwürfen in Erfahrung bringen, die man gegen Hugolin erhob. Ein Schreiber, dem Sigismund ein Goldstück geschenkt hatte, erzählte von der Aussage Tassos. Da erkannte Hugolins Freund, in welche Falle man gelaufen war. Wild entschlossen, den Übeltäter Tasso zu stellen und der Lüge zu überführen, durchsuchte er jeden Winkel der Stadt nach dem verruchten Kerl und fand schließlich eine Spur. Tasso hatte tatsächlich versucht, einige Kinder, die im Spital gepflegt wurden, zu einer Falschaussage anzustiften. Die Pflegerinnen hatten die Kinder aber nicht entlassen, und so hatte Tasso eine Entführung geplant. Als er bei diesem Versuch entdeckt worden war, war er Hals über Kopf geflüchtet. Diese Flucht sprach für die Ehrlichkeit Ritter Hugolins, aber reichte nicht aus, um seine Unschuld zu beweisen. Immerhin gelang es Ritter Sigismund, die Beamten hellhörig zu machen und ein Gespräch mit dem Freund zu erwirken.

Wie niederschmetternd aber war der Anblick Hugolins, als er aus seiner Zelle in den Hof gebracht wurde, wo der Ritter von Kugelstein auf ihn wartete. Sigismund wollte sich den

Tränen hingeben, aber um den eigenen Freund nicht noch trauriger zu stimmen, beherrschte er sich. „Hugolin, ich darf dich von Carolina grüßen. Es geht ihr gut, aber sie leidet mit dir und verzehrt sich vor Sehnsucht nach deiner Nähe. Halte durch, allein schon ihretwegen darfst du nicht aufgeben!" „Ich gebe nicht auf", entgegnete Hugolin, „auch wenn die Lage aussichtslos ist. Vielleicht erwartet mich der Tod, aber ich möchte nicht verzagt aus dem Leben scheiden und hoffe auf die Barmherzigkeit des himmlischen Gerichts, wenn die irdische Gerichtsbarkeit auch blind sein mag." Sigismund war ergriffen von der tapferen Haltung seines Freundes. „Lass uns nicht an den Tod denken, lieber Freund, dir soll Recht geschehen! Höre mir zu! Tasso ist geflohen, ganz offensichtlich hat er falsches Zeugnis gegen dich abgelegt. Wir müssen versuchen, deine Unschuld zu beweisen." „Was sagen die Kinder?", wollte Hugolin wissen. „Können sie sich erinnern, dass Tilo und Tasso sie verraten haben?" Der Ritter von Kugelstein schüttelte den Kopf: „Die Kinder verstehen immer noch nicht, was eigentlich passiert ist. Sie sagen dieses und jenes, aber nichts Verlässliches, und wer würde vor Gericht die Aussage eines Kindes überhaupt ernst nehmen? Wir brauchen einen anderen Weg." Hugolin überlegte: „Wenn man Tasso zu fassen bekäme, wäre viel gewonnen, vielleicht hat er wenigstens in seiner Herberge etwas zurückgelassen, das sich als Beweis verwenden lässt." Sigismund erwiderte, er habe dort bereits Erkundigungen eingezogen, aber es gäbe nicht Verwertbares. „Nicht Verwertbares …", erwiderte Hugolin, „das ist es: Verwertbares! Frage nach, womit Tasso bezahlt hat. Bestimmt war es Seldschukengold!" Hoffnung blitzte in Hugolins Augen auf. „Geh, Sigismund, versuche, das herauszufinden!" Die beiden Freunde verabschiedeten sich voneinander. So niedergeschlagen sie beim ersten Wiedersehen gewesen waren, so zuversichtlich gingen sie nun auseinander, der eine des anderen gewiss, von neuer Hoffnung angespornt.

Der Ritter von Kugelstein wählte unverzüglich den Weg zu Tassos Herberge. Der Wirt wollte zwar nichts von Seldschukengold wissen, aber Sigismund, der die Abgründe des menschlichen Herzens kannte, ahnte, dass der Wirt den Reichtum nur verbergen wollte und Angst hatte, er müsse etwas zurückzahlen. Denn Tasso war vorzeitig abgereist und hatte daher zu viel für die Unterkunft bezahlt. Der Ritter von Kugelstein versprach dem Wirt, er werde dieselbe Menge Gold, die Tasso ihm gezahlt habe, nochmals dazugeben, wenn er Tassos Gold zeige und den Beamten entsprechende Meldung mache. Dieses Angebot ließ sich der Wirt nicht entgehen. Er legte eine Anzahl seldschukischer Münzen vor, die er von Tasso erhalten hatte. Der Ritter bestätigte, dass der Wirt dieselbe Menge nochmals erhalten werde und eilte zusammen mit ihm zu den Untersuchungsbeamten, die alsbald erkannten, dass Tasso Gold von den Feinden angenommen hatte. Nichts anderes ergab Sinn, als dass sich Tasso am Kinderraub beteiligt und Hugolin zu Unrecht angeklagt hatte.

Welche Freude überwältigte den Ritter von Bärenfels, als er, von der Kerkerhaft befreit, Sigismund umarmen durfte. Carolina erfuhr von der glücklichen Wendung und eilte herbei. Nachdem der Bischof von der Sache Kenntnis erlangt hatte, lud er Hugolin mit Gefolge in den Patriarchenpalast ein. Der Ritter, der eben noch dem Tod ins Auge geblickt hatte, wurde gefeiert in der Mitte der Lebendigen.

Ritter Hugolin war im Gefängnis derartig abgemagert, dass seine Festkleidung unbrauchbar erschien. Es mussten Schneider gefunden werden, die schnell und dennoch sorgfältig arbeiteten. Auch die edle Frau Carolina ließ sich neu einkleiden. So erschien Carolina in prachtvoller Festtagskleidung, die einer Prinzessin würdig gewesen wäre, begleitet von Hugolin, der nicht weniger stattlich gewandet war. Im Patriarchenpalast wartete der Bischof mit großem Gefolge auf sie. An der Pforte löste sich unglückseligerweise Hugolins Sandale vom Fuß. Der Ritter von Kugelstein musste dem Freund mit der eigenen Sandale aushelfen. Um die nackten Füße zu bedecken, öffnete Sigismund den Gürtel und verlängerte auf diese Weise sein Gewand. Er durfte sich aber fortan nicht setzen, sonst hätte man seine Blöße gesehen. Den Dienern erklärte er, bei der Jagd nach Tasso habe er sich eine Verletzung zugezogen, die ihm beim Sitzen unerträgliche Schmerzen zufüge.

Eine solche Pracht, die Hugolin und Carolina nun begegnete, hatten sie in ihrem Leben noch niemals gesehen. Nur die Schönheit der Hagia Sophia überstieg den Glanz der goldschimmernden Mosaiken und Bögen, die den Palast schmückten. Als die Gesellschaft versammelt war, trat der Bischof ein, geschmückt mit einem edelsteinbesetzten goldenen Kreuz, das ihn als Patriarchen ausweisen sollte. Hugolin und Carolina waren so überwältigt von diesem Anblick, dass sie vergaßen, sich zu verbeugen. Sigismund, der hinter ihnen stand und von der Sorge um den Anblick seiner nackten Füße gepeinigt wurde, stupste die beiden an, so dass sie sich verspätet, dafür aber umso tiefer verbeugten. Hugolin benahm sich dabei derartig ungeschickt, dass er mit dem Oberkörper eine Blumenvase streifte, welche laut scheppernd zu Boden ging. Der Bischof konnte ein lautes Lachen nicht verbergen, aber da er tagtäglich von Menschen umgeben war, die genauestens auf die Einhaltung aller Rituale bedacht waren, empfand er die unverformte Art seiner Gäste als recht abwechslungsreich.

Ritter Hugolin hatte sich viele Fragen überlegt, die er an den Bischof richten wollte, aber man ließ ihn gar nicht zu Wort kommen. Eine Speise folgte der anderen, und die Gespräche, die man bei Tisch führte, rankten sich um Bauprojekte in Konstantinopel, um das Klima auf den Inseln im Marmarameer, um den Bestand von Palast- und Klosterbibliotheken. Zu all dem konnte Hugolin herzlich wenig beitragen, Carolina allerdings hatte das Marmarameer bereits kennen gelernt und wusste auch von der Verstärkung der äußeren Maueranlage zu berichten. Es dauerte über zwei Stunden, bis eine Pause eintrat. Da zupfte einer der Diener

Hugolin am Ärmel und bat ihn, mit ihm zu kommen. Er führte den Ritter in ein kleines, seitlich gelegenes Zimmer. Dort erwartete ihn ein alter Mann mit längerem Bart, der den Ritter aufforderte, sich zu setzen, und ohne Umschweife zu reden begann: „Hugolin von Bärenfels, ich bitte dich, mir aufmerksam zuzuhören. Ich bin Vater Chrysostomus und einer der letzten Gefolgsleute des griechischen Patriarchen, die es in diesem Palast noch gibt. Der Mann, der heute das Patriarchenkreuz trägt, ist dessen nicht würdig. Er ist ein Soldat aus dem Westen, der das Kreuz an sich gerissen hat. Er missachtet die griechische Kirche, die in dieser Stadt ihr Haupt hat oder zumindest hatte." Hugolin wunderte sich sehr über diese unerwartete Begegnung und die Worte des Priesters, aber er hörte dem Mann zu.

Chrysostomus betrachtete den Ritter und sprach: „Einst gab es im christlichen Erdkreis vier Zentren, die das innere Gleichgewicht des gesamten Reiches stützten: Alexandria, Antiochia, Rom und Konstantinopel. Von diesen vier Zentren ist nur noch eines wirklich frei und sicher: Rom. Konstantinopel aber ist ein Schatten seiner selbst. So großartig die Stadt auch aussehen mag, sie ist innerlich zerstört. Durch Bruderkrieg haben die Ritter des Kreuzes die Herrschaft an sich gerissen. In Kleinasien ebenso wie in Spanien warten die Muslime darauf, weiter in die christlichen Reiche vorzustoßen und Konstantinopel, aber auch Rom in Besitz zu nehmen. Bislang sind es vor allem Feindseligkeiten der arabischen Stämme untereinander, die weitere Eroberungen verhindert haben. Aber es ist eine Frage der Zeit, bis ein großer Heerführer kommt, um die Schlagkraft der muslimischen Heere zu bündeln. Was hat die Christenheit dem entgegenzusetzen? Nichts als Dummheit, Rechthaberei und blinde Streitsucht. Das christliche Rom und das christliche Konstantinopel sind einander Geschwister, aber sie liegen im Krieg miteinander. Räuberische Horden der lateinischen Ritter haben diese Stadt erobert, unseren wahren Kaiser abgesetzt und auch den rechtmäßigen Bischof, den griechischen Patriarchen, nach

Nizäa vertrieben. Konstantinopel wurde verraten, ausgeplündert und verkauft. Der Papst, der sich gegen dieses Verbrechen gewandt hatte und die Rückgabe der Stadt an den oströmischen Kaiser und den griechischen Patriarchen gefordert hatte, ist sich selbst untreu geworden und hat sich überreden lassen, das Verbrechen hinzunehmen. Ritter Hugolin, wir alle sind sehr besorgt um die Zukunft der Christenheit. Sie wird von außen bedroht und ist innerlich in Gefahr. Die Christenheit hat aus der Vergangenheit wenig gelernt und stolpert blind in die Zukunft. Gibt es im lateinischen Adel niemanden, der das erkennt? Hier in Konstantinopel wird es bald wieder Krieg geben. Die Griechen werden die Stadt zurückerobern. Aber dieser Krieg wird beide Seiten schwächen, und am Ende könnte es sein, dass die Seldschuken siegen. Ich sehe die große Gefahr, dass die Seldschuken und ihre Verbündeten in einigen Jahrzehnten über Konstantinopel herrschen werden und ebenso über Rom, vielleicht auch über die teutonischen Lande und Burg Bärenfels."

Die lange Rede, die der Mann mit großer Anspannung vorgetragen hatte, bedrückte Ritter Hugolin sehr. Er spürte, dass er etwas Kluges sagen oder etwas Großes tun müsse, aber er wusste nicht, wie dies geschehen könne. Die Situation überforderte ihn. Dennoch versuchte er zu antworten: „Leider kann ich Euch nicht widersprechen, was den lateinischen Adel angeht, der oftmals selbstsüchtig und habgierig handelt. Ich bin traurig zu hören, mit welcher Brutalität christliche Ritter aus dem Westen die Stadt Konstantinopel erobert und gedemütigt haben." Vater Chrysostomus war dankbar, bei Ritter Hugolin Verständnis zu finden und sprach: „Hugolin, wir haben nicht viel Zeit. Ich habe gehört, dass du zu Kaiser Friedrich reist. Ich möchte dich bitten, dass du ihm von den Verhältnissen in Konstantinopel berichtest. Vielleicht hat der Kaiser Herz und Verstand für seine Brüder im Osten."

Hugolin nickte. Er wünschte sich, Vater Antonius wäre jetzt zugegen. Wie würde er, sein Ratgeber, all die schwierigen

Fragen betrachten und beantworten? Da kam Hugolin in den Sinn, was der Einsiedler einst zu ihm gesagt hatte: „Habsucht und Rechthaberei erhöhen den Menschen so lange, bis sie ihn zu Fall bringen." Habsucht und Rechthaberei, so dachte Hugolin jetzt, waren die Übel der weltlichen und geistlichen Herrschaft. Ansonsten könnten die Christen in Frieden miteinander leben und wären gemeinsam stark. Ritter Hugolin verabschiedete sich von Chrysostomus und kehrte nachdenklich zu Carolina zurück. Seine Frau strahlte glücklich angesichts der schönen Festlichkeit, die noch einige Stunden andauerte. Der Ritter nutzte die Gelegenheit, um erfahrene Beamten zu befragen, wie man am besten weiterreisen könne. Diese empfahlen, nach Kreta zu segeln. Es gebe hervorragende Verbindungen zwischen Konstantinopel und der Insel. Von Kreta aus wiederum erreiche man jede Region des großen Meeres. Und sollte die Flotte des Kaisers Friedrich tatsächlich auf dem Meer unterwegs sein und ins Heilige Land segeln, würde sie Kreta sicherlich streifen.

Ж

Hugolin und Sigismund fanden einen tüchtigen Kapitän, Stavros, der die Reise nach Kreta gerne übernehmen wollte, da er Waren dorthin zu transportieren hatte und aus Kreta ägyptische Seide und kretisches Öl nach Konstantinopel bringen konnte. Allen fiel der Abschied schwer, und als sich das Schiff in Richtung Süden in Bewegung setzte, verstummten die Gespräche an Bord. Die einen dachten an die möglichen Gefahren der kommenden Reise, die anderen sinnierten über die Erfahrungen, die man in Konstantinopel gesammelt hatte und die bald der Vergangenheit angehören würden – so, wie die Stadt langsam aus dem Gesichtsfeld verschwand. Noch von weitem konnte man die hoch aufragenden Mauern, Türme, Kirchen und Kuppeln erkennen, aber man musste die Stadt in ihrer Erhabenheit zurücklassen.

Die erste Nacht an Deck des Schiffes schenkte den Reisenden einen wundervollen Eindruck von der Weite des Himmels. Carolina und Hugolin lagen auf Kissen, genossen das Zwinkern der Sterne, bestaunten das helle Band der Milchstraße und warteten auf die Mondsichel, die hinter der kleinasiatischen Küste aufgehen musste. Auf dem Meer waren verschiedene Segel zu erkennen, darunter der Leuchtschein von Öllaternen und kleinen Feuern. So traurig sie beim Abschied von Konstantinopel gewesen waren, jetzt fühlten sie Entlastung und Glück. Neugierde erfasste sie: Was würde im ägäischen Meer auf sie warten? Hugolin hatte das Gefühl fast vergessen, sich einfach von den Wellen treiben zu lassen. Auf der Donau hatte ihn ständige Anspannung begleitet, die Durchfahrt durch das Schwarze Meer war nicht minder aufreibend gewesen wie die Passage durch den Bosporus. Erst jetzt entspannte er sich ganz und gar, freute sich, dass ein Kapitän die Verantwortung trug und eine Mannschaft die Arbeit übernahm. Tage, vielleicht Wochen seligen Nichtstuns warteten auf ihn und seine Frau sowie auf die tapferen Begleiter, die schon so viele Gefahren überstanden hatten.

Ein Matrose erzählte die Geschichte des Odysseus, der durch diese Meeresgegend gekommen war, und Hugolin fiel in einen herrlichen Schlaf, der bis zum Morgen ungestört blieb. Auch die nächsten Tage brachten die schönsten Seiten des Lebens zur Geltung: vorbeiziehende kleine Inseln, Delphinschwärme, freundlich winkende Schiffe und Boote. Sigismund, Carolina und Hugolin verbrachten die Zeit mit Würfelspiel und Erzählungen, schnitzten Holzfiguren und warfen Fischnetze aus. Der Ritter von Bärenfels hatte viel Zeit, um über sein Leben nachzudenken. Die Reise, auf der er sich befand, hatte so vieles verändert, vor allem dass er nun eine Frau, seine geliebte Carolina, an seiner Seite hatte. Es wäre an der Zeit gewesen, sich wieder an einem Ort fest niederzulassen, aber andererseits durfte dies noch nicht geschehen. Gerne hätte er Kinder gehabt und die Linie des Rittergeschlechts von Bärenfels verlängert gesehen. Aber Carolina sollte zuerst die

Stammburg kennen lernen und entscheiden, ob sie dort leben wollte. Sicherlich müsste man einige Umbaumaßnahmen vornehmen. Ritter Hugolin träumte davon, ein Mosaik in der Burgkapelle anbringen zu lassen. Dafür allerdings musste er orientalische Handwerker mitnehmen oder selbst die Kunst des Mosaiklegens erlernen, um sie weitergeben zu können. Gerne hätte er etwas von den Gartenanlagen Konstantinopels in der Nähe seiner Burg gesehen. Dazu müsste man ein Stück Wald roden und vielleicht einen Bach umleiten. Als Hugolin Carolina von diesen Plänen erzählte, lachte sie und küsste ihn: „Hab keine Angst, mein lieber Mann, ich werde mich schon wohl fühlen auf Burg Bärenfels. Aber lass uns jetzt das Leben auf dem Schiff genießen, ist es nicht wundervoll?" So vergingen die Tage in Heiterkeit. Kein Piratenschiff, Seesturm oder Meeresungeheuer störte die Harmonie. Hugolin gab sich mit Freuden dem Flötenspiel hin, das jedermann gerne vernahm.

Ж

Eines Morgens jedoch hörte man von Ferne schreckliche Laute: Menschen schrien in Todesnot. Ein Matrose meldete, Schiffbrüchige würden auf dem Wasser treiben. Kapitän Stavros gab sofort Befehl, Kurs auf die vom Ertrinken Bedrohten zu nehmen. Kurz darauf fischte man drei erbärmlich zitternde Menschen aus dem Wasser, die kaum einer Rede fähig waren, sondern sich auf den Schiffsboden kauerten und am Mast festhielten. Dem äußeren Anschein nach musste es sich um Mameluken handeln. Sie hatten helle Haut, zeigten athletische Körper und murmelten fremdländische Wörter, unter denen man nur den häufig wiederkehrenden arabischen Gottesnamen „Allah" verstand. Man suchte unter den Matrosen einen, der die arabische Sprache verstand und wurde schließlich fündig. So hoffte man, die drei Schiffbrüchigen bald vernehmen zu können. Als sie wieder etwas zu Kräften gekommen waren, berichteten sie, der Sultan habe

Schnellseglerboote ausgesandt, die als Späher das ägäische Meer und die Inseln untersuchen sollten. Sie seien Matrosen auf einem solchen Schnellsegler gewesen, aber zwischen Felsen geraten und gekentert.

Die Nachricht von gefährlich aufragenden Felsen beunruhigte Kapitän und Steuermann aufs Äußerste. Man kannte solche Stellen im ägäischen Meer, dachte aber, weit entfernt von ihnen zu sein. Die drei Mameluken konnten nicht genau sagen, wo sie gekentert waren und wie lange sie im Wasser getrieben waren. Zur Sicherheit postierte Kapitän Stavros einen Matrosen, der mit dem Lot die Wassertiefe messen sollte. Das Lot blieb tatsächlich mehrmals hängen, aber die Tiefe erschien dennoch unbedenklich. Ungewöhnlich war es allerdings, dass man plötzlich große Luftblasen aus dem Meer aufsteigen sah. Die Mannschaft bekam es mit der Angst zu tun. Luftblasen kannte man von einigen Meerestieren, und angesichts der gewaltigen Größe musste es ein monströs großes Tier sein, das unter dem Schiff seine Bahnen zog, vielleicht ein wütender Wasserdrache. Die Luftblasen wurden größer und größer, es bildeten sich an der Wasseroberfläche richtige Wellentrichter. Das Schiff sackte in alle möglichen Richtungen nach unten, je nachdem, wo die Blasen die Oberfläche erreichten. In einiger Entfernung sah man mächtige Wasserdampf- und Rauchwolken aus dem Meer aufsteigen. Der Matrose mit dem Lot verließ seinen Posten und weigerte sich, dorthin zurückzukehren. Stoßgebete und Flüche mischten sich mit Ausrufen der Aufregung und Angst. Jeder zeigte in eine andere Richtung, wo ihm etwas Ungewöhnliches aufgefallen war. Man erwartete, dass das Schiff bald ganz aus dem Wasser gehoben und fallen gelassen würde oder direkt in einen Sog geriet und in die Tiefe gerissen würde. Um das Monster zu besänftigen, warfen Matrosen Speisen in die Fluten, sogar Fässer mit Wein.

In der allgemeinen Verwirrung rief Carolina mit durchdringender Stimme: „Was wimmert ihr herum wie Weiber? Ermannt euch und fasst klaren Verstand. Muss ich euch so etwas sagen?" Die Männer wurden kleinlaut. „Betet, jeder in seiner Sprache und in seinem Glauben! Wenn Gott uns retten kann, wird er es tun. Wenn wir sterben sollen, so ist das Gebet umso wichtiger. Also betet!" Ein allgemeines Gemurmel setzte ein. Lateinische und griechische Christen, aber auch die Mameluken schickten ihre Gebete zum Himmel. Carolinas Worte hatten Besinnung und Beruhigung in die Mannschaft gebracht. Erstaunlicherweise beruhigte sich auch das Meer. Die Luftblasen wurden kleiner und kleiner, die Rauchwolke lichtete sich. Die Gebete aber klangen freudiger und lauter, schlugen bald in Jubelrufe um. Stavros schüttelte Carolina die Hände und lobte ihr geschicktes Verhalten. Er raunte ihr zu: „Ich denke, es war eine Art Vulkanausbruch auf dem Meeresgrund, aber da bin ich mir nicht ganz sicher, und wir sagen es den Männern lieber nicht. Ihre Frömmigkeit hat große Fortschritte gemacht, und angesichts der Kräfte eines Vulkans ist göttlicher Schutz nicht weniger notwendig als bei einem Meeresungeheuer."

Auch die Matrosen umarmten sich gegenseitig und klopften sogar den Mameluken auf die Schultern. Die Erleichterung sollte allerdings nicht lange währen, denn vom Mastkorb meldete ein Matrose aufgeregt das Herannahen eines Kriegsschiffes. Es sei wehrhaft ausgestattet und gewaltig groß – vielleicht ein Sarazenenschiff – welch furchterregender Anblick! Kapitän und Steuermann berieten sich in aller Eile, dann versuchten sie, den Kurs zu ändern und Abstand zu gewinnen. Die Galeere aber hatte gewaltige Segel und näherte sich zielstrebig. Jetzt war es eindeutig zu erkennen: ein Sarazenenschiff! Jeden Augenblick konnte man in die Pfeillinie der Feinde geraten. Die Matrosen, die eben noch Gott für die wundersame Errettung aus großer Not gedankt hatten, wurden von neuer Angst heimgesucht und liefen nervös hin und her. Die Befehle des Kapitäns konnten das Durcheinander kaum beenden, obgleich einige Waffen an Deck erschienen und Vorbereitungen für die Verteidigung des Schiffes begannen.

Nun ärgerte sich Hugolin, dass er nicht auf eine bessere Bewaffnung gedrängt hatte oder mit Carolina eine Galeere ausgewählt hatte. Aber seine Frau hatte es abgelehnt, die ersten Wochen, die das Paar gemeinsam verbringen würde, auf einem Kriegsschiff zu segeln. Der Ritter von Bärenfels blieb in gefährlichen Situationen äußerlich ruhig, aber in seinem Innern brodelte es. Er musste eine Idee finden, einen Ausweg, eine Lösung, wenigstens ein Mittel, um Zeit zu gewinnen. Aber seine Gedanken drehten sich im Kreis.

Inzwischen waren die Sarazenen gefährlich nahegekommen. Man erkannte bereits die Kopfbedeckungen einiger Matrosen. Aber genau das war die rettende Idee, nach der Hugolin gesucht hat. Er brüllte: „Alle Mann Turbane binden! Wer keinen Turban hat oder kein Mann ist, geht unter Deck!" Carolina warf ihm einen strafenden Blick zu. Hugolin hatte noch nie in diesem Befehlston mit ihr gesprochen. Sie nahm sich vor, ihrem Mann entsprechende Vorwürfe zu machen. Aber zunächst musste die Gefahr überwunden werden. Was nur hatte Hugolin vor? Niemand verstand, was er mit seinen Anweisungen bezweckte. Es lag auf der Hand, dass er das christliche Schiff dem Anschein nach in ein muslimisches verwandeln wollte. Aber würden die Sarazenen nicht schnell erkennen, dass die meisten Turbane ungeschickt gebunden waren? Und wie sollten sich die Männer arabisch verständigen? Daran allerdings schien Hugolin gedacht zu haben. Er befahl den arabisch sprechenden Matrosen, in seine Nähe zu kommen, ergriff sein Schwert und ließ die Mameluken in Reichweite seines Schwertes Aufstellung nehmen. Dann gab er dem Matrosen Anweisungen, die dieser ins Arabische übersetzte. Die Mameluken sollten die vorgesprochenen Worte laut hinausrufen.

Das Sarazenenschiff war bereits so nahe, dass man das Grau der Segeltaue vom Himmelsblau unterscheiden konnte. „Alles, was nicht Mameluke ist, legt sich zu Boden, das Gesicht nach unten!", rief Hugolin noch, dann hörte man bereits die Rufe der Feinde. Der Ritter positionierte sich in geduckter Stellung unmittelbar vor den drei Mameluken und zeigte ihnen mit dem Schwert, dass er jederzeit bereit wäre, auf sie einzustechen und ihnen den Lebensatem zu nehmen, falls sie sich nicht an die Anweisungen hielten. Unter Deck bangte Carolina um ihren frisch Anvermählten, der sich schon wieder in einer Todesgefahr befand. Wer würde siegen: seine List oder die Macht des Feindes? Aber worin bestand überhaupt seine List? Neben Carolina saß ein Matrose, der mit den Zähnen knirschte und fauchte: „Wir sollten den Feinden mit unseren Speeren und Schleudern zusetzen, dann würden wenigstens einige von ihnen sterben, bevor wir untergehen! Aber unsere Männer liegen wie tot auf dem Deck oder sitzen tatenlos hier unten. Bald schon werden wir alle schmachvoll sterben oder Gefangene des Sultans sein." Bei diesen Worten reichte er Carolina seinen Dolch: „Nimm meine letzte Waffe. Verteidige dich, so gut du kannst, oder nimm dir selbst das Leben, denn einer christlichen Frau wird es nicht gut gehen auf einem Sarazenenschiff." Dann schwieg er finster.

Von oben hörte man arabische Rufe, die zwischen den Schiffen gewechselt wurden. Es dauerte nur kurze Zeit, die unter Todesangst Leidenden aber empfanden sie als Stunden der Qual. Da wurden plötzlich die Rufe der Sarazenen leiser, das Schiff schien abgedreht zu sein. Niemand wagte, an Deck zu gehen. Vielleicht lauerten dort oben die Soldaten des Sultans und würden jedem, der den Kopf aus der Luke streckte, denselben abschlagen. Der Ritter von Kugelstein hielt es nicht mehr aus. Er umklammerte sein Schwert mit fester Faust und pirschte sich an die Luke heran. Noch immer herrschte dort Stille. Die Matrosen mit ihren Turbanen lagen bewegungslos auf dem Boden. Vielleicht waren sie tatsächlich tot?

Da vernahm Sigismund ein Lachen, zuerst leise und unterdrückt, dann immer lauter. Es war Ritter Hugolin, der nicht mehr an sich halten konnte. Nun lachte er aus voller Brust und befreite sich von der übermenschlichen Anspannung, die ihn umklammert hatte. Auch die Matrosen hoben langsam die Köpfe und starrten ungläubig über die Bordwand. Die

Sarazenen hatten sich ebenso schnell entfernt, wie sie gekommen waren. Nun strömte alles an Deck, obwohl der Kapitän warnte, nicht voreilig und übermütig einen Sieg zu feiern, den man gar nicht sicher in Händen halte. Vielleicht würde man noch von den Sarazenen beobachtet, vielleicht kämen sie bald zurück.

Aber das gewaltige feindliche Schiff strebte dem Horizont zu, nicht einmal die Fahne des Propheten ließ sich noch erkennen. Nun war es der Übersetzer, der die ganze Besatzung unterrichtete, welcher List sich Hugolin bedient hatte: Die Mameluken hatten den Sarazenen in arabischer Sprache berichtet, sie hätten dieses christliche Schiff erobert, aber kurz nach dem Sieg sei eine fürchterliche Seuche ausgebrochen und habe fast alle Männer dahingerafft. Ob der gütige Kapitän im Namen des Propheten bereit sei, sie auf seinem Schiff aufzunehmen? Dieser aber habe strikt abgelehnt und seinen Glaubensbrüdern empfohlen, eine nahe liegende Insel anzusteuern, auf der einige griechische Fischer leben würden, die aber keine bewaffnete Besatzung habe. Alle feierten den Hugolin von Bärenfels, nur seine Frau zeigte ihm zum ersten Mal die kalte Schulter. Er musste um Entschuldigung bitten und ein Versprechen ablegen, sie nie wieder zu befehligen. Dann schloss sie ihn wieder in ihre Arme.

Ж

Kapitän Stavros wollte die Gewässer der Gegend schnell durchkreuzen, weil es von Inseln wimmelte. Wo es viele Inseln gab, dort gab es auch Piratennester, und einem Piratenangriff wollte man sich keineswegs aussetzen. Des Nachts navigierte der Stavros nach den Sternen. Noch war es Sommer, und das Himmelszeichen des Skorpions stand abends über dem Westhimmel. Aber bald würde am östlichen Himmel der große Orion erscheinen, der die Herbst- und Winterzeit ankündigte. Mit Sorge dachte Hugolin an den Wechsel der Jahreszeit. Es war, so hatte er gehört, die Zeit der Stürme. Im späten Herbst und im Winter lagen fast alle Schiffe vor Anker, denn kaum ein Kapitän wollte sein Schiff der Gewalt der Stürme aussetzen und menschliches Leben riskieren. Womöglich musste man den Winter auf Kreta verbringen.

Ritter Sigismund war in den vergangenen Tagen merkwürdig schweigsam gewesen. Hugolin hatte dies sehr wohl bemerkt, wollte seinen Freund aber nicht mit Fragen bedrängen. Jetzt aber, da der Ritter von Kugelstein allein auf einer Bank saß und auf das offene Meer hinausblickte, setzte sich Hugolin zu ihm und sprach: „Mein Freund, irgendetwas lastet auf deinem Gemüt, was ist es?" Sigismund blickte weiter in die Ferne. „Hugolin, was meinst du, wann werden sich unsere Wege trennen?" Hugolin war erstaunt: „Trennen? Wieso sollten wir uns trennen?" Dem Freund fiel es offensichtlich schwer, zu antworten: „Nun, Hugolin, hinter mir liegen die spannendsten und vielleicht auch schönsten Wochen meines Lebens. Aber zu glauben, wir könnten endlos so weitermachen, wäre töricht. Die vielen Gefahren, denen wir ausgesetzt sind, werden uns irgendwann zu Fall bringen. Wir werden enden wie die trübseligen Rittergestalten in den Spitälern, an deren Anblick ich gar nicht denken möchte." Der Ritter von Bärenfels brummte. Er trug in einem Flügel seines Herzens das Gefühl der Unbesiegbarkeit, aber er wusste sehr wohl, dass Sigismund Recht hatte.

„Es war niemals mein Plan gewesen, Burg Bärenfels zu verlassen. Ich war dort sehr glücklich. Allerdings muss ich fast dankbar sein, dass Reginald mich vertrieben hat, denn ich habe nicht nur die Dame meines Herzens gefunden, sondern auch einen Freund, wie es keinen zweiten in der Welt gibt. Wir haben so viel Neues gesehen. Denke nur an die Stadt Konstantinopel. Ich weiß nicht, ob ich in Zukunft noch so genügsam und glücklich auf Bärenfels leben kann, sollte ich es überhaupt zurückerlangen. Aber dennoch, Sigismund, ich suche nicht die vielen Gefahren, sondern wünsche ein ruhigeres Leben und hoffe auf Nachkommen." Diese Worte schienen den Ritter von Kugelstein nicht aufzumuntern:

„Hugolin, seien wir ehrlich: Weder das eine noch das andere hat für mich eine Zukunft. Ich möchte nicht endlos von Gefahr zu Gefahr tapsen, dem Spiel des Zufalls überlassen sein. Und ich kann auch nicht endlos zusehen, wie du ein ruhiges Leben führst und dich deiner Nachkommen erfreust. Auch ich möchte die Dame meines Herzens finden. Als ich dich kennen lernte, warst du ein heldenmütiger Ritter, der sich unglücklich verrannt hatte und aus der Bahn geraten war. Ich muss dich nicht erinnern, in welcher Verfassung du dich damals befunden hast." Hugolin blickte seinen Freund traurig an und nickte. „Außerdem warst du sehr unbeholfen, an die Gesellschaft des Adels nur mäßig gewöhnt. Ich musste dir erst zeigen, wie man sich in einer Stadt richtig verhält. Aber du hast sehr schnell dazugelernt. Jetzt bist du ein vollständiger Mann, Ritter und Adliger. Ich aber laufe dir nur hinterher und fühle mich manchmal wie dein Knappe."

Hugolin war erschüttert, nicht nur über die Verfassung, in der sich Sigismund befand, sondern auch weil er selbst niemals daran gedacht hatte, sein Freund könnte unglücklich sein. Er kam sich kleinmütig und selbstsüchtig vor. „Sigismund, es tut mir von Herzen leid, dass du solch schwermütige Gedanken hegst – und dies nicht zu Unrecht. Was kann ich tun, um dein Herz zu erleichtern?" „Lass mich nach Konstantinopel zurückkehren. Ich werde der Palastwache meine Dienste anbieten und hoffentlich eine edle Dame des Hofes gewinnen können."

Der Ritter von Bärenfels schwieg lange. Auch er wäre gerne in die Stadt am Goldenen Horn zurückgekehrt. Mit Sicherheit würde Carolina das Leben dort besser gefallen als in teutonischen Wäldern. Außerdem gab es Heilkundige, Geburtshelferinnen, Ammen, Hauslehrer und vieles mehr, das für ein Leben in Würde und Freude geeignet war. Aber er hatte einen Auftrag, Kaiser Friedrich aufzusuchen, die Lösung des Schwurs zu erreichen und den Herrscher über die vielen Dinge zu unterrichten, die sich im östlichen Reich zutrugen. „Es schmerzt mich sehr, lieber Sigismund, aber ich kann deinen

Wunsch verstehen und werde mich deinem Glück nicht in den Weg stellen. Geh zurück nach Konstantinopel und finde, was du suchst!" Der Ritter von Kugelstein nickte. Keiner der beiden wollte jetzt über den Abschied sprechen, der ihnen bevorstand. Hugolin aber wusste, dass er Carolina vorbereiten musste.

Diese saß unter Deck und sprach mit einem Matrosen. Wissbegierig, wie sie war, wollte sie alles erfahren über die Kunst der Seefahrt, über den Fischfang und über die Beschaffenheit der griechischen Inseln. Sie wäre sehr froh gewesen, hätte sich jemand erboten, den Schwertkampf mit ihr zu üben, aber das wollte keiner der Männer wagen. Stundenlang hatte sie mit Kapitän und Steuermann gesprochen sowie die Schiffskarten studiert. Mittlerweile träumte sie davon, das erworbene Wissen in ein Buch zu fassen, welches über Duftöle und Gewürze des Ostens ebenso Auskunft geben würde wie über Ikonen, Mosaiken, Fensterschmuck und über die Seefahrt. Die Kleidung der Damen, Höflinge und Ritter zu Konstantinopel könnte dort nachzulesen sein, aber auch der Lauf der Sterne im Süden. Später würde sie vielleicht ein Kapitel über die Hebammenkunst hinzufügen. Sigismund hatte ihr angedeutet, dass es unüblich wäre, wenn eine Frau ein solches Buch verfassen würde. Diesen Einwurf allerdings ließ sie nicht gelten. Einstweilen fehlte es aber an Pergament oder jenem wundervollen Schreibmaterial, das man Papier nannte und das bei den Sarazenen verbreitet sein sollte.

Noch immer herrschten Erleichterung und Dankbarkeit, dass man sowohl dem Meeresungeheuer als auch den Sarazenen entkommen war. Der Küchenmeister jedoch wies darauf hin, dass man viele Vorräte verloren habe, als man das Ungeheuer mit Speisen und Wein zu besänftigen versucht hatte. Entweder müsse man sich der Fischerei befleißigen oder bald einen Hafen anlaufen, um neue Vorräte aufzunehmen. Der Kapitän entschied sich für den Landgang, denn es fehlte auch an Wasser. Merkwürdigerweise verbrauchten die Matrosen sehr viel Wasser zu ihrer Reinigung, was sonst völlig unüblich war. Vielleicht lag es daran, dass eine Dame an Bord war.

Bei gutem Wetter und leichtem Wind war es nicht schwer, einen Inselhafen anzusteuern, ohne ortskundigen Lotsen musste man allerdings sehr vorsichtig sein, keinen Felsen zu streifen. Das Meer war klar und durchsichtig, unschwer konnte man viele Mannsgrößen in die Tiefe blicken, wo sich Fische tummelten und Steine glitzerten. Der Hafen, auf den man zusteuerte, schien unbelebt zu sein, aber vielleicht lag dies an der aufkommenden Mittagshitze. Eine verschlafene Insel, dachte Hugolin, und hoffte, dass das Schiff bald anlegen könne. Da aber rief der Matrose, der das Lot führte, man solle gegensteuern, das Wasser sei nicht tief genug. Sofort reagierte der Steuermann, aber in einer Hafeneinfahrt ein Schiff zu wenden war fast unmöglich, und an sofortiges Abbremsen war nicht zu denken. So glitt das Schiff ein Stück weiter, bis es plötzlich mit einem Ruck stecken blieb.

Die Matrosen liefen hin und her. Der Kapitän befahl, den Schiffsbauch auf ein mögliches Leck zu überprüfen und versuchte selbst, die Ursache des Missgeschicks herauszufinden. Das sonst so klare Wasser war schmutzig, aufgewühlter Sand verwehrte den Blick auf den Grund. Erst nach einiger Zeit konnte man feststellen, dass das Schiff auf eine Sandbank aufgelaufen war. Wie dumm! Ein versandeter Hafen! Nun würde es sehr viel Arbeit erfordern, das Schiff wieder freizubekommen, und der Kiel würde vielleicht Schaden nehmen, wenn man unvorsichtig zu Werke ging. Zudem war man angreifbar, und die Gerüchte über Menschenfresser, die es in dieser Gegend geben könne, machten die Situation nicht leichter.

Kapitän Stavros teilte die Mannschaft in drei Gruppen ein. Eine Gruppe sollte nach Wasser und Vorräten suchen. Eine andere war dazu bestimmt, Taue zu verbinden und das Schiff in Richtung des offenen Meeres zu ziehen, so gut es ging. Die dritte Gruppe schließlich sollte den Schiffsbauch erleichtern, so dass der Kiel aus dem Sand kam und man das Schiff freischleppen konnte. Die Matrosen brachten Säcke, Fässer, Brennholz und Gerätschaften an Deck, verluden die Sachen auf die kleinen Boote, die man mit sich führte, und brachten sie an Land. An den Tauen zogen und zerrten die anderen Matrosen, hielten das Schiff in Position und versuchten, es von der Sandbank loszubekommen. Mit der Zeit konnte man einen gewissen Erfolg erkennen. Die Wassersuchenden kehrten zurück mit der guten Nachricht von einer klaren Quelle, an der man einige Fässer und Schläuche füllen werde. Hugolin beruhigte Zentaurus, der im Schiffsbauch geblieben war, aber das Gras witterte und gerne ausgaloppiert wäre. Ein Pferd passte einfach nicht zu einem Schiff. Aber der Ritter wusste, dass die Verletzungsgefahr beim Anlanden viel zu groß war, also musste sich der Hengst damit begnügen, einige Bündel frisches Gras von der Insel zu fressen. Hugolin versprach, auf Kreta dürfe Zentaurus wieder nach Herzenslust herumtollen.

Die Arbeiten machten Fortschritte, und das Schiff bewegte sich endlich von der Sandbank. Man manövrierte es aus dem Hafen hinaus und warf die Anker. Nun sollte die Ladung wieder an Bord gebracht werden. Aber o weh! Plötzlich erschienen an den Berghängen furchtbare Gestalten: Menschen oder menschenähnliche Wesen mit gewaltigen Helmen, Trommeln, Fahnen. Einige hielten lange Spieße in die Luft, an deren Enden Totenköpfe steckten. Panik erfasste die Matrosen, manche schrien: „Menschenfresser! Menschenfresser!" Sie ließen alles stehen und liegen und suchten einen Weg zum Schiff. Die kleinen Boote waren vollkommen überfordert. Schwimmer und Nichtschwimmer warfen sich in die Fluten, um die Schiffsplanken zu erreichen. Wer noch bei Verstand geblieben war, versuchte die anderen zu beruhigen, aber die vielen schreienden Matrosen, die hilflos im Wasser nach Luft schnappten, brauchten Hilfe. Es war keine Zeit für geordnete Anweisungen, und die Stimme des Kapitäns war im allgemeinen Getöse nicht zu verstehen. Die Matrosen ergriffen selbst das Steuer, lichteten die Anker und taten alles, um das Schiff aufs Meer zu bringen.

Erst nachdem man reichlich Abstand zur Insel gewonnen hatte, beruhigte sich die Lage ein wenig. Der Kapitän drohte der Mannschaft mit furchtbaren Strafen, denn man hatte seine Befehle überhört oder missachtet. Er sprach von Meuterei, obwohl das sicherlich nicht die Absicht der Männer gewesen war. Aus der Ferne sah man, wie zwei Matrosen, die auf der Insel zurückgeblieben waren, vor der wilden feindlichen Horde flüchteten und in die Berge rannten. Ob sie überlebten? Das Schicksal der beiden war nicht der einzige Grund, weshalb Hugolin und Sigismund dafür eintraten, auf die Insel zurückzukehren. Sie wollten sehen, ob sich etwas von der Ladung retten ließ. Zudem spürten sie einen Drang, die Feinde zur Rechenschaft zu ziehen. Wer waren sie überhaupt? Menschenfresser konnte es geben, gewiss, aber mussten es übermächtige, schwer verwundbare Riesen sein? Vielleicht handelte es sich einfach nur um Piraten oder Strandräuber, die auf der Insel ihr Unwesen trieben und Schiffe in den versandeten Hafen lockten. Ein ehrlicher Ritter musste sich der Falschheit und Verlogenheit der Welt entgegenstellen, auch wenn der Erfolg ungewiss war. Dies sollte natürlich nicht kopflos geschehen, man musste einen klugen Plan aushecken.

Ж

Zwischen Sonnenuntergang und Mondaufgang blieben einige Stunden der Dunkelheit, in denen man sich zumindest mit ein paar Bootsbesatzungen unbeobachtet an Land begeben konnte. Sollte man es mit Piraten oder Strandräubern zu tun haben, so würden sich diese bestimmt über den Wein hermachen, den man zurückgelassen hatte. Mit Betrunkenen aber hätte man leichtes Spiel. Allerdings musste man sich darauf einstellen, dass einige Wachen auf dem Posten wären, und man musste in der Dunkelheit Treffpunkte oder Sammelplätze für verschiedene Situationen vereinbaren.

Stavros, Sigismund, Carolina und Hugolin wählten geeignete Männer aus, die furchtlos und geübt waren, um den gefassten Plan umzusetzen. Man beratschlagte sich, verteilte Aufgaben und Waffen. Dann ruhten sich die Männer ein wenig aus, bis die Sonne am westlichen Himmelsrand unterging. Die Männer beteten zu Gott, dass sie den nächsten Sonnenaufgang wohlbehalten und als freie Menschen erleben dürften.

Der Zeitpunkt war gekommen, das Schiff wieder näher an die Insel zu steuern. Als es ganz dunkel geworden war, wurden die Boote beladen. Im Pendelverkehr gelangten die Männer an Land. Ritter Sigismund und Ritter Hugolin führten jeweils einen Trupp an. Auf zwei unterschiedlichen Wegen näherten sie sich dem Hafenbecken. Wie man vermutet hatte, drang von dort das Gejohle Betrunkener herüber. Da man allerdings nicht wusste, wie viele Männer noch kampffähig waren, sollten sich einige bewaffnete Matrosen oberhalb des Hafens hinter Büschen, Felsen, Steineichen und Ölbäumen versteckt halten, um notfalls eingreifen zu können, wenn der bevorstehende Kampf eine unerwartete Wendung nähme. Sigismund und Hugolin hatten ihre Männer angewiesen, ohne Kampfgebrüll auf die Feinde zuzugehen. Vielmehr sollten sie sich möglichst von allen Seiten gleichzeitig anpirschen, sich auf ein Zeichen hin zu erkennen geben und jeden mit dem Tode bedrohen, der Widerstand leisten wollte.

Im Hafen leuchteten Feuer, betrunkene Gestalten wankten an der Kaimauer entlang oder lagen auf dem Boden. Die Ritter konnten sich mit ihren Männern unbemerkt nähern. Zwar wären manche von ihnen beinahe über Totenkopf-Spieße oder herumliegende Helme gestolpert, aber keiner der Betrunkenen schenkte solchen Geräuschen Beachtung. So gelang es tatsächlich, ganz nahe an die Feinde heranzukommen. Die Matrosen verteilten sich, so gut sie konnten. Auf ein Zeichen hin traten alle gleichzeitig aus dem Dunkel zwischen die Betrunkenen, und Hugolin rief, so laut er konnte: „Ergebt euch, und ihr behaltet euer Leben, ansonsten seid ihr des Todes!" Kurze Stille trat ein. Der Ritter konnte nicht ahnen, dass man seine Worte nicht verstanden hatte, denn die Männer waren, wie sich später herausstellte, arabisch sprechende Nubier. Dass sie sich erst spät an den Genuss des Weines gewöhnt hatten, trug offensichtlich dazu bei, dass dieser eine besonders starke

Wirkung bei ihnen entfaltete. Sie waren nicht nur sturzbetrunken, sondern auch völlig hemmungs- und furchtlos. Denn im nächsten Augenblick griff ein jeder von ihnen nach einer Waffe oder etwas Waffenähnlichem und ging auf die Matrosen los. Ihre Trunkenheit schmälerte ihre Kampfkraft ganz erheblich, aber sie waren lange genug Soldaten des Sultans gewesen, um dennoch wirkungsvoll kämpfen zu können. Ein furchtbares Kriegsgeheul erklang im Inselhafen, und bald schon gingen die ersten Matrosen, im Kampf wenig geübt, zu Boden. Hugolin erkannte, dass eine schnelle Wendung erforderlich war, sollten seine Leute nicht ins Hintertreffen geraten. Am liebsten hätte er zum Rückzug geblasen, aber verletzte, am Boden liegende Matrosen durften keinesfalls zurückgelassen werden. So gab er Signal, dass die in der zweiten Linie lauernden Männer eingreifen sollten.

Mit fliegendem Schritt kamen diese ihren Kameraden zu Hilfe. „Werft alle ins Wasser!", brüllte der Ritter von Kugelstein, der erkannt hatte, dass die Matrosen im Schwertkampf unterlegen waren. Mit Schilden, Spießen, Brettern und Tauen wurde ein betrunkener Räuber nach dem anderen über die Hafenmauer ins Wasser gedrängt oder gestoßen, und manch einer ertrank. Das Blatt hatte sich gewendet, aber eine kleine Gruppe wehrte sich noch standhaft und hielt dabei Abstand von der Wasserkante. Wie ein Kugelblitz drosch Hugolin in ihre Mitte hinein und verwickelte den Anführer in einen Zweikampf, aus dem es kein Entrinnen mehr geben sollte. Schwerthieb folgte auf Schwerthieb, der Feind wich immer weiter zurück. Plötzlich wandte sich der Nubier um und wollte fliehen, doch das Schwert Hugolins durchbohrte ihn von hinten. Der Kämpfer stürzte und zuckte, dann starb er, die Hände in den Sand gekrallt.

Hugolin ließ sich erschöpft auf den Boden sinken. Der Kampf war entschieden, aber der Ritter spürte, dass sich etwas in seinem Leben verändert hatte. Es war das Wissen, dass er einen Feind nicht Auge in Auge, sondern hinterrücks getötet hatte. Jedes Töten belastete die Seele, ließ sie dunkler und unempfindsamer werden, aber ein solcher Verstoß gegen die Ehre belastete nicht nur die Seele, sondern auch den Geist. Natürlich, der Verstand konnte Gründe finden, warum der Nubierführer um jeden Preis zu töten war, aber der Verstand kannte auch viele Gegengründe. Anders als an der Donau, wo er viele Diebe und Räuber gefangen genommen hatte und für den Tod mancher verantwortlich gewesen war, befand er sich heute nicht in einem verwirrten Zustand, verzweifelt über einen Liebesverlust, sondern er war Ehemann, Ritter, Ratgeber und Befehlshaber. Das ganze Elend der Vergangenheit holte ihn wieder ein.

Jetzt war allerdings nicht die Zeit, lange über solche Fragen nachzudenken. Es gab noch viel zu tun: Einige Nubier mussten aus dem Wasser gezogen werden, die Gefangenen waren zu fesseln, Verwundete mussten zum Feuer getragen, untersucht und behandelt werden. Erst jetzt spürte Ritter Hugolin, dass auch er blutete. Im Kampf mit dem Nubier war ein Stück seines Ohres zerfetzt worden. Wie leicht hätte ihn das tödliche Schicksal einholen können! Einige Matrosen waren schwer getroffen und rangen um ihr Leben. Man gab ihnen Wasser, sprach ihnen Mut zu, hüllte sie in Mäntel und Decken.

Ж

Als das erste Sonnenlicht den Horizont erhellte, dankten die Lebenden, dass diese furchtbare Nacht ein Ende nahm. Gleichzeitig waren sie entsetzt über das schreckliche Bild, das sich ihnen darbot: der Anblick toter Menschen und vergossenen Blutes. Bislang hatte niemand daran gedacht, die ängstlich wartende Schiffsbesatzung zu informieren. Sigismund schickte zwei Matrosen, die noch bei Kräften waren und rudern konnten.

Hugolin aber hämmerte der Kopf. Er suchte den Schatten einer alten Steineiche und fiel in einen abgrundtiefen Schlaf. Als wenig später Carolina wider die Ratschläge des Kapitäns auf dem Schlachtfeld erschien, sah sie ihren Gemahl unter dem

Baum liegen und bekam einen schockartigen Schrecken. Den Tod fürchtend stürzte sie neben Hugolin zu Boden und berührte sanft seine Wangen. Noch musste Leben in ihm sein, denn die Brust hob und senkte sich vom Atmen. Aber warum erwachte ihr Ritter nicht? Einige Momente verharrte Carolina wie in Erstarrung, dann bat sie die Umstehenden, man möge alle Verwundeten, auch Hugolin, in die kleine Hafenkapelle bringen. Dort war es staubig, schon lange hatte kein Priester mehr die Messe gefeiert, aber für Carolina war dies der friedvollste Ort, der sich finden ließ, und er bot Schutz vor der stärker werdenden Sonne.

Nach und nach traf die Besatzung ein. Stavros war zufrieden, dass der größte Teil der verloren geglaubten Ladung noch aufzufinden war. Es fehlte nur eine beträchtliche Menge Wein. Der Kapitän beklagte aber auch die Wunden seiner Männer und zweifelte, ob das Unternehmen einen solchen Blutpreis wert sei. Wie viele der Verwundeten würden überleben? Was sollte man mit den gefangenen Nubiern machen? Schließlich hatte man schon drei Mameluken an Bord. Stattlich hatte man den Hafen von Konstantinopel verlassen, jetzt aber würde sich das Schiff in ein schwimmendes Krankenlager verwandeln. Beim nächsten Ungemach könnte man den Gewalten der Natur oder der Macht eines Feindes vielleicht nicht mehr trotzen.

Als der Kapitän in solche Gedanken versunken an der Hafenmauer lehnte, hörte er plötzlich die Rufe zweier Männer aus weiter Ferne. „Gott sei Lob und Dank, die beiden verlorenen Matrosen!", seufzte Stavros erleichtert. Da sah er sie bereits den Berghang herabsteigen. Wenig später umarmten die beiden ihre Kameraden im Hafen. Man berichtete gegenseitig, was sich alles zugetragen hatte, und die beiden Flüchtlinge erzählten, dass die Nubier in den Bergen ein Versteck haben müssten, in dem sie ihre Beute lagerten. Diese Nachricht erinnerte den Kapitän an die Vernehmung der Gefangenen. Man hatte sich bislang damit abgefunden, dass man die Nubier nicht verstehen konnte, aber natürlich mussten sie des Arabischen kundig sein, und dafür hatte man schließlich einen Übersetzer. Stavros erkundigte sich beiläufig, wo denn die Mameluken seien. Als er hörte, dass sie fast alleine an Deck zurückgeblieben waren, trommelte er sofort die stärksten Männer zusammen und befahl ihnen, zum Schiff zurückzukehren und die Mameluken zu holen. Nicht auszudenken, wenn sie die Gelegenheit nutzen würden, um das Schiff in ihre Gewalt zu bringen!

Die Vernehmung der nubischen Gefangenen gestaltete sich zunächst schwierig. Sie waren äußerst wortkarg. Erst als der Kapitän damit drohte, sie ins Wasser werfen zu lassen, wo sie möglicherweise ertrinken würden, gaben sie einige Auskünfte und erklärten sich bereit, ein Versteck in den Bergen zu zeigen. Auf die Frage, wie sie auf diese Insel gelangt seien, erzählten sie zunächst Lügengeschichten, aber der Kapitän war klug genug, die Wahrheit herauszufinden. Ihre Ausrüstung ließ darauf schließen, dass sie die Waffen entweder Soldaten des Sultans abgenommen hatten oder selbst Soldaten des Sultans gewesen waren. Ersteres war fast auszuschließen, denn Soldaten des Sultans hätten sich nicht einfach entwaffnen lassen. So blieb eigentlich nur die Möglichkeit, dass die Nubier den Dienst des Sultans verraten hatten und im Grenzbereich zwischen dem christlichen und dem muslimischen Herrschaftsbereich gestrandete Schiffe ausraubten. Die ehemaligen Soldaten wussten, dass man sie hinrichten würde, kämen sie jemals in die Hände des Sultans oder seiner Leute. Daher versuchten sie, ihre Vergangenheit zu verleugnen. Durch ihre Lügengeschichten brachten sie den Kapitän noch mehr gegen sich auf. Am liebsten wollte er sie töten lassen, aber eine ihm eigene Vorsicht verhinderte diese Maßnahme. Ritter Sigismund, der sich ein wenig erholt hatte, bot an, mit einigen Matrosen nach dem Versteck in den Bergen zu suchen, besser gesagt sich von einem Nubier dorthin führen zu lassen. Stavros schärfte ihm ein, äußerste Umsicht walten zu lassen, denn niemand wusste, wie viele Nubier sich dort oben noch versteckt hielten. Auf jeden Fall solle Sigismund die beiden

Matrosen mitnehmen, die bereits in den Bergen gewesen waren. Kurze Zeit später machte sich ein gut ausgerüsteter Trupp auf den Weg.

Unterdessen pflegten Carolina und einige tüchtige Matrosen die Verwundeten in der Kapelle. Hugolin war immer noch nicht erwacht. Seine äußeren Verletzungen schienen nicht lebensbedrohlich zu sein, aber vielleicht hatte er Schläge erhalten, die zu inneren Blutungen geführt hatten. Carolina litt unter der Ungewissheit und betete, ihr Ritter möge bald wieder aufwachen. Ihre Hoffnung wurde schwer belastet, als zwei Matrosen, die tapfer um ihr Leben gekämpft hatten, ihren Verletzungen erlagen. Angesichts der herrschenden Wärme musste man sie bald zu Grabe tragen. Kapitän Stavros ordnete an, dass man ihre Gräber unter einem Ölbaum leicht oberhalb der Küste ausheben solle. Der Ölbaum galt als segensreicher Baum. Er erinnerte an den Abschied Jesu von den Seinen im Garten Gethsemane. So würden die beiden tapferen Männer hoffentlich ihren Frieden finden.

Sigismund arbeitete sich mit seinen Leuten durch das Gebüsch, das den Berghang bedeckte. Der Nubier, der diese Richtung eingeschlagen hatte, berichtete von einer großen Höhle, die als Versteck genutzt werde. Die Männer kamen furchtbar ins Schwitzen und bald bedeckte eine Schmutzkruste ihre Haut, denn der Staub des trockenen Bodens klebte auf ihnen. Endlich erreichte man die Höhle. Der Ritter von Kugelstein befahl, in sicherem Abstand anzuhalten. Er selbst wollte vorausgehen, den Nubier vor sich herführend und ihn mit tödlicher Strafe drohend, falls man in eine Falle gerate.

Langsam näherte sich Sigismund der Felsöffnung und ließ den Nubier ständig die Schwertspitze spüren. Aber es regte sich kein Laut. Der Ritter rief, zwei Matrosen sollten nachkommen, Fackeln entzünden und das Höhleninnere erleuchten. Zunächst war nichts Besonderes zu erkennen, aber je tiefer man in den Berg gelangte, desto mehr Hinweise ergaben sich, dass diese Höhle bewohnt sein musste. Die Männer wateten durch einen Bachlauf und erreichten eine große Höhlenkammer, deren

Decke so zerklüftet und hoch war, dass der Fackelschein sie nur undeutlich erleuchtete. Ein kühler Wind wehte. An den Wänden stapelten sich Kisten und Truhen, Fässer und Säcke.

Plötzlich stieß Sigismund einen Ruf des Entsetzens aus: In einem kleinen seitlichen Gang, der mit Gitterstäben verschlossen worden war, kauerte ein menschliches Wesen. Es wandte sich vom Licht ab und schien sich verstecken zu wollen. Vorsichtig trat der Ritter von Kugelstein näher. Da seine Aufmerksamkeit derartig in Bann gezogen war, ergriff der Nubier die Gelegenheit und rannte in Richtung des Ausgangs. Aber Sigismund setzte ihm nach und streckte ihn zu Boden. Der Nubier schlug Sigismund mit den Fäusten gegen die Stirn, der Ritter jedoch fasste die Gurgel des Gegners, während der mit dem anderen Arm dessen Körper am Boden hielt. Die beiden Matrosen eilten herbei und fesselten den Röchelnden. Sigismund kehrte zum Versteck des Menschenwesens zurück. Bei näherem Hinsehen erkannte er, dass es sich um eine Frau handeln musste. Der Ritter prüfte die Eisenstäbe und fand eine Möglichkeit, das Gefängnis zu öffnen. In diesem Moment schnellte die Frau nach oben, stürzte zwischen den Gittern hervor und warf sich auf den Nubier, der noch immer auf dem Boden lag. Mit einem Stein zerschmetterte sie ihm den Schädel.

Betroffen blickten Sigismund und die Matrosen auf die Frau, die sich langsam erhob. „Was glotzt ihr da, ihr Männer?", sprach die Frau mit bebender Stimme. „War das etwa euer Freund?" „O nein", beeilte sich Sigismund mit einer Antwort, „im Gegenteil, er war unser Feind, und wir haben ihn offensichtlich gemeinsam getötet!" „Nein", erwiderte die Frau in schroffem Ton, „ich habe ihn getötet. Es war meine Tat. Der Dreckskerl hätte einen weitaus schlimmeren Tod verdient! Seine Seele sei auf ewig verdammt!"

Der Ritter von Kugelstein traute sich nicht, Fragen zu stellen. Er hatte eine dunkle Ahnung, dass die Frau von den Nubiern Grausames erlitten haben musste. So schwieg er. Stattdessen ergriff sie erneut das Wort: „Wollt ihr noch lange untätig hier herumstehen? Befreit die anderen Gefangenen!" Sigismund war vollkommen verdutzt. „Welche anderen Gefangenen?" „Die, die mit mir verschleppt worden sind, sie müssen noch am Leben sein!" Die Frau griff nach einer Fackel und suchte die Höhlenwände ab. Tatsächlich fand sich eine verriegelte Tür. Mit einem Schlag seines Schwertes zerschmetterte Sigismund das Schloss. Die Frau riss die Türe auf und verschwand in der Öffnung. Unheimliche Laute, Weinen, Rufe der Freude und des Schmerzes drangen heraus. Ritter Sigismund blickte nur kurz in den Raum, um zu erkennen, dass dort viele Menschen eingesperrt waren, abgehärmt und vollkommen zerzaust. Ein unerträglicher Geruch stieg auf. Die Matrosen traten einige Schritte zurück, bis sich die Situation ein wenig beruhigte.

Es dauerte noch eine lange Zeit, bis die Gefangenen bereit waren, ihren Platz zu verlassen. Sie mussten furchtbare Demütigungen und Einschüchterungen erlebt haben, dass sie noch nicht einmal die weit geöffnete Tür nutzen und den aufmunternden Worten Sigismunds vertrauen mochten. Die wenigen Fackeln, die ihnen zur Verfügung standen, reichten kaum aus, um eine so große Gruppe von Menschen, von denen viele kaum gehen konnten, durch die Höhle zu führen. Mit der Zeit fassten die Gefangenen etwas Mut, da sie ihre bisherigen Peiniger nicht mehr sahen – mit Ausnahme des getöteten Nubiers, der unweit auf dem Boden lag. Als sie den Bachlauf erreichten, stürzten sich die dürstenden Menschen auf das Wasser und tranken gierig.

Endlich am Höhlenausgang angekommen, riet Sigismund, alle sollten eine Pause machen und sich niedersetzen. Das Sonnenlicht blendete die Befreiten ebenso, wie es ihre Herzen mit dem glücklichen Gefühl der Freiheit erfüllte. Erst jetzt war Zeit, wenigstens eine grobe Vorstellung zu erlangen, was diesen Menschen widerfahren war. Die Frau, die sich in Einzelhaft befunden hatte, berichtete, wie die Nubier ihr Dorf überfallen und viele Bewohner getötet, die Überlebenden aber verschleppt hätten. Man habe ihnen gesagt, sie würden als

Sklaven verkauft werden, wenn sich ein geeigneter Käufer fände. Sie selbst sollte die Geliebte des Anführers werden, aber sie habe sich standhaft geweigert und habe Widerstand geleistet, sobald sich der Nubier annähern wollte. Dieser wiederum habe sie durch die Einzelhaft umstimmen wollen. Deshalb habe er es zugelassen, dass sie fast täglich von den anderen Männern verspottet wurde. Dann sei er herzugetreten, habe die anderen verjagt und gezeigt, dass er gerne ihr dauerhafter Beschützer wäre, wenn sie es nur zuließe. Aber jedes Mal habe sie ausgespuckt und ihm gesagt, sie würde lieber sterben als ihn zu küssen.

Sigismund war höchst beeindruckt von der Charakterstärke dieser Frau, vermied aber jeden Kommentar, da er nicht wusste, wie sie auf persönliche Worte eines Mannes reagieren würde. Er erkundigte sich bei den Lagernden, wer imstande sei, den Berg hinabzusteigen. Alle waren getrieben von der Sehnsucht, in menschliche Behausungen einkehren zu dürfen und die Gemeinschaft von Freunden zu erleben. Daher drängten sie, den Weg möglichst bald antreten zu dürfen. Sigismund schickte einen Matrosen voraus, damit er Hilfe hole, um die Kranken stützen zu können. Dann begann der langsame Abstieg zur Bucht.

Ж

Der Kapitän war erschüttert, als er von dem fürchterlichen Schicksal so vieler Menschen erfuhr. Er ordnete eine Gruppe Männer ab, die den Bergleuten entgegengehen sollten. Andere wurden angewiesen, ein Fest vorzubereiten. Stavros erklärte ihnen: „Die Befreiten sollen nicht mit schweren Speisen belastet werden, sondern eine gute Suppe erhalten, vielleicht zu späterer Stunde ein Stück Fisch oder Fleisch." Wie hilfreich wären jetzt die Ratschläge Carolinas gewesen, aber diese musste sich weiterhin um die Verletzten kümmern und betete, Hugolin möge wieder erwachen. In der Zwischenzeit waren auch die Mameluken vom Schiff geholt worden. Sie hatten sich an Bord unauffällig verhalten, aber man fand unter ihren Schlafstätten einige verdächtige Gegenstände, die sie gesammelt hatten, beispielsweise Schiffsnägel und Haken. Nun mussten sie helfen, für die erwarteten Gäste Wasser herbeizuschaffen, eine Suppe vorzubereiten und Fisch zu fangen.

In keinem der umliegenden Häuser wäre Raum gewesen für eine größere Gesellschaft. Daher bereitete man einen Platz unter den Platanen, die das Hafenbecken umsäumten. Wo vor kurzem noch ein fürchterlicher Kampf getobt hatte, sollte eine friedliche, festliche Stimmung eintreten. Der Zug der Befreiten hatte Schwierigkeiten, den steilen Berghang herabzukommen. Die Schwächsten hatten mit ihren Helfern kaum die halbe Strecke hinter sich gebracht, als die Kräftigeren bereits zwischen den Häusern erschienen und fassungslos glücklich auf den Empfang starrten, der sich ihnen bot: Kapitän und Mannschaft begrüßten sie auf das Herzlichste und luden sie ein, zu trinken und von der köstlichen Suppe zu kosten. Die Höflichkeit der Gastgeber hatte freilich ihre Grenzen, denn man musste die Befreiten geradezu zwingen, sich nicht zu viel einzuverleiben, da die entwöhnten Mägen erst langsam an normale Mahlzeiten gewöhnt werden mussten.

Immer mehr Menschen versammelten sich unter den Platanen und ließen ihren Glücksgefühlen freien Lauf. Erst nach einiger Zeit kehrte eine nachdenklichere Stimmung ein, denn man dachte an die vielen Toten, die die Inselbewohner zu beklagen hatten. Einige Männer, die zu den Dorfältesten gehörten, erzählten von den schrecklichen Ereignissen, die sie hinter sich hatten. „Die Nubier kamen wie eine Plage über das Meer", sagte einer von ihnen, „sie landeten in unserer Bucht und nahmen sich ohne Verhandlungen alles, was ihnen gefiel. Wir wurden auf einem Platz zusammengetrieben, und sie brachten einige unserer Freunde um. Sie wollten einfach nur Angst und Schrecken verbreiten. Der tapfere Kostas, Katharina, Manolis, Nikos der Baumeister und Michalis, sogar der kleine Georgos wurden einfach getötet. Sie hatten nichts getan, gar nichts. Ihre Gesichter passten den Nubiern einfach nicht. Die Brutalität war furchtbar. Aber was sollten wir machen? Wir haben keine Waffen, sie jedoch waren Soldaten. Wir sind Fischer, Handwerker, Hirten. Natürlich haben wir schon Piratenüberfälle erlebt, aber damit können wir umgehen. Wir wissen, was die Piraten wollen. Wir verstecken unsere Frauen und Kinder. Die älteren Männer und der Priester überlassen den Piraten Brot, Wein, einige Ziegen und Decken. Dann sind sie meistens zufrieden. Sie wissen, dass sie uns nicht umbringen dürfen, denn sonst könnten sie auf unserer Insel nichts mehr holen. Wir sind die Kuh, die sie melken. Aber diese Nubier kamen nicht, um uns zu melken. Sie wollten uns schlachten."

Stavros antwortete ernst: „Wir werden nicht die Möglichkeit haben, die gefangenen Nubier vor ein ordentliches Gericht zu stellen, aber wir werden ein Gericht hier, am Ort ihrer Verbrechen, abhalten. Wir sind Männer von Ehre und üben nicht blindlings Rache!" Erst in diesem Moment wurde den Befreiten bewusst, dass es noch lebendig gefangene Nubier gab. Die friedliche Stimmung wandte sich in ihr Gegenteil. Das Volk verlangte die sofortige Hinrichtung. Kein Inselbewohner konnte verstehen, dass man auf irgendeinen Prozess warten sollte. Der Kapitän aber blieb eisern und weigerte sich, die Gefangenen vorzuführen. Ein Fischer rief: „Das sind noch nicht einmal Christen, welches Recht sollten sie haben, dass man sie auch nur eine Stunde schont? Sie haben den Tod verdient. Das ist die einzige mögliche Strafe!" Ein anderer pflichtete ihm bei: „Ihre Seelen sind dem Teufel geweiht. Wenn wir sie töten, zahlen sie wenigstens noch einen Preis, der ihre Verbrechen etwas erleichtert." Wieder ein anderer schrie: „Bringt sie um! Bringt sie alle um!"

Sigismund sprang auf einen Steinblock und mahnte zur Ruhe. Das Volk hörte ihm zu, denn schließlich hatte er die Gefangenen befreit und stand bei allen in hohem Ansehen. „Bürger dieser Insel, Matrosen, ehrwürdiger Kapitän! Niemand von uns allen könnte bestreiten, dass die Nubier todeswürdige Verbrechen begangen haben. Aber wir wollen nichts übereilen! Vielleicht können uns die Gefangenen noch wichtige Neuigkeiten mitteilen, bevor sie sterben. Außerdem sollten nicht Gefühle der Rache herrschen, sondern einzig das Verlangen nach Gerechtigkeit. Die Gerechtigkeit verpflichtet uns, dass wir die Gefangenen anhören. Dies ist im Sinne der Gerechtigkeit, aber auch im Sinne dieser Insel. Denn eine glückliche Zeit, die nun beginnen soll, lässt sich nicht auf Blut gründen, sondern auf Ehre, Stärke und Weisheit!" „Edler Ritter", war da plötzlich die Stimme der Frau zu hören, die Sigismund zuerst befreit hatte, „Eure Worte sprechen die Wahrheit. Aber über dem Mund, der solche Wahrheit ausspricht, befinden sich Augen, die von Blindheit geschlagen sind, und ein Verstand, der vernebelt ist! Vom Herzen möchte ich gar nicht sprechen!" Alle schauten verwundert auf die Frau, die ebenfalls auf einem Steinblock stand. Ihr wehendes Haar und die ebenso fließenden wie festen Bewegungen ihrer Arme versetzten die anwesenden Männer in Staunen. Manche waren von ihrer Schönheit gebannt und achteten kaum noch auf ihre Worte, und auch Ritter Sigismund hatte Schwierigkeiten, sich zu konzentrieren.

„Wenn Ihr, edler Ritter, einen klaren Verstand und sehende Augen hättet, so würde Euer Mund eine höhere Wahrheit aussprechen. Denn hier, vor Euch, stehen Menschen, denen man vieles genommen hat. Manche haben ihre Eltern, Brüder, Schwestern oder Kinder verloren. Andere wurden geschlagen oder mit dem Tode bedroht. Ich selbst beklage den Verlust meiner Eltern und wochenlange Folter. Alle haben Furchtbares erlebt: Hunger und Durst, Kälte und Hoffnungslosigkeit. Wir kommen aus einer Nacht, deren Länge sich nicht unterscheiden lässt von der Dauer vieler Jahre. Könnt Ihr Euch, edler Herr, vorstellen, wie diese Menschen heute Nacht schlafen sollen, wenn sie wissen, dass ihre Peiniger in nächster Nähe liegen? Ich werde kein Auge zutun. Ist es nicht eine doppelte Schmach, dass Raubmörder höhere Rechte genießen als ihre Opfer? Nennt Ihr das gerecht?" Es herrschte Stille, dann erhoben sich zustimmende Rufe. „Gute Frau", versuchte Sigismund zu antworten, aber da wurde er bereits unterbrochen: „Sie heißt Alexandra. Es ist unsere Alexandra, die Tochter des tapferen Kostas! Sie lebe hoch!" Begeisterte Zustimmung machte sich breit. Der Kapitän, der befürchten musste, dass der Volkszorn vielleicht nicht mehr zu kontrollieren wäre, schickte Matrosen zur Verstärkung der Gefängniswache.

Er ahnte nicht, wie dringlich diese Entscheidung war, denn im allgemeinen Durcheinander waren die Mameluken zum Gefängnis geeilt und versuchten nun, die Gefangenen zu befreien. Sie waren ausgeruht, stark und geübt im Kampf, während die Wachen bereits gewaltige Anstrengungen hinter sich hatten und kaum Widerstand aufbringen konnten. Die hinzukommenden Matrosen erkannten die Lage sofort und eilten ihren Gefährten zu Hilfe. Die Schläge der Waffen hallten in den Mauern, und ein Matrose sank schwer getroffen zu Boden. Aus dem Hintergrund drang das Wutgeheul der Nubier. Der Lärm schwoll so stark an, dass man sogar auf dem Platz, auf dem die Versammlung stattfand, davon hörte. Die Inselbewohner, die die Stimmen der Nubier erkannten, stürmten in Richtung des Gefängnisses. Sigismund und Alexandra blieben einen Moment auf ihren Steinblöcken stehen und betrachteten einander. Der Ritter spürte, dass eine besondere Energie von dieser Frau ausging, eine sogartige Kraft, die er lange nicht mehr, vielleicht noch nie gespürt hatte. Aber da sprang sie zu Boden und eilte der Volksmenge nach. Der Ritter von Kugelstein tat es ihr gleich.

Als er dem Gefängnis nahe war, erfüllte nicht nur furchtbarer Lärm die Luft, sondern schwarzer Qualm. Einige Männer hatten Fackeln ins Gefängnis geworfen. Stroh und Holz, die sich darin befanden, fingen zu brennen an. Die Nubier schrien und kämpften gegen das Feuer, aber vergeblich. Stavros versuchte, die Gefängnistür zu öffnen, was angesichts der Lage äußerst schwierig war. Endlich hatte er im Tumult die Wache gefunden, die den Schlüssel bei sich trug. Als die Tür aufgeschlossen war und die Gefangenen aus dem Feuer zu fliehen versuchten, warfen sich die Inselbewohner auf die Nubier und Mameluken und töten sie mit bloßen Händen. Kein Widerstand vermochte etwas auszurichten gegen die Übermacht der wütenden Masse. Nur mit größter Mühe konnte der Kapitän zwei Nubier schützen und von den Matrosen abführen lassen. Sie wurden direkt auf das Schiff gebracht und dort in Ketten gelegt.

Sigismund und Alexandra standen wie gelähmt vor der Szenerie. Der eine konnte die schnelle Wendung der Ereignisse nicht fassen, die andere war erschüttert von der verheerenden Wirkung ihrer Worte. Der Gefängnisbrand griff auf andere Häuser über, und bald drohte ein riesiges Feuer die Ansiedlung zu zerstören. Da fielen Sigismund die Verwundeten in der Kapelle ein. Sie mussten unbedingt gerettet werden! Er brüllte, so laut er konnte, und rannte mit einigen Getreuen zu dem kleinen Kirchlein. Carolina hatte bereits damit begonnen, die Kranken ins Freie zu bringen, konnte aber die Liegenden nicht transportieren. Der Ritter von Kugelstein und seine Männer beeilten sich, alle aus den Mauern zu schaffen. Sigismund war erschüttert von dem Anblick Hugolins, der aschfahl im Gesicht mehr an einen Toten erinnerte als an einen Lebendigen. Er blieb bei seinem Freund und ließ den Brand wüten, der von Dach zu Dach gefräßig um sich griff. Es war ihm beinahe gleichgültig, was jetzt um ihn herum geschah, denn sein Freund lag offensichtlich im Sterben. Der Ritter fiel auf die Knie und weinte mit dem Gesicht auf dem harten Felsboden. Da spürte er plötzlich, dass Hugolin seinen Arm drückte. Tränen der Verzweiflung mischten sich mit Tränen der Freude, Sigismund fasste Hugolins Hand und rief: „Komm zurück, lieber Freund, komm zurück!" Hugolins Hand klammerte sich um Sigismunds Finger, doch langsam ließ ihr Druck wieder nach. War dies das letzte Lebenszeichen gewesen?

Rund um den Hafen standen die meisten Häuser in Flammen. Manche stürzten ein. Die vielen Menschen, die nicht wussten, wo sie mit ihren erbärmlichen Löschversuchen beginnen sollten, rannten wild durcheinander und drängten schließlich zum Wasser, da sie sich selbst in großer Lebensgefahr sahen. Da aber drehte endlich der Wind. Die Flammen wurden etwas schwächer. Man vernahm die Stimme des Priesters, der das Kyrie Eleison anstimmte, und bald schlossen sich viele Stimmen zusammen, um Gottes Erbarmen anzurufen.

Sigismund aber vermochte nicht zu beten. Er spürte eine unglaubliche Leere in seinem Innern. Carolina, die sich um andere Verwundete kümmern musste, erfasste die schlimme Lage und trat herzu. Auch sie fand keine Worte mehr, um das Elend zu beschreiben. Aber nun kamen wenigstens einige Männer, die etwas von Heilkunst verstanden. Ihr ältester, Dimitrios, kniete neben Hugolin nieder und untersuchte ihn. „Äußerlich ist er kaum verletzt", sagte Dimitrios nach einiger Zeit, „aber die Wunde am Ohr könnte Schlimmes bedeuten!" Für Sigismund war es unvorstellbar, dass eine Verletzung des Ohrläppchens, denn danach sah es aus, von größerer Bedeutung sein könnte. Aber der alte Mann legte seine Stirn in Falten und sagte: „Es gibt eine besondere Kampfmethode, bei welcher ein Eisen durch das Ohr ins Gehirn gestochen wird. Wer so getroffen wird, blutet äußerlich kaum, aber lebt nicht mehr lange." Carolina und Sigismund erstarrten. Nein! Nein! Das durfte nicht sein! Nicht Hugolin! Dimitrios nahm das Wort wieder auf: „Wir brauchen Geduld, vielleicht wird der Mann noch überleben. Sorgt dafür, dass er weder Hitze noch Kälte ausgesetzt ist, kühlt seine Stirn und flößt ihm Wasser ein. Der innere Kampf, der hier geführt werden muss, ist stark wie das Feuer, das uns umgibt."

Die Worte Dimitrios' ließen ein klein wenig Hoffnung für Hugolin. Der Vergleich mit dem Feuer war dennoch schrecklich, denn die Ansiedlung zeigte einen jämmerlichen Anblick. Sollte Hugolin, wenn er überlebte, ein Krüppel sein? Carolina ließ diesen Gedanken nicht zu. „Wir müssen den besten Arzt finden, den es gibt!", sagte sie mit fester Stimme und richtete ihren Blick auf Dimitrios. „Was weißt du über die Ärzte der benachbarten Inseln?" Dimitrios lächelte: „Edle Frau. Ohne übertreiben zu wollen: Der beste Arzt weit und breit steht hier. Das bin ich!" Hugolins Frau wurde bewusst, dass sie den Inselarzt möglicherweise beleidigt hatte. „Dimitrios, entschuldige bitte, sag, wo hast du deine Kunst erlernt?" Der alte Mann antwortete: „Auf dieser Insel kann man einiges über die Heilkunst lernen. Die Frauen und die Alten wissen sehr viel über die Wirkung der Kräuter, und es gibt eine Quelle, deren Wasser Schmerzen lindert. Aber wir haben keine Erfahrung mit Kriegswunden, allenfalls mit Verbrennungen und Knochenbrüchen. Auf Kreta wird man damit umgehen können, denke ich." Carolina dankte für die Auskünfte, gab sich damit aber nicht zufrieden. „Was weißt du noch?", erkundigte sie sich. Dimitrios blickte Carolina nachdenklich an. „Nun, man sagt, es gäbe eine Stadt, in der die Heilkunst seit Jahrhunderten gepflegt und weitergegeben wird. Allerdings hat der Kaiser von Konstantinopel die Ausübung dieser Kunst verboten, denn er vermutete, es seien heidnische Kräfte, mit denen dort gearbeitet wird." „Heidnische Kräfte?", fragte Carolina nach. „Der Ort heißt Epidauros. Er liegt an der Küste im Westen. In den alten Zeiten wurden dort heidnische Götter verehrt, und es gab ein riesiges Theater. Menschen aus dem ganzen Reich kamen dorthin, um in heiligen Quellen zu baden und sich von Ärzten behandeln zu lassen. Manche sagen, der Ort sei heute tot, andere behaupten, dort gäbe es noch immer die besten Ärzte des Erdkreises."

Tief in ihrem Innern spürte Carolina, dass sie Hugolin an diesen Ort bringen musste, aber es war bestimmt nicht einfach, dorthin zu gelangen. Konnte sie den Kapitän überzeugen, einen vielleicht großen Umweg zu wagen? Und wie sollte man den Kranken an Bord bringen und dort mit frischem Wasser versorgen? Sie wandte sich an Sigismund: „Lieber Freund, was denkst du, können wir Hugolin nach Epidauros bringen?" Der Ritter runzelte die Stirn und antwortete: „Wir wissen noch nicht einmal, ob wir dort überhaupt einen Arzt antreffen. Vielleicht sollten wir lieber nach Konstantinopel zurückkehren." Carolina schickte nach dem Kapitän, um dessen Meinung zu erfahren. Als dieser rußgeschwärzt erschien, musste auch er mit den Tränen kämpfen, Hugolin in solch traurigem Zustand vor sich liegen zu sehen. Stavros hatte von Epidauros gehört und willigte ein, dorthin zu reisen.

An eine schnelle Abreise war noch nicht zu denken. Die Häuser rings um den Hafen rauchten, aus den Mauern drangen merkwürdige Geräusche. Unter Quietschen und Ächzen brachen Decken, Stützen und Mauern ein. Immer wieder flammte ein Brandherd auf. Wegen der Dunkelheit, die mittlerweile eingetreten war, konnte man den Schaden nicht richtig abschätzen. Die Menschen kauerten sich unter den Platanen zusammen und versuchten, ein wenig zu schlafen, oder sie unterhielten sich über das Vorgefallene und blickten ratlos in die Nacht.

Am nächsten Morgen begab sich eine Abordnung zur Nubier-Höhle, um die dort lagernden Habseligkeiten zu untersuchen. Andere versuchten, den Zustand der Häuser einzuschätzen und die Gassen von Schutt zu befreien. Die Verwundeten waren in schlechtem Zustand und brauchten dringend eine schützende Unterkunft, welche in einem Weinkeller gefunden wurde. Es stellte sich heraus, dass in der Höhle große Mengen fremdländischer Gewürze, sogar Gold und Silber lagerten. Das Volk fasste neue Hoffnung, dass man den erlittenen Schaden werde ausgleichen können, und die Ältesten berieten sich mit dem Kapitän, wie die wertvollen Güter aufzuteilen seien. Die Verteilung sollte nicht nur gerecht sein, sondern auch vor übertriebener Habsucht schützen. Die Inselbewohner waren es nicht gewohnt, mit Reichtümern umzugehen. Außerdem stammte all dies aus verbrecherischen Beutezügen. Daher schlugen einige Älteste vor, man solle mit einem Teil des Goldes den Bau einer Kirche bezahlen. Außerdem wäre es gut, den Hafen wieder von Sand zu befreien und ein großes Fährschiff, das der ganzen Inselgemeinschaft zur Verfügung stehen solle, zu erwerben. Auf diese Weise würden die Reichtümer sinnvoll eingesetzt, und es bliebe noch genug für jeden einzelnen, dass er sein Haus wiederaufbauen oder verbessern könne. Auch der Kapitän und seine Leute sollten einen stattlichen Anteil erhalten, insbesondere Carolina, die für die Behandlung der Ärzte sicherlich Kosten zu tragen hätte.

Unter den Menschen verbreitete sich wieder Hoffnung. Nach all der Zerstörung und dem furchtbaren Blutvergießen war jeder froh, etwas zum Aufbau beitragen zu können. Der Priester freute sich über den Plan, eine neue Kirche zu errichten, und dachte darüber nach, wie er die schweren seelischen Belastungen behandeln könne, die bei seiner Gemeinde durch Gefangenschaft, Mord und Feuersbrunst entstanden waren. Die Matrosen wollten nichts lieber, als bald wieder in See zu stechen. Nur Carolina und Sigismund wirkten gedrückt, denn sie dachten an das Schicksal Hugolins.

Ж

Der Ritter von Kugelstein wurde noch von einer anderen Qual bedrängt. Er musste unaufhörlich an Alexandra denken und fühlte den Wunsch, sie mit sich zu führen. Aber so mutig er im Kampf war: Dieser Frau sein Herz zu offenbaren, überstieg seine Fähigkeiten. Wäre Hugolin gesund, so könnte er an seiner statt um die schöne Frau werben, aber das ging nun einmal nicht. Carolina vorzuschicken war undenkbar, es musste ein Mann sein. Da bat Sigismund den Kapitän um Hilfe. Dieser blickte ihn überrascht an. Welche Gefühlszustände hatte man in den vergangenen Stunden und Tagen beobachten und selbst durchleben müssen! Aber wer hätte an zarte Liebe gedacht? „Du bist ein außergewöhnlicher Mensch!", sagte Stavros zu Sigismund. „Und deshalb will ich dir diesen Gefallen erweisen.

Aber wisse, dass nicht jede Frau begeistert ist, wenn ein Stellvertreter um sie wirbt." „Ich weiß", antwortete der Ritter von Kugelstein, „Alexandra wird dies ganz und gar nicht gefallen, aber ich kann ihr unmöglich meine Liebe gestehen, wenn wir uns Auge in Auge gegenüberstehen. Das ist undenkbar." „Wieso?", erkundigte sich der Kapitän. „Es ist ganz einfach. Im schlimmsten Falle sagt sie nein, und du musst ohne sie weitersegeln. Das wäre nicht schön, aber keine Schande. Ich glaube allerdings nicht, dass sie nein sagt." Sigismund wurde hellhörig: „Warum sollte sie nicht nein sagen?" Stavros lächelte: „Weil du der schönste, ehrlichste und beste unverheiratete Ritter bist, den es auf dieser Insel gibt. Die Wahrscheinlichkeit, dass demnächst ein besserer vorbeikommt, ist recht gering." Der Ritter von Kugelstein musste lachen: „Ich zähle nur einen einzigen unverheirateten Ritter auf dieser Insel. Man könnte ebenso sagen, ich wäre der hässlichste, verlogenste und schlechteste unverheiratete Ritter, der auf diesem Boden steht." Der Kapitän erwiderte: „So könnte man die Sache auch betrachten, aber da müsste man schon ein sehr böses Herz haben. Ich denke, du darfst Alexandra ein gutes Urteil zutrauen!"

In diesem Moment trat die schöne Alexandra selbst zu den beiden und erkundigte sich nach dem Wohlergehen Ritter Hugolins. Sigismund, der zuvor beobachtet hatte, wie sie mit Carolina über Hugolin gesprochen hatte, wusste sofort, dass diese Frage nur ein Vorwand war, um miteinander ins Gespräch zu kommen. Der Kapitän schätzte die Lage ebenso ein und erwiderte: „Alexandra, über Hugolins Zustand weiß Ritter Sigismund besser Bescheid als ich, daher solltest du mit ihm sprechen. Und – wenn ich das noch bemerken darf – sprich nicht zu lange mit dem Ritter, denn er ist der beste Mann weit und breit, und ich benötige ihn dringend als Ratgeber und Helfer!"

Der Ritter von Kugelstein errötete, als er in Alexandras Anwesenheit so sehr gelobt wurde. „Habt Ihr mir etwas zu sagen, Ritter Sigismund?", erkundigte sich Alexandra forsch.

„Ja, liebes Fräulein, eigentlich hätte ich etwas zu fragen, aber ich komme mir dabei merkwürdig vor." „Merkwürdig, wieso merkwürdig?", wollte sie wissen. „Die Angelegenheit, um die es geht, hat nichts mit all den Dingen zu tun, die ich in den vergangenen Wochen getan habe." Alexandra lächelte: „Du meinst doch nicht etwa das Waschen?" Der Ritter von Kugelstein klopfte sein Gewand gerade. „Nein, etwas ganz anderes. Alexandra, wie wäre es, also, könntest du dir vielleicht vorstellen ..." Die schöne Frau blickte Sigismund freundlich auffordernd an: „Nun sag es schon!" Der Ritter suchte noch immer nach den rechten Worten: „Also, liebe Alexandra, … möchtest du meine Frau werden?" Alexandra sprang einen Schritt zurück. „Nein!", gab sie kurz von sich, dann aber trat wieder ein Lächeln auf ihre Lippen: „Ich möchte es nicht nur, ich will es sogar!" Sigismund strahlte vor Glück. Er ergriff ihre Hand und küsste sie. Da zog Alexandra ihn an sich, umarmte und küsste ihn leidenschaftlich.

All dies geschah auf dem Platz, auf dem sich viele Menschen befanden. Sie drehten sich erstaunt nach dem Liebespaar um, denn man war nicht gewohnt, Zeuge öffentlicher Liebkosungen zu sein, schon gar nicht bei zwei Menschen, von denen man nicht wusste, dass sie ein Paar waren. Aber da rief einer: „Hoch lebe Alexandra, hoch lebe Sigismund!" Jubel brach aus. Carolina eilte herbei und beglückwünschte die beiden. Obwohl Alexandra eine so furchtbare Zeit hinter sich hatte, strahlten ihre entschlossenen Augen braun und schön. Das lange, dunkle Haar bedeckte ihre sanften Schultern.

Noch am selben Tag wollten die beiden Verlobung feiern. Am liebsten hätten sie geheiratet, aber Hugolin musste bald von der Insel gebracht werden, und die Ansiedlung, einschließlich der Kirche, befand sich einem furchterregenden Zustand. Die Verlobung feierte man in einem Pinienwald nahe dem Meeresufer. Der Priester sprach einen Segen. Matrosen, Fischer und Hirten musizierten gemeinsam zur Ehre des frisch verlobten Paares. Sigismund fühlte sich wie der glücklichste

Mann, der jemals auf Erden gelebt hatte, und Alexandra, die noch vor kurzem in einer finsteren Höhle ihr Dasein gefristet hatte, sehnte sich nach einer lichterfüllten Zukunft an der Seite des stattlichen Ritters.

Ж

Der Abschied von der Insel rückte näher. Die Verwundeten, von denen es einigen wieder besser ging, wurden an Bord gebracht, Wasser und andere Vorräte geladen. Alexandra empfand Wehmut, aber da ihre Eltern nicht mehr lebten und sie keine Geschwister hatte, wusste sie, dass dieser Abschied sie vielleicht von einem sehr dunklen Kapitel ihrer Lebensgeschichte befreien würde. Alle Inselbewohner wünschten ihr Glück, die Frauen umarmten und küssten sie.

Kapitän Stavros musste die Aufgaben in der Mannschaft neu ordnen und verteilen. Nur wenige Matrosen waren voll einsatzfähig, und man benötigte Helfer, um die Kranken zu versorgen. Glücklicherweise herrschten günstige Winde, und im Meer, das vor ihnen lag, gab es keine gefährlichen Felsenriffe oder Strömungen. Alexandra und Sigismund saßen eng umschlungen im vorderen Teil des Schiffes und freuten sich an ihrem neu gewonnenen Glück. Hugolin gab hin und wieder ein kleines Lebenszeichen von sich, und man flößte ihm immer wieder etwas Flüssigkeit ein, das er schluckte. Für Carolina waren dies klare Beweise des Lebenswillens, und sie wich nicht von der Seite ihres Mannes.

Die Schiffe, denen man bisweilen begegnete, waren friedlich gesinnt, und so erreichte man ohne Zwischenfälle die Küste vor Epidauros. Der weitere Weg musste an Land zurückgelegt werden. Stavros schickte seine besten Männer mit Sigismund und den beiden Frauen. Auch Zentaurus begleitete den Zug des kranken Hugolin. Das Pferd schien sichtlich traurig zu sein über die Verfassung seines Herrn und leckte ihm bisweilen die Hand.

Epidauros zu finden war schwieriger, als man es sich vorgestellt hatte. Die Straße, die einst dorthin geführt hatte, war zugewachsen. Mit dem Karren, auf dem Hugolin transportiert wurde, kam man nur schwer voran. Der Kranke war auf Kissen und Decken gebettet worden, um die Erschütterungen abzufedern, die der schwierige Weg mit sich brachte. Müde und matt erreichte man schließlich die Ansiedlung, die mehr aus Ruinen als aus brauchbaren Häusern bestand. Eine Unterkunft zu finden war schwierig, und so übernachtete man in den Mauern des riesenhaften Theaters, das seit seiner Bauzeit seine Größe bewahrt hatte und majestätisch über den sanften Hügeln und Tälern thronte.

Sigismund erkundigte sich überall, ob jemand etwas über die berühmten Ärzte wisse, die hier seit Jahrhunderten ihre Heilkunst vollbrachten. Aber niemand wollte davon gehört haben. Ein alter Mann erklärte ihm: „Fremder, wenn du in die Kirche gehst, brauchst du solche Ärzte nicht!" Der Ritter war der Verzweiflung nahe. Niedergeschlagen berichtete er Alexandra und Carolina von der schwierigen Suche. Gerne nahm er das Angebot der Frauen an, dass sie sich auf den Weg machen wollten. Ihnen fiel es wahrscheinlich leichter, das Vertrauen der hier lebenden Menschen zu gewinnen.

Die beiden Frauen setzten sich an einen Brunnen und warteten, bis jemand vorüber kam. Es dauerte nicht lange, da erschien eine Frau, die Wasser schöpfen wollte. „Gute Frau", begann Alexandra, „du kannst uns nicht zufällig sagen, wo wir jemanden finden, der unsere Schmerzen behandeln kann?" Die Frau blickte sie prüfend an. „Was für Schmerzen habt ihr?", wollte sie wissen. „Innere und äußere", erwiderte Alexandra. „Innere, weil unsere Liebsten von Leid gepeinigt sind. Äußere, weil eine weite Reise hinter uns liegt und Gefahren unsere Gesundheit angegriffen haben. Meine Freundin, Carolina, kommt weit aus dem Norden. Ihr Mann liegt schwer verwundet darnieder." Die Griechin antwortete: „Ich heiße Ioanna und kann euch vielleicht weiterhelfen. Da ihr viele Gefahren hinter euch habt, werdet ihr verstehen, dass ihr nicht andere in Gefahr bringen dürft?" Alexandra erwiderte: „Wir suchen nichts anderes als Heilung und wünschen nicht, dass irgendjemand in Gefahr gerät, sei er Christ oder Moslem oder welchen Glaubens auch immer." Die Griechin entgegnete: „In der Heilkunst darf man keine Unterschiede machen. Heilkunst gründet auf Menschenfreundlichkeit, und diese Menschenfreundlichkeit gilt allen." Alexandra nickte.

Ioanna verlangte danach, den Kranken zu sehen. Als sie die Lagerstätte im antiken Theater erreichten, wurden sie von Sigismund hoffnungsvoll begrüßt: „Bist du eine der heilkundigen Frauen?", wollte er wissen. Ioanna antwortete zurückhaltend: „Nein, ich verstehe nichts von der Heilkunst. Ich will mir nur einmal den Kranken ansehen." Sigismund war enttäuscht, aber er führte Ioanna zu seinem Freund, welcher im Schatten lag und sich nicht regte. Die Griechin tastete über Stirn, Hals und Brust, kauerte sich zu Boden und sprach schließlich: „Ihr müsst den Mann so schnell wie möglich zu den heilkundigen Frauen bringen." Alexandra fragte: „Also bist du doch eine Heilkundige?" Ioanna zuckte mit den Schultern: „Das tut jetzt nichts zur Sache. Aber ich weiß, wo man den Kranken hinbringen muss!"

Ioanna ging voraus, es folgten die beiden Frauen, Sigismund und einige Männer mit der Bahre Hugolins. Sie durchquerten einen Olivenhain und gelangten zu einem Gehöft, in dem sich mehrere Frauen aufhielten. Ioanna bat ihr Gefolge, in gebührendem Abstand zu warten und ging zum Haupthaus. Einige Zeit später kehrte sie mit einer älteren Frau zurück. Sie trug den Namen Zoí. Mit gerunzelter Stirn begrüßte sie die Fremden und wandte sich Hugolins Bahre zu. Zoí betastete den Ritter, ähnlich wie es Ioanna getan hatte, dann blickte sie zu Boden und schloss die Augen. Niemand wagte zu sprechen. Es vergingen quälend lange Momente, dann öffnete Zoí ihre Augen wieder und blickte Carolina traurig an: „Du bist die Frau dieses Mannes?" „Ja", erwiderte Carolina mit schmerzerfülltem Gesicht. Zoí fuhr fort: „Er hat eine lange Reise angetreten, auf der wir ihn nicht aufhalten dürfen, so schmerzlich es auch ist. Er wird seinen Körper verlassen. Die Verletzung ist zu stark und blieb zu lange unbehandelt. Jetzt können wir nur noch beten, alles andere hat keinen Sinn mehr. Bereite dich auf den Abschied vor."

Diese Worte trafen Carolina wie ein Blitz. Sie bäumte sich auf und rief: „Wie kannst du so etwas sagen? Hugolin, mein Hugolin möchte leben, und er soll leben! Wie kannst du wissen, dass er seinen Körper verlassen möchte?" Zoí blickte Carolina verständnisvoll an: „Ich würde dir gerne recht geben, aber ich weiß, dass es anders ist." „Woher?", fauchte Carolina. „Woher kannst du so etwas wissen? Es ist verrücktes Gerede!" Nun schaltete sich Ioanna ein: „Carolina, bitte, Zoí redet nicht verrückt. Sie hat einen Grund, so zu sprechen." Carolinas Augen funkelten zornig, als sie erwiderte: „Dann möchte ich diesen Grund erfahren!" „Ich werde dir alles erklären", sagte Zoí, „aber ob du mit meinen Erklärungen zufrieden sein wirst, bezweifle ich." Zoí legte ihre Hände auf die Augen, seufzte und sprach: „Wenn ein großer Mensch stirbt, wenn eine große Seele den Körper verlässt, dann gibt es viele Zeichen in der Natur. Es kann ein lautes Gewitter sein, ein Blitz zerschlägt einen Baum. Es kann aber auch das leise Flüstern der Bäume sein, die uns oder der aufbrechenden Seele etwas zuraunen wollen." Carolina stand fassungslos, mit offenem Mund da. „Bäume? Flüstern?", gab sie von sich. „Ja", bestätigte Zoí, „so kann man es nennen, und wer empfänglich dafür ist, hört es. Es gibt auch andere Zeichen. Tiere beispielsweise bemerken es, wenn jemand stirbt. Und als ich in diesen Mann hineinlauschte, da hörte ich den Ruf des Falken. Ein Gefühl stellte sich ein, als würde ich fliegen. Das ist ein sicheres Anzeichen des nahen Todes. Die Seele macht sich bereit, hinwegzufliegen wie ein Falke. Und wenn du all dies nicht glaubst, dann fühle seine Stirn, seine Hände und seine Füße: Sie sind kalt und kühlen weiter ab, die Lippen werden blau. So stirbt ein Mensch."

Carolina wandte sich zu Sigismund und sprach mit bebender Stimme: „Bitte, lieber Freund, sag, dass das nicht wahr ist! Ich habe den größten Fehler meines Lebens begangen, als ich vorschlug, Hugolin nach Epidauros zu bringen. Man kann oder will ihm hier nicht helfen." Der Ritter kämpfte gegen Tränen, kniete neben seinem Freund nieder und fühlte seine Stirn, seine Hände und Füße. Dann brachen die Tränen aus ihm hervor. Carolina fiel ebenfalls auf die Knie, fasste Hugolins Hand und rief: „Komm zurück, mein lieber Ehemann, komm zurück! Lass mich nicht alleine in dieser Welt!" Zoí, Ioanna und einige andere Frauen wurden Zeuginnen der traurig-wütenden Verzweiflung, die Carolina ergriffen hatte. Sie ließ nicht nach mit ihrem Flehen, bis sie über der Brust Hugolins zusammensank und nur noch weinte. Ioanna legte ihren Arm um Carolinas Schulter und versuchte, sie zu trösten. Mit ihren Augen suchte sie Zoís Blick, als wollte sie die Alte bitten, doch noch etwas für Hugolin zu tun. Diese gab schließlich Anweisung, Hugolin ins Haus zu bringen und dort aufzubahren.

Ж

So aussichtslos Hugolins Lage war und so unsicher die Heilkunst der Frauen wirkte, immerhin hatte man das Vertrauen der Heilkundigen erlangt. Nun konnte man die anderen Verletzten vom Schiff bringen, deren Behandlung mehr Hoffnung hatte. Auf dem Schiff fanden Kapitän und Mannschaft genügend Zeit, um Reparaturen durchzuführen, die Ladung zu sortieren und sich ein wenig zu erholen. Nun war auch Zeit, die beiden gefangenen Nubier zu vernehmen. Stavros empfand Widerwillen, als er mit dem arabischen Übersetzer in den Schiffsbauch hinabstieg, um sich die beiden vorzuknöpfen. Sie lagen in ihren Ketten und blickten kaum auf, als sich der Kapitän näherte. Dieser brüllte sie an: „Habt ihr keinen Anstand? Wisst ihr nicht, wie man einen Kapitän begrüßt?" Sie verstanden die Worte nicht, aber der Übersetzer befahl ihnen, sich auf die Knie zu werfen. Das taten sie sofort. Nun lehnte sich Stavros an die Bordwand und fing an, Fragen zu stellen, stets die Dienste des Übersetzers nutzend. Er erkundigte sich nach Herkunft, Ausbildung und Absichten. Die Nubier, Said und Omar mit Namen, antworteten einsilbig. Aber der Übersetzer machte ihnen klar, dass dies keine Vernehmung sei, auf die eine Hinrichtung folgen werde, sondern dass sie vielleicht Gelegenheit hätten, ihr eigenes Schicksal zur Sprache zu bringen.

Der Ältere von ihnen, Said, begann daher zu erzählen: „Wir stammen vom Oberlauf des Nils, aus Nubien, südlich von Ägypten. Unsere Familien leben in Dörfern, das Leben dort ist hart. Unsere Vorfahren waren Christen, aber als Muslim hat man bessere Lebensbedingungen. Eines Tages kamen Soldaten des Sultans von Kairo und boten uns an, Elitesoldaten zu werden. Wir würden eine gute Ausbildung erhalten und so viel Sold, dass wir unseren Familien davon abgeben könnten. Dieses Angebot war sehr verlockend, daher gingen wir mit den Soldaten. In Kairo wurden wir ausgebildet. Wir lernten die besten Kampftechniken, aber der Sold war schlecht. Wir konnten unseren Familien keine Münzen schicken. Boten aus den Dörfern fragten bei uns nach, und unsere Familien glaubten nicht, dass wir so wenig Sold erhielten. Sie dachten, wir wollten nichts mehr von ihnen wissen. Zur Zeit der Ernte konnten wir nicht helfen, und so ging es den Familien und den Dörfern schlechter als zuvor. Eines Tages wechselte unser Befehlshaber. Der neue Befehlshaber war ein besonders harter Mann, der mit Stock und Peitsche regierte. Wir wurden häufig geschlagen, obwohl wir stets gehorsam und tüchtig waren. Deshalb entstanden in unseren Reihen sehr viel Ärger und Wut. Wir entschieden uns, bei einer günstigen Gelegenheit die Flucht zu wagen. Da wir wussten, dass wir als untreue Soldaten mit dem Tode bestraft würden, flohen wir aus dem Machtbereich des Sultans. Wir fanden eine kleine Insel, die wie geschaffen war für unsere Pläne."

Der Kapitän knurrte: „Was für Pläne denn? Raub und Mord?" Der Nubier senkte den Kopf und antwortete: „Der Kapitän hat recht, wenn er uns als Räuber und Mörder bezeichnet. Wir wissen auch, dass wir den Tod verdient haben, sowohl nach dem Recht des Sultans als auch nach dem Recht des Kaisers. Aber als wir zur Insel kamen, wollten wir keine Verbrechen begehen, sondern uns einige Zeit versteckt halten, bevor wir vielleicht wieder in unsere Dörfer nach Nubien zurückkehren könnten. Unser Glaube verbietet uns, aus niedrigen Gründen Blut zu vergießen. Wir haben gottlos gehandelt und wissen es. Wie ist es dazu gekommen? Als wir in den Hafen der Insel einfuhren, blieb unser Schiff plötzlich stecken. Der Hafen war versandet. Die Inselbewohner zögerten, uns zu Hilfe zu kommen. Offensichtlich hielten sie uns für Piraten und hatten Angst vor uns. Außerdem waren es fast nur alte Männer. Man sah keine jungen Menschen und keine Frauen."

Kapitän Stavros erinnerte sich an die Erzählungen der Inselbewohner, wie sie mit Piratenüberfällen umzugehen pflegten. Der Nubier mochte also Recht haben. Er erzählte weiter: „Die alten Männer verstanden unsere Sprache nicht, aber sie boten uns Lebensmittel und Wein an. Da wir hungrig und durstig waren, nahmen wir die Geschenke gerne an. Auch der Wein war für uns eine große Verlockung. Wie man weiß, trinken Muslime normalerweise keine berauschenden Getränke. Zwar befolgen nicht alle dieses Gebot, aber die Soldaten in Kairo müssen sich streng daran halten. Wir tranken zum ersten Mal in unserem Leben Wein, und die Wirkung dieses Getränks war furchtbar. Ich erkannte meine eigenen Kameraden nicht mehr. Sie schrien, torkelten herum und begannen, sich zu prügeln. Die alten Männer, die sich ängstlich zurückziehen wollten, wurden zur Zielscheibe roher Gewalt. Als die Schlägerei immer schlimmer wurde, kamen junge Männer aus den Gassen und versuchten, die Alten zu verteidigen. Unsere Leute aber griffen zu ihren Waffen, und es entstand ein furchtbares Gemetzel. Irgendwann war es vorbei, aber die Inselbewohner und wir waren zu Feinden geworden. Unser Schiff steckte fest, wir konnten nicht weg, und die meisten wollten es auch nicht. Manche hatten Grund, Rache zu verlangen. Andere waren, nachdem sie so viel Gewalt geübt hatten, nicht mehr in der Lage, an Frieden zu denken. Ein Mensch, der seine Überzeugungen verraten hat und nicht mehr zurückkehren kann zu seinen Ursprüngen, wird manchmal zu einer Bestie. Wir hatten so oft gegen unser Wissen, gegen unsere Überzeugung und gegen unseren Glauben handeln müssen, dass wir innerlich gebrochen waren. Ein Mord mehr oder weniger schien keinen Unterschied mehr zu bedeuten. So wurden alle Inselbewohner gefangen genommen oder getötet. Als friedliche Fischer und Bauern konnten sie unserer Kampfkunst nichts entgegensetzen."

Stavros war erschüttert, als er sich die Katastrophe vorstellte, die auf der schönen Insel zugetragen hatte. Er hörte wortlos weiter zu. „Bald schon hatten wir keine Vorräte mehr. Wir waren auch nicht in der Lage, die Pflanzen anzubauen und zu ernten, die man am Nil kennt. Die Fischerei brachte wenig ein, wahrscheinlich benahmen wir uns sehr ungeschickt. Eines Tages steuerte ein Schiff den Inselhafen an und blieb, so wie wir vorher, im Sand stecken. Die Mannschaft brachte viel Ladung von Bord und zog das Schiff zurück ins offene Meer. Als sie versuchten, die Ladung wieder zurückzuholen, verjagten wir sie mit Kampfgetöse und bemächtigten uns der Güter. So geschah es immer wieder, und mit der Zeit hatten wir einen großen Vorrat in der Höhle angelegt. Wir bevorzugten das Leben in der Höhle, da wir uns vor Spähern des Sultans fürchteten und keinen Zusammenstoß mit Piraten erleben wollten. Mit jedem Überfall gewöhnten wir uns mehr an den starken Wein, und unsere Sitten wurden immer roher. Wir waren Gesetzlose. Eines Tages aber kam das Schiff, auf dem wir jetzt angekettet sind. Die weitere Geschichte kennt der Kapitän."

Schweigen trat ein, dann erkundigte sich Stavros: „Du hast von den Sitten und Gebräuchen im Reich des Sultans erzählt. Wie kommt es, dass wir immer nur die schlechte Seite erfahren: Verfolgung, Raub Krieg und Mord? Gebietet euer Glaube nicht, das Leben zu achten? Der christliche Glaube verlangt, sogar den Feind zu lieben!" „Gott ist groß", antwortete der Nubier, „wir Menschen sind schwach. Unsere Sitten und Gebräuche sind streng. Wir achten unsere Eltern, unsere Familien, unser Volk, die Gemeinschaft der Muslime. Wir sollen kein unschuldiges Blut vergießen, Gott und den Menschen Achtung erweisen. Es ist uns verboten, berauschende Getränke zu trinken. Wir fasten viele Tage im Jahr, beten mehrmals am Tag und geben einen Teil unseres Besitzes an die Armen. So ist es Gottes Wille, wie er im Koran aufgeschrieben steht. Im Reich des Sultans leben nicht nur Muslime, sondern auch viele Christen, und es geht ihnen nicht schlecht. Sie zahlen eine Steuer und werden in Frieden gelassen. Auch Juden leben unter der Herrschaft des Sultans. Es sind tüchtige Leute, viele von ihnen erfolgreich und wohlhabend. In den Städten blühen Handel, Baukunst und Wissenschaft. Man kennt die Werke der alten Philosophen, Ärzte und Astronomen. Kairo ist eine wunderschöne Stadt. Märkte und Moscheen, aber auch Kirchen und Klöster gibt es dort. Der fruchtbare Nil fließt an der Stadt vorüber und teilt sich dann in die Arme des Flussdeltas. In der Nähe Kairos gibt es sogar Bauwerke der Pharaonen, die gewaltigen Pyramiden. Es wäre unrecht, würde man uns Muslime als blutrünstige Barbaren betrachten."

„Wie kommt es dann zu so viel Gewalt?", wollte der Kapitän wissen. Der Nubier antwortete mit einer Gegenfrage: „Warum führen Menschen Kriege?" Nach einer kurzen Pause fuhr er fort: „Haben die Menschen nicht zu allen Zeiten Krieg geführt? Weil sie nicht zufrieden waren mit ihrem Besitz, weil sie Angst hatten vor ihren Nachbarn, weil sie andere zu Feinden erklärten, um sie dann umbringen zu können? Die Christen sprechen von Feindesliebe, aber entweder sieht man nichts davon, oder es ist eine sehr sonderbare Form von Feindesliebe. Die Christen führen ebenso Krieg wie alle anderen Völker. Grausamkeit ist keine Frage, zu welchem Volk man gehört oder welchen Glauben man hat, sondern wie roh die Seele geworden ist. Ich weiß es, denn meine eigene Seele ist roh und gefühllos. Einst war ich ein gehorsamer Sohn meines Vaters, weidete die Kühe und schnitt das Schilfgras, brachte meiner Mutter Jasmin und Früchte, um sie zu erfreuen. Heute müsste ich fürchten, meinen Eltern unter die Augen zu treten. Vielleicht würden sogar sie mich verfluchen, wenn sie meine dunkle Seele erkennen würden."

Der Kapitän war beeindruckt von der Reue, die der Mann entwickelte. Daher dachte er zum ersten Mal daran, den Nubier um Rat zu fragen: „Wir haben einen Freund, Ritter Hugolin, der im Kampf mit euren Männern eine Verletzung am Ohr erlitten hat. Dimitrios, der Inselarzt, befürchtet, man hätte ihm ein Eisen durch das Ohr ins Gehirn geschlagen. Was denkst du darüber?" Der Nubier schwieg einige Zeit, bevor er antwortete: „Vielleicht werde ich den Abend dieses Tages nicht erleben, aber ich muss sagen, dass wahrscheinlich ich derjenige war, der den Ritter auf solche Art verletzte." Der Kapitän sprang auf, als er aus dem Mund des Übersetzers diese Worte hörte. „Du Schuft!", brüllte er. Der Nubier blickte zu Boden: „Ja, ich habe im Kampf versucht, einen Mann mit dem Ohrstich zu töten." Stavros brüllte weiter: „Das wirst du bereuen!" „Ja!", erwiderte der Nubier. „Aber bevor du mich zur Rechenschaft ziehst, höre, ob mein Wissen dem Ritter vielleicht noch hilfreich sein kann." Der Kapitän bezwang seinen Zorn und versuchte, dem Nubier weiter zuzuhören. „Diese Technik verwendet man normalerweise nicht im offenen Kampf, sondern um einen schlafenden Feind zu töten, ohne dass andere die Wunde erkennen. Die Blutung ist innerlich, nur bei sorgfältiger Untersuchung erkennt man, wie der tödliche Stich geführt wurde." Der Kapitän schüttelte sich vor Ekel. Welch widerwärtige Vorstellung und welch feige Vorgehensweise! Aber er unterdrückte seine Abscheu, um den Nubier sprechen zu lassen. „Manche nennen diese Technik 'das tödliche Flüstern des Teufels'. Arabische Kämpfer lehnen es meistens ab, auf diese Weise zu töten. Deshalb wählt man Nubier oder andere aus, die diese niederträchtige Methode ausüben sollen. Ritter Hugolin ging so heftig gegen uns vor, dass jeder um sein Leben fürchten musste. Ich ließ daher mein Schwert fallen, in der Hoffnung, er würde mein Leben schonen, wenn ich unbewaffnet wäre. So geschah es auch, aber in meinem Ärmel befand sich das Eisen des Teufels. Als sich der Ritter einem anderen Feind zuwandte, stieß ich ihm von der Seite die Eisenspitze ins Ohr, traf aber offensichtlich nicht genau, und der Ritter schlug mich mit einem einzigen Fausthieb zu Boden."

Der Kapitän schritt unruhig auf und ab. Der Gedanke, sofort Rache zu üben, lag nahe, aber vielleicht konnte der Nubier tatsächlich noch etwas dazu beitragen, Hugolin zu retten. „Was geschieht mit einem Menschen, der auf diese Weise verletzt wird, aber nicht sofort stirbt?" Der Nubier griff sich an die Stirn, die viele Falten zeigte. „Die Chancen zu überleben sind sehr gering. Wenn es innerlich eine Blutung gibt, kommt es auch zu inneren Schwellungen, die auf kurz oder lang tödlich sind. Das verletzte Ohr entzündet sich und zieht hohes Fieber nach sich. Die Schmerzen sind unbeschreiblich." „Nubier!", ergriff nun der Kapitän das Wort. „Du wirst ebenfalls nach Epidauros gehen und dort den Ärzten alles berichten, was du über die Verletzung weißt. Wenn Ritter Hugolin überlebt, soll er über dein Leben entscheiden. Wenn nicht, bist du auf jeden Fall des Todes!" Der Nubier nickte. Die Anweisung des Kapitäns überraschte ihn nicht. Vielmehr hatte er mit Fußtritten und Flüchen oder mit dem Tod gerechnet.

Kapitän Stavros stellte eine Mannschaft zusammen, die die beiden Nubier und den Übersetzer an Land und zu den Ärzten bringen sollte. Dann zog er sich in seine Kajüte zurück und versuchte, innerlich Kraft zu schöpfen, denn das Erzählte brannte in seinem Gemüt wie Feuer.

Ж

Carolina war nicht von Hugolins Seite gewichen. Zusammen mit Sigismund hielt sie Wache und sprach zu dem Kranken. Sie hatte das Gefühl, in ihrer Hand einen dünnen Lebensfaden zu halten. Würde sie von Hugolin weggehen, würde der Faden vielleicht abreißen. Ioanna kam immer wieder vorbei und versuchte, sie zu trösten. Der Ritter von Kugelstein aber wünschte sich, er dürfte etwas tun und müsste nicht untätig zusehen, wie Hugolins Atem flacher wurde. Der Herr von Bärenfels atmete nur noch sehr schwach, manchmal schien die Atmung sogar ganz auszusetzen. Zoí trat herzu, tastete über Hugolins Stirn, Arme und Brust. Dann stimmte sie einen griechischen Trauergesang an, der allen Anwesenden durch Mark und Bein ging. Auch Ioanna wurde von Trauer ergriffen und gab sich ihren Tränen hin. Doch wie durch ein Wunder reckte Hugolin seine Hand nach oben, als wolle er auf etwas zeigen. „Er segnet dich!", rief Ioanna Carolina zu. Diese aber umklammerte und küsste die aufragenden Finger. Nun hob Hugolin auch noch die zweite Hand und legte sie auf Carolinas Haar. Seine Lippen fingen an, sich zu bewegen. Zoí hielt inne: Was ging in dem Sterbenden vor? Kehrte er doch noch einmal zurück ins Leben? War es der Gesang, der seine Lebenskraft zurückgerufen hatte? Zoí, die immer ruhig gewirkt hatte, fast kühl, geriet in helle Aufregung. Sie rief die Frauen herbei und gab ihnen eilig Anweisungen. Hugolin war umringt von Heilkundigen, und Carolina wusste nicht, ob sie weiter weinen oder lachen sollte. Neue Hoffnung durchpulste ihren Körper und ihren Geist. Sie umarmte Alexandra und Sigismund. Zoí aber begann erneut zu singen, nun allerdings ein frohes Lied, und tatsächlich: Das Leben kehrte zu Hugolin zurück.

Als die gefangenen Nubier eintrafen, fanden sie eine sonderbare Gesellschaft vor. Man wollte sie kaum beachten, aber Zoí erkannte bald den Wert ihrer Aussage und befragte sie zum Hergang des Kampfes und zu Hugolins Verletzung. Dann traf sie weitere Anordnungen. Carolina und Alexandra verstanden wenig von dem, was nun geschah, aber sie erkannten, dass die Frauen mit größter Vorsicht zu Werke gingen. Der Körper Hugolins wurde mit klarem Wasser gereinigt, sein Kopf gekühlt, die Ohren behutsam untersucht. Man versuchte, ihm einen Kräutertrank einzuverleiben und bereitete eine Paste vor, die auf das kranke Ohr aufgetragen werden sollte.

Alexandra drängte Carolina, sich ein wenig Schlaf zu gönnen. Aber daran mochte Hugolins Frau nicht denken. Sie blieb bei ihrem Ritter und sprach liebevoll auf ihn ein. Da öffnete Hugolin zum ersten Mal die Augen und blickte sie durchdringend an. Glück und Schmerz erfüllten gleichermaßen ihre Brust. Diese Augen kamen ihr vor wie Sterne mit ihrem klaren Leuchten, aber sie schienen auch unendlich weit entfernt zu sein. Da hörte sie ein Flüstern: „Carolina, was ist mit mir?" Sie versuchte, ihre Tränen zu unterdrücken, als sie antwortete: „Lieber Mann, du wurdest schwer verwundet, aber jetzt bist du in der Obhut heilkundiger Frauen. Man versucht, dich zu retten!" Hugolins Augen blieben in die Ferne gerichtet. „Carolina, ich kann mich kaum bewegen, und mein Ohr schmerzt." Sie wusste nicht, wie sie antworten sollte. „Es wird vorübergehen, Hugolin, es wird vorübergehen. Du hast viele Tage geschlafen und warst weit, weit weg. Jetzt aber bist du wieder da. Hab Geduld, die Kraft deines Körpers ist vielleicht noch in einer fernen Welt, aber sie wird ebenso zurückkehren wie deine Stimme, die ich endlich wieder hören darf."

Alexandra hatte Zoí und Ioanna geweckt, und nun umstanden die Frauen das Krankenlager. Zoí tastete vorsichtig die Haut des Kranken ab. „Es ist fast ein Wunder!", flüsterte sie. „Ritter Hugolin, ich heiße Zoí und habe Kenntnisse der Heilkunst. Versuche zu beschreiben, was du fühlst!" Der Ritter gab flüsternd Auskunft. Das Reden fiel ihm äußerst schwer. Deshalb sprach Zoí nach einiger Zeit: „Hugolin, du darfst dich nicht zu sehr anstrengen. Ich danke dir für deine Worte, nun erhole dich ein wenig! Deine Frau und viele Freunde sind hier. Hab keine Sorge!" Der Ritter schloss die Augen und schien wieder zu schlafen. In den nachfolgenden Stunden öffnete er bisweilen die Lider, sprach aber nicht. Carolina wollte beständig bei ihm bleiben, aber Alexandra drängte, dass sie wenigstens ein paar Stunden schlafen sollte.

Die heilkundigen Frauen taten alles, um die Lage des Kranken zu verbessern. Sie reinigten regelmäßig seine Nase, damit er besser atmen konnte und in der Nacht nicht die kalte Mundluft atmete. Sie träufelten immer wieder eine Essenz in das verletzte Ohr, linderten das Fieber und massierten die Fußsohlen. Endlich, endlich, schien es dem Ritter besser zu gehen. Seine Augäpfel wurden wieder beweglich, er konnte leise sprechen, außerdem Arme und Beine ein wenig bewegen. Das Leben kehrte nun mit Kraft zurück.

Ritter Sigismund, der wie alle anderen Männer nicht lange am Krankenbett geduldet wurde und das Herumstehen nicht aushielt, streifte in der Umgebung umher. Das große Theater hatte er in allen Winkeln erkundet, die Siedlung, den Wald und die Quellen erforscht. Mit Zentaurus ritt er regelmäßig aus und setzte sich manchmal auf eine Hügelkuppe, um ins Land hinauszuschauen und über die Zukunft nachzudenken. Der Sommer war bereits sehr weit fortgeschritten. Sollte er mit Alexandra nach Konstantinopel reisen oder die weitere Fahrt nach Kreta begleiten?

Die verwundeten Matrosen waren wieder bei Kräften, manche vollständig wiederhergestellt. Auch Ritter Hugolin ging es besser. Zwar schmerzte sein Ohr und wirkte manchmal wie taub, aber gemessen an den fürchterlichen Umständen ging es ihm erstaunlich gut. Er wusste sehr wohl, wem er die Rettung aus Todesgefahr zu verdanken hatte, und daher rief er alle seine Freunde und die Heilkundigen zusammen, um einige Worte an sie zu richten.

„Liebe Freunde, ihr alle habt um mein Leben gekämpft: Carolina, Alexandra, Sigismund, der ehrwürdige Kapitän, die Matrosen und die heilkundigen Frauen, die hier stehen. Ich weiß nicht, ob ich es wert bin, dass sich so viele Menschen um mich bemühen. Auch ich habe mich oft für andere eingesetzt, allerdings meistens mit der Waffe, nicht mit Heilkunst. Ich wollte für euch kämpfen, als ich versuchte, den Inselhafen zurückzuerobern. Dieser Kampf war nicht umsonst, aber er hatte einen sehr hohen Preis, und ich muss vor euch allen gestehen, dass ich nicht klug und verantwortungsvoll genug handelte, als ich diese Auseinandersetzung riskierte. Ich war und bin bereit, den Preis dafür zu bezahlen. Aber meine liebe Frau hat unendlichen Kummer damit, und ich bin nicht in der Lage, sie angemessen zu entlohnen. Wenn ich auch mein Leben gäbe, sie hätte nur Verlust. Das habe ich verstanden und werde in Zukunft vorsichtiger sein. Ich werde meine Freunde nie wieder in eine unbedachte Gefahr bringen!" Der Ritter von Kugelstein konnte sich nicht mehr zurückhalten: „Hugolin, versprich nicht zu viel. Es ist gut, dass du lebst. Ich hoffe, dass der Hugolin, der auf der Insel eingeschlafen ist, derselbe ist, der hier wieder erwachte. Bewahre also deinen ritterlichen Mut!" „Gewiss", fuhr Hugolin fort, „und ich danke dir, lieber Sigismund, dass du noch nicht in Konstantinopel bist, sondern hier bei uns. Wie ich sehe, hast du eine wundervolle Frau an deiner Seite, und ich hoffe, es gibt bald eine Hochzeit zu feiern. Lieber Sigismund, den ritterlichen Mut wollen wir nicht aufgeben. Aber der Übermut sei uns fern. Ich war dem Tode nahe, und Gott hat mir das Leben zurückgeschenkt. So möchte ich heute den Nubiern, so frevelhaft sie auch gehandelt haben, das Leben zusprechen und bekunden, dass das Blutvergießen ein Ende haben muss. Die Frauen, die so unermüdlich für die Heilung arbeiten, sollen aus meinem Vermögen reichlich entlohnt werden."

Zoí, die sich sehr über die Worte Hugolins freute, trat hervor und ergriff das Wort: „Edler Ritter Hugolin, wir sorgen gerne für dich. Als du hierhergebracht wurdest, hatten wir Angst, verraten zu werden, denn unsere Kunst, so wichtig sie für die Menschen ist, wird wenig geschätzt. Außerdem behaupten manche, hier in Epidauros würden heidnische Kulte vollzogen. Aber das ist nicht wahr. An diesem Ort gibt es heilsame Kräfte und heilsames Wissen. Wir danken dir für deine Gabe und werden sie nutzen, das Wissen der Heilkunst weiterzugeben, denn es könnte leicht verloren gehen. Gerne würden wir deine Frau, Carolina, bitten, dass sie einiges aufschreibt und an einem fernen Ort aufbewahrt. Auf diese Weise wird das Wissen vielleicht niemals verloren gehen." Auch Carolina dankte den Frauen von Epidauros und wandte sich an die Freunde: „Das Leben, das Hugolin zurückgegeben wurde, ist auch mein Leben. Es gibt noch jemand drittes: ein Kind, das ich trage und das einen Vater braucht. Lieber Hugolin, werde wieder ganz gesund und werde ein glücklicher Vater!" Die Umstehenden gaben Rufe des Erstaunens von sich, beglückwünschten Carolina und Hugolin. Welche Freude herrschte nun! Die Welt erschien plötzlich so glücklich und hell!

Ж

Der Kapitän ließ das Schiff für die Abreise rüsten. Er war ungeduldig, denn die Zeit der Stürme rückte näher. Noch herrschte tagsüber klarer Himmel, aber abends zogen erste Wolken auf, die sich im Licht der untergehenden Sonne leuchtend rot färbten. Dieser Anblick war berauschend schön, kündete aber auch eine Wetterwende an, die auf dem Meer gefährlich werden konnte. Ritter Hugolin erhielt zum Abschied Salben und Essenzen, die der weiteren Heilung dienen sollten. Denn noch immer hatte er Schmerzattacken und gelegentliche Lähmungserscheinungen. Hugolin wollte vor allem mit seiner Frau, die so sehr um sein Leben gekämpft hatte, beisammen sein, und beide freuten sich in Erwartung des gemeinsamen Kindes.

Die Seereise begann ruhig. Nach all den Gefahren, die man hinter sich hatte, herrschte bei manchen fröhliche Gelassenheit, bei anderen misstrauische Unruhe. Ein jeder fühlte anders, wenn er an die Vergangenheit dachte, und jeder zog seine eigenen Schlussfolgerungen. Alle aber fühlten Erleichterung, dass Hugolins Leben gerettet worden war. Sigismund, Alexandra, Carolina und Hugolin saßen häufig beieinander und erzählten vieles. Obwohl Alexandra ihr ganzes Leben nur auf einer einzigen kleinen Insel verbracht hatte, wusste sie darüber sehr viel zu berichten. Sie beschrieb viele verschiedene Inselbewohner mit ihrem Aussehen und ihren Eigenheiten, berichtete vom Fischfang und den Begegnungen mit Piraten. Sigismund bemerkte wohl, dass Alexandras Gedanken nur um ihre Heimat kreisten, und sorgte sich, sie könnte vom Heimweh ergriffen werden.

Der Ritter von Bärenfels aber zog sich immer wieder nachdenklich zurück. Er griff nicht einmal zur Flöte. Die Freunde beobachteten mit Sorge, dass er in sich gekehrt war. Hatte die Krankheit seinen Charakter verändert? Carolina empfand zunehmend Enttäuschung, dass sich Hugolin nicht jeden Tag über ihre Schwangerschaft zu freuen schien. Sollte ein werdender Vater nicht mehr Begeisterung zeigen? Anfangs stellte sie Hugolin Fragen. Der Ritter antwortete, dass er sich über alle Maßen auf das Kind freue, aber er habe Sorgen, denn das Kind werde auf der Reise geboren, nicht in der heimatlichen Burg. Auch Sigismund trat immer wieder zu seinem Freund und versuchte, sein Inneres zu erforschen und ihn aufzumuntern.

Kreta war einige Tagesreisen entfernt, und die ersten Vorboten der Herbststürme setzten ein. Stavros beriet sich immer häufiger mit seinem Steuermann und fragte auch Alexandra um Rat, denn sie kannte die Witterung im ägäischen

Meer. Man musste prüfen, ob es irgendwo einen Hafen gab, in dem man notfalls Schutz suchen könnte, und man übte mit den Matrosen das schnelle Setzen und Einholen der Segel, überprüfte Taue und Ausrüstung. Zu seiner Überraschung erfuhr Sigismund, dass man bei einem Sturm nicht alle Segel einholen dürfe, sonst könnte das Schiff seine Stabilität gänzlich verlieren und nicht mehr gesteuert werden. Großen Wert legte der Kapitän darauf, dass die Ladung festgebunden wurde, denn bei einem Sturm könnte es leicht passieren, dass die ganze Last auf eine Seite rutschte und das Schiff kenterte. Dann aber würden viele ertrinken, denn nicht alle konnten schwimmen. Es war nicht üblich, im Meer zu schwimmen und selbst erfahrene Matrosen übten selten diese Kunst. Aber auch ein Schwimmer hätte bei rauer See kaum Überlebenschancen. Der Sturm und die Wellenberge würden ihn immer wieder unter Wasser drücken, bis er ertrank, oder er würde verdursten, weil das Süßwasser zum Trinken fehlte.

Anders als erwartet trat aber kein Sturm auf, sondern im Gegenteil, der Wind legte sich fast ganz. Es herrschte Flaute. Anfangs war man zufrieden, einige Stunden dahinzudümpeln, aber der Steuermann bemerkte, dass die Strömung das Schiff ganz allmählich vom Kurs abbrachte. Da die Flaute andauerte, blieb nichts anderes übrig, als die Ruder einzusetzen. Dies aber war schwere körperliche Arbeit, und die Matrosen stöhnten bei dieser Aufgabe. Der Kapitän studierte mit dem Steuermann die Seekarten und entschied, dass der nächstliegende Hafen auf Kreta angesteuert werden sollte, Chania an der nordwestlichen Inselseite. Dort sollte es eine venezianische Besatzung geben. Vielleicht würde man dort sogar Schiffe treffen, die ins Heilige Land unterwegs waren.

Hugolin befand sich immer noch in einer niedergeschlagenen Stimmung, und er verstand selbst nicht, woher diese Stimmung kam. Sein Leben war gerettet worden, er sollte Vater werden, Freunde umgaben ihn und sorgten für ihn. Carolina saß neben ihm auf den Schiffsplanken und versuchte erneut, ihren Mann aufzumuntern oder etwas über seine Traurigkeit herauszufinden. „Mein lieber Mann, genießt du die Schiffsreise denn gar nicht? Du musst nichts tun, kannst den ganzen Tag die Wellen und den Himmel beobachten. Vor uns liegt ein Winter, in dem wir uns ausruhen können von den Abenteuern des Sommers. Bald wirst du Vater sein, ist das nicht alles wundervoll?" Der Ritter blickte seine Frau zärtlich an: „Ich danke dir, Carolina, dass du deines Lebens froh bist und mich aufmunterst. Du bist der Himmelsstern meiner Augen, und du hast in Epidauros mein Leben gerettet. Aber weißt du, es ist genau dieses Nichtstun, das auf meiner Seele lastet. Außerdem weiß ich nicht, was mit mir geschah, als ich leblos darniederlag. Es ist ein merkwürdiges Gefühl, ein schwarzes Loch in der Vergangenheit zu fühlen." Carolina war sehr verwundert: „Ich kann dir genau erzählen, was in der Zeit geschah, als du krank warst." Hugolin schüttelte den Kopf. „Das ist es nicht, Carolina, du hast mir erzählt, was alles passiert ist in Epidauros und davor. Ich weiß aber nicht, was in meinem Innern geschehen ist. Ich habe davon kein Bewusstsein."

Carolina blickte auf das weite Meer hinaus. „Hugolin, als du dem Tode nahe warst, sagte Zoí etwas, das mich sehr nachdenklich gestimmt hat. Sie behauptete, sie könne sich in andere Menschen hineinversetzen. Bei dir, so meinte sie, habe sie die Rufe eines Falken gehört und hätte sich gefühlt, als würde sie fliegen." Der Ritter blickte seine Frau erstaunt an: „Ich kenne diesen Traum. Ich hatte ihn schon einmal. Aber ich glaube, es war gar kein Traum, sondern etwas Wirkliches. Was hat Zoí noch gesagt?" Carolina standen Tränen in den Augen, als sie antwortete: „Zoí sagte außerdem, dass die Natur trauert, wenn eine große Seele den Körper verlässt. Sie behauptete, die Bäume würden zu flüstern beginnen. Im Moment des Todes spüre man, dass alles mit allem zusammenhängt. Ich konnte es nicht glauben, überhaupt habe ich Zoí am Anfang nicht vertraut. Aber vielleicht hatte sie Recht. Du warst dem Tode so nahe, dass sogar die Bäume davon ergriffen waren." Hugolin fragte weiter: „Was hat mich zurückgebracht?" Carolina brachte unter Schluchzen hervor: „Manche Frauen sagen, es war Zoís Gesang. Vielleicht hörtest du auch auf meine Stimme, denn ich habe unablässig gefleht, du mögest die Schwelle zum Jenseits nicht überschreiten."

Es herrschte ein langes Schweigen, und Carolina spürte, dass ihr Mann diese Stille brauchte, um die dunkle Vergangenheit zu durchdringen und Licht dorthin zu bringen. Nach längerer Zeit sprach Hugolin: „Jetzt verstehe ich besser, was mir widerfahren ist. Aber, liebe Carolina, mein Leben hat sich verändert. Ich habe immer so gelebt, tatkräftig zu sein und mein Schicksal in die Hand zu nehmen. Jetzt aber weiß ich, dass Tatkraft nicht immer gut ist. Die Art und Weise, wie ich die verlorene Ladung von der Insel zurückholen wollte, war gefährlich und dumm. Mein Vorschlag hat vielen Menschen das Leben gekostet und hätte dich beinahe zur Witwe gemacht. Mein eigener Kampf war nicht ehrlich, denn ich habe einen Mann von hinten getötet." Carolina seufzte und erwiderte: „Hugolin, niemand hat sich auf diesen Kampf gefreut, aber am Ende war er notwendig. Alles hat einen Preis, und wer handelt, kann dabei leicht schuldig werden. Aber auch derjenige, der schlechtem Treiben zuschaut, wird schuldig. Sei nicht bekümmert. Du hast viel Gutes erreicht, hast die Inselbewohner befreit, und Sigismund hat eine Frau gefunden." Hugolin dankte seiner Frau für diese Worte: „Ja, das tröstet mich, aber ich muss trotzdem mein Leben ändern. Es reicht nicht, tatkräftig zu handeln, man muss auch selbstbeherrscht und klug sein. Nur dann hat man das Recht, Verantwortung für andere zu übernehmen." Carolina umarmte Hugolin. Sie machte sich immer noch Sorgen um ihren Mann, fühlte aber zugleich eine innere Ruhe, weil sie nun wusste, was in ihm vorging. Sie hoffte, dass Hugolins Fröhlichkeit bald zurückkehren würde.

Ж

Es dauerte drei Tage, bis endlich wieder Wind aufkam und das Schiff wieder schneller Richtung Kreta vorankam. In der Ferne zeigten sich bald die ersten Berggipfel der gewaltigen Insel. Kapitän, Steuermann und Mannschaft verstärkten ihre Anstrengungen, um das ersehnte Ziel endlich zu erreichen. Vor der Küste zogen Fischerboote und kleine Segler ihre Bahnen. Da löste sich ein venezianischer Schnellsegler aus der Formation und näherte sich dem Schiff des tapferen Stavros. Die Männer auf dem Segler erweckten einen düsteren Eindruck. Ihre Mäntel und Hüte waren ganz in schwarzer Farbe gehalten, entsprechend der venezianischen Sitte. „Ihr da!", rief einer der Schwarzgewandeten. „Woher kommt ihr und wohin geht ihr?" „Aus Konstantinopel kommen wir!", antwortete Stavros. „Dorthin kehren wir auch zurück, nach einem Halt in eurem Hafen." „Du bist der Kapitän und bist ein Grieche, nicht wahr?", kam es zurück. Stavros erwiderte: „Sehr wohl, ein Grieche und ein Römer." Der Venezianer erhob die Arme und sprach: „Ihr dürft hier nicht anlanden, Griechen haben bis auf Weiteres keinen Zutritt. Oder habt ihr einen rechtmäßigen Auftrag vorzuweisen?" Stavros war völlig verdutzt: „Was für einen Auftrag? Seit vielen Jahren fahre ich zwischen Konstantinopel und Kreta hin und her. Ich zahle die Zölle und Steuern, die man von mir verlangt. Wo soll es da ein Problem geben?" „Aufruhr und Krieg!", antwortete der Schwarze. „Die Kreter kämpfen gegen ihren Herrn, den Dogen von Venedig, und Griechenland unterstützt diesen Kampf." Der Kapitän musste sich den Mund zuhalten, um nicht unbedacht etwas Vorwurfsvolles gegen die Herrschaft Venedigs zu äußern. „Das ist ja außergewöhnlich", meinte er schließlich, „aber man kann verstehen, dass Kreter ihre Insel selbst regieren möchten, und für euch Venezianer ist die Politik doch nur eine Belastung. Ihr seid Händler, was also kümmert euch die Herrschaft über die Kreter?" Der Schwarzgewandete spuckte missmutig aus. „Ich habe keine Lust, dir lang und breit die Verhältnisse auf der Insel zu erklären. Ihr könnt hier nicht landen! Und auch sonst nirgendwo auf Kreta – so lange ihr keine Erlaubnis venezianischer Beamten vorzuweisen habt."

Sigismund und Hugolin hatten die Verhandlung sprachlos mitverfolgt. Sie wussten, dass eine Landung auf Kreta unbedingt erforderlich war. Es hätte einige gefährliche Tagesreisen benötigt, um eine andere Insel zu erreichen. Carolina trug ein Kind unter ihrem Herzen, man hatte Kranke an Bord, es fehlte an frischem Wasser und vielem anderen. So trat Sigismund vor und rief: „Ich bin der Herr von Kugelstein und begleite den Herren von Bärenfels, welcher ein Ritter des Kreuzes ist, ihr müsst uns Unterstützung gewähren!" Dem Venezianer wurde das lange Gespräch langsam lästig: „Kugelstein und Bärenfels – wo soll das sein? Habe ich nie gehört. Und Ritter des Kreuzes haben wir genug in der Stadt. Nach der Niederlage in Ägypten sind sie nach Kreta, Zypern, Akkon geflohen. Nichtsnutzig und weinerlich sitzen sie herum. Wir brauchen nicht noch mehr davon!" „Welche Niederlage in Ägypten?", wollte Sigismund wissen. „Ihr habt davon noch nicht gehört?", erwiderte der Venezianer. „Dann kommt ihr wohl nicht aus Konstantinopel, wo man über die Geschehnisse gut unterrichtet sein sollte!" Sigismund entgegnete: „Wir mussten einen Umweg einschlagen, sonst hätten wir in Konstantinopel sicherlich von den Ereignissen erfahren. Was ist geschehen?" „Von Kugelstein!", rief der Schwarze. „Das hier ist keine Ratsherrenrunde, das hier ist die Ansage, dass ihr verschwinden sollt!"

Nun schaltete sich Hugolin ein: „Wir sind nicht mittellos, sondern bezahlen selbstverständlich für unseren Aufenthalt. Im Unterschied zu den besiegten Kämpfern, die aus Ägypten kommen, bringen wir Gold und Ausrüstung mit. Außerdem haben wir wertvolle Informationen von den Handelstätigkeiten genuesischer Kaufleute an den Schwarzmeerküsten und entlang der Donau!" „Genua sei verflucht!", rief der Venezianer. „Aber was wollt ihr wissen, was nicht längst schon bekannt ist?" Hugolin erwiderte: „Weiß man in Venedig, dass die Genueser planen, einen Ritterorden des Handels zu gründen?" „Ein Ritterorden des Handels – was soll denn das sein?" „Wir haben die Information aus erster Hand", erwiderte

Hugolin, „in Tulcea haben wir Genaueres über die Pläne erfahren. Aber das sind keine Pläne, die man über das Meer hinausschreit, man muss in Ruhe darüber sprechen!" Der Venezianer dachte einen Moment nach, dann sagte er zu Hugolin: „Woher weiß ich, dass du kein Aufschneider bist? Ihr müsst bezahlen, wenn ihr im Hafen festmachen wollt." Hugolin entgegnete: „Kommt an Bord und überzeugt Euch von unserem Goldbesitz. Außerdem haben wir ägyptische Gefangene, zwei Nubier. Wir sind keine gescheiterten Kämpfer des Kreuzes, sondern reiche und siegreiche Herren."

Das Interesse des Venezianers war geweckt, und zusammen mit zwei Gefolgsleuten stieg er zum Schiffsdeck hinauf. „Nach hohen Herren sieht es hier nicht aus", stellte er nach einer ersten Inspektion fest. Sigismund jedoch wusste zu antworten: „Reichtum darf nicht verschwendet werden, so sagt es auch die Weisheit des Dogen von Venedig. Wartet einen Moment, dann sollt Ihr Euch davon überzeugen, dass wir durchaus über die notwendigen Mittel verfügen." Sigismund ließ einen Kasten an Deck bringen, in welchem das Gold aus Alexandras Heimatinsel verwahrt wurde, und er befahl, die beiden Nubier vortreten zu lassen. Said und Omar erschienen und erweckten mit ihrer kampferprobten Statur einen starken Eindruck bei den Venezianern. Ihr Anführer befand: „Nun gut, ich lasse euch in den Hafen. Dort werden wir über den Preis verhandeln, und ihr müsst von den geheimen Plänen der Genuesen berichten." Die drei kehrten auf den Segler zurück.

Hugolin und Sigismund befragten Stavros, ob er Genaueres über die Verhältnisse auf Kreta wisse. Der Kapitän meinte: „Die Venezianer halten die Insel besetzt, weil sie ein wichtiger Handelsstützpunkt im östlichen Meer ist." Hugolin wunderte sich: „Mit wem wollen die Venezianer denn Handel treiben, wenn nicht mit den Griechen – die sie zu ihren Feinden erklärt haben? Ansonsten gibt es doch nur noch ein paar Ritter des Kreuzes und die Sarazenen, die an den südlichen Küsten des Meeres herrschen!" „Genau", antwortete der Kapitän, „sie treiben Handel mit den Sarazenen." Sigismund war

verwundert: „Mit den Sarazenen, ihren erklärten Feinden?"
Der Kapitän blickte traurig in die Gesichter der beiden Ritter:
„Ihr seid schon sehr weit herumgekommen und ahnt immer
noch nicht, wie es in diesem Teil der Welt zugeht? Dann erfahrt
noch mehr: Die Venezianer treiben nicht nur Handel mit ihren
Feinden, sondern auch mit den Feinden der Feinde. In Italien
vermieten sie ihre Schiffe zu Höchstpreisen an die Ritter des
Kreuzes. Sie begründen die hohen Mietpreise damit, dass die
Schiffe in einen Krieg ziehen und vielleicht niemals
wiederkehren. Entlang der Route unterhalten sie Stützpunkte,
an denen sie den Rittern Lebensmittel und Ausrüstung teuer
verkaufen. Und schließlich handeln sie bei den Sarazenen nicht
nur mit Gewürzen und Stoffen, sondern auch mit Waffen –
Waffen, mit denen womöglich auch Ritter des Kreuzes getötet
werden. Die Venezianer verdienen also an jedem einzelnen
Kriegszug, und sie verdienen, egal, wer die Schlacht gewinnt.
In friedlichen Zeiten aber handeln sie mit den Sarazenen, um
in den Besitz der kostbaren Güter zu kommen, die aus Indien
und China durch die arabische Wüste ins Sarazenenreich
gelangen."

Hugolin und Sigismund blickten betroffen auf die Insel mit
ihren stolzen Bergen und der schimmernden Küste. Wie schön
lag sie da, aber wie fürchterlich waren die Verhältnisse, in
denen sie sich befand. Inzwischen war man in die Nähe des
Hafens gelangt. Die Venezianer befahlen, den Anker zu
werfen. Sigismund und Hugolin sollten in einem Ruderboot
weiterfahren. Chania war wunderschön anzusehen. Vor der
Hafeneinfahrt befand sich ein kleiner Leuchtturm, dahinter
erschienen Lager und Häuser. Eine Festungsanlage auf der
Zitadelle bewachte den Hafen, in dem sich eine große Zahl von
Schiffen tummelte.

An der Hafenmauer erschienen Bewaffnete, welche die
Ritter aufforderten, an einer bestimmten Stelle anzulegen und
mit ihnen zu kommen. Bald befanden sie sich in einem engen
Hof und wurden verhört. Ein stattlich gekleideter,
breitschädliger Mann namens Jacopo, der von Wachen

umgeben war, sprach zu ihnen: „Woher kommt ihr und was ist euer Begehr?" „Wir sind christliche Ritter aus dem Norden", antwortete Hugolin, „und möchten auf Kreta unser Winterquartier beziehen. Wir suchen Kontakt zu Rittern des Kreuzes oder noch besser zu Gesandten des Kaisers Friedrich. Außerdem haben wir eine schwangere Frau an Bord, die dringend Ruhe und Schutz benötigt. Wir können euch Gold bieten und wertvolle Informationen über einige Pläne der Genuesen." Jacopo zupfte an seinem Bart und erwiderte: „Hoffentlich habt ihr genug Gold bei euch, und hoffentlich sind eure Informationen etwas wert, sonst müsst ihr unsere schöne Stadt bald wieder verlassen." Hugolin war um eine Antwort nicht verlegen: „Uns kostet es viel, in diesem Hafen anzulegen, aber Euch kostet es nichts. Ihr könnt nur gewinnen durch unsere Ankunft. Nennt endlich den Preis!" Jacopo lächelte. „Du sprichst sehr klug, edler Ritter, aber wichtiger als der Preis sind die Informationen über unsere Rivalen, die Genuesen!" Der Ritter von Bärenfels legte seine Stirn in Falten. „Ihr wisst", hob er an, „dass es viele Ritterorden gibt." „Oh ja, oh ja", warf der Venezianer ein, „die Ritter des Heiligen Hospitals, die Ritter des Heiligen Tempels, die Ritter des Heiligen Grabes und viele andere. Sie sind uns tatsächlich ein wenig lästig." „Lästig?", fragte Hugolin nach. Jacopo erwiderte: „Ja, die Ritter des Heiligen Tempels zum Beispiel wollen uns einen Teil des Handels mit dem französischen König wegnehmen, das ist schon sehr ärgerlich. Und in letzter Zeit gibt es Ritter, die aus deutschen Landen stammen und sich auf irgendein Ordenshospital in Jerusalem berufen. Auch sie fangen an, Handel zu treiben. Ihr Anführer, Hermann von Salza, hat es verstanden, aus der Niederlage in Ägypten noch einen Gewinn zu schlagen. Um es kurz zu machen: Diese Ritterorden geben vor, das Heilige Land und seine Pilger zu schützen, aber in Wahrheit denken sie vor allem an Macht und Reichtum. Nun gut, die Genuesen haben sich bislang aus diesem Teil des Spiels weitgehend herausgehalten, und wir Venezianer benötigen keinen Ritterorden, um unseren Handel in Schwung zu halten. Wir tun offen und ehrlich das, was unser Beruf ist: Wir sind Händler. Aber sag endlich, was führen die Genuesen im Schilde?"

Hugolin sah dem Beamten in die Augen: „Gut, Ihr seid Händler. Dann schlage ich euch folgenden Handel vor: Ihr erhaltet zwölf goldene Dinare, und ich erzähle Euch alles, was ich von den genuesischen Kaufleuten erfahren habe. Ihr gewährt uns dafür die Erlaubnis, im Hafen anzulegen und auf der Insel zu überwintern." Jacopo dachte nach. „Zwölf Dinare, habt ihr tatsächlich Münzen des Sultans? Sie sind nicht schlecht, man kann in Ägypten wertvolle Waren damit kaufen. Nun gut, das klingt interessant. Erzählt von den Genuesen!" Der Ritter von Bärenfels atmete auf. Zwölf Dinare aus dem Inselschatz waren eine beträchtliche Summe für die Gastfreundschaft, die eigentlich umsonst gewährt werden sollte, aber sie waren es wert, um endlich Ruhe zu finden. Und Carolina sollte sich ohne Aufregung auf die Geburt des Kindes vorbereiten. Der Ritter sprach: „Die Genuesen sind es offensichtlich leid, dass Streit und Krieg den Handel belasten und behindern. Oftmals verliert man mehr, als man gewinnt. Sie denken daran, Sklaven mehr Rechte zu geben und einen Ritterorden zu gründen, der durch ehrlichen Handel den Wohlstand aller befördert, nicht nur den Wohlstand einiger weniger Kaufleute." Der Venezianer blickte Hugolin fassungslos an: „Das sind doch dumme Spinnereien und Traumgebilde! Genua hat den größten Sklavenmarkt, von dem ich weiß! Niemals werden sie dieses Geschäft freiwillig aufgeben. Wir Venezianer sind viel menschenfreundlicher. Wir setzen auf Warenhandel, nicht auf Menschenhandel, und bei uns werden Sklaven weitaus besser behandelt als in Genua. Die Genuesen sind doch Barbaren! Genuesen organisieren den Sklavenhandel an den Schwarzmeerküsten und im Kaukasus. Glaubst du wirklich, dass sie dieses einträgliche Geschäft aufgeben würden? Und Bereitschaft zum Frieden wird es erst recht nicht geben. Die Genuesen kämpfen immer wieder gegen andere Seemächte, ganz besonders gegen uns Venezianer.

Auch hier auf Kreta haben sie uns schon angegriffen. Dass diese Leute irgendetwas friedlich erreichen, wenn es schneller durch Krieg zu erlangen ist, glaube ich nie im Leben! Pfui über die Genuesen, diese Seeräuber und Diebe!" Der breitschädlige Venezianer war aufgesprungen, so sehr ärgerte er sich über die Konkurrenten aus Genua. „Handel soll Frieden stiften? Manche Träumer meinen das. Aber Handel ist Krieg mit anderen Mitteln. Anstatt mit Blut bezahlt man mit Geld!"

Hugolin musste an Ettore Raffaele di Rapallo denken, den tapferen Kaufmann von Tulcea. Dieser Mann war kein Barbar. Natürlich, seine Idee, einen Ritterorden des friedlichen Handels zu gründen, wurde bislang nicht von vielen geteilt, aber deswegen verdiente diese Idee trotzdem Beachtung. „Du bist ein Schwätzer!", brummte Jacopo. „Deine Information ist nichts wert. Deshalb zahlt ihr 25 Golddenare, wenn ihr weiterhin hierbleiben wollt." Sigismund, der die Verhandlungen endlich zum Abschluss bringen wollte, drängte Hugolin, dem Preis zuzustimmen, was dieser schließlich tat.

Ж

Nun jedenfalls durfte das Schiff in den Hafen einlaufen, und im Pendelverkehr wurde der größte Teil der Mannschaft und der Ladung an Land gebracht. Der Kapitän hatte eine kleine Besatzung auf dem Schiff zurückgelassen, die regelmäßig ausgetauscht werden sollte. Den übrigen Matrosen wurde eine bescheidene Unterkunft in unmittelbarer Hafennähe zugewiesen. Die beiden Ritter sowie die Frauen, der Kapitän und der Steuermann kamen im Haus eines englischen Ritters unter, der sich auf Kreta zurückgezogen hatte. Dieses Haus befand sich am Stadtrand von Chania. Ihre Gastgeber waren William, der aus der englischen Grafschaft Warwickshire stammte, und seine Frau Sophia, eine Kreterin. Die beiden freuten sich über Gäste und über das Leben, das sie mit sich brachten. Als Hugolin berichtete, warum er sich auf die Reise begeben hatte und dass er Kaiser Friedrich bei einer Heerfahrt begleiten sollte, da blickte William ihn sorgenvoll an und erklärte: „Der Kaiser fehlte beim jüngsten Kriegszug gegen die Sarazenen. Die Ayyubiden haben das christliche Heer besiegt, es war eine aussichtslose Sache. Christliche Ritter halten sich in einem schmalen Küstenstreifen des Heiligen Landes, aber es ist ihnen nicht einmal gelungen, Jerusalem zurückzuerobern. Wie konnten sie es wagen, den Sultan in Ägypten anzugreifen und dabei den Kampf im Sumpfland des Nildeltas zu suchen? Schließe dich diesen Leuten bloß nicht an, es wäre selbstmörderisch und dumm!" Der Ritter von Bärenfels verstand die Worte des Engländers nicht recht. Hugolin kannte die Seldschuken und Sarazenen, wer aber waren die Ayyubiden? William lächelte, als Hugolin ihn danach fragte, und Sophia erklärte: „Der berühmte Saladin war Ayyubide. Seine Familie herrscht seit über hundert Jahren in Ägypten. Im Westen nennt man sie einfach Sarazenen, genauso wie die Fatimiden, Haschimiten, Abbasiden oder Ziriden." Hugolin bewunderte die Kenntnisse seiner Gastgeberin und bat sie, fortzufahren. „Der Sultan von Kairo ist auch Herrscher über Jerusalem und Teile Syriens. Deshalb sind die Ayyubiden die ersten Feinde der lateinischen Ritter. Um sie zu besiegen, haben die Ritter ein Bündnis mit den Seldschuken geschlossen."

Hugolin verstand kaum die vielen fremdländischen Namen, aber am meisten verwirrte ihn, dass die Christen ein Bündnis mit den Seldschuken geschlossen hatten. Allerdings erinnerte er sich, dass auch Graf Hildebrand von Rechberg eine solche Verbindung erwähnt hatte. Hugolin fragte nach: „Die Seldschuken gelten doch als Feinde der Christen. Wie konnte es zu einem solchen Bündnis kommen? Sophia blickte in die Ferne und erwiderte: „Die Venezianer treiben Handel mit den Ayyubiden und mit den Seldschuken. Der Gewinn ist offensichtlich wichtiger als Freundschaft oder Feindschaft. Wie sollten da die fränkischen Ritter nicht auch mit den Seldschuken ein Bündnis eingehen, um die Ayyubiden zu besiegen oder wenigstens zurückzudrängen? Es ist alles eine

Frage der Macht. Mehr noch als Besitzstreben beherrscht Machtverlangen das Herz der Menschen! In diesem Krieg geht es doch nicht um Gott oder um Gottes Sohn, sondern um die Macht des Papstes und der fränkischen Fürsten!" „Ereifere dich nicht, liebe Frau", schaltete sich William ein, „du weißt doch, dass wir an all dem nichts ändern können!" Dieses Argument ließ Sophia nicht gelten, sie fauchte: „Wäre ich ein Mann, ich wüsste, was ich zu tun hätte!" William schaute betrübt zu Boden und entgegnete: „Ich bin schon alt, die Zeit des Kämpfens ist für mich vorüber." Seine Frau erwiderte: „Jetzt erzähl bloß nicht die alten Geschichten, wie du im Heer des englischen Königs Richard Löwenherz gegen Sultan Saladin gekämpft hast, das ist längst vorüber! Auch Saladin und König Richard sind gestorben!" Sigismund und Hugolin trauten ihren Ohren nicht: William hatte in solch bedeutenden Kämpfen mitgewirkt, an der Seite berühmter Helden gekämpft, und war vielleicht dabei gewesen, als das christliche Heer Akkon eroberte oder Askalon! Aber Sophia wollte von diesen Geschichten nichts wissen. „An der Küste vor Jerusalem gekämpft zu haben, ist kein Grund, stolz zu sein. Was wurde schon erreicht? Man hat den großen Richard auf der Rückreise nach England gefangen genommen, nur weil der Herzog von Österreich neidisch auf ihn war. Und weil man Jerusalem nicht erobern konnte, hat man bei der nächsten Gelegenheit Konstantinopel überfallen und ausgeraubt. Worauf sollte man da stolz sein?"

William räusperte sich und versuchte, etwas zu erwidern: „Liebe Frau, du sprichst so, weil du eine Kreterin bist." „Eine Kreterin", rief Sophia laut, „und eine Griechin! Und eine Römerin, eine wahre Römerin!" William senkte den Blick. Er schien zu ahnen, was nun folgen würde. Zu oft schon hatte die große Politik ihre Ehe überschattet. Er entschied sich, um der Liebe willen zu schweigen. Sophia war von ihrem Stuhl aufgesprungen, ihre Augen funkelten, als sie leidenschaftlich gestikulierend erklärte: „Unser Kaiser, der wahre Kaiser, der Kaiser von Konstantinopel – dem wahren Rom: Er hat die

Lateiner gebeten, ihm zu helfen im Kampf gegen die Seldschuken. Immer und immer wieder rannten die Seldschuken gegen die Christen an, stürmten die christlichen Stätten im Land des Heiligen Paulus, vertrieben die Christen sogar von den Küsten Kleinasiens und rückten gegen Konstantinopel vor. Wäre das nicht Grund genug, einige Schiffe zu senden und den tapferen Kampf der christlichen Brüder zu unterstützen? Wenn schon nicht aus Liebe, so wenigstens aus Eigennutz! Denn in Konstantinopel leben seit alters nicht nur griechische Christen, nein, auch viele Lateiner. Die Genueser und Venezianer unterhalten Stützpunkte in der Kaiserstadt und entsenden von dort ihre Schiffe in alle Richtungen des Meeres, bis hinauf in die Donau! Sie ließen sich gerne verteidigen von unserem Kaiser. Warum hat niemand geholfen, warum ließ man die Seldschuken gewähren?" Sophia atmete aufgeregt, während sie im Zimmer hin und her lief, in immer größere Entrüstung geratend. Keiner der Männer wagte, einen Ton von sich zu geben. Sophia aber ballte die Hände zu Fäusten und fuhr fort: „Sie haben nicht geholfen. Meinetwegen. Sie haben nicht geholfen. Gut. Dann eben nicht. Konstantinopel steht, auch wenn die Ayyubiden das Land Jesu Christi beherrschen und die Seldschuken das Land des Heiligen Paulus. Gut. So ist es. Aber was kommt dann?! Die Venezianer rauben und plündern Konstantinopel – die Metropole, die seit der Befreiung aus der Hand der Perser von niemandem erobert wurde! Aber die Venezianer, selbst Bewohner der Stadt mit ihrer Handelsniederlassung, sie meinen das Recht zu besitzen, Konstantinopel zu demütigen! Der Papst hatte dies nicht gewollt, aber er ließ sie gewähren. Der Anführer des Heeres, Bonifatius von Montferrat, hatte anfangs auch keine Pläne gegen Konstantinopel. Schließlich wollte er Jerusalem, nicht Konstantinopel erobern. Aber er ließ sich bestechen. Bestechen! Bestechen – womit?" Drohend ging Sophia auf Hugolin und Sigismund zu, als wären sie Abgesandte des Bonifatius von Montferrat, dann fauchte sie: „Er ließ sich bestechen mit einer wunderschönen Insel – die ganz zufällig den Namen Kreta trägt! Kreta! Meine Heimat – Bestechung für die Demütigung Konstantinopels! Bonifatius hat Kreta als seine Bestechung angenommen. Nun denkt man, es reicht! Es ist genug! Genug des Frevels, des Verrats, des Brudermords! Aber nein! Der feige Bonifatius verkaufte Kreta – verkaufte die erhabene Insel ausgerechnet an die Venezianer, von denen er sich hatte bestechen lassen! Kann das jemand glauben? In welcher Welt leben wir? Ist es jetzt genug? Nein, immer noch nicht! Die Venezianer wollen die Insel nicht nur besitzen und verwalten, sie wollen auch noch alles Griechische ausrotten und die Kreter durch lateinische Siedler ersetzen! Ist es jetzt genug? Nein, natürlich nicht! Das nächste Heer lateinischer Christen bietet den Seldschuken einen Pakt an – jenen Feinden Konstantinopels, um derentwillen der Kaiser von Konstantinopel einst den Papst um Hilfe gebeten hatte. Hier schließt sich der Kreis des Bösen! Diejenigen, die der Kaiser von Konstantinopel um Hilfe gerufen hatte, verbrüdern sich mit seinen Feinden!" Sophia atmete schwer. „Es ist zum Verzweifeln!" Alle, die Zeugen von Sophias leidenschaftlicher Klage geworden waren, schwiegen betroffen. Niemand wusste Rat oder Trost.

Da traten Alexandra und Carolina ein, die Sophias laute Worte von weitem vernommen hatten. „Ist etwas geschehen?", erkundigte sich Hugolins Frau. William blickte sie traurig an: „Furchtbares ist geschehen, aber nicht hier und heute, sondern in der Welt, die uns umgibt und von der wir uns nicht befreien können, so sehr wir es auch wünschen!" Nun begann Sophia, herzzerreißend zu weinen, Alexandra umarmte sie liebevoll wie eine Schwester, woraufhin Williams Frau den ganzen Schmerz losließ, laut und wütend schluchzte. Die anderen blickten ratlos und verunsichert auf die beiden Frauen. William nahm nochmals einen Anlauf, um die Situation zu erklären. „Ihr müsst wissen, dass Sophias Bruder bei einem Angriff Genueser Piraten ums Leben gekommen ist. Nachdem die Venezianer die Herrschaft über Kreta erlangten, kamen die Genueser, um sie ihnen zu entreißen. Die Insel ist umkämpft wie vielleicht keine zweite im Meer. Ich habe mich hier niedergelassen, weil ich nach den Kämpfen im Heiligen Land nicht mehr in England leben wollte und konnte. Meine Heimat ist mir fremd geworden. Hier auf Kreta habe ich meine liebe Sophia kennen gelernt, wir haben geheiratet und dachten, ein uns selbst überlassenes Leben führen zu dürfen. Aber das ist nicht möglich. Die große Politik quält uns jeden Tag, und bis heute tobt der Kampf zwischen Venezianern und Kretern." Sophia schluchzte noch immer, und William suchte nach einer Idee, wie man dem Tag eine gute Wendung geben könnte. „Wir könnten in die Weißen Berge reiten", schlug er vor.

Da ergriff Hugolin das Wort: „Ich weiß, dass es nicht einfach ist, aber könnten wir nicht einen oder zwei der Ritter einladen, die aus Ägypten zurückgekehrt sind? Vielleicht wäre es interessant, deren Meinung zu hören. Ihr beschäftigt euch ja ohnehin mit den schwierigen Fragen der großen Politik." Seine Frau schaute ihn vorwurfsvoll an und sagte: „Siehst du denn gar nicht, wie sehr Sophia und William von all den Kämpfen belastet sind? Jetzt willst du auch noch Soldaten ins Haus holen!" Da blickte die Hausherrin auf: „Warum eigentlich nicht? Diese Männer haben nicht gesiegt, sie wurden besiegt. Es geht ihnen nicht viel besser als unsereinem." „Du wirst dich nur wieder aufregen!", wandte William ein. „Oh nein!", entgegnete Sophia. „Für heute habe ich mich genug aufgeregt. Ich bin neugierig auf die Ritter. William und Hugolin, ihr begebt euch in die Stadt und haltet Ausschau, wer eine Einladung verdienen könnte. Ich bereite in der Zwischenzeit ein Mahl vor."

Alexandra und Carolina waren erleichtert, dass sich Sophia zu erholen schien, und William wollte lieber ausreiten als zuhause Trübsal blasen. So machte er sich mit Hugolin auf den Weg. Unterwegs trafen sie Stavros, der sich bereits in der Stadt umgesehen hatte.

Das Haus des Ritters William und seiner Frau Sophia war groß und mit allerlei Gegenständen aus dem Orient eingerichtet. Ein hübscher Garten mit Feigen-, Orangen- und Zitronenbäumen umgab das Anwesen. Alexandra und Sophia schickten Carolina nach draußen, damit sie sich in der Nachmittagssonne ein wenig erholen konnte, während die beiden anderen mit den Vorbereitungen für das Mahl begannen. Es sollte eine große Runde werden. Alsbald füllte sich die Tafel im Hauptraum des Hauses mit duftenden Früchten und Kräutern, während in der Küche Geflügel zubereitet wurde.

Gegen Abend kehrten die Männer aus der Stadt zurück und brachten tatsächlich drei Ritter mit, die in Ägypten gekämpft hatten, nun aber in ihre Heimat, nach Flandern, zurückkehren wollten. Sie hießen Guido, Robert und Balduin. William hatte sie bereits in eine Schenke eingeladen. Bei einem guten Trunk sollten sie ihre Scheu verlieren. So traten sie gut gelaunt ein und begrüßten die Damen ehrerbietig. Stavros machte alle miteinander bekannt und redete ohne Unterlass, so dass William Mühe hatte, die Rolle des Gastgebers einzunehmen. Man sprach lange über die Stürme, die um diese Jahreszeit über die Insel hinwegfegten, über die Schiffe, die im Hafen ankerten, über die schönsten Orte im Umkreis der Stadt. Fast hätte man meinen können, die Gesellschaft befinde sich auf einer lustigen Reise. Da erkundigte sich Sophia bei den drei Rittern nach ihrem Wohlergehen und wie sie die Kämpfe in Ägypten verkraftet hätten.

Schlagartig wurde es still. Carolina wollte schon vorschlagen, gemeinsam einen Blick in den schönen Garten zu werfen, da ergriff Balduin das Wort: „Es ist schon recht, dass ihr nach unseren Erlebnissen fragt. Wenn wir zurückkehren nach Gent, dann müssen wir auch Rede und Antwort stehen. Schließlich war unser Zug ein Misserfolg. Die Bürger unserer Heimatstadt haben uns viel Vermögen und reichlich Waffen mitgegeben. Der Abt von St. Bavo segnete uns vor dem Abschied in der Klosterkirche. Nun kehren wir zurück als Geschlagene. Jerusalem haben wir noch nicht einmal aus der Ferne gesehen. Die Anführer des Heeres stritten sich unentwegt über die richtige Strategie und über den Oberbefehl. Sie schienen sich kaum für die Heilige Stadt zu interessieren. Natürlich war es schwierig, Jerusalem anzugreifen. Der Weg dorthin führte durch gefährliches Gelände, es gab kaum Wasser, kein Weideland für die Pferde, und die Sarazenen stellten sich nirgendwo zur offenen Feldschlacht. Unsere Anführer entschieden schließlich, dass wir den Sultan in seinem Kernland angreifen sollten, in Ägypten. Mit einer gewaltigen Flotte zogen wir von Akkon nach Damiette – einer großen Festungsstadt im Gebiet, wo der Nil in das Meer mündet, direkt am Wasser gebaut." Alle lauschten den Worten Balduins, auch Sophia spitzte die Ohren. William wies den Hausdiener an, noch mehr Wein auszuschenken.

So fuhr Balduin fort: „Noch nie war es Christen gelungen, Damiette zu erobern. Die Festung ist hervorragend ausgebaut, denn sie soll die Stadt des Sultans, Kairo, schützen. Zu diesem Zweck haben die Sarazenen auf einer Flussinsel einen gewaltigen Festungsturm errichtet, von welchem sich eine mächtige Kette spannen lässt. Diese Kette wiederum hindert jedes Schiff an einem Vordringen in den Nil. Wir mussten diese Festung einnehmen, sollte nicht der gesamte Kriegszug scheitern. Zunächst aber starben viele Männer umsonst, entweder im Kampf oder am Fieber. Unter ihnen war auch der tapfere Graf Adolf von Berg, der sich auskannte mit der Belagerung von Festungsinseln. Zusammen mit Oliver von Köln hatte er Pläne entwickelt, wie man den mächtigen Kettenturm, auf dem sich mehrere hundert Kämpfer verschanzt hatten, einnehmen könne. Oliver versuchte, schwimmende Belagerungsmaschinen zu bauen. Schließlich verband man zwei Schiffe mit kräftigen Tauen, errichtete eine Schutzwand gegen Feuerangriffe und eine Plattform für Sturmleitern. Gewaltige Leitern wurden vorbereitet, um die Mauer des

Festungsturmes zu überwinden. Oliver versprach in seinen Predigten reichen himmlischen Lohn für die Eroberung Damiettes. Also entschlossen wir uns, an vorderster Stelle mitzukämpfen und endlich dem Feind eine starke Niederlage beizufügen. An erster Stelle wollten die Friesen kämpfen, die Oliver von Köln angeworben hatte. Die schwimmende Belagerungsmaschine musste man in schwieriger Strömung an die feindliche Festung heranführen, ein äußerst gefährliches Unternehmen." Guido und Robert nickten zustimmend mit den Köpfen. Balduin fuhr fort: „Wir selbst wurden einem Begleitschiff zugeordnet, das Angriffe der Sarazenen abwehren und als Verstärkung dienen sollte. Der Widerstand des Feindes war beträchtlich. Die Sarazenen fühlten sich sogar im Vorteil, und sie waren bestens ausgerüstet. Wir wurden mit Pfeilen, Katapultsteinen und griechischem Feuer beschossen. Trotzdem näherten wir uns mutig und beständig. Unsere Schiffe erlitten Schaden, tapfere Männer fanden den Tod. Aber endlich gelang es, die Angriffsplattform ganz in die Nähe des Kettenturmes zu bringen und eine Leiter zu befestigen. Ein Ritter aus Lübeck erkämpfte sich als erstes den Weg auf die feindliche Mauer. Ihm folgten viele tapfere Streiter. Unter ihnen war ein Bauernjunge, der mit einem eisernen Dreschflegel auf die Feinde einschlug und sogar die Turmfahne eroberte. Endlich errangen wir einen wichtigen Sieg. Der Nil färbte sich rot vom Blut der Getöteten. Unser Triumph war groß, auch wenn wir nicht die Stadt Damiette, sondern nur einen Außenposten erobert hatten. Der alte Sultan soll vor Schreck gestorben sein, als man ihm die Botschaft von der Eroberung der Nilfestung überbrachte."

Alle Anwesenden lauschten gespannt und warteten, dass Balduin weiter berichten würde. Nach einigen Schlucken aus dem Becher sprach der Ritter: „Das Siegesgefühl berauschte nicht nur uns, sondern auch unsere Anführer, und sie vergaßen jedes Maß. Am schlimmsten war es mit Pelagius von Albano, dem päpstlichen Legaten, der nach der Eroberung des Kettenturmes in unser Lager kam. Er verstand nichts von

Kriegsführung und hatte auch nicht den Tod unserer tapfersten Kämpfer gesehen. Aber er kannte Rom, Paris und Konstantinopel. Das Leben in den großen Städten muss seinen Verstand benebelt haben. Vielleicht dachte er auch, an Gottes Allmacht Anteil zu haben." Balduin wischte sich den Schweiß von der Stirn, die Erinnerung an die Kämpfe kostete ihn offensichtlich große Kraft. So übernahm Robert das Wort und fuhr fort: „Der neue Sultan bot Verhandlungen an und bat um Frieden. Diesen Frieden wollte er großzügig bezahlen. Das Angebot des Sultans übertraf alle Erwartungen. Fast das ganze Heilige Land wäre wieder unter christliche Herrschaft gekommen, auch Jerusalem. Man hätte die Kriegsgefangenen befreit und das heilige Kreuz, das einst von der Kaisermutter Helena in Jerusalem wiederentdeckt worden war, zurückerlangt. Wir standen vor dem Ziel unseres größten Verlangens. Die müden, aber siegreichen Ritter hätten sich auf den Pilgerweg nach Jerusalem begeben können, niemand hätte sie bedroht!"

Sprachlos saßen William und Hugolin mit ihren Frauen und Freunden an der Tafel. Niemand kaute oder trank auch nur einen Schluck. Welches Unglück musste eingetreten sein, dass die Ritter des Kreuzes kurz vor einem so großartigen Erfolg geschlagen und vertrieben wurden? Sigismund hakte nach: „Hat der Sultan die Verhandlungsführer in eine Falle gelockt?" „Oh nein!", entgegnete Robert. Stavros fragte: „Vielleicht brach unter den Rittern eine Seuche aus?" Die flämischen Ritter schüttelten die Köpfe. Sophia warf ein: „Die Seldschuken wurden in Syrien zurückgeschlagen, so dass sich der Sultan wieder stark fühlte und sein Angebot zurückzog!" „Nein, nein!", ließ sich jetzt Guido vernehmen. „Man kann diese Unvernunft nur schwer mit vernünftigen Worten erklären. Die Lage der Seldschuken war wichtig, aber der Sultan zog sein Angebot nicht zurück. Es galt. Es gab einen anderen Grund: Pelagius von Albano beanspruchte als Legat des Papstes die Entscheidungshoheit über das ganze Unternehmen. Er lehnte jede Verhandlung mit den Sarazenen, auch mit dem Sultan ab." Carolina reagierte entsetzt: „Pelagius führte überhaupt keine Verhandlungen?" Niedergeschlagen erwiderte Guido: „Nein. Er sagte, ein rechtgläubiger Christ dürfe nicht mit einem Ungläubigen über die Sache des Kreuzes verhandeln. Zwar hatte der berühmte Mönch Franziskus mit dem Sultan diskutiert, aber dies ließ Pelagius ebenso wenig als Einwand gelten wie den Einspruch anderer. Von den militärischen Führern hatten manche bereits das Lager verlassen, beispielsweise der Herzog von Österreich. Auch Johann von Brienne, der Vater der Königin von Jerusalem, reiste ab, nachdem eine Auseinandersetzung mit Pelagius gehabt hatte. Die Vertreter der lombardischen Städte hingegen und andere forderten einen harten Kurs gegen den Sultan. Es wurden also keine Verhandlungen geführt. Wieder sollten die Waffen sprechen."

Hugolin wandte sich an Carolina: „Hätte man doch nur das Angebot des Sultans angenommen. Es war sehr weitreichend. Auf diese Weise müsste auch Kaiser Friedrich nicht mehr für den Krieg rüsten. Wir könnten endlich in Frieden leben." Er stützte das Gesicht in seine Hände. Wie nah war er der Lösung aller Probleme gekommen – unverhofft auf Kreta, nahe dem Herrschaftsgebiet des Sultans. Hier hätte sich alles zum Guten wenden können. Aber offensichtlich waren Carolina und ihm weder Glück noch Ruhe vergönnt. „Was geschah dann?", wollte Sigismund wissen. Guido fuhr fort: „Zunächst gelangen weitere Eroberungen in der Umgebung. Aber dann geschah gar nichts mehr. Wir blieben lange in Damiette und hatten wenig zu tun, nur die Kriegsschäden wurden repariert und die Festungsmauern verstärkt." Robert warf dazwischen: „Anfangs dachten wir, einen wirklich beachtlichen Sieg über den Sultan errungen zu haben, aber dann mussten wir erkennen, dass wir nur den Außenposten eines riesigen Reiches besetzt hatten. Unsere Zahl wurde von Monat zu Monat geringer, und es kam kaum Nachschub aus dem Westen. Auch von Kaiser Friedrich, der doch versprochen hatte, uns zu unterstützen, gab es nicht genügend Hilfe. Er sandte uns den

Herzog von Bayern und den Hochmeister der Ritter vom Deutschen Hospital in Jerusalem mit Gefolge. Aber was half das schon? Schließlich entschied man, nach Kairo vorzustoßen, zur Hauptstadt des Sultans. So einfach der Weg zunächst erschien, so schwierig wurde es alsbald, da wir unter Beschuss gerieten, ohne die Feinde im Gebüsch und kleinen Wäldern sehen zu können. Durch die lange Wartezeit waren unsere Kämpfer in schlechter Verfassung. Kaum einer kannte sich in der Gegend aus, deren Beschaffenheit nichts gemeinsam hatte mit dem Heiligen Land. Das Fußvolk geriet immer wieder in den Schlamm. Zu allem Unglück setzte die Nilflut, die jedes Jahr kommt, früher ein als sonst. Kurz vor Kairo erwartete uns eine mächtige Streitmacht des Feindes. Beim Aufeinandertreffen wurden unsere Kämpfer ins Sumpfland getrieben, in dem wir stecken blieben. Es war unmöglich, eine Schlachtformation zu bilden, und unsere schwere Bewaffnung war eher hinderlich im Kampf mit den wendigen Soldaten des Sultans. Viele von uns starben, viele wurden gefangen genommen. Damiette musste geräumt werden, sonst hätten wahrscheinlich alle dort Stationierten ihr Leben verloren. Wir mussten uns zurückziehen, nach Jaffa, Akkon oder Zypern, einige auch nach Kreta. Der Sultan hingegen triumphierte. Wir waren vollkommen gescheitert."

In der Runde herrschte bedrückte Stille. Ritter Balduin versuchte, ein Schlusswort zu sprechen: „Keiner von uns konnte die Heiligen Stätten betreten, an denen Jesus gewirkt hatte – oder hatte er etwa in Akkon und Damiette gepredigt? Ich habe nur die Mauern in der Stadt Caesarea gesehen, wo der Heilige Paulus einige Zeit im Gefängnis verbracht habt. Manche von uns kamen auch nach Magdala am See Genezareth, aber sie hatten noch nicht einmal Zeit, eine Kirche zu besuchen, da sie den Soldaten des Sultans nachstellen sollten. Jeder von uns hat Wunden davongetragen, die uns ein Leben lang an die Niederlage von Damiette erinnern werden. Wozu sollte all dies gut sein? Warum führt nicht der Papst selbst die nächste bewaffnete Pilgerfahrt an – oder beendet diese Kriege, die nur Schaden anrichten? Manche von den geschlagenen Rittern sagten sogar: Mohammed ist stärker als Christus – wir können die Muslime nicht besiegen!"

Carolina schlug vor, einen Moment in den Garten zu gehen, aber dieser Vorschlag blieb ohne Reaktion. Stavros ergriff das Wort: „Liebe Freunde, wir alle, die wir hier sitzen, sind großen Gefahren entkommen. Wir haben kein Recht, so niedergeschlagen zu sein. Wir sind Lateiner und Griechen und sind Freunde. Das sollten wir uns nicht nehmen lassen. Die Politik der Mächtigen bringt Schreckliches hervor. Versuchen wir, im Kleinen gerecht zu handeln und dankbar zu sein, dass uns dieses Leben geschenkt ist! Wir tragen nicht die Verantwortung für Damiette, Jerusalem oder Akkon. Ich trage Verantwortung auf meinem Schiff, das ich sicher durch die Fluten steuern muss. Jeder von euch hat seine eigene Verantwortung. Nehmen wir sie auf uns, das ist genug!" „Du sprichst klug!", erwiderte Ritter Balduin. „Aber ganz so einfach ist es nicht. Du bist ein Kapitän, der selbst entscheiden kann. Wir Ritter dienen höheren Herren. Zwar geht es uns besser als dem gemeinen Volk, aber sind wir wirklich frei? Noch nicht einmal Kaiser Friedrich ist frei in seinem Tun. Er muss sich gegen viele Feinde verteidigen und den Forderungen des Papstes Folge leisten. Nein, der Lauf dieser Welt ist schwierig und häufig ungerecht, wir können es nicht ändern. Ich möchte nur noch nach Gent zurückkehren, meine Familie wiedersehen und irgendwann in Frieden sterben – in der Hoffnung, dass Gott die vielen Sünden, die ich begangen habe, verzeihen kann."

Sophia hatte alles aufmerksam verfolgt und mochte keinen Tadel an den sieglosen Rittern üben, aber die Niedergeschlagenheit dieser Männer stachelte sie an. „Vielleicht habt ihr bisher für die falsche Sache gekämpft!", warf sie in die Runde. „Ich aber wüsste von einem gerechten Kampf: Schließt euch dem Befreiungskampf der Kreter an! Sigismund, du zuerst! Du hast eine griechische Frau an deiner Seite und musst besser verstehen als die anderen Ritter, dass die Sache der Griechen gerecht ist. Wir müssen befreit werden von Sarazenen, Seldschuken, Venezianern, Lateinern. Unsere Lage ist schlimmer als die Jerusalems. Also fasst euch ein Herz!" Robert blickte sie entgeistert an: „Den Kampf wieder aufnehmen? Hier auf dieser verlorenen Insel? Wir sind hilfsbereit, aber nicht wahnsinnig." Unter anderen Umständen hätte diese Antwort Sophias Blut kochen lassen, aber sie blieb ruhig. Das Schicksal der Männer, die Monate, wenn nicht Jahre verloren hatten und von verblendeten Anführern in eine furchtbare Niederlage getrieben worden waren, weckte ihr Mitgefühl. Sigismund sprach: „Sophia hat recht. Wenn es überhaupt einen gerechten Kampf gibt, dann den gegen Besatzer, die ein Land unterdrücken, das ihnen nicht gehört!" Hugolin, der von schweren Gedanken bedrängt wurde, erwiderte: „Carolina und ich erwarten ein Kind. Wie sollen wir da an Kampf und Krieg denken? Außerdem bleibt uns nichts anderes übrig, als weiterzuziehen. Kaiser Friedrich wird jetzt erst recht ein Heer zusammenstellen und Vergeltung üben für die Niederlage von Damiette. Nur er kann entscheiden, ob ich an diesem Zug teilnehme oder nicht." Schwere Sorgenfalten durchfurchten seine Stirn.

Robert, der Flame, klopfte Hugolin auf die Schulter: „Wahrscheinlich wirst du deinen Mut benötigen, denn für den Kaiser bleibt jetzt keine andere Wahl, als schnellstens zum Kriegszug aufzubrechen. Er hat es seit Jahren versprochen, und die jetzige Niederlage wird man ihm anlasten. Er hätte das Blatt wenden können, entweder mit militärischer Stärke oder mit taktischer Klugheit – oder mit beidem. So töricht wie Pelagius von Albano hätte er sich jedenfalls nicht benommen." „Ja", ergänzte Ritter Guido, „allerdings wird Pelagius, der unverletzt entkommen ist, bei seiner Rückkehr nach Rom die Schuld auf den Kaiser abwälzen. Wenn der Imperator nicht sehr schnell handelt, trifft ihn der Bann des Papstes. Dann ist es vorbei mit der kaiserlichen Herrschaft. Denkt an seinen Vorgänger Otto, den der Bann des Papstes geschlagen hat. Seine Herrschaft nahm ein trauriges Ende. Kein Kaiser kann ohne die Unterstützung des Papstes regieren."

Hugolin, der vor kurzem noch im Hochgefühl gelebt hatte, eine tödliche Krankheit überwunden zu haben und bald Vater werden zu dürfen, sah plötzlich seine Zukunft wie eine schwarze Wand vor sich. Ein Unrecht brachte ein neues Unrecht hervor, und obwohl er nur ein kleiner Ritter war, betraf ihn das Schicksal des Kaisers, als wäre es sein eigenes. Nur Friedrich konnte ihm Burg Bärenfels zurückgeben, und nur Friedrich konnte entscheiden, ob er am Kriegszug teilnehmen müsse oder nicht. Am Ende hingen diese Entscheidungen sogar am Papst von Rom. Allein diesen hohen Herren zu begegnen, um mit ihnen zu sprechen, war für einen gewöhnlichen Ritter fast unmöglich. Da angeblich der Kaiser selbst – in Übereinstimmung mit dem Heiligen Vater – den Dienst des Ritters gefordert hatte, konnte auch kein Abt oder Bischof aus eigener Macht das Kreuzversprechen umwandeln oder lösen. Carolina versuchte, ihren Mann zu trösten, während Sophia wieder das Wort ergriff: „Das ist die Welt, die ihr Männer erschaffen habt! Was soll man anderes denken? Wo man hinschaut: Krieg. Wo man hinhört: Gerede von Ehre und Macht. Jeder versucht, höher zu steigen als der andere, und am Ende hat man seine Ehre verloren, sein Leben gegeben, liegt unter den Füßen der anderen. Wozu all dies? Wir könnten friedlich leben, die Früchte der Natur genießen und Handel treiben, es wäre genug da für alle. Wir könnten unser Wissen teilen, Kunst und Technik verbessern und uns daran freuen. Wir könnten Gott Ehre erweisen, ohne uns gegenseitig zu verurteilen. Stattdessen begnügen sich die Venezianer nicht mit einem Handelsstützpunkt, sie müssen das ganze Land beherrschen – und so weiter und so fort. Die Welt, in der wir leben, ist irrsinnig – und das ist vor allem das Werk der Männer!"

William, der sich zu Beginn des Essens über die Zurückhaltung Sophias gefreut hatte, befürchtete, dass seine kretische Frau nun alle gegen sich aufgebracht hätte. Aber nicht nur Alexandra und Carolina äußerten sich zustimmend, sondern selbst die Ritter aus Flandern schienen Sophias Worten etwas abgewinnen zu können. Guido war den Tränen nahe, als er sprach: „Ich habe Frau und Kinder zurückgelassen in Gent. Mit Wehmut denke ich an sie. Sie wollten mich nicht ziehen lassen, aber auch ich habe an Ehre und Verdienst geglaubt, nun kehre ich als Geschlagener zurück und muss froh sein, überhaupt noch zu leben." William, der Gastgeber, versuchte, die traurige Stimmung aufzulockern. „Liebe Gäste", sprach er, „die Welt ist nicht so schlecht. Auch ich habe gekämpft, keineswegs war alles sinnlos, und jetzt lebe ich mit Sophia ein wunderbares Leben. Auch wenn wir uns manchmal streiten und diese Insel nicht zur Ruhe kommt, Gott hat uns immer beschützt, und das Leben hält so viel Schönes bereit. Lasst uns morgen auf den Markt gehen! Bald schon werden wir Weihnachten feiern – und auf Kreta gibt es dieses Fest sogar zwei Mal: einmal lateinisch, einmal griechisch! Wisst ihr, dass die jungen Männer am Fest der Taufe Christi, Anfang Januar, ins kalte Meer springen, um nach einem Kreuz zu tauchen? Noch schöner ist der Brauch am Neujahrstag. Dann gibt es den besten Kuchen des ganzen Jahres. Die Kreter nennen den Neujahrskuchen Vasilopita – zu Ehren des heiligen Basilios. Basilios war Bischof von Caesarea und half den Armen, die unter der römischen Steuerlast litten. Er beschenkte sie mit Kuchen, in dem Goldmünzen eingebacken waren. So essen wir am Neujahrstag reichlich Kuchen, und jeder hofft, eine Goldmünze darin zu finden. Zwar entdeckt man nur selten Gold, aber in jeder Vasilopita ist zumindest eine Münze verborgen. Die Kreter haben wundervolle Bräuche. Ihr werdet sehen!"

Die Stimmung lockerte sich ein wenig auf. Sophia war stolz, von ihrer Heimat zu erzählen, wobei sie nicht nur die friedlichen Feste beschrieb, sondern auch von der Unbeugsamkeit des kretischen Volkes sprach. Am nächsten Tag führte William seine Gäste über den Markt. Besonderes Interesse erweckt dabei ein Vogelhändler, der sogar einen

Falken anbot. Hugolin war begeistert von diesem Anblick und erwarb das edle Tier.

Auf der Insel gab es kaum jemanden, der sich in der Kunst der Falkenzucht und Beizjagd auskannte, aber man fand in einer Klosterbibliothek immerhin ein Buch, das einiges Wissenswertes über die Falknerei enthielt. Auch Said und Omar, die beiden Nubier, konnten das eine oder andere aus ihrem Gedächtnis beisteuern, denn unter Muslimen stand die Falkenzucht in hohem Ansehen. Hugolin begann, das Tier an sich zu gewöhnen. Er bedeckte, wie es Said und Omar empfahlen, die Augen des Vogels mit einer kleinen Lederhaube, wenn Ungewöhnliches geschah, und befestigte an einer Kralle eine dünne Kette. Regelmäßige Fütterungen ließen das Tier immer kräftiger werden. Die ersten Flugversuche unternahm der Falke in einer Klosterkirche, wo er in der Kuppel flatterte und, von einer Belohnung angelockt, wieder bei Hugolin landete. Als der Ritter mit seinem Hengst Zentaurus und mit dem Falken auf einem Lederhandschuh durch die Stadt ritt, erregte er großes Aufsehen. Bei Venezianern und Kretern war er bald als der „Falken-Ritter" bekannt. Hugolin ließ es sich gefallen und dachte immer wieder an die merkwürdigen Träume, die er in Lebensgefahr erlebt hatte und in denen er sich wie ein Falke gefühlt hatte.

Je reifer der Jagdvogel wurde, desto weiter wagte sich Hugolin hinaus ins Land. Er freute sich über jeden kleinen Fortschritt und hatte den Falken bald vollständig an sich gewöhnt. Sogar einen Namen verlieh er ihm, Colo, wobei er an seinen Vorfahren dachte. Der Falke erfreute sich köstlicher Nahrung. Bei der Jagd stürzte sich der Vogel sogar auf große Tiere und hielt sie so lange fest in seinem Griff, bis der Ritter mit einem Hund herbeieilte und die Beute erlegte. Ritter und Falke bildeten eine immer festere Jagdgemeinschaft.

Sigismund und Alexandra wollten endlich heiraten. Den beiden erschien ihre Zeit der Verlobung als eine Ewigkeit, obwohl es nur einige Wochen gewesen waren. Sie hatten keinerlei Zweifel, dass sie zueinander gehörten. Außerdem verlangte es die gute Sitte, nicht unverheiratet zu reisen. Alexandra malte sich die Vermählung in bunten Farben aus. Auf jeden Fall musste es eine kirchliche Feier sein, ähnlich wie diejenige, von der Carolina und Hugolin so häufig erzählten. Natürlich hätte Alexandra gerne alle Freunde ihrer Insel eingeladen, aber dies war schwer möglich. Mit ihrem freundlichen Wesen hatte sie bereits viele neue Freundschaften geschlossen, und Chania war eine wunderschöne Stadt für eine Hochzeit.

So begann man mit den Vorbereitungen. Eine erste Hürde zeigte sich, als das Paar mit einem Priester, der aus Italien stammte, über die bevorstehende Feier sprach. Der Priester stellte fest, dass der Ritter von Kugelstein zur lateinischen Kirche, Alexandra aber zur griechischen Kirche gehörte. Auf Kreta waren Hochzeiten zwischen den beiden Konfessionen streng verboten. Daher meinte der Priester: „Alexandra, du solltest zur lateinischen Kirche übertreten. Dann könnt ihr sehr bald mit kirchlichem Segen Hochzeit feiern, und eure Kinder werden in demselben Glauben erzogen wie ihre Eltern." Mit dieser Idee war Alexandra ganz und gar nicht einverstanden: „Ich habe doch bereits meine Heimat verlassen, um Sigismund zu folgen. Jetzt soll ich auch noch die Kirche verlassen, zu der ich von Kindesbeinen an gehöre? Nein, das kommt nicht in Frage!" Ihr Verlobter erkundigte sich: „Gibt es denn keine andere Möglichkeit, dass wir als Angehörige zweier verschiedener Kirchen heiraten?" Der Priester verneinte: „Ich habe erst vor kurzem mit dem Bischof über solche Fälle gesprochen. Denn hier auf der Insel gibt es einige lateinische Christen, die Kreterinnen heiraten möchten. Die Kreterinnen sind stets griechischen Glaubens. Nun, der Bischof hält es für notwendig, dass bei jeder Eheschließung die lateinische Kirchenzugehörigkeit gesichert wird."

Missmutig verließen Alexandra und Sigismund das Haus des Priesters. Sie konnten nicht verstehen, wie man so hartherzig sein konnte. Waren sie nicht beide Christen? Hatten sie nicht große Gefahren überstanden, offensichtlich mit Gottes Hilfe, um zueinander zu finden? Der Ritter von Kugelstein sprach: „Liebe Alexandra, wir könnten nach Konstantinopel gehen. Dort gibt es lateinische und griechische Christen." „Ja", erwiderte seine Verlobte, „aber dort sind die kirchlichen Angelegenheiten noch schwieriger als hier. Hugolin hat uns doch berichtet, wie viel Feindschaft zwischen Lateinern und Griechen in der Metropole herrscht. Das ist keine Lösung, zumindest nicht, solange die lateinischen Ritter in Konstantinopel herrschen." Sigismund musste zustimmen. Seine Verlobte fuhr fort: „Aber wir könnten zusammen auf meine Insel reisen, der Priester dort ist mein Freund, er würde uns sicherlich helfen. Vielleicht ist auch schon eine neue Kirche erbaut worden!" Der Ritter fand diesen Gedanken reizvoll, dann allerdings fiel beiden ein, dass die Überfahrt erst in einigen Wochen oder Monaten möglich wäre, denn vorerst war das sturmgepeitschte Meer zu wild.

Da hatte Alexandra eine andere Idee: „Lieber Sigismund, einen Priester, der uns vermählt, finden wir sicherlich auch hier auf Kreta. Wir sollten einfach einen griechischen Priester fragen!" Der Ritter war sofort bereit, Erkundigungen einzuziehen. Mit Hilfe Williams, ihres Gastgebers, wurde ein Geistlicher gefunden, der Alexandra und Sigismund beraten konnte. Er hatte seine Kirche verloren, denn bei der Eroberung der Insel hatten die Venezianer alle größeren Kirchen in Besitz genommen. Aber er feierte Gottesdienst in einer Hauskirche und hatte noch immer eine ansehnliche und lebendige Gemeinde. Der Priester, Vater Theodoros, begrüßte das Brautpaar herzlich und hörte die beiden an, dann sagte er: „Ich helfe euch sehr gern. Nur müsst ihr wissen, dass wir keine öffentliche Hochzeit in der Stadt feiern können. Der

Kommandant würde einschreiten oder den Bischof informieren, dass ein lateinischer Ritter nach griechischem Kirchenbrauch geheiratet hat. Das würde Ärger hervorrufen. Im Moment werden alle religiösen Fragen auch als politische Fragen gesehen. Die Venezianer haben das Land besetzt und möchten, dass alle Griechen zur lateinischen Kirche übertreten. Bald wird vielleicht jeder, der zur griechischen Kirche hält, als Freiheitskämpfer gelten, der sich gegen die Venezianer und den Papst auflehnt. Die Gefahr ist sehr groß."

Sigismund war bedrückt, dass ihr persönliches Glück unter so schwierigen politischen Verhältnissen leiden sollte. Aber Alexandra ließ sich nicht beirren: „Vater Theodoros, wenn es in der Stadt nicht geht, dann heiraten wir auf dem Land, am besten in den Bergen. Sie sind wunderschön anzusehen. Ihre Erhabenheit passt zu einer Hochzeit." Der Priester lächelte. „Das ist eine sehr schöne Idee. In den Bergen gäbe es wahrscheinlich keine Probleme. Dort halten sich keine Venezianer auf, zumindest würde man es sehr schnell erfahren, wenn dort einer von ihnen unterwegs wäre."

Nun also begannen Vorbereitungen für eine Hochzeit in den Bergen. Dies musste im Verborgenen geschehen, damit weder die venezianischen Beamten und Wachen noch die lateinischen Priester aufmerksam würden. Alexandra, Sigismund und Hugolin ritten mit einer kleinen Gesandtschaft ins Gebirge, um einen geeigneten Ort ausfindig zu machen. Als nordischen Rittern begegnete man ihnen zunächst mit Misstrauen, aber Alexandras Erzählungen änderten dies schnell.

Die Bergdörfer waren schwer zugänglich. Jedes Dorf bildete eine Gemeinschaft für sich, manchmal nach der Hanglage unterteilt in ein oberes, mittleres und unteres Dorf. Man lebte von Jagd und Landwirtschaft, baute Wein, Oliven und Gemüse an. Schaf- und Ziegenherden durchkämmten Wälder und Wiesen. Die Kirchen hatten teilweise eine beachtliche Größe und schöne Ausmalungen. Sigismund und Hugolin fühlten sich sogar an die Kirchen der Stadt Konstantinopel erinnert, auch wenn man nur selten ein Mosaik zu Gesicht bekam. Auf blauem Freskengrund waren Engel, Apostel und Heilige, Jesus Christus und – mit weit ausgebreiteten Armen – Maria dargestellt. Selbst das kleinste Dorf hatte eine eigene Kirche und man erzählte von Einsiedlern, die in der Nähe kleiner Kapellen leben sollten. Hoch in den Bergen, in einem Dorf namens Roumata, traf der Reitertrupp auf einen Priester. Er saß in seinem schwarzen Gewand, mit geflochtenem Bart und gebundenem Haupthaar friedlich vor seiner Kirche und erholte sich offensichtlich von einem langen Gottesdienst, den er im Stehen verbracht hatte. Aus der kleinen Kirche kam der Geruch von Weihrauch und Lampenöl. Alexandra fühlte sich gleich wie zuhause und sprach fröhlich in griechischer Sprache mit dem Priester, der den Namen Basilios trug. Da jedoch traten schwer bewaffnete Männer zwischen den Bäumen hervor, offensichtlich Dorfbewohner, die die Reiter beobachtet hatten. Sie starrten finster auf die Ritter und fauchten: „Was wollen diese venezianischen Soldaten in unserem Dorf?" „Es sind keine venezianischen Soldaten", entgegnete Alexandra rasch, „außerdem möchte ich einen von ihnen heiraten. Ich bin Griechin wie ihr und komme von den Inseln!" Die Bewaffneten schienen diesen Worten nicht zu vertrauen. Drohend zogen sie ihre Dolche aus den Gürteln, während Alexandra sich beeilte zu erklären: „Da wir in Chania nicht heiraten dürfen, versuchen wir es hier bei euch in den Bergen." Einer der Männer tönte: „Woher wissen wir, dass ihr keine Spione seid?" Der Priester wies die Bewaffneten zurecht: „Es mag ja viele Spione geben, aber habt ihr jemals von einem Paar gehört, das heiratet, um ein abgelegenes Bergdorf auszuspionieren? Das wäre doch Unsinn!" Die Männer blickten finster auf Sigismund und Hugolin: „Das wäre Unsinn, wenn man nicht wüsste, dass in abgelegenen Bergdörfern der Freiheitskampf gegen die Venezianer vorbereitet wird. Aber das sollen sie ruhig wissen: Jedes griechische Dorf und jeder griechische Mann wird so lange kämpfen, bis die Fremdherrschaft beendet ist."

Der Ritter von Kugelstein fühlte sich verpflichtet, etwas zu erwidern: „Ihr seid tapfere Kämpfer, daran haben wir keinen Zweifel. Aber wir sind in friedlicher Absicht hier. Ihr sollt wissen, dass wir es nicht gutheißen, wenn Ritter des Kreuzes oder Venezianer andere Christen überfallen und ihren Besitz rauben." Die Worte fanden die Zustimmung der Bewaffneten: „Sehr gut gesprochen, Ritter, jetzt fehlt nur noch eines: Schließt euch dem Freiheitskampf an und helft uns, die Venezianer zu vertreiben!" Es war erneut der Priester Basilios, der die Gäste in Schutz nahm: „Ihr verlangt zu viel. Sie sind in friedlicher Absicht hierhergekommen und sollen auch in friedlicher Absicht wieder gehen dürfen." Einer der Dorfbewohner entgegnete: „Das mag sein, aber wer bei uns heiraten möchte, der muss auch unsere Sitten respektieren. In Zeiten wie diesen gehört es zu unseren Sitten, dass wir gegen die Fremdherrschaft kämpfen. Diese Griechin von den Inseln wäre sicherlich stolz, wenn sie einen mannhaften Kämpfer heiraten würde, nicht nur einen Ritter, der seine Waffen wie Spielpuppen mit sich führt." Sigismund antwortete energisch: „Am liebsten wäre ich mit dabei, wenn dieses Land befreit wird. Es sollte aber schnell gehen, denn wir möchten mit der Hochzeit nicht mehr lange warten."

Die Dorfbewohner zogen sich schließlich zurück. Hugolin wandte sich an den Priester Basilios: „Ist es für unsere Freunde nicht sehr gefährlich, hier Hochzeit zu feiern?" „Nein", entgegnete der Mann Gottes, „niemand wird euch ein Leid antun. Aber die Hochzeit wird sicherlich einen besonderen Charakter haben. Die Bergwelt ist rau, und die Männer hier sind es ebenso. Wir werden die Kirche festlich schmücken, und ihr bekommt natürlich das beste Fleisch von Lämmern und Ziegen, das es auf dieser Insel gibt. Die Tiere hier sind gesund und fressen saftiges, würziges Grün, das in der Meeresluft unter unserer Sonne besonders gut gedeiht. Aber erzählt zuerst einmal von euch!" Im weiteren Verlauf berichtete Alexandra, wie sie nach Kreta gelangt waren und welche Abenteuer hinter ihnen lagen. Vater Basilios konnte verstehen, dass Sigismund

und Alexandra nicht mehr lange warten wollten mit ihrer Hochzeit. Wen das Schicksal in dieser Weise zusammengeführt hatte, der sollte den Lebensbund schließen. Alexandra hatte sehr genaue und schöne Vorstellungen, wie die Hochzeit ablaufen sollte und freute sich mit ihrem Ritter auf das herrliche Fest.

Zunächst mussten sie aber nach Chania zurückkehren, wo ebenfalls Vorbereitungen zu treffen waren, insbesondere um einen Schneider zu finden, der angemessene Festkleidung nähen konnte. William und Sophia standen dem Paar mit vielen Ratschlägen zur Seite. Als William davon hörte, dass die Bergdörfer zum Freiheitskampf rüsteten, wurde er allerdings sehr unruhig. Er wusste, wie tapfer die Kreter kämpfen konnten und fürchtete um sein eigenes Haus am Stadtrand von Chania. Es war eine merkwürdige Stimmung, in der nun die Hochzeit vorbereitet wurde: Alexandras fröhliche Planungen wurden von den Sorgen um Kriegshandlungen belastet. Stürme fegten über die Insel, ließen die Flüsse, die von den Bergen kamen, anschwellen und zerstörten manchmal Brücken und Wege. Carolina erwartete hochschwanger die Geburt des Kindes. In Chania stolzierten venezianische Ritter und huschten griechische Boten. Es war kein ruhiger Winter, sondern das vollkommene Gegenteil. Im Bergdorf Roumata bereitete eine Gruppe von Frauen Hochzeitsgebäck vor. Die Kirche wurde gereinigt und festlich geschmückt.

Ж

Endlich war der große Tag gekommen. Sigismund und Alexandra zogen feierlich in die Kirche ein. Das Brautkleid wurde von allen bestaunt, aber man musste die Hälse recken, um überhaupt einen Blick zu erhaschen, denn die kleine Kirche war übervoll von Menschen. Weihrauch stieg auf, mehrstimmiger Gesang erklang aus fröhlichen Kehlen, und die Engel, die auf den Wänden abgebildet waren, schienen dem Brautpaar Segen zu spenden. Der Priester Basilios erhob seine feierliche Stimme, und der Chor antwortete ihm ebenso festlich. Auf dem Höhepunkt der Feier fand die Vermählung statt. Sigismund und Alexandra wurden gemäß griechischem Kirchenbrauch mit den Ehekronen gekrönt. Alexandra fühlte das Glück in ihren Adern pulsen. Sie musste dennoch auch an ihre Heimatinsel denken und wäre vielleicht traurig darüber geworden, hätte Sigismund sie nicht so liebevoll angelächelt, ihre Hand ergriffen und sie schließlich geküsst. Alexandra spürte in diesem Augenblick, wie gut alles war. Aber auch Sigismund dachte einen Moment lang an Sorgen, an Herausforderungen der Zukunft und bat Gott um seinen Beistand. Das Vertrauen und die Liebe, die Alexandra ihm zeigte, erfüllten ihn mit einer tiefen Freude und zugleich mit einem großen Verantwortungsgefühl. Als er ihre dunklen Augen funkeln sah, umrahmt von ihren wundersam glänzenden dunklen Haaren, da hatte er eine Empfindung, als wolle er sich in diese Frau verlieren.

Die Stunde allerdings galt nicht den beiden allein, sondern der ganzen Festgemeinschaft. Man feierte den ganzen Abend und die Nacht hindurch. Die Freunde Sigismunds und Alexandras waren bald nicht mehr zu unterscheiden von den Dorfbewohnern, alle bildeten eine glückliche Gemeinschaft. Erst am frühen Morgen legte man sich schlafen, als vom dunklen Himmel weißer Schnee rieselte.

Hugolin wollte bereits am nächsten Tag nach Chania zurückkehren, um nach Carolina Frau zu sehen, die hochschwanger die beschwerliche Reise in die Berge nicht hatte antreten können. Er vermisste auch Colo, seinen Falken. Das frisch vermählte Paar hingegen blieb mit einigen Freunden in den Bergen. Es war kalt dort, aber man wärmte sich an Herdfeuern und genoss die Gemeinschaft, die Erzählungen und Lieder. Der Ritter von Kugelstein kam immer wieder mit den Männern ins Gespräch, die den Freiheitskampf gegen die Venezianer planten. Er erfuhr, dass Waffenlager an verschiedenen Stellen eingerichtet worden waren und

Verstecke in der Stadt Chania dazu dienten, einen Anschlag auf die Besatzung vorzubereiten.

Ritter Sigismund gab den Freiheitskämpfern Ratschläge, da er sich in der Stadt auskannte und im Kampf sehr erfahren war. Immer mehr begeisterte er sich für die Sache der Kreter, die ihm gerecht vorkam. „Sind die Venezianer besser als irgendwelche Piraten?", fragte man ihn, und Sigismund musste zustimmen, dass es auch ihm so erschien. Man hatte nicht nur weite Teile der Insel besetzt, sondern unterdrückte ihre Bewohner und behinderte die gewohnte Lebensweise. So ließ sich Ritter Sigismund immer mehr auf die Seite der Freiheitskämpfer ziehen. Alexandra hatte einerseits nichts dagegen, denn in ihrem Herzen fühlte sie mit den griechischen Freunden. Aber andererseits hatte sie Angst davor, ihr frisch angetrauter Ehemann könnte in wilde Kämpfe verwickelt werden, Verletzungen erleiden oder gar sterben. Die Gefahren erschienen gewaltig, denn die Venezianer verfügten über eine hervorragende Ausrüstung und Kriegstechnik, außerdem hatten sie Verstärkung angefordert. Dies wiederum war ein Grund, warum die Freiheitskämpfer bald losschlagen wollten, denn in der Zeit der Stürme würde es nachrückenden Truppen schwerfallen, über das Meer zu gelangen.

Ж

Bei Carolina hatten sich inzwischen Geburtswehen eingestellt. Eine Hebamme und eine Amme waren zur Stelle, und Hugolin versprach ihnen großen Lohn, wenn sie die Schmerzen seiner Frau lindern und helfen würden, dass das Kind gesund zur Welt komme. Carolina hatte ihren Mann noch nie so nervös gesehen und musste ihm sogar gut zureden. Es dauerte einen Tag und eine Nacht, bis endlich die frohe Nachricht kam: Sie hatte nicht nur ein Kind geboren, es waren sogar zwei – Zwillinge, ein Junge und ein Mädchen. Das Erstaunen und die Freude darüber überwältigten Hugolin, als er die beiden in die Arme zu schließen versuchte, wobei er sich ebenso liebevoll wie unsicher anstellte. Noch nie hatte er so kleine Menschenkinder getragen, noch nie zwei auf einmal – und es waren die seinen! Trotz heftiger Schmerzen glänzten Carolinas Augen vor Glück: Jetzt waren sie eine vollständige Familie geworden!

Schon bald sollte die Taufe gefeiert werden. Die junge Mutter war einigermaßen zu Kräften gekommen, als sie mit Hugolin und den beiden Frischgeborenen zur Tauffeier in der Hauptkirche von Chania erschien. Der Junge sollte „Urs" heißen, das Mädchen „Ursulina". Anfängliche Zweifel über diese Namensgebung waren bald zerstreut, denn die Namen bedeuteten „Bär" und „Kleine Bärin". Dies passte wunderbar zur Burg Bärenfels und zur Fortdauer des tapferen Rittergeschlechts.

Innerhalb kurzer Zeit gab es nun die zweite große Festlichkeit, und langsam kehrte der Frühling ein, die Insel erstrahlte an ihren Küsten im farbigen Kleid der Blüten, während die Berge schneebedeckt weiß im Sonnenlicht leuchteten. Hugolin ritt wieder häufiger mit Zentaurus und Colo aus. Oftmals saßen die Freunde in Williams Garten und wünschten sich, das ganze Leben würde so aussehen. Aber da öffnete Sigismund sein Herz und teilte mit, er werde den Widerstandskampf der Kreter unterstützen und an ihm teilnehmen. Hugolin versuchte, ihn davon abzuhalten: „Lieber Freund, hast du mir nicht vor einiger Zeit gesagt, wir sollten die Gefahren nicht herausfordern und das Leben etwas ruhiger angehen? Wolltest du nicht eine Familie gründen und ein rechtschaffenes, friedvolles Leben führen? Jetzt aber willst du dich in das gefährlichste Abenteuer deines Lebens stürzen und für fremde Menschen gegen eine fast unbesiegbare Übermacht kämpfen?"

Sigismund fiel es schwer, seinem Freund zu widersprechen, aber er sah keinen anderen Weg. „Hugolin, natürlich hast du Recht, aber du übersiehst, dass ich mit einer Frau verheiratet bin, die selbst eine Griechin ist und die auf der Seite der Kreter steht. Die Freunde in den Bergen haben uns so viel Gutes getan, wir können sie jetzt nicht im Stich lassen. Sie wollten längst schon einen Angriff wagen. Unsere Hochzeit und eure Taufe haben ihre Pläne verzögert. Bald ist die Zeit der Stürme ganz vorbei und die Venezianer können leicht um die Insel herumsegeln und Verstärkung holen. Der Schlag muss jetzt geführt werden, sonst dauert es wieder viele Monate. Mit jedem Monat aber verstärken die Besatzer ihre Festungsmauern und schaffen mehr Waffen heran."

Hugolin fühlte, dass sein Freund fest entschlossen war, gemeinsam mit den Kretern zu kämpfen. Er hätte ihn gerne unterstützt, musste aber daran denken, seine Familie aus der Gefahrenzone zu bringen. Würde er den Aufstand abwarten, so würde er vielleicht in die Kämpfe verwickelt, außerdem wäre der Hafen möglicherweise für längere Zeit blockiert. Carolina begann zu weinen, als ihr die Situation in voller Tragweite bewusst wurde. Es blieb wenig Zeit für weitere Überlegungen. Hugolin verhandelte mit Kapitän Stavros, er möge nach Sizilien segeln, wo sich Kaiser Friedrich aufhalten sollte, und bat den Seemann, die Ausfahrt des Schiffes vorzubereiten. Der Ritter sprach mit den Nubiern, ob sie lieber bei Sigismund bleiben oder mit ihm kommen würden. In ihrer Verbundenheit zu den Rittern erklärten sie, dass Omar Sigismund begleiten werde und Said Hugolin folgen werde. William und seiner Frau hatte man angeboten, sie könnten in den Bergen Zuflucht suchen oder mit Hugolin kommen, aber sie wollten in Chania bleiben und baten Sigismund, die Freiheitskämpfer um Schutz ihres Hauses zu ersuchen. Im Gegenzug versprach William, bei einer Siegesfeier der Kreter alle Blumen seines Gartens zur Verfügung zu stellen und außerdem eine größere Menge Wein.

Vor dem Abschied ritten Sigismund und Hugolin zusammen aus und erreichten eine Anhöhe, von der man einen Ausblick auf Chania und die ganze Küstenebene hatte. Hier oben versuchten sie, die nächsten Schritte ihrer Lebenswege zu erkennen und einen Punkt zu finden, an dem man sich wiedersehen würde. Der Ritter von Kugelstein schaute in die Berge, wo die Hauptmacht seiner Kampfgefährten lagerte, Hugolin blickte auf das Meer. In der Nähe des Leuchtturms lag das Schiff, das ihn weiter nach Sizilien bringen sollte. „Mein Freund", sprach Sigismund, „du musst in See stechen. Vorher können wir die Stadt nicht angreifen. Wir werden uns auf die eine oder andere Weise wiedersehen. Vielleicht wird es mir gelingen, dich auf Burg Bärenfels zu besuchen, oder du kehrst eines Tages zurück nach Kreta." Ritter Hugolin antwortete nachdenklich: „Sigismund, ich hoffe sehr, dass wir uns wiedersehen, aber du weißt so gut wie ich, dass dies ungewiss ist. Mir bereitet Sorge, du könntest in Schwierigkeiten kommen und ich wäre nicht zur Stelle." Der Ritter von Kugelstein klopfte seinem Freund auf die Schultern und sprach: „Mach dir keine Sorgen um mich. Ich bin glücklich, wo ich bin, und auch wenn die Venezianer gut ausgerüstet sind, wir haben viele Männer und genügend Rückzugsmöglichkeiten für den Notfall. Vielleicht verlieren wir eine Schlacht, aber Kreta wird eines Tages wieder frei sein. Wäre es nicht großartig, wenn auch ein Ritter des Nordens an dieser Befreiung Anteil hätte?"

Hugolin bewunderte seinen Freund: „Du bist ein mutiger und ritterlicher Mensch, lieber Sigismund, so habe ich dich immer gekannt. Denke aber nicht nur an den mutigen Kampf, sondern auch daran, für Alexandra ein guter Ehemann zu sein! Ich möchte dich wohlbehalten wiedersehen, und dann werden wir viele Tage miteinander verbringen und uns viel zu erzählen haben." Der Ritter von Kugelstein blickte Hugolin ernst an: „Bis dahin ist einiges zu tun. Zuerst musst du mit Carolina, Urs, Ursulina und Gefolge die Segel hissen. Kurz danach wird der Angriff auf die Venezianer erfolgen. Wenn du die Fahne der Kreter auf der Festung wehen siehst, weißt du, dass wir gesiegt haben. Ansonsten suche das Weite. Du wirst mir nicht helfen können, sollte der Angriff scheitern. Die Venezianer werden Nachforschungen anstellen und bemerken, dass ich an dem Aufstand Anteil habe. Dann bist auch du in Gefahr, also segle weiter nach Sizilien. Gott möge dich schützen und dir helfen, Kaiser Friedrich zu finden!" Die Freunde umarmten sich kräftig und ritten zurück.

Wenige Stunden später befanden sich alle, die nach Sizilien reisen wollten, an Bord des Schiffes und auf See, aber noch in Hafennähe. Die Nacht brach herein, und man legte sich ein wenig zur Ruhe. Im Morgengrauen wurde Hugolin aus dem Schlaf gerissen. Heftiges Getöse erschütterte Chania. Feuerschein flackerte über das unruhige Meer herüber. Der Ritter flehte zu Gott, dass seine Freunde beschützt würden. Aber als der Morgen hereinbrach und Ruhe herrschte, wehte immer noch das Löwen-Banner der Venezianer über der Stadt und dem Hafen. Der Aufstand hatte offensichtlich nicht das gewünschte Ziel erreicht. Hugolin schickte ein Boot an Land, um Erkundigungen einzuholen. Kurze Zeit später kehrten die Matrosen wieder. Sie berichteten, die Stadt sei in heller Aufregung. Die Freiheitskämpfer hätten einen Teil der Festungsmauer eingerissen, aber es sei ihnen nicht gelungen, einzudringen und die Besatzung zu überwinden. Man habe mit William sprechen können, der Nachricht von Sigismund erhalten habe, er werde sich in die Berge zurückziehen. Hugolin war froh, dass sein Freund offensichtlich noch lebte, aber er wusste, dass es nun höchste Zeit war, aufzubrechen, wollte er sich und die Seinen nicht in große Gefahr bringen. Bald schon befand sich das Schiff auf dem offenen Meer. Man umsegelte in weitem Bogen eine Halbinsel und nahm Kurs auf Sizilien.

Ж

In dieser Gegend des Meeres kannte sich Kapitän Stavros nicht aus. Er war angewiesen auf die Berichte, die er von venezianischen Steuermännern und Kapitänen eingeholt hatte. Die Richtung nach Westen zu finden war nicht schwer, aber man durfte nicht zu weit nach Süden abkommen, sonst befände man sich in Gewässern, die von Sarazenen kontrolliert wurden. Man durfte aber auch nicht zu weit nach Norden abdriften, denn dort sollte es gefährliche Strömungen geben. Es galt, das Ionische Meer zu durchqueren, weit entfernt von rettenden

Inseln oder dem Festland. Kurz vor dem Ziel musste man die Meerenge von Messina passieren, ein Manöver, das seit Jahrhunderten von allen Seeleuten gefürchtet wurde. Selbst die berühmten Seefahrer Odysseus und Aeneas sollten hier fast ums Leben gekommen sein.

Nach dem Winter waren die Matrosen etwas außer Übung. Sie mussten sich erst wieder an das Leben auf dem Meer gewöhnen. Abends saßen Hugolin und Carolina mit ihren Kindern an Deck und blickten auf die See hinaus. Der Mond wurde von Abend zu Abend runder und voller. Im Wellengewand des Wassers war der spiegelnde Lichtglanz zu sehen, der tief ins Herz zu dringen schien. Ursulina und Urs gefiel die Schifffahrt offensichtlich sehr gut. Sie lachten viel und tranken glücklich an der Brust ihrer Mutter.

Unterwegs traf man ein griechisches Handelsschiff, das aus Neapel kam. Der Kapitän berichtete, die Meerenge von Messina sei dieses Frühjahr besonders schwer zu passieren, wegen der vielen und starken Strömungen solle man lieber die Insel Sizilien umsegeln und von der anderen Seite nach Palermo gelangen. Stavros wurde missmutig, als er von der schwierigen Lage und dem möglicherweise bevorstehenden Umweg hörte. Er war schon viel weiter nach Westen gesegelt, als er eigentlich vorhatte. Daher bat er Hugolin, in Naxos landen zu dürfen. Der Ritter von Bärenfels könne mit seinem Gefolge auf dem Landweg nach Palermo ziehen und unterwegs allerhand Erkundigungen über Kaiser Friedrich einholen. Das werde ihm vielleicht nützlich sein, wenn er vor den erhabensten Herrscher des Erdkreises trete.

Der Ritter war gerne bereit, dem Kapitän einen solchen Gefallen zu erweisen, denn er hatte die Geduld des Mannes schon lange in Anspruch genommen. Außerdem machte er sich Sorgen um die kleinen Kinder. Eine halsbrecherische Fahrt durch die Meerenge wäre auch für Ursulina und Urs eine große Gefahr. So landete das Schiff schließlich im Hafen von Naxos, einer hübschen Stadt am Fuße des gewaltigen Vulkanberges

Ätna. Zentaurus war glücklich, wieder festen Boden unter den Hufen zu haben, und der Falke Colo witterte frische Beute.

Ж

Mittlerweile hatte der Sommer Einzug gehalten, und man freute sich an den ersten Früchten des Jahres. Der Hengst tollte begeistert herum und ließ seinen Hufen freien Lauf. Die Seeleute wollten sich einige Tage in der wunderschönen Küstenstadt erholen, bevor sie wieder in Richtung Griechenland aufbrechen mussten. Hugolin und Carolina verabschiedeten sich mit vielen Umarmungen von dem tapferen Stavros und baten ihn, die griechischen Inseln zu grüßen und in Kreta nach Sigismund und Alexandra Ausschau zu halten.

Der Ritter mietete einige Pferdegespanne und ließ alles Gepäck verladen, dann ging es weiter in Richtung Catania. Die Menschen, die man unterwegs traf, zeigten sich merkwürdig zurückhaltend, wenn nicht abweisend. An einer Raststation erkundigte sich Hugolin nach dem Grund dieser Verhaltensweise: „Sind die Menschen hier feindlich gegen Fremde?", fragte er einen Stallburschen. „Oh nein", erwiderte dieser, „hier gibt es mehr Fremde als Einheimische, wie sollte man da feindlich gegen Fremde gesinnt sein? Aber habt Ihr nicht von dem großen Unglück gehört, das auf der Stadt Catania lastet?" „Welches Unglück?", erwiderte der Ritter von Bärenfels. „So wisst Ihr es nicht!", seufzte der Stallbursche. „Die Kaiserin ist gestorben – und das in Catania – auf der Stadt lastet ein Fluch!" „Unsere Kaiserin Konstanze ist gestorben?", entfuhr es Hugolin mit entsetzter Stimme. „Sie wurde doch erst vor kurzer Zeit in Rom gekrönt!" „Das ist ja das Schlimme!", meinte der Stallbursche. „Manche halten es für ein böses Omen, für eine Strafe Gottes!" „Aber nein!", entgegnete der Ritter. „Die Kaiserin hat keine Strafe verdient, sondern Lohn und Anerkennung!" „Natürlich", meinte der Stallbursche, „aber denkt einmal genauer nach: Der Kaiser war nicht hier, als sie starb. Kein gutes Omen! Friedrichs Vater, Kaiser Heinrich, war ein Feind Catanias, er hat die Stadt zerstören lassen. Jetzt folgt vielleicht die Rache – oder aber eine Strafe – jedenfalls nichts Gutes. Und bedenkt noch etwas anderes: Die Mutter Kaiser Friedrichs, ebenfalls des Namens Konstanze, war eine Normannin, eine echte Hauteville. Sie liebte das Volk und schützte es, während ihr Mann das Volk oftmals quälte. Friedrich ist sein Sohn, wer weiß, ob er jetzt das Verhalten seines Vaters nachahmt. Schon mancher Mann wurde in seiner Trauer verbittert, hart und ungerecht. Konstanze kann ihn jetzt nicht mehr zurückhalten."

Hugolin konnte nicht fassen, was er da hörte. Er blickte hinauf zum Ätna, aus dem eine leichte Rauchwolke aufstieg. Vielleicht war sogar der Vulkan gereizt? Der Ritter von Bärenfels wusste nicht viel von den sizilianischen Verhältnissen. Die Normannen hatten die Insel der arabischen Herrschaft entrissen, aber es lebten immer noch viele Muslime hier. Einige Normannen hatten sich gegen die Übertragung der Herrschaft auf Friedrichs Vater und schließlich auf den jungen Friedrich aufgelehnt. Aber das lag doch schon viele Jahre zurück. Friedrich regierte bekanntlich viel maßvoller als sein Vater, der für seine Zornesausbrüche bekannt gewesen war und der Widerstand mit dem Tod bestraft hatte. Ritter Hugolin geriet ins Grübeln. Solch wichtige Fragen mit einem Stallburschen zu besprechen, schien ihm aber nicht angemessen. Daher erkundigte er sich, ob vielleicht ein Kloster in der Nähe zu finden sei, wo man Genaueres über die Situation erfahren könne. „Kloster Sankt Nikolaus", meinte der Stallbursche sofort, „dort gibt es viele gelehrte Mönche. Versucht es dort!"

Hugolin unterrichtete Carolina über die Lage, und sie stimmte zu, das Kloster aufzusuchen. Der Weg dorthin führte durch Felder und Weinberge, immer näher an die Hänge des Vulkans heran. Die Sonne ging bereits unter, als der kleine Zug die Klostermauern erreichte. Ein Mönch, der es eilig hatte, die klösterliche Gebetszeit einzuhalten, wies einen Bediensteten an, für Hugolin und sein Gefolge eine Unterkunft einzurichten. Den Abend verbrachten Carolina und Hugolin mit langen Gesprächen. Im Unterschied zu Hugolin hatte Carolina gute Kenntnisse über Kaiserin Konstanze, denn Konstanze war Königin von Ungarn gewesen – Carolinas Heimat. Nach dem Tod ihres ersten Mannes musste Konstanze mit ihrem Sohn, der zum Nachfolger seines Vaters bestimmt war, aus Ungarn fliehen. Sein Onkel, der die Macht an sich riss, trachtete dem Kind nach dem Leben und ließ es wahrscheinlich umbringen. Jedenfalls starb der Junge kurz nach der Flucht. Carolina empfand tiefe Trauer um Konstanze, denn die Herrscherin stand in bestem Ruf, und ihr Schicksal rührte das Herz jedes wohlmeinenden Menschen. Konstanze galt als eine kluge Frau, die viele Sprachen verstand und sprach. Aus der Königsfamilie Aragoniens in Spanien stammend war sie fromm erzogen worden, ihr Vater war ein fortschrittlicher und erfolgreicher Herrscher gewesen, der die Dichtkunst geliebt hatte.

Am nächsten Morgen erschien ein Mönch, der sich nach Hugolins Anliegen erkundigte. Der Ritter von Bärenfels erklärte, er sei in einer wichtigen Mission – die er inhaltlich nicht näher erläutern könne, die aber mit dem Heiligen Land zu tun habe – unterwegs an den kaiserlichen Hof. Die Nachricht vom Tode der Kaiserin habe ihn sehr beunruhigt, und er sei auf verlässliche Informationen angewiesen. Der Mönch nickte und lud ihn ein, in die Klosterbibliothek zu kommen, wo ein erfahrener Pater mit ihm sprechen werde. Hugolin bat, dass seine Frau an dem Gespräch teilnehmen könne. Der Mönch stimmte zu, wies allerdings einen anderen Ort an, denn die Bibliothek lag innerhalb der Klausur, welche nach den strengen Regeln des Klosters von Frauen nicht betreten werden durfte. Deshalb sollten sie sich im Speisesaal für Gäste einfinden.

Wenig später trafen Carolina und Hugolin im Gästerefektorium auf einen alten Mönch. Der Mann begrüßte sie mit dem Friedensgruß: „Der Friede Christi sei mit euch!" Hugolin und Carolina erwiderten: „Und mit Euch, ehrwürdiger Vater!" „Nun", sprach der Mönch, „man nennt mich Maurus, ich leite die Bibliothek und das Skriptorium, in dem viele kostbare Bücher hergestellt werden. Gerne stehe ich euch mit meinen Kenntnissen zu Diensten." Der Ritter freute sich über die Freundlichkeit des Mönchs. „Ich danke Euch, Vater Maurus! Da Ihr mit wichtigen Aufgaben befasst seid, möchten wir Eure Zeit nicht zu sehr in Anspruch nehmen. Aber seht, ich bin ein Pilger, und ich habe einen wichtigen Auftrag zu erfüllen, der unseren Kaiser und das Heilige Land betrifft." Vater Maurus blickte Hugolin durchdringend an: „Es geht um Friedrichs Zug ins Heilige Land?" „Ja und nein, ehrwürdiger Vater", gab Hugolin zur Antwort, „ich habe dem Kaiser Nachrichten zu überbringen, und ich möchte in Erfahrung bringen, ob mein Herrscher von mir die bewaffnete Pilgerfahrt fordert." Der Mönch wunderte sich: „Es ist doch allgemein bekannt, dass der Kaiser jeden verfügbaren Ritter benötigt. Aber es ist doch ebenso bekannt, dass die Pilgerfahrt freiwillig, nicht auf Befehl hin zu erfolgen hat." Hugolin entgegnete: „So heißt es, aber tatsächlich wird die Teilnahme oft erzwungen." „Du gehörst sicherlich nicht zur kaiserlichen Garde und bist wohl auch kein Söldner", erwiderte Maurus, „jedenfalls – wenn du ein echter Ritter bist, dann kannst du bekanntlich zwar zum Kriegsdienst gerufen werden, nicht aber zu einer Pilgerfahrt." Der Ritter erwiderte: „Man nennt den Zug im Zeichen des Kreuzes eine Pilgerfahrt, aber wissen doch alle, dass es ein Kriegszug ist." Vater Maurus legte die Stirn in Falten: „Unser Heiliger Vater hat viele Anordnungen getroffen und Befehle erteilt, um die Rückeroberung Jerusalems zu unterstützen, aber es ist mir nicht bekannt, dass er freie Christen verpflichtet hätte, am Zug teilzunehmen. Sonst wäre es keine Pilgerfahrt mehr, und wie sollte man Gottes Beistand erhoffen dürfen oder den Ablass von Sündenstrafen, wäre man kein Pilger? Ganz nebenbei, könnte der Heilige Vater zu einem solchen Zug aufrufen, wenn es ein gewöhnlicher Kriegszug wäre? Doch kaum, er müsste es den Königen und dem Kaiser überlassen. Aber das geschieht nicht." „Den Willen Gottes zu erforschen, steht mir nicht zu", äußerte der Ritter. „Das brauchst du doch gar nicht", entgegnete Vater Maurus. „Es reicht zu wissen, was eine Pilgerfahrt ist und dass man zu einer Pilgerfahrt nicht gezwungen werden kann."

In Hugolins Kopf begannen sich die Gedanken zu drehen. Hätte nicht auch Vater Antonius so sprechen können und damit Reginalds Anordnung als Lüge enttarnen können? War er, Hugolin, tatsächlich durch die halbe Welt gereist, um schließlich zu erfahren, dass es keine logische Grundlage für seinen Schwur gab? Wozu war er dann überhaupt nach Sizilien gekommen? In die Stille hinein sagte Carolina: „Mein Mann hat einen Schwur abgelegt, die Pilgerfahrt anzutreten. Ob er von diesem Schwur gelöst werden kann – diese Entscheidung liegt natürlich nicht in seiner Befugnis." „Dann gibt es wohl keinen anderen Weg, als ins Heilige Land zu ziehen", erwiderte Maurus. „Gleichwohl war es unvorsichtig, einen solchen Schwur zu tätigen." „Es war ein großer Fehler!", gestand Hugolin. Maurus seufzte: „Es gibt manchmal Wege, einen Schwur zu lösen – etwa indem man eine Kirche oder ein Kloster gründet oder zumindest eine große Spende gibt." Hugolin schüttelte den Kopf. „Dazu fehlen mir die Mittel, außerdem möchte ich meinen Herrscher bitten, die Last des Schwurs zu lösen, denn der Schwur wurde in Friedrichs Namen erzwungen." Vater Maurus wunderte sich sehr. „Wie kann man in den Kaisers Namen einen solchen Schwur erzwingen?" Carolina sprach: „Wahrscheinlich war es Betrug. Aber genau dies muss mein Mann in Erfahrung bringen, und deshalb ist er hier auf Sizilien." Der Mönch brummte: „Denkt Ihr, dass der Kaiser Zeit hätte, sich um eine solche Angelegenheit zu kümmern, oder dass auch nur seine Kanzlei dies tun könnte? Die Araber befinden sich im Aufstand, die Kaiserin ist gestorben, das lateinische Heer wurde in Damiette geschlagen, in Apulien wird eine neue Residenz gebaut – und vieles andere geschieht, das den Herrscher in Anspruch nimmt."

Hugolin schämte sich und versuchte, sein Anliegen zu rechtfertigen: „Ich bin bereit, meinen Schwur zu erfüllen. Aber es geht nicht nur um diesen Schwur, sondern um meine Burg

Bärenfels, die mir im Namen des Kaisers – oder durch Missbrauch seines Namens – entwendet wurde. Es geht auch um Nachrichten, die ich aus Konstantinopel zu überbringen habe. Außerdem habe ich die Botschaft eines Seldschukenkapitäns und Informationen aus erster Hand über die Ereignisse in Damiette." Vater Maurus zeigte sich erstaunt: „Das ist etwas anderes. Ob der Herrscher deine Informationen benötigt, weiß ich nicht, denn er hat Botschafter überall in der Welt. Aber ganz sicher möchte er nicht, dass jemand seinen Namen missbraucht und Unrecht statt Recht übt. Es ist allseits bekannt, dass Friedrich das Reich in guter Rechtsordnung führen möchte."

Carolina ergriff das Wort: „Wir haben erfahren, dass der Tod der Kaiserin für Unruhe sorgt. Man spricht von einer Strafe Gottes. Könnt Ihr uns etwas über die Umstände sagen?" Der Mönch senkte den Kopf. „Kaiserin Konstanze ist unsere Wohltäterin. Ich bete stündlich für sie. Gottes Zorn hat sie ganz sicher nicht zu fürchten. Aber die Leute reden viel Unnützes, und der Aberglaube ist weit verbreitet." „Aberglaube?", fragte Carolina nach. „Aberglaube!", bekräftigte Vater Maurus. „In Unkenntnis des Wortes Gottes meinen viele Menschen, Gott spräche durch Naturereignisse, Gewitter, Blitz und Donner – und er spiele mit uns Menschen, als wären wir Figuren auf einem Spielbrett. Um es klar zu sagen: Der Tod der Kaiserin ist kein Gottesurteil, kein himmlisches Zeichen, und ich glaube auch nicht, dass sie Opfer eines Anschlags geworden ist. Sie wurde krank und starb, so traurig und einfach ist es." Hugolin erkundigte sich: „Der Kaiser selbst war nicht zugegen, als Konstanze starb?" „Nein", antwortete Maurus, „aber das ist nichts Ungewöhnliches. Regierungsgeschäfte erforderten seine Anwesenheit auf dem Festland. So traf er sich mit dem Heiligen Vater in Veroli, um über den Zug ins Heilige Land zu sprechen. Das ist seine Aufgabe. Jetzt wird er auf Sizilien benötigt, wegen des Begräbnisses der Kaiserin und wegen des Aufstands der Muslime." „Was ist das für ein Aufstand?", fragte der Ritter nach. Maurus erwiderte: „Es gab schon viele

Aufstände. Die Muslime betrachten Sizilien als ihr Land. Ein Ereignis wie die Kaiserkrönung, die Krankheit oder der Tod der Kaiserin ist für sie ein Anlass, die Rückeroberung der Insel zu versuchen. Es wird einige Zeit dauern, bis der Kaiser und sein Admiral die Lage endgültig unter Kontrolle haben, aber genau dies wird geschehen. Es heißt, der Emir der Araber sei gefangen genommen worden. Wie lange die Kämpfe dauern, weiß aber im Moment niemand zu sagen."

Der Ritter von Bärenfels ahnte, dass die Verhältnisse auf Sizilien weitaus komplizierter waren, als er es je geahnt hätte. Die letzte Etappe seiner Reise könnte sehr viel gefährlicher werden als gedacht. So bat er Maurus um einen Rat, welche Route sie nun einschlagen sollten. „Meidet Catania", empfahl der Mönch, „zieht von hier an den Hängen des Ätna vorüber und haltet dann auf Palermo zu. Fragt Hirten und Bauern nach dem Weg. Muslimen gegenüber zeigt euch friedlich, reizt sie nicht, verzichtet auf Ritterkleidung und verbergt alle Waffen. Man wird euch beobachten, aber man wird euch ziehen lassen, wenn keine Gefahr von euch ausgeht. Wenn euch das zu unsicher erscheint, wartet, bis ein Trupp Ritter des Weges kommt und schließt euch ihnen an." Hugolin und Carolina waren dankbar für die Ratschläge. „Eines noch", sprach der Mönch, „oberhalb der Stadt Palermo liegt das Kloster Monreale. Klopft dort an, ich gebe euch ein Empfehlungsschreiben mit. Das Kloster ist eine königliche Gründung, vielleicht hat man Möglichkeiten, euch weiterzuhelfen." Hugolin und Carolina schöpften neue Hoffnung. Kurze Zeit später entließ sie Vater Maurus mit einem Empfehlungsbrief und mit seinem Segen.

ж

Ritter Hugolin sprach sofort mit Said, ob er in der Lage sei, mit Muslimen zu verhandeln, sollten sie sich ihnen in den Weg stellen. Der treue Nubier erklärte sich bereit, und so wagte der kleine Trupp den Aufbruch in Richtung Palermo. Wegen des

Küstengebirges im Norden, das es zu überwinden galt, rechnete Hugolin mit mindestens zehn Tagesetappen, was angesichts der zunehmenden Sommerhitze insbesondere für die kleinen Zwillinge eine Herausforderung darstellte. Insgeheim bedauerte der Ritter, Stavros nicht überredet zu haben, die Seereise bis Palermo fortzusetzen. Man entschied sich, jeweils in den frühen Morgenstunden aufzubrechen und ab Mittag zu rasten, notfalls bis zum nächsten Morgen. Zunächst kam man aber trotz solcher Sorgen gut voran. Die Landschaft zeigte sich freundlich und fruchtbar. Überall gab es reichlich zu essen und immer wieder Quellwasser zu trinken.

Erst hinter Enna traten nennenswerte Schwierigkeiten auf. Hier hatten Araber ein Dorf überfallen und versucht, es unter ihre Gewalt zu bringen. Dieser Versuch war gescheitert, auf beiden Seiten wurden viele Opfer beklagt. Um ihren Toten wenigstens ein würdiges Begräbnis zu ermöglichen, hatten sich die Araber unterworfen und einer Umsiedlung ihrer eigenen Familien zugestimmt. Nun trugen sie die Leichname ihrer Glaubensbrüder auf einen Hang, wo man Gräber aushob und ein Imam die Gebete sprach. Said bat um die Möglichkeit, an den Bestattungen teilzunehmen, da alle Muslime eine Gemeinschaft bilden würden und die Beerdigung eine besondere Bedeutung im Leben jedes Muslims habe. Hugolin und Carolina verharrten mit den Zwillingen im Schatten, während sich der Nubier entfernte.

Bald jedoch kehrte Said zurück. „Es fehlt an Wasser und Tüchern", berichtete er, „die Bestattungen können noch nicht vollzogen werden, wie es Sitte ist." Hugolin wunderte sich: „Nach einer Schlacht ist es wichtig, die Körper der Erschlagenen vor wilden Tieren zu schützen, aber unmöglich kann man jeden Gefallenen aufwändig beerdigen." „Für uns Muslime ist es entscheidend, in der richtigen Weise begraben zu werden", erwiderte der Nubier, „denn nun ist es an der Zeit, vor Allah zu treten, und dies muss in würdiger Weise geschehen. Der Prophet hat erlaubt, dass Kämpfer in ihrer Kampfkleidung bestattet werden, aber dennoch sollten sie gewaschen und gesalbt werden." „Das ist eine gute Sitte", befand Carolina, noch bevor Hugolin etwas sagte, „wir sprechen mit den Dorfältesten, ob sie Wasser aus den Brunnen zur Verfügung stellen."

Hugolin war in seinem Herzen hin- und hergerissen. Er achete die Toten. Tote zu begraben war ein Werk christlicher Barmherzigkeit und eine ritterliche Aufgabe. Aber waren diese Kämpfer nicht auch gewalttätige Feinde gewesen, die viele Dorfbewohner umgebracht hatten? Er musste an Alexandras Insel denken und das große Unglück, das dort geschehen war. Said wusste genau, welche Gedanken Hugolin beschäftigten. Er bat den Ritter: „Gib mir die Möglichkeit, etwas für den Frieden zu tun – für meinen eigenen, für den Frieden der Toten und für den Frieden zwischen Muslimen und Christen." Hugolin willigte schließlich ein und machte sich auf den Weg ins Dorf.

Die Bewohner waren keineswegs erfreut, als Hugolin sie um Wasser bat und den Grund dafür erklärte. Ein Mann verfluchte die Muslime und wünschte eine Seuche über sie herab, ein anderer berichtete von den Opfern, die seine eigene Familie erlitten hatte. Wieder ein anderer meinte traurig, die Toten des Dorfes hätten sich mit etwas Weihwasser begnügen müssen. Der Dorfälteste schließlich verlangte eine Gegenleistung der Muslime. Sie sollten die Zitronen- und Orangenhaine in Ordnung bringen, die seit einigen Jahren in einem schlechten Zustand seien. Wären sie dazu bereit, könnten sie Brunnenwasser erhalten. Mit dieser Nachricht kehrte Hugolin zurück. Said nickte. „Man sollte wissen, dass Zitronen und Orangen von den Muslimen nach Sizilien gebracht wurden. Sie wissen, mit diesen Pflanzen umzugehen und Bewässerungssysteme anzulegen. Vielleicht sollte man ihnen dankbar dafür sein. Vielleicht müssten sie dann auch keine Aufstände mehr durchführen. Aber gut, nun können die Toten hoffentlich bestattet werden, wie es sein soll."

Hugolin begleitete die arabischen Männer, die nach einiger Zeit kamen, um im Dorf Wasser zu holen. Er trug sein Schwert und gab sich als Ritter des Kreuzes zu erkennen – hoffend, dass dies sowohl den Dorfbewohnern als auch den Arabern Respekt einflößen würde. Auf beiden Seiten herrschte eisige Stille. Am Gräberfeld angelangt, beobachtete der Ritter, dass die ausgehobenen Gruben alle in eine bestimmte Richtung wiesen. Said erklärte ihm, dass Muslime sich nicht nur beim Gebet der Heiligen Stadt Mekka zuwenden würden, sondern auch im Tod. Hugolin bewunderte die Sorgfalt, mit der alle Verrichtungen geschahen. Menschen, die so mit ihren Toten umgingen, dachte er, mussten eine hohe Kultur haben.

Am späten Nachmittag waren die Bestattungen abgeschlossen, und die Muslime zogen sich zurück. Hugolin und Carolina aber machten sich auf in Richtung Westen, um der Stadt Palermo ein Stück näherzukommen. Langsam wurde das Gelände zerklüfteter und unwegsamer, die Menschen aber zeigten sich freundlich und hilfsbereit, so dass es keine Schwierigkeit war, Unterkünfte zu finden. Hugolin sprach immer wieder mit Said über den Glauben und die Kultur der Muslime. Saids Vorfahren waren Christen gewesen. Er kannte sich mit beiden Religionen gut aus. „Wir sind nicht so weit voneinander entfernt, wie viele sagen", meinte der Nubier, „aber der Glaube an Gott als den Einzigen und Absoluten verlangt in gewisser Weise, dass nicht jede Religion gleichermaßen Gültigkeit haben kann. Aber trotzdem sagt der Prophet, dass Muslime, Christen und Juden respektvoll miteinander umzugehen haben. Gott hat sich in allen drei Religionen geoffenbart. Allerdings, so hat es mir ein Imam erklärt, ist die jüdische Bibel noch unvollkommen im Vergleich zum Heiligen Koran, und die Christen glauben, dass Gott am Kreuz gestorben ist, was nach unserem Glauben unmöglich ist. Was soll ich dazu sagen? Ich folge dem Propheten, und Gott wird über jede Menschenseele richten, es ist nicht meine Entscheidung, ob diese Seele recht oder unrecht gelebt oder geglaubt hat."

Hugolin hätte gerne gehört, was die Mönche, die er kennengelernt hatte, zu Saids Worten zu sagen hätten.

Antonius, Andreas oder Maurus hätten sicherlich manches vorgebracht, aber sie waren weit entfernt. Vielleicht gäbe es im Kloster Monreale, das vor ihnen lag, Gelegenheit für ein solches Gespräch. In seinen eigenen Gedanken erschienen Hugolin die Streitfragen der Religionen plötzlich unbedeutend angesichts der Tatsache des Todes und des bevorstehenden Übergangs in eine andere Welt. Die Größe Gottes war doch nur zu ahnen, wie sollte man sie in kleinlichen, rechthaberischen menschlichen Worten erfassen? Carolina war der Meinung, es käme beim Glauben vor allem darauf an, das Richtige zu tun. Das Handeln sei wichtiger als das Reden. Jesus habe die Schriftgelehrten und Pharisäer getadelt, dass sie rechthaberisch streiten, aber zu wenig handeln würden. Also solle man, ihrer Meinung nach, nicht rechthaberisch reden, sondern das Rechte tun.

Endlich näherte man sich der Küste und somit der königlichen Stadt Palermo. Die Wege wurden breiter und mündeten in eine viel genutzte Straße. Zur Rechten schimmerte das Meer, zur Linken erhoben sich Berge. Dann tauchten die ersten Kuppeln der Metropole auf. Ein jüdischer Kaufmann empfahl ihnen einen Weg zum Kloster Monreale, das am Berghang oberhalb der ausgedehnten Stadt lag, und begleitete sie ein Stück des Weges. Hugolin und Carolina waren beeindruckt, zu erfahren, dass in Palermo nicht nur Christen, Juden und Muslime friedlich zusammenlebten, sondern auch alle Berufe zu finden waren, die man sich vorstellen konnte: Händler und Handwerker aller Art, Seeleute, Architekten, Ärzte, Rechtsgelehrte, hellhäutige Menschen aus dem Norden und Osten ebenso wie dunklere aus dem Süden. Ein Ring von Schlössern lag um die Stadt. Gärten und Brunnen belebten Straßen und Plätze. Viele Bauwerke gingen zurück auf die arabische Herrschaftszeit, und die Normannen hatten die Stadt in ihrem Sinne prächtig ausgebaut. Im Hafen, so hieß es, lägen Schiffe aus aller Welt. Carolina und Hugolin fühlten sich, als seien sie nach Konstantinopel zurückgekehrt. Je höher sie den Hang hinaufkamen, desto beeindruckender war der Blick über die Stadt, die in einer halbkreisförmigen Küstensenke lag. Der Trupp näherte sich dem Kloster Monreale, dessen mächtige Kirche sie mit einer prächtigen Schauseite empfing.

Hugolin war froh, ein Empfehlungsschreiben vorweisen zu können, das Pater Maurus ihm mitgegeben hatte. An der Klosterpforte wurde das Schreiben bereitwillig entgegengenommen. Man erklärte dem Ritter aber, dass das Kloster im Moment völlig überfüllt sei. Wegen des Begräbnisses der Kaiserin in der Kathedrale der Stadt seien so viele Gäste vor Ort, dass man sie in Zelten unterbringen müsse. Hugolin erklärte, gerne nächtige auch er in einem Zelt, er wolle mit seinem kleinen Gefolge keine Umstände bereiten.

Es war in der aktuellen Situation nicht daran zu denken, mit Beamten des Palastes in Kontakt zu treten oder auch nur einen hochrangigen Mönch des Klosters zu sprechen. In den überfüllten Kirchen der Stadt fanden sich viele Pilger und Neugierige ein, die für die Kaiserin beteten und mehr über ihr Schicksal erfahren wollten. Der Erzbischof der Stadt, Berard von Castanea, ließ überall verkünden, die Herrscherin sei friedlich entschlafen und eines natürlichen Todes gestorben. Ihre letzten Worte hätten den Kaiser gesegnet, ihren Sohn Heinrich sowie das Volk Siziliens und das Volk des Römischen Reiches. Konstanze sei im Vertrauen auf Jesus Christus und in der Hoffnung der Auferstehung gestorben. Jeder, der um Konstanze trauere, solle nun durch Treue und Gefolgschaft gegenüber dem Kaiser zeigen, dass er die Kaiserin tatsächlich ehre.

Hugolin und Carolina hörten diese Predigt vom Abt des Klosters in der königlichen Kirche von Monreale. Jedes der Worte erschien ihnen golden und von ewigem Wert, ebenso wie die unüberschaubare Mosaikfülle, die alle Wände des riesigen Raumes auskleidete. Über dem Altar blickte Christus selbst auf sie hernieder. Von allen Seiten umgaben sie Apostel, Engel und Heilige. Noch niemals hatten Carolina und Hugolin eine solch prachtvolle Kirche gesehen, nur die Hagia Sophia in Konstantinopel hatte sie ähnlich stark oder noch stärker umfangen. Allerdings musste sehr viel Weihrauch eingesetzt werden, um dem strengen Geruch, den die versammelte Menschenmenge ausströmte, etwas Wirksames entgegenzusetzen.

ж

Es war ein heißer Tag im Juli, an dem die Kaiserin zu Grabe getragen wurde. Der Herrscher selbst hatte angeordnet, dass sie einen Ehrenplatz in der Kathedrale erhalten sollte. Direkt neben den Hochgräbern seiner eigenen Eltern und seines Großvaters, des Königs Roger II., sollte ihr Platz sein, auf der südöstlichen Seite der Kirche, welche dem Königspalast zugewandt war. Von dort nahm auch der Trauerzug seinen Anfang, umsäumt von tausenden von Menschen. Carolina und Hugolin konnten nur von Ferne die kaiserlichen Fahnen sehen, die sich in Richtung der Kathedrale bewegten. Im Volk erklang ein großes Wehklagen. Manche weinten, andere schrien oder murmelten Klageworte, andere riefen laut den Beistand Gottes und seiner Heiligen an. Das Schicksal der Kaiserin empfand manch einer als sein eigenes, denn wenn der Tod eine Kaiserin nicht schonte, wie sollte ein einfacher Bürger sein kleines Leben schützen? Klagelaute und Rufe vermischten sich zu einem geradezu ohrenbetäubenden Lärm.

Carolina und Hugolin kehrten zurück zu ihrem Zelt im Klostergarten. Hugolin verlangte danach, mit Zentaurus und Colo auszureiten, um etwas Ruhe zu finden und die Gedanken zu ordnen.

In den nächsten Tagen war das kaiserliche Begräbnis das große Thema der Stadt. Friedrich, so erzählte man, hatte seiner Gemahlin eine kostbare Krone ins Grab gelegt und selbst bitterlich geweint. An Konstanzes Grab habe er versprochen, das Wohl des Königreichs zu mehren und als vortrefflicher Herrscher die Geschicke des Römischen Reiches zu lenken, Frieden und Gerechtigkeit walten zu lassen. Dies sei auch der Wunsch der Kaiserin gewesen, die sich stets für das Königreich

Sizilien und sein Volk eingesetzt habe. Auch für seinen Sohn Heinrich, der sich in deutschen Landen aufhalte, habe der Kaiser herzliche Worte gefunden. Für Konstanze habe man einen überaus kostbaren Sarkophag gewählt, der aus der Zeit Jesu Christi und des Kaisers Augustus stamme. Der Sarkophag zeige auf der Schauseite ein kunstvolles Relief der Löwenjagd – einer der erhabensten Tätigkeiten, deren sich ein Kaiser befleißigen könne. Zugleich sei der Löwe ein Symbol der Stärke und Beständigkeit – vergleichbar der Bedeutung des Namens „Konstanze".

ж

Hugolin unternahm immer wieder Versuche, mit einem Mönch des Klosters zu sprechen, um sein Anliegen vorzutragen und um Unterstützung zu bitten, im Palast vorstellig zu werden. Aber niemand schien Zeit zu finden. Man empfahl ihm, einen Brief an die Kanzlei des Palastes zu verfassen. Der Abt werde seinerseits ein Empfehlungsschreiben hinzufügen. Dann müsse man sehen, was geschehe.

In den letzten Tagen hatte Hugolin häufig an die Worte Colomans denken müssen, die er im Traum gehört hatte: „Gehe zum Kaiser, wenn du dorthin gerufen wirst, aber nicht, wenn du Lust danach hast oder wenn dich irgendjemand drängt!" Was bedeutete dies? Sollte er nun tatsächlich abwarten und hoffen, dass ein hoher Beamter des Palastes oder gar der Kaiser selbst seine Anwesenheit bemerken würde?

Indessen schrieb Carolina an ihrem Buch, und Hugolin half ihr bisweilen dabei. Gemeinsam erinnerten sie sich an viele Ereignisse, die sie auf der Reise im Donaugebiet, in Konstantinopel, im ägäischen Meer, in Epidauros und auf Kreta erlebt hatten. Das Buch handelte von Heilkräutern, Landwirtschaft, Bewässerungstechniken, Mosaik- und Freskenkunst, von Völkern und Bräuchen, Sprachen, Waffen, Kleidung, Handelsgütern, von Kriegszügen der Seldschuken und Ayyubiden, dem Kampf um Damiette, von den

Zwistigkeiten zwischen Venezianern und Kretern, von Konstantinopel, Chania und Palermo.

Mit Zentaurus und seinem Falken Colo machte sich der Ritter immer wieder auf den Weg in einsameres Gelände und versuchte, den Falken noch besser abzurichten. Bald schon wollte Hugolin ihn zum ersten Mal im neuen Land frei fliegen lassen. Wenn der Falke mit seinem Herrn gut vertraut war und das Gelände kannte, würde es hoffentlich gelingen. Andernfalls wäre Hugolin mit einem Mal sein Tier los. Der Ritter von Bärenfels suchte die unbewaldete Kuppe eines Berges aus, um die Übungen mit dem Falken fortzusetzen. Er hoffte, dass das Tier diese Erhebung leicht wiederfinden würde, sollte er wider Erwarten weiter wegfliegen. Zentaurus durfte frei herumstreifen, wie er es liebte.

Hugolin redete dem Falken gut zu. Dann löste er das Band und ließ ihn fliegen. Der Vogel wunderte sich offensichtlich über das ungewohnte Gefühl und flatterte einige Zeit über dem Kopf seines Herrn, bevor er einen Baum ansteuerte und dort sitzen blieb. Hugolin eilte hinterher, winkte dem Falken mit Futter, aber das Tier regte sich nicht. Auch lautes Rufen änderte nichts daran. So überlegte der Falkner, ob er in den Baum steigen sollte. Er entledigte sich seines Obergewandes, stellte sich auf den Rücken des Hengstes und versuchte, einen Ast des hohen Baumes zu ergreifen. Schließlich gelang es ihm, und er zog sich mit einem kräftigen Klimmzug nach oben. Wie allerdings sollte er mit dem Falken Colo auf der Hand wieder hinunterklettern? Hugolin wusste es noch nicht. Erst einmal galt es, den Vogel zu erreichen. Langsam kletterte er höher und näherte sich dem Tier, das ihn beständig anblickte, aber keine Bewegung zeigte. Als Hugolin bereits ganz nahegekommen war, hörte er plötzlich den gellenden Ruf eines anderen Vogels. Tatsächlich: Über dem Baum zog ein gewaltiger Falke seine Bahnen und rief herab. Jetzt kam Bewegung in Colos Flügel. Er flatterte kurz, dann erhob er sich in die Luft und flog zu seinem Artverwandten. Der Anblick war gewaltig schön und zugleich furchtbar, denn der Ritter musste befürchten, dass sein Falke alsbald mit dem anderen verschwinden würde.

Leider kam es so, wie er befürchtete. Colo hatte sichtbare Mühe, den eleganten Flug des großen Vogels nachzuahmen. Aber er flog ihm nach, zunächst immer weiter nach oben, dann seitwärts in Richtung der Wälder und Täler. Hugolin aber saß im Baum und war den Tränen nahe. Da flog sein geliebtes Tier, das er in Kreta erworben und das so liebevoll aufgezogen hatte, einfach davon.

Der Ritter blieb einige Zeit hoch oben im Baum sitzen, hoffend, sein geliebtes Tier möge zurückkehren. Aber nichts geschah. So kletterte er langsam zurück, sprang zu Boden und ließ sich von Zentaurus trösten, der offensichtlich spürte, in welch trauriger Verfassung Hugolin war. Der junge Falkner empfand nicht nur bitteren Schmerz über den Verlust seines Vogels, sondern zweifelte auch an sich selbst und an seinen Fähigkeiten, Falken zu züchten und abzurichten. Der Ritter blieb bis zum Abend auf der Kuppe, dann trabte er traurig und niedergeschlagen nach Hause. Carolina erwartete ihn mit großer Neugier, aber als sie sah, dass der Falkenhandschuh an Hugolins Seite niederbaumelte und kein Vogel zu sehen war, erkannte sie den Verlust, noch ehe Hugolin etwas gesagt hatte.

Die nächsten Tage verbrachte der Ritter lustlos in seinem Zelt. Zwar konnte er zwischendurch mit Ursulina scherzen und Urs bei seinen Krabbelversuchen bewundern, aber der erlittene Verlust, gepaart mit Selbstzweifeln und Untätigkeit, nagte an seiner Seele.

Ж

Da erschien eines Morgens völlig unerwartet ein Bote, der behauptete, er komme aus dem Palast. Carolina wurde hellhörig: „Wir kennen niemanden persönlich im Palast. Aber geht es vielleicht um den Brief, den mein Gatte verfasst hat?" Der Bote zuckte mit den Achseln: „Das kann ich nicht sagen. Ich habe nur Anweisung erhalten, nach einem Ritter Ugolin von Barenfeld zu suchen." Carolina war erstaunt: „Ugolin von Barenfeld? Das muss eine Verwechslung sein! Mein Mann heißt Hugolin von Bärenfels!" Wieder zuckte der Bote mit den Achseln: „Mag sein, er soll trotzdem zum Palast kommen. Man sucht nach ihm, und wenn er nicht der Gesuchte ist, wird sich das herausstellen." Carolina war höchst besorgt: „Man sucht nach ihm? Warum sucht man denn? Wird ihm etwas zur Last gelegt? Wurde er angeklagt?" Der Bote zuckte erneut mit den Achseln: „Das kann ich nicht sagen. Aber ich vermute, man hätte Bewaffnete geschickt, wenn man einen Angeklagten abholen wollte. Ich dagegen soll nur ausrichten, der Ritter möge bald im Palast erscheinen." Der Bote verbeugte sich und verschwand.

Carolina blieb fassungslos zurück, aber sie ging zu Hugolin, um ihn zu unterrichten. Der Ritter wirkte ruhig, fast gleichgültig. Wahrscheinlich war ein Gang zum Palast für ihn die willkommene Abwechslung, die er brauchte. Er dachte nicht weiter nach, kleidete sich an, ließ Zentaurus satteln und ritt los. Am späten Vormittag war es schwierig, die Stadt zu durchqueren. Es dauerte längere Zeit, bis der Herr von Bärenfels endlich den Palast erreichte, vom Pferd sprang und an der Pforte seine Ankunft meldete. Man beschied ihm, er möge im ersten Innenhof sein Pferd und möglicherweise mitgeführte Waffen abgeben und im Schatten auf weitere Anordnungen warten. So tat der Ritter. Um ihn herum schwirrten Diener und Beamte, Türen und Schlösser gingen auf und zu. Auch vernahm Hugolin die Gesänge eines Chores. Offenbar feierte man in der Palastkapelle einen Gottesdienst.

Die Wache holte Hugolin aus seinen Gedanken. Man erklärte ihm kurz und knapp, wie er sich bei der Begrüßung des Kaisers zu verhalten habe. Ritter Hugolin traute seinen Ohren nicht: Er sollte den Kaiser selbst treffen? So unerwartet und unvorbereitet? Er bat die Wache um Erklärungen, aber da führte man ihn schon zum Audienzsaal, und Hugolin fand sich unerwartet vor dem Thron des erhabenen Herrschers. Der Ritter beugte sein Haupt und kniete nieder, als er die

Grußformel sprach und darauf wartete, man möge ihn anweisen, sich zu erheben.

Da hörte er die feine und doch kräftige Stimme sagen: „Ugolin von Barenfeld?" Der Ritter schluckte. „Herr, es ist vielleicht eine Verwechslung: Ich heiße Hugolin von Bärenfels." Ein heiteres Lachen war die Antwort: „Hugolin von Bärenfels, was für ein lustiger Name, viel klangvoller als Ugolin von Barenfeld. Erhebe dich, Ritter, du sprichst mit dem Kaiser selbst!" Hugolin zitterten die Knie, aber er stellte sich auf seine Beine und hob vorsichtig den Blick. Auf dem Thron saß ein Mann mit erhabener Statur, feinen Gesichtszügen, einer schönen Nase, rötlich leuchtendem Haar und gut rasierten Wangen. Von seinem Haupt schimmerte ein Goldreif: Kaiser Friedrich der Zweite, Herrscher über das Königreich Sizilien und das Römische Reich. Hugolin staunte.

Da erhob sich Friedrich von seinem Thron, schritt auf den Ritter zu und legte den Arm auf seine Schulter: „Hugolin, erzähl mir etwas von der Kunst der Falkenzucht!" Der Ritter war völlig verblüfft, er stammelte: „Eure Majestät, mein Herr und Gebieter, ich habe nur geringe Kenntnisse der Falkenzucht und besitze im Moment keinen Falken!" Der Kaiser lächelte ihn freundlich an: „Ist dir dein Falke davongeflogen?" Hugolin nickte traurig und wusste nicht, ob der Kaiser ihn verspottete oder Mitgefühl zeigte. „Na, dann komm mit mir!" Friedrich ging voran, die Wachen öffneten allseits die Türen, bis man einen kleinen Hof erreichte, in dem es nach Tieren roch. Tatsächlich sah Hugolin einige Käfige mit Echsen, auf der anderen Seite eine hohe Wand, in der Greifvögel zu nisten schienen. Da hörte er den Ruf eines Falken. Das Tier flatterte nervös auf einer Stange, an die es angebunden war und wollte offensichtlich zu Hugolin fliegen.

Dem Ritter verschlug es den Atem: sein Falke! Tatsächlich, das war sein Falke! Colo! In diesem Moment sprach der Kaiser: „Dieses schöne Tier ist uns zugeflogen. Es kam mit einem anderen Falken zurück, als die Falkner in den Bergen waren. Ich habe diese Unterart noch nirgendwo gesehen. Wo hast du den Vogel erworben?" Nun erkannte Hugolin, was geschehen war. Der Falke, mit dem Colo davongeflogen war, war kein wildes Tier gewesen, sondern ein Zuchtfalke des Kaisers! Welches Glück nach all dem Unglück! Nun begann Hugolin zu sprudeln. Er erzählte, wo er den Falken gekauft und wie er ihn ernährt und gezähmt habe. Kaiser Friedrich hörte ihm lächelnd zu und berichtete, dass seine Männer am Fuß des Falken ein Lederband entdeckt hätten, auf dem Hugolins Name gestanden habe, der allerdings nur schwer zu lesen gewesen sei. Schließlich sprach Friedrich: „Lieber Hugolin, du bist ein lustiger Zeitgenosse und einer der wenigen, die die Falkenkunst mit einem leidenschaftlichen Herzen betreiben. Möchtest du mit deinem Gefolge nicht einige Zeit am Hof verbringen? Ich bin in Trauer um die Kaiserin, wie du weißt. Die Falken schenken mir Trost." Der Ritter, der über das Wiedersehen mit dem Falken fast vergessen hatte, wo er sich befand und mit wem er es zu tun hatte, erkannte blitzartig, welche Ehre man ihm erwies. Es verschlug ihm beinahe die Sprache, aber er versuchte zu antworten: „Eure Majestät, ich weiß nicht, ob ich einer solchen Ehre würdig bin. Aber niemals würde ich die Gastfreundschaft meines Kaisers zurückweisen." Friedrich ermutigte den Ritter: „So bleib bei mir und erzähle mir jeden Tag etwas von deinen Reisen. Wir werden gemeinsam den Falkenflug studieren, sicherlich können wir dabei noch etwas lernen. Ich schicke meine Boten zu deiner Frau, damit sie und dein Gefolge bald hier eintreffen." Hugolin konnte dieses Glück nicht fassen. Er verbeugte sich tief und ließ sich von einem Diener in die Unterkunft der Gäste führen.

Ж

Einige Zeit später trafen Carolina, die Kinder und das Gefolge ein. Carolina strahlte vor Begeisterung und herzte ihren Mann. Beide wünschten sich, auch Sigismund und Alexandra wären zugegen. Aber sie wussten, dass kein Glück der Welt vollkommen sein konnte. Bei einem festlichen Mahl wurde

Carolina dem Kaiser vorgestellt, und es begann eine herrliche Zeit. Den Ritter bedrückte einzig, wie er dem Kaiser seine Anliegen vorbringen sollte. Konnte er den Herrscher tatsächlich über Graf Reginald und den geforderten Schwur befragen? Friedrich wäre vielleicht gekränkt, dass Hugolin dieses Verbrechen in Verbindung mit dem Kaiser brachte. Oder er wäre enttäuscht, dass Hugolin mit einer versteckten oder zumindest nicht offen erklärten Absicht nach Palermo gekommen war. Und wie sollte er von der Botschaft des Seldschukenkapitäns berichten? Würde ihm der Kaiser nicht vorwerfen, er hätte vor dem Kapitän herumgeprahlt und den Namen Friedrichs missbraucht? Wie sollte er schließlich die Worte des Priesters Chrysostomus aus Konstantinopel wiedergeben? Sie enthielten eine scharfe Kritik am lateinischen Adel. Das würde dem Kaiser sicherlich nicht gefallen. Wieder dachte Hugolin an die Traumworte Colomans und entschied sich, den Kaiser nicht zu bedrängen, sondern auf eine günstige Gelegenheit zu warten, um alles vorzutragen, was er zu sagen hatte. Allerdings war es ungewiss, wie lange der Herrscher in Palermo bleiben würde. Der Kaiser deutete an, dass man in Brindisi ein Treffen vorbereite, um über die Niederlage von Damiette zu beratschlagen. Seine Anwesenheit wäre dabei von großer Wichtigkeit.

Öfters zog Friedrich nun mit Gefolgsleuten und Hugolin in die umliegenden Berge und jagte mit den Falken. Mittlerweile wurde Hugolin von Said begleitet, der sich als geschickter Helfer erwies. Der Nubier war ausdauernd und konnte oftmals das Verhalten der Vögel vorhersehen.

Manchmal hatte Hugolin Einblick in die Amtshandlungen des Herrschers. So durfte er bei Gerichtsverhandlungen anwesend sein, die vom Herrscher selbst beobachtet wurden. Friedrich hatte einen obersten Gerichtshof eingerichtet und verlässliche, rechtskundige Männer als Richter eingesetzt. Sein Wille war es, dass dieses Gericht vorbildlich arbeitete und die geltenden Gesetze beherzigte. Eines Tages sollte dort ein Fall aus den fernen teutonischen Ländern vorgetragen werden.

Möglicherweise konnte Hugolin sogar behilflich sein, immerhin war es die Heimat des Ritters von Bärenfels. Die Anklage wurde von einem Mann vorgetragen, dessen Äußeres wenig Vertrauen erweckte. Die Beamten hätten ihn beinahe daran gehindert, vor den Richter zu treten, aber andererseits schien die Angelegenheit sehr wichtig zu sein. Mit zerrissenen Kleidern und wirrem Haar verbeugte sich der Mann vor dem hohen Gericht und sprach mit bebender Stimme: „Bitte hört mich an, auch wenn ich schmutzig vor Euch erscheine. Der Schmutz, den Ihr seht, ist Teil des Verbrechens, das an mir verübt wurde. Denn ich heiße Gernot, komme aus der Stadt Köln und bin von Adel. Ich wurde auf einer Reise durch die kaiserlichen Lande ausgeraubt."

Der Richter befahl, der Mann möge sich erheben und sprach: „Ein Raub ist ein fürchterliches Verbrechen, das hart bestraft werden muss. Aber was hat das mit dem kaiserlichen Gericht zu tun?" Gernot fuhr fort: „Der Räuber ist kein gewöhnlicher Mann, sondern selbst ein Adliger, der dem Kaiser untersteht." Der Richter zog die Stirn in Falten: „Wie heißt dieser Adlige?" Der Ankläger schöpfte Atem und antwortete: „Sein Name ist Hugolin von Bärenfels. Er ist ein gefährlicher Strauchritter." Der Kaiser, der die Szene aus einer Loge beobachtete, wollte aufspringen. Aber er gab sich keine Blöße und dachte darüber nach, dass Ritter Hugolin, mit dem er viele Stunden verbracht hatte, vielleicht ein Gauner sein könnte. Hugolin selbst, der die Worte mithörte, traute seinen Ohren nicht. In Anwesenheit des Kaisers und des Gerichts durfte er keine lauten Einwürfe von sich geben. Daher biss er sich auf die Lippen und schwieg.

Gernot berichtete: „Ich kam durch einen Wald nahe der Burg Bärenfels. Da es bereits dämmerte, suchte ich Zuflucht in der Burg. Der Burgherr wollte mich nicht einlassen. Aber als ich sagte, ich sei reich und könne ihn gut entlohnen, gewährte er mir Unterkunft. Kaum hatten meine Diener das Gepäck und die Waffen abgelegt, wurden wir von Männern umstellt, die auf uns einschlugen und uns übel zurichteten. Schließlich warfen sie uns zur Burg hinaus. Da standen wir des Nachts vor den Mauern, hatten all unser Gepäck und unsere Waffen verloren, unsere Kleidung war zerrissen, die Haut von Wunden übersät. Ich rief zur Burgmauer hinauf, Gott werde den Burgherrn bestrafen, aber da wurde mir frech geantwortet, Ritter Hugolin von Bärenfels habe vor niemandem Angst, auch nicht vor Gott, dem ewigen Richter. Ich solle verschwinden, sonst würde man mich töten."

Gernot war den Tränen nahe. Der Richter wollte die Umstände genauer erforschen: „Hast du nicht versucht, bei den umliegenden Burgherren Schutz zu finden und etwas gegen das Unrecht zu unternehmen?" „Doch", erwiderte der Mann, „ich war sogar bei dem Grafen, der die Aufsicht über die ganze Gegend hat. Er hieß Reginald. Aber noch nicht einmal bei ihm fand ich Beistand. Graf Reginald sagte mir, Ritter Hugolin von Bärenfels sei ein so brutaler Schuft, dass niemand wage, ihn zur Rechenschaft zu ziehen. Meine Habe sei unwiederbringlich verloren. Da Pfalzgraf Ludwig im Heiligen Land weile, könne auch er nicht helfen. Ich hätte mich noch an Erzbischof Engelbert von Köln wenden können, der die Amtsgeschäfte für den König führt, aber ich wagte es nicht, denn der Erzbischof hatte mir Geld für ein Studium der Rechte in Italien gegeben. Es wäre eine große Schande, müsste ich ihm berichten, wie schnell ich dieses Geld verloren habe. Also sah ich keine andere Möglichkeit, als den Schaden hinzunehmen oder Zuflucht bei meinem Kaiser zu suchen. Da ich sicherlich nicht der einzige bin, der unter Ritter Hugolin zu leiden hat, bitte ich meinen Gebieter, er möge den Strauchritter gefangen nehmen lassen und das Recht wiederherstellen."

Der Richter, der mittlerweile von einem kaiserlichen Boten über die besondere Problematik der Situation unterrichtet worden war, sprach: „Das Gericht wird für Recht sorgen, das verspreche ich dir. Aber du musst Geduld haben. Die Vorwürfe, die du erhebst, wiegen schwer, man muss über sie beraten und Erkundigungen einziehen. Einstweilen soll man dir neue Kleidung geben und alle Ausstattung, die du benötigst."

Gernot verbeugte sich tief, dankte und wurde aus dem Saal geführt.

Der Herrscher blickte Hugolin durchdringend an: „Ist es möglich, dass sich der höchste weltliche Richter in einem kleinen Ritter getäuscht hat, den er nicht nur als Gast, sondern wie einen Freund aufgenommen hat?" Hugolin schluckte und antwortete: „Der Kaiser hat überaus großzügig gehandelt, und der Ritter hat mehr erhalten, als er verdient hätte. Aber ganz gewiss ist dieser Ritter kein Strauchritter oder Räuber." Eine kurze Stille trat ein. Dann fuhr Hugolin fort: „Das Schicksal Gernots ist mein eigenes. Auch ich wurde beraubt auf Burg Bärenfels, allerdings nicht als Gast, sondern als Hausherr. Ich wurde verjagt. Und derjenige, der mich verjagte, behauptete, im Namen des Kaisers und des Papstes zu handeln. Außerdem: Zu der Zeit, als Gernot überfallen wurde, war ich nicht auf Burg Bärenfels, sondern in Palermo oder auf dem Weg dorthin." Der Kaiser betrachtete Hugolin: „Warum hast du bisher nie davon gesprochen, dass man dich bestohlen hat? Es scheint mir alles sehr merkwürdig zu sein." Der Ritter nickte. „Es ist sehr merkwürdig, und daher habe ich auch nicht gewagt, von diesem Ereignis zu sprechen, denn wie sollte ich den Vorfall vortragen, ohne einen Vorwurf gegen den Kaiser selbst zu erheben oder anzudeuten? Aber sicherlich, es war mein Fehler, nicht von Anfang an alles erklärt zu haben. Ich bitte um Vergebung." Kaiser Friedrich erwiderte: „Dein Versäumnis hilft uns, den Vorfall aufzuklären, denn hättest du von Anfang an vorgetragen, was dir geschehen ist, so wärst du jetzt schon wieder auf dem Heimweg nach Bärenfels. Im schlimmsten Fall hättest du keine Entschuldigung, dass ein anderer die Taten vollbracht hat, die dir angelastet werden. Nun aber ist es deine Aufgabe, Gernot zu trösten und gemeinsam mit ihm dem bösen Treiben auf Bärenfels und in seiner Umgebung ein Ende zu bereiten. Hugolin, du wirst einen Waffengang anführen und alle zur Rechenschaft ziehen, die an diesem Unrecht beteiligt sind! Pfalzgraf Ludwig oder seine Vertreter werden dir alles Notwendige zur Verfügung stellen, dich unterstützen und

Gericht über Reginald halten. Aber wisse: Deine Burg ist nicht dein Himmelreich. Sie steht unter dem Schutz des Reiches und hat sich in den Dienst des Reiches einzugliedern, soll ein Bollwerk sein für Gerechtigkeit, Sicherheit und Frieden."

Ritter Hugolin war zutiefst erleichtert, dass der Kaiser keine Vorwürfe gegen ihn erhob und dass das Recht durchgesetzt werden sollte. Gleichzeitig wurde ihm bewusst, dass die Zeit am Hof zu Palermo bald vorüber sein würde und ein neuer Kampf bevorstand. Mit Sorge dachte er an Carolina und an die beiden Kinder, auf die eine entbehrungsreiche Reise wartete. Der Kaiser gab Befehl, Gernot herbeizuholen. Dieser staunte über alle Maßen, als er dem Herrscher selbst gegenüberstand und erfuhr, Ritter Hugolin von Bärenfels sei nicht der Übeltäter, sondern werde ihm helfen, das Geraubte zurückzuerlangen. Gernot reichte Hugolin die Hand, und sie versprachen einander Waffenbruderschaft und Treue.

Ж

Nun war es offensichtlich an der Zeit, dem Kaiser in allen Einzelheiten zu berichten, wie schändlich sich Graf Reginald verhalten hatte und welche Botschaften Hugolin aus Konstantinopel sowie vom Schwarzen Meer mitgebracht hatte. Der Kaiser hörte nachdenklich zu. Schließlich sprach er zu seinem Gefolgsmann: „Was du hier ansprichst, betrifft die Geschicke des Reiches. Ich muss höchste Vorsicht walten lassen, meine Ansichten darüber mitzuteilen. Selbst gegenüber Freunden muss ich meine Zunge hüten. Du darfst auch nicht meinen, ich hätte von diesen Dingen, die du berichtest, keine Kenntnis. Abgesandte des Reiches befinden sich in allen Zentren rund um das große Meer, seien sie nun lateinisch, griechisch oder muslimisch. Ich stehe mit dem Sultan von Kairo in Kontakt, aber auch mit dem Sultan der Seldschuken in Konya, ebenso mit dem Kalifen-Hof von Marrakesch. Meine Botschafter unterhalten Beziehungen zu den griechischen Herrschern in Nizäa, Trapezunt und Arta. Du darfst beruhigt sein, ich weiß sehr gut, was in dieser Welt geschieht. Aber es interessiert mich, wie meine Untergebenen denken. Erzähle mir davon, Ritter Hugolin!" Der Angesprochene war verdutzt. Seine Erwartungen, dem Kaiser Neuigkeiten zu überbringen, waren offensichtlich sehr einfältig gewesen. Was aber sollte er von Untertanen berichten? Gab es etwas Bedeutsames? Könnte irgendetwas den Herrscher verärgern? „Sprich offen und frei!", verstärkte der Kaiser seine Aufforderung. Hugolin suchte nach Worten. „Nun", begann er, „ich habe mit vielen Menschen gesprochen und sehr unterschiedliche Meinungen gehört. Vielleicht darf ich mit Herrn Hildebrand von Rechberg beginnen …" Der Kaiser lachte. „Du hast Angst vor mir. Sonst würdest du nicht mit den getreusten Anhängern meiner Herrschaft beginnen. Aber nein, von Graf Hildebrand brauchst du mir nicht zu berichten, es sei denn, er wäre plötzlich erkrankt. Erzähle mir von den Rittern, die du in Chania getroffen hast." Hugolin schluckte: „Dem Grafen und seiner Frau geht es gut. Ich durfte ihr Gast sein, und sie berichteten von der Krönungsfeier in Aachen." „Aachen", sprach Friedrich, „die Krönung in Aachen! Das war ein wichtiger Tag, auf den ich lange gewartet hatte und der endlich Sicherheit für das ganze Reich brachte nach Jahren der Auseinandersetzung mit Otto von Braunschweig. Graf Hildebrand war auch zugegen. Ja, ich weiß. Ich war damals auch Herzog von Schwaben und besonders dankbar für die treue Gefolgschaft der Süddeutschen. Aber das ist viele Jahre her. Mittlerweile ist Otto gestorben, die Zeiten haben sich geändert. Berichte mir lieber von den Rittern, die aus Damiette zurückgekehrt sind!"

Hugolin von Bärenfels hätte zu gerne mehr erfahren von der Zeit, die der Kaiser in deutschen Landen verbracht hatte. Mehrmals musste er sogar in der Nähe von Burg Bärenfels gewesen sein, etwa auf den Wegen nach Hagenau, Speyer, Worms oder Mainz. Vielleicht ergab sich noch eine Gelegenheit, danach zu fragen. „Damiette!", ließ sich der Kaiser erneut vernehmen. „Hoher Herr!", antwortete Hugolin. „Bevor ich nach Kreta gelangte, hatte ich nichts von der

Niederlage gehört, dort aber erhielten wir viele Nachrichten. Ich hatte Gelegenheit, mit Rittern aus Flandern zu sprechen, die sowohl im Heiligen Land als auch in Ägypten gekämpft hatten. Sie hatten sich gerettet, auch wenn sie verwundet worden waren. Ihre innere Verfassung war allerdings erschütternd." „Fahre fort", verlangte Friedrich, „sprich ganz offen!" „Die Ritter stammten aus Gent, hatten dort Frauen und Kinder zurückgelassen, waren von Bürgern der Stadt mit Spenden und Waffenausrüstung bedacht worden, bevor sie die Pilgerfahrt angetreten hatten. Aber sie kamen noch nicht einmal in die Nähe Jerusalems. Die Anführer, so berichteten sie, hätten entschieden, den Sultan in Ägypten anzugreifen, da sein Heer im Heiligen Land nicht zu fassen gewesen sei. Nach der erfolgreichen Eroberung Damiettes hätte der Sultan Verhandlungen vorgeschlagen, aber man sei darauf nicht eingegangen." „Wen haben die Ritter verantwortlich gemacht, dass man diese Verhandlungen nicht führte?", wollte der Kaiser wissen. Der Ritter antwortete: „Sie nannten vor allem den päpstlichen Legaten, Pelagius von Albano." Friedrich erhob sich und ging einige Schritte im Raum hin und her. „Sag, Hugolin, wie haben die flämischen Ritter all dies aufgenommen?" „Herr, die Ritter waren entsetzt. Sie hatten gehofft, endlich nach Jerusalem zu gelangen, was mit dem Angebot des Sultans wohl sehr leicht möglich gewesen wäre. So aber mussten sie nach einer langen Zeit des Wartens wieder in den Kampf ziehen und wurden im Sumpf des Niltals geschlagen. Die Ritter erhoben Vorwürfe gegen den päpstlichen Legaten. Einer von ihnen meinte sogar, der Papst hätte doch selbst eine bewaffnete Pilgerfahrt anführen sollen." „Sie haben die Autorität des Heiligen Vaters in Frage gestellt?", fragte der Kaiser nach. „So möchte ich es nicht sagen", erwiderte der Ritter, „sie schienen nicht zu wissen, wie sie den Willen des Heiligen Vaters verstehen und richtig befolgen könnten. Noch schlimmer war es allerdings, dass von den manche offensichtlich die Meinung vertraten, Mohammed sei stärker als Christus." Der Kaiser brummte nachdenklich.

„Und was haben sie über mich gesagt?" Hugolin schluckte. „Hoher Herr!", sprach der Ritter. „Sprich offen!", forderte Friedrich ungeduldig. „Die flämischen Ritter meinten, mit Euch hätte der Kampf einen ganz anderen Verlauf genommen." „Tatsächlich?", bohrte der Herrscher. „Ja", erhielt er zur Antwort, „die Ritter waren überzeugt, Ihr hättet durch militärische Stärke und taktische Kraft einen guten Ausgang herbeigeführt. In Eurer Anwesenheit hätte es keinen Streit über die oberste Befehlsgewalt gegeben. Jeder Ritter, ob von hohem oder niedrigem Stand, hätte sich Eurem Befehl untergeordnet." Es entstand eine kleine Gesprächspause, in welcher der Kaiser erneut auf und ab schritt. „Diese Überzeugung hatten sie?", wollte er schließlich wissen. „Ja", bestätigte Hugolin, „sie sagten aber auch, dass Pelagius bei seiner Rückkehr nach Rom die Schuld für die Niederlage auf den Kaiser abwälzen werde und dass der Papst den Druck erhöhen werde, einen Kriegszug unter kaiserlicher Führung zu entsenden."

„Danke für deine Offenheit", sprach Kaiser Friedrich, „es ist genug. Du weißt sicherlich, dass mich der Papst schon seit vielen Jahren zu diesem Kriegszug drängt, und ich habe mich selbst dazu verpflichtet. Ich werde mein Versprechen erfüllen und habe auch für den Kampf in Damiette vortreffliche Leute entsandt. Aber ich lasse mich nicht drängen. Solange nicht absoluter und verlässlicher Frieden im Reich herrscht, solange ich den Aufstand von kleinen Baronen oder mächtigen Fürsten befürchten muss, ist es gefährlich, die Grenzen des Reiches zu verlassen." Hugolin hörte dem Herrscher schweigend und angespannt zu. „Muss ich irgendjemandem beweisen, dass mein Wort zählt? Kaiser Friedrich Barbarossa, mein Großvater seligen Gedenkens, zog zwei Mal ins Heilige Land. Beim zweiten Zug wurde das Reich von Heinrich dem Löwen in schändlicher, wortbrüchiger Weise überfallen. Der Kaiser selbst gab sein Leben in Kleinasien. Auch mein Vater starb, als er sich für den Zug rüstete, und ich fühle die Last seines Kreuzversprechens auf meinen eigenen Schultern. Hat meine Familie nicht schon sehr viel gegeben? Und kämpfe ich nicht entschlossen gegen aufständische Muslime in Sizilien?" Der Ritter von Bärenfels wagte nicht, eine Bemerkung zu äußern, der Kaiser aber fuhr fort: „Seit den Tagen meines Großvaters hat sich sehr viel verändert. Seldschuken und Ayyubiden haben ihre Herrschaft gefestigt. Christliche Heere können sie nicht verjagen. Höchstens die Mongolen wären dazu in der Lage, aber dann hätten wir es mit einem noch schlimmeren Feind zu tun. Als ich nach Konstanz eilte, um die Königswürde gegen Otto zu verteidigen, da hörte ich auf dem Weg von dem traurigen Niedergang einer Pilgerfahrt. Hunderte, wenn nicht tausende von Menschen, darunter viele Kinder, hatten sich einem Jungen namens Nikolaus von Köln angeschlossen. Sie zogen über das Gebirge in der Hoffnung, dass sich das Meer teilen werde und sie auf diese Weise nach Jerusalem gelangen könnten, um die Stadt in Besitz zu nehmen. Ich habe diesen Nikolaus nie getroffen, obwohl ich zur selben Zeit im Gebirge unterwegs war wie er. Ich musste mich vor Feinden verstecken, während er offen über die großen Passstraßen ziehen konnte. Meine Ankunft in Konstanz war mehr als glücklich. Weißt du noch, lieber Berard, wie wir auf dem Turm am Seeufer standen, zu Konstanz, und wie wir nach Meersburg und Überlingen hinübersahen? Am schwäbischen Meer waren wir angelangt. In diesem Moment erschien mir der See größer, prachtvoller, herrlicher und vor allem friedlicher als das große Meer Siziliens. Bischof Konrad stand an unserer Seite. Du erinnerst dich, Berard. Du hattest den Bischof im Namen des Papstes und im Namen des Abtes von St. Gallen überzeugt, uns in die Stadt einzulassen und damit Otto und seine Übermacht zu überwinden. Es war ein solch wunderbarer Moment. Ohne einen einzigen Tropfen Blut zu vergießen – ohne einen einzigen Tropfen! – hatten wir einen großen Sieg errungen. Es war der Anfang eines großen, dauerhaften Sieges, und der schimmernde See war Zeuge dieses Sieges. Als aber der Pilgerzug der Kinder Italien erreichte, geriet alles in ein tödliches Chaos. Viele Kinder starben, bevor sie überhaupt die Meeresküste sahen. Andere wurden gefangen genommen und versklavt. Für diejenigen, die tatsächlich zu einem Hafen gelangten, endete die Reise dort in Elend oder Gefangenschaft. Dieser Zug hat hunderte, vielleicht tausende unschuldige Menschenleben gekostet, ohne dass man auch nur einen einzigen Sarazenen besiegt hätte. Hat jemand Lehren daraus gezogen? Ich aber denke nach und ziehe meine Schlussfolgerungen. Ich bin der Kaiser des Römischen Reiches. Nicht der Papst, nicht der Sultan, nicht der Doge – ich entscheide! Ich gab mein Wort, aber es ist und bleibt mein Wort, nicht das Wort eines anderen!"

Entgegen seiner Absicht, den Ritter von Bärenfels nicht in politische Fragen einzuweihen, hatte Friedrich sehr offen, vielleicht allzu offen gesprochen. Hugolin hätte sich am liebsten in Luft aufgelöst, denn er fühlte sich fehl am Platz, aber es blieb ihm nichts anderes übrig, als weiter zuzuhören. „Wie ergründen wir den Willen Gottes?", sprach Friedrich nachdenklich. „Gewiss, der Papst und ein Konzil haben es so verfügt. Wie aber ist es möglich, dass auch unsere Gegner es wagen, Gottes Willen für sich in Anspruch zu nehmen? Als Kaiser Friedrich Barbarossa in Kleinasien starb, da sprachen die muslimischen Gelehrten von einem Gottesurteil. Saladin jubelte, Allah habe die Herrschaft der Christen über Syrien verhindert. Ähnliches werden jetzt die Gelehrten von Kairo sagen. Wie ist es möglich, dass unsere Gegner den Willen Gottes erfüllt sehen, während wir offensichtlich Gottes Willen nicht nachkommen können, auch wenn wir die halbe Welt in Bewegung setzen? Man hat es mit einem Turnierverbot versucht, man hat die Schuldzinsen für Pilger verringert, Abgaben erhöht, Adelsfehden verboten, den Orienthandel eingeschränkt, Kinder auf den Weg geschickt, Konstantinopel besetzt – aber dennoch Jerusalem nicht erobert. Dürfen wir nach all diesen Versuchen immer noch behaupten, wir wären in der Lage, Gottes Willen zu erfüllen? Meine wichtigsten Berater konnten diese Frage nicht beantworten." Friedrich blickte finster in den Raum und fuhr fort: „Der Papst lässt mir keine Ruhe. Er fordert die Fahrt ins Heilige Land. Wenn ich mich widersetze, könnte der Papst einen Bann gegen mich verhängen und meine Untertanen von jedem Gehorsam lossprechen. Dann wäre meine Lage ungefähr so wie deine, Hugolin, als dich Reginald von der Burg verjagte. Ich müsste fürchten, mein Reich zu verlieren. Nicht nur ich, viele Untertanen hätten furchtbar darunter zu leiden. Meine Berater warnen, der Papst sei bereit, den Bann auszusprechen. Ich will und kann dies aber nicht glauben. Der Heilige Vater war doch immer mein Freund."

Friedrich fuhr fort: „Man kann mit den Muslimen verhandeln. Auch Richard Löwenherz hat gegen den Sultan gekämpft und mit ihm verhandelt. Wenn uns Gottes Wille den Weg zu Verhandlungen weist, dann sollten wir diesen Weg ohne Zögern gehen. Was zählt letztlich? Dass jeder Pilger friedlich zu den Heiligen Stätten gelangen kann, dass an den Heiligen Stätten ehrfurchtsvolle Gebete gesprochen werden, dass Gottes Ehre erfüllt wird! All dies lässt sich durch Verhandlungen durchaus erreichen. Die Kriegszüge der letzten Jahre waren oftmals erfolglos. Sie richteten sich sogar gegen unsere christlichen Brüder im Osten – oder sogar gegen lateinische Christen im Westen. König Richard Löwenherz, der am Ende mit Sultan Saladin einen Waffenstillstand aushandelte, überfiel zu Beginn seiner Pilgerfahrt das christliche Messina, das nur wenige Tagesreisen von hier entfernt liegt. Es fällt schwer, in einem solchem Krieg den Willen Gottes zu erkennen." Eine nachdenkliche Stille trat ein. Dann fügte Friedrich hinzu: „Verhandlungen haben auch diejenigen geführt, die vor dem Angriff auf den Sultan in Kairo jedes Gespräch in den Wind schlugen. Viele christliche Anführer wurden bei diesem Angriff gefangengenommen, auch mein geliebter Hermann von Salza. Der Sultan hat sie gut behandelt und nach Verhandlungen freigelassen – auch aufgrund meiner schützenden Hand – aber Verhandlungen waren erforderlich. Oliver von Köln, der zuvor den Sultan verdammt hatte, dankte ihm nun untertänigst für seine Güte. Offensichtlich ist man klüger, wenn man aus einer misslichen

Situation gerettet wird. Der Sultan mag unser Gegner sein, aber er ist kein Teufel, sondern der Herrscher über Ägypten und Jerusalem. Wie bei jedem Krieg gehören Verhandlungen zu den Instrumenten, mit denen man einen Sieg erreichen kann."

Ж

Ein Diener trat ein, der die Ankunft des Erzbischofs von Palermo, Berard von Castanea, meldete. Der Kaiser ließ den Erzbischof unverzüglich eintreten. Hugolin räusperte sich, in der Hoffnung, der Kaiser würde ihn entlassen. Aber Friedrich reagierte mit keiner Silbe, sondern begrüßte den Erzbischof freundlich und direkt: „Eminenz, Ihr gestattet, dass wir die umständlichen Formen beiseitelassen!" Der Erzbischof erwiderte: „Wie Ihr wünscht, Majestät, aber ich sehe noch eine weitere Person im Raum." Er blickte hinüber zu Hugolin, der sich tief verbeugte. „Beachte ihn in diesem Moment nicht", sprach der Kaiser, „es ist ein ehrlicher Ritter, Hugolin von Bärenfels, dem das Schicksal übel mitgespielt hat. Man hat ihm seine Burg geraubt, indem man frevelhaft den kaiserlichen Namen missbrauchte. Der gute Mann ist die gesamte Donau hinabgereist bis zum Schwarzen Meer und nach Konstantinopel, um dann nach Kreta zu segeln und schließlich am Kaiserhof um die Gnade seines Herrschers zu bitten. Er gehört zu meinen Getreuen und wird seinen Kaiser nicht verraten. Ich bin der Römische Kaiser, ich kann Geringe erheben und Große in den Schmutz stoßen." Hugolin traute sich nicht, das Haupt zu erheben, während der Erzbischof nickte. „Wohlan, Friedrich, ich habe Kunde erhalten, dass der Heilige Vater nicht mehr lange warten kann, dich als treuen Sohn der Kirche für den Weg ins Heilige Land zu segnen." Friedrich blickte ihn durchdringend an: „Das kommt zur Unzeit. Denn was für den Heiligen Vater Anlass ist, mich zu drängen, ist für mich Anlass, besonders vorsichtig zu sein. Ist die Niederlage von Damiette kein deutliches Zeichen, dass Gott der Herr des Krieges müde geworden ist? Fordern wir seine Geduld nicht heraus, wenn wir wieder und wieder in derselben Weise vorgehen? Ich habe meine besten Leute in den Kampf geschickt: Bruder Hermann, den Hochmeister der Ritter vom Deutschen Hospital, und Ludwig, Herzog von Bayern und Pfalzgraf bei Rhein – mit erheblichen Geldmitteln und einem stattlichen Gefolge!" Der Erzbischof kannte offensichtlich die kompromisslose Art des Kaisers, Fragen zu stellen, und antwortete geschickt: „Willst du mich herausfordern, die Gedanken Gottes kundzutun und mich über den Heiligen Vater zu stellen?" „Oh nein", antwortete Friedrich, „dein Schweigen ist für mich Botschaft genug. Hättest du die Gewissheit über Gottes Gedanken, seien sie nun in den Worten des Heiligen Vaters zu finden oder nicht, so hättest du dies ganz anders kundgetan als mit einer Gegenfrage. Berard, ich kenne dich und ich vertraue dir. Du bist mein Beichtvater und mein Freund, vor dem ich keine Geheimnisse habe."

Berard wurde unruhig. Erneut wies er auf den Ritter hin, der offensichtlich nicht Zeuge dieses Gesprächs sein sollte. Aber Friedrich beharrte: „Vielleicht muss ich tatsächlich bald ins Heilige Land aufbrechen. Vielleicht werde ich dabei zu Tode kommen. Dann ist es wichtig, dass man weiß, was der Herrscher gedacht hat. Sehen wir in diesen Tagen nicht sehr deutlich, wie schnell der Tod eintreten kann?" Der Erzbischof erwiderte: „Du wirst nicht ums Leben kommen, und die Welt kennt deinen Willen. Jeden Tag arbeiten hunderte Beamte in den Kanzleien, um den Willen des Herrschers festzuhalten!" „Wohl wahr", entgegnete Friedrich, „jeder sieht und hört es, aber dennoch scheint kaum jemand zu verstehen." Eine kurze Pause trat ein, dann wandte sich Friedrich an den Ritter: „Hugolin, sprich: Wer ist der mächtigste christliche Herrscher des Erdkreises?" Der Angesprochene erwiderte mit zitternder Stimme knapp: „Ihr seid es, Majestät!" Der Kaiser nickte. „Gut gesprochen. Ich bin es. Ich bin der Römische Kaiser. Unter meinen Vorfahren waren wohl mehr Könige und Kaiser, als je ein Herrscher an dieser Stelle aufweisen konnte, und ich spreche nicht allein von meinen berühmten Großvätern, Kaiser

Friedrich I. Barbarossa und König Roger II. Und wäre es nur die Hälfte von all dem, wer dürfte sich messen lassen mit Kaiser Friedrich II.?"

Hugolin kam sich erbärmlich vor. Der Erzbischof hingegen blickte besorgt auf den Kaiser. „Hier stehe ich", sprach Friedrich, „und weiß, dass es höher hinaus nicht mehr geht." Er holte tief Luft: „Und nun soll ich über das Meer fahren, womöglich, um alles zu verlieren? Mein Sohn wurde jüngst zum Mitkönig gekrönt. Alles ist vorbereitet, der Zeit Friedrichs ein Ende zu setzen." Berard erhob vorsichtig die Stimme und sprach: „Friedrich, mein Freund und mein Kaiser, niemand wünscht, dass diese Herrschaft je zu Ende geht, du bist vor kurzem zum Kaiser gekrönt worden. Eine lange und ruhmreiche Zeit ist dir beschieden!" „Ja, ja", entgegnete Friedrich, „so sieht die Welt den Kaiser, so sieht dieser arme Ritter seinen Herrscher. Aber ich weiß es besser: Der Mensch sinkt schneller in den Staub, als er es glauben mag. Und wenn nicht, wer versteht, wie schwer der Weg war, all dies zu erreichen – zu erreichen, was mir von Kindheit an versprochen war?" Berard schaute Friedrich an und nickte leicht. Der Kaiser fuhr fort: „Ich liebe Vögel und ich bewundere sie. Sie erscheinen mir manchmal als die vollkommensten Geschöpfe. Wüsste ich nicht von der Mutter Kirche, dass es einen Gott gibt, spätestens beim Studium der Vögel müsste ich zum Glauben an einen großartigen Schöpfer gelangen. Wir sehen es jeden Tag und verstehen es doch nicht: Es sind Wesen – Wesen aus Fleisch und Blut – die fliegen können und dem Licht entgegenstreben. Manche von ihnen gleiten nicht nur durch die Lüfte, sie vermögen sogar in der Luft zu stehen. Darunter befindet sich eine Falkenart, die ich ganz besonders liebe. Es ist der Tinnunculus-Falke. Es ist kein seltener Vogel, aber gerade weil man ihn überall antrifft, schätze ich ihn als treuen Begleiter. Er wäre geeignet, im Tierreich ein Abbild der kaiserlichen Macht abzugeben, weil er überall dort seine erhabene Gegenwart zeigt, wo sich auch das Reich erstreckt. Aber davon möchte ich nicht sprechen. Es ist schwierig, Falken zu züchten, überhaupt Vögel zu züchten und zu zähmen. Meine Gesandten berichten, dass es in Afrika und Asien noch viele Vogelarten gibt, die man in Europa nicht kennt und deren Pracht die Pracht europäischer Vögel bei weitem übertrifft. Ich liebe Vögel, wie man weiß. Vögel geben uns Hoffnung, dass sich Geschöpfe erheben können über ihre traurigsten Zustände. Und mit Vögeln zu jagen, ist eine hohe Kunst. Ihre Wildheit genau so weit zu zähmen, dass man mit ihnen eine Jagdgemeinschaft eingehen kann, bedarf einer großen Erfahrung und Kenntnis. Liebend gern würde ich aufbrechen, um die Vögel des Heiligen Landes zu beobachten und einige mit nach Sizilien zu bringen."

Weder der Erzbischof noch der Ritter wagten, die Gedanken des Kaisers zu stören. Dieser fuhr fort: „Nicht der Falke, der Adler ist das Symbol kaiserlicher Macht. So haben es meine Vorfahren gepflegt, bereits in den Tagen des Augustus soll es so gewesen sein. Der Adler gilt als unbesiegbar. Wer ihn töten will, muss sich an die junge Brut heranschleichen und in einem feigen Moment, in dem kein ausgewachsenes Tier den Nachwuchs verteidigt, zuschlagen. So hat man versucht, Friedrich, den jungen Adler, zu töten. Welcher Kaiser musste jemals auf einem öffentlichen Platz geboren werden? Meine Mutter glaubte wohl, dass nur diese öffentliche Geburt die Möglichkeit böte, die Welt von meiner Existenz und von meiner Abstammung zu überzeugen. Vielleicht wollte sie damit auch etwas ganz anderes sagen. Denn ‚Jesi‘, die Stadt meiner Geburt, klingt nicht zufällig wie ‚Jesus‘, und der Tag meiner Geburt, der 26. Dezember, folgt nicht zufällig dem Weihnachtstag, der Geburt des Herrn. Möglicherweise wählte meine Mutter diesen Ort, um zu sagen: Jesi ist das neue Bethlehem – Bethlehem, die Stadt des großen Königs David – Bethlehem, die Stadt Jesu Christi – der zu Zeiten des Friedenskaisers Augustus lebte und wirkte. Auch ich hatte, wie Jesus und David, mächtige Feinde. Kurz nach meiner Geburt verschworen sich sizilianische Adlige gegen meine Familie – aber die Verschwörung wurde aufgedeckt. Zwei Jahre hatte ich das Licht der Welt gesehen, da wählten mich die deutschen Fürsten zum König. Aber erst 15 Jahre später wurde diese Wahl bestätigt. Mein Vater starb, bevor ich drei Jahre erreicht hatte. Ich war noch keine vier Jahre alt, da verschied auch meine Mutter. Kurz zuvor war ich zum König Siziliens gekrönt worden. Aber in meinem Namen hatte meine Mutter auf die Krone des Reiches verzichten müssen, da man von dem kleinen Kind befürchtete, es könnte zu viel Macht ansammeln. Es ist die Krone, die mich mit meinen geliebten Eltern verbindet. Die Krone ist geblieben und die Krone verpflichtet mich. Ich war vier Jahre alt und hatte bereits beide Eltern und den Anspruch auf das Reich verloren. Sogar die Königskrone Siziliens wollte mir der Braunschweiger abjagen. Sieht so die Kindheit eines Herrschers aus? Habe ich nicht genug erlitten? Nach der Ermordung meines Onkels, des Königs Philipp, hatte ich keinen starken Verteidiger mehr. Otto von Braunschweig, frisch zum Kaiser gekrönt, zog mit seiner Streitmacht gegen das Königreich Sizilien. Nicht einmal der päpstliche Bann konnte ihn davon abhalten. Keiner der Reichsfürsten entsandte eine Gegenstreitmacht. Otto hatte große Teile des Königreichs an sich gerissen und stand kurz vor Messina, um mir die Herrschaft endgültig zu entreißen. Erst in diesem Moment erfuhr er: Die Reichsfürsten wollten mich mit Unterstützung des Papstes an seiner Stelle zum Herrscher des Reiches machen. Nur so konnte die Eroberung Siziliens abgewendet werden. Aber zwischen Otto und mir begann ein Wettlauf um die Herrschaft im Norden. Ich musste so schnell wie möglich in die deutschen Lande. Otto befand sich im vollen Mannesalter, ich war erst 17 Jahre alt. Er hatte ein Heer an seiner Seite, war sich der Unterstützung vieler Städte sicher und besaß Machtmittel, die Gebirgspässe zu sperren, damit ich die deutschen Lande nicht erreichen würde. Auf dem Weg hätten mich die Mailänder beinahe gefangen, nur mit knapper Not bin ich ihren Häschern entkommen, und durch die Berge suchte ich beinahe schutzlos, nur mit wenigen Getreuen, meinen Weg, quälte mich durch versteckte Täler und über geheime Pässe und musste mich stets vor meinen Feinden verbergen. Du, Berard, warst dabei, du weißt, in welchen Gefahren wir uns befanden. Als wir die Stadt Konstanz erreichten, war alles schon vorbereitet, um nicht mich, sondern Otto aufzunehmen. Ohne dein wirkungsvolles Auftreten im Namen der Kirche, Berard von Castanea, und ohne die Unterstützung meiner geliebten Schwaben wäre ich vielleicht gescheitert. So aber nahm mich Konstanz auf, und schließlich wählten mich die Reichsfürsten zum König – obwohl diese Wahl eigentlich bereits viele Jahre zuvor zu meinen Gunsten entschieden worden war. Noch lange Zeit machte mir Otto die Krone streitig, und am Ende war es ein Sieg des französischen Königs über Otto von Braunschweig, welcher mir die Herrschaft sicherte. Das war ein sehr langer Weg, um zu erlangen, was mir von der Wiege an zugedacht war."

Kaiser Friedrich atmete schwer. Berard, der das Schicksal des Kaisers genau kannte und ihm stets treu gedient hatte, blickte sorgenvoll in den Raum. Hugolin kämpfte innerlich mit den Tränen. Er hatte sich selbst so oft bedauert, nun aber musste er sehen, wie schwer es sein Kaiser hatte. Gewiss, viele Umstände waren bekannt, die Kämpfe zwischen Philipp und Otto sowie zwischen Otto und Friedrich hatten das ganze Reich erschüttert. Aber jetzt sah jedermann in Friedrich den Herrscher und dachte nicht daran, dass auch er ein kleines Kind gewesen war – ein Kind, das ohne seine Eltern aufzuwachsen hatte.

„Der kaiserliche Vogel ist der Adler", sprach Friedrich, „aber ein junger Adler ist angewiesen auf den Schutz seiner Eltern. Er kann sehr früh fliegen und wird beizeiten selbstständig. Als ich ein junger Adler war, hatte ich einen mächtigen, ausgewachsenen Adler zu meinem Feind. Darüber hinaus warteten zahlreiche Eulen darauf, mich des Nachts zu überwältigen." Hugolin verstand, dass mit dem älteren Adler Kaiser Otto gemeint sein musste, wer aber sollten die Eulen sein? Friedrich ballte seine Hände zu Fäusten und knurrte: „Otto kam im hellen Tageslicht. Er gab sich keinerlei Mühe, seine räuberische Absicht zu verbergen. Aber die Barone in meinem Königreich Sizilien, die von meiner Gnade lebten, sie warteten nur auf eine Schwäche, um mich loszuwerden. Die Verräter wurden bestraft, bitter bestraft. Aber insgeheim lauern ihre Nachfolger darauf, dass ich vor den Toren Jerusalems sterbe – unter dem Pfeilhagel des Feindes oder durch eine Seuche."

Hugolin hätte am liebsten das Wort ergriffen und versprochen, den Kaiser mit seinem Leben zu beschützen, aber er spürte, dass sich dies nicht geziemte und vielleicht sogar lächerlich wirken könnte. So schwieg er. Stattdessen sprach nun der Erzbischof: „Die Macht deines Sohnes Heinrich wurde von den deutschen Fürsten bestätigt. Seine Königsherrschaft ist gefestigt. Nun wurde er auch in Aachen gekrönt. Man wird kaum wagen, die kaiserliche Familie in Frage zu stellen, wenn du ins Heilige Land aufbrichst." Friedrich erwiderte: „Das ist meine Hoffnung, aber Heinrich, mein Sohn, ist noch ein Kind. Er muss älter werden und stärker – und zugleich beweisen, dass er seinem Vater die Treue hält. Ihm die Königsherrschaft Siziliens zu übergeben, ist nicht möglich. Auch der Papst würde diesem Versuch entgegentreten. Ich kann jetzt nicht ins Heilige Land aufbrechen. In meinem Rücken würde das Reich vielleicht zerbrechen. All dies zu Gottes Ehre auf mich zu nehmen, wäre rühmlich, aber wenn man es unter weltlichen Gesichtspunkten betrachtet – und ein Kaiser muss auch dies tun –, so würde mein Kampf vor allem der Königin von Jerusalem dienen, die selbst noch ein kleines Mädchen ist. Darf man vom Kaiser des Römischen Reiches tatsächlich erwarten, dass er im Königreich einer Jolante von Brienne kämpft, wo die Tempelritter mehr bestimmen als Kaiser und Papst?"

„Bedenke, erhabener Herrscher", sprach der Erzbischof, „es droht noch eine andere Gefahr. Denn in Rom überlegt man, ob und wann der Kirchenbann gegen dich verhängt werden soll." Friedrich widersprach: „Nein, das wird so schnell nicht geschehen. Ich stand immer im Schutz der Kirche. Als meine Mutter starb und ich keine Eltern mehr hatte, wurde der Papst selbst mein Vormund. Der Papst war es, der meine Frau, die Kaiserin, ausgesucht hat, Konstanze von Aragon. Ohne sie wäre meine Herrschaft vielleicht schon im Keim erstickt worden. Sie war die treueste Gefährtin, die es geben konnte, die würdigste Kaiserin, die jemals auf Gottes Erden wandelte. Wäre sie noch hier, ich könnte beruhigt aufbrechen nach Jerusalem, sie würde das Reich verwalten und jeden Schaden abwenden."

Nach diesen Worten schwieg der Kaiser. Hugolin hatte fast den Eindruck, Friedrich würde mit den Tränen kämpfen. Da ging der Herrscher schnellen Schrittes zu einer Tür und verschwand. Der Erzbischof zögerte kurz, ob er Friedrich folgen sollte, dann wandte er sich an den Ritter und sagte eindringlich: „Der Schmerz über den Verlust der Kaiserin ist für uns alle noch sehr frisch. Ritter, du warst Zeuge eines Gesprächs, das nicht für deine Ohren bestimmt war. Ich kenne nicht den Grund, warum der Imperator in deiner Gegenwart so offen redet. Vielleicht hast du mit deinem Falken sein Herz gefangen. Jedenfalls: Versprich, Stillschweigen über alles, was du gehört hast, zu bewahren! Der Kaiser hat sich als Mensch gezeigt, weil er dir vertraut. Aber er hat mächtige Feinde, die jede Schwäche ausnutzen würden, um ihm zu schaden." Der Ritter von Bärenfels versprach, was der Erzbischof von ihm verlangte und zog sich nachdenklich zurück, während Berard seinem Herrn nacheilte.

Ж

Ritter Hugolin kehrte zu seiner Frau zurück, die sofort erkannte, in welch aufgewühlter Verfassung sich ihr Mann befand. Darauf angesprochen gab Hugolin von sich: „Carolina, du darfst mich niemals fragen, was ich heute gehört habe. Ich musste dem Erzbischof Stillschweigen geloben. Der Kaiser äußerte die tiefsten Gedanken seines Herzens. Ich darf darüber nicht sprechen." Carolina blickte ihn besorgt an: „Es ist selten ein Segen, von einem Höheren ins Vertrauen gezogen zu werden. Oftmals folgt ein tiefer Fall. Denn die Herrschenden schämen sich ihrer menschlichen Regungen und stoßen alle von sich, die Zeugen solcher Regungen geworden sind. Sag bitte nur eines: Droht uns Gefahr?" „Nein, nein, gewisslich nicht", entgegnete Hugolin, „unser Kaiser ist ein kluger und weiser Mann. Er geht hart mit seinen Feinden und mit Verrätern um, aber dazu gehören wir nicht. Sei unbesorgt darüber, aber lass uns heute für die verstorbene Kaiserin beten und dass der Kaiser ihren Verlust überwinden wird, ohne dass seine Seele Schaden daran nimmt." Carolina stellte keine weiteren Fragen.

Bereits am nächsten Tag wurden Hugolin und Carolina zu Friedrich gerufen. Wie bei der ersten Begegnung warf sich der Ritter zu Boden und erfüllte alle zeremoniellen Pflichten, die es einzuhalten galt. Carolina tat es ihm gleich. Mit keiner Andeutung ließ sich Hugolin anmerken, dass der Herrscher ihn auf besondere Weise ins Vertrauen gezogen hatte, sondern wartete auf Friedrichs Worte, welcher schließlich sprach: „Ritter Hugolin von Bärenfels, du wirst gemeinsam mit deiner reizenden Frau Carolina zu deiner Stammburg zurückkehren und alles Notwendige ordnen. Solltest du danach bereit sein, deinen Kaiser ins Heilige Land zu begleiten, dann folge meinem Aufruf, sollte er in deutschen Landen zu vernehmen sein. Ich brauche keine Raufbolde, sondern Ritter mit Herz, Edelmut und Verstand. Ein Mann mit deiner Erfahrung und deiner Klugheit könnte in meinem Heer eine bedeutsame Position einnehmen. Du könntest stolz darauf sein, und ich verspreche dir, dass du kein unschuldiges Blut vergießen musst." Hugolin war erleichtert über die Worte Friedrichs, die keinerlei Vorwurf enthielten, dass der Ritter am Vortag Zeuge eines vertraulichen Gesprächs geworden war. Er antwortete: „Majestät, es gibt keine größere Ehre für einen Ritter, als für Euch und mit Euch zu kämpfen. Ihr sagt selbst, ich solle zunächst nach Bärenfels zurückkehren. Das möchte ich gerne tun, und ich denke, dass es dort sehr viel zu erledigen gibt. Graf Reginald muss zur Rechenschaft gezogen werden. Carolina wird Euch eine Abhandlung über die Falkenzucht schicken, vielleicht bereitet sie Euch ein wenig Freude. Wir danken Euch für Eure Gastfreundschaft und hoffen, Euch eines Tages auf Bärenfels als hohen Gast begrüßen zu dürfen."

Friedrich lächelte: „Sehr gerne würde ich dich besuchen kommen, aber es kann noch ein wenig dauern. Das Reich ist zu groß, um solche Reisen häufig zu unternehmen. Ich bin angewiesen auf treue Untertanen, wie du einer bist. In Friedenszeiten lebe ich am liebsten hier im Süden. Hier bin ich aufgewachsen, hier schlägt mein Herz. Ihr solltet euch das wundervolle Land anschauen. In Foggia lasse ich gerade eine neue Residenz erbauen. Sie wird großartig. Hütet euch aber vor Mailand und gebt in der Gegend dort nicht zu erkennen, dass ihr Freunde des Kaisers seid!" Hugolin und Carolina nickten, während der Kaiser fortfuhr: „Bevor ihr aufbrecht, müssen wir ein großes Fest feiern, zusammen mit euren Kindern und euren Getreuen. Auch Gernot soll zugegen sein. Wir werden das Beste essen, das Sizilien zu bieten hat, und vielleicht sogar seltene Tiere zu Gesicht bekommen, die mir aus Afrika gebracht worden sind."

Hugolin fühlte, dass er am Beginn eines neuen Lebensabschnitts stand. Als mittelloser Mann war er von Burg Bärenfels vertrieben worden. Nun sollte er das herrliche Italien durchqueren und mit großem Gefolge die Stammburg von der ungerechten Herrschaft des Grafen Reginald befreien. Wenn er an seine Frau und seine Kinder dachte, so erfüllte Freude sein Herz über eine glanzvolle Zukunft, die vor ihnen liegen mochte. Noch erschien alles ungewiss. Aber Hugolin von Bärenfels besaß nicht nur Tatkraft, sondern auch Verstand und Herz. Zudem war er sich der Unterstützung des Kaisers, vieler Freunde und seiner Familie, die er so sehr liebte, gewiss.

Zeittafel

*Die Handlung dieses Hugolin-Bandes spielt in den Jahren
1220 bis 1222*

1194 (26.12.) Geburt Friedrichs II. in Jesi (bei Ancona)

1196 (Weihnachten) Friedrich II. wird in Frankfurt zum
römisch-deutschen König gewählt

1197 (28.9.) Tod des Kaiser Heinrichs VI. (Friedrichs Vater)

1198-1216 Amtszeit (Pontifikat) des Papstes Innozenz III.

1198 Friedrich II. König von Sizilien

1198 (27.11.) Tod der Kaiserin Konstanze (von Sizilien;
Friedrichs Mutter)

1204 Eroberung Konstantinopels durch die Kreuzfahrer

1209 Hochzeit Friedrichs II. mit Konstanze von Aragon

1212-1216 Friedrich II. in Deutschland

1212 (Dezember) Friedrich II. wird in Frankfurt zum
römisch-deutschen König gewählt und in Mainz
gekrönt

1214 (27.7.) In der Schlacht von Bouvines unterliegt
Otto IV., Friedrichs Widersacher, dem französischen
König Philipp II. August

1215 (25.7.) Friedrich II. wird in Aachen zum römisch-
deutschen König gekrönt; erstes Kreuzzugsversprechen

1216-1227 Amtszeit des Papstes Honorius III.

1217-1221 Kreuzzug von Damiette

1218 (24.8.) Eroberung des Kettenturms von Damiette

1219 (16.1.) (Erste) Marcellusflut an der Nordseeküste,
zehntausende Tote, Entstehung des Zuiderzees (später
IJsselmeer)

1219 (Sommer) Franziskus predigt vor dem Sultan in
Ägypten

1219 (5.11.) Eroberung Damiettes

1220 (April) Heinrich (VII.), Sohn Friedrichs II., wird in Frankfurt zum römisch-deutschen König gewählt

1220 (22.11.) Kaiserkrönung Friedrichs II. und seiner Frau Konstanze in Rom; Erneuerung des Kreuzzugs-versprechens

1221 (August/September) Niederlage der Kreuzfahrer vor Damiette

1222 (12.4.) Papst und Kaiser treffen sich in Veroli

1222 (8.5.) Heinrich (VII.) wird in Aachen zum römisch-deutschen König gekrönt

1222 Aufstände der Muslime in Sizilien, Beginn ihrer Umsiedlung nach Apulien

1222 (23.6.) Kaiserin Konstanze stirbt in Catania

1225 (Juli) Im Vertrag von San Germano verpflichtet Papst Honorius III. den Kaiser, bis spätestens August 1227 zum Kreuzzug aufzubrechen

1225 (9.11.) Eheschließung Friedrichs II. mit Isabella von Brienne, Erbin des Königreichs Jerusalem; Friedrich II. übernimmt den Titel König von Jerusalem

1226 (Herbst) Emir Fahrraddin (Fach ad-Din Yusuf) reist im Auftrag des ägyptischen Sultans zu Friedrich II., um einen Kreuzzug des Kaisers zu verhindern

1227-1241 Amtszeit des Papstes Gregor IX.

1227 (September) Friedrich II. muss den Kreuzzug wegen einer schweren Seuche verschieben, nachdem er bereits in See gestochen war

1227 (29.9.) Papst Gregor IX. exkommuniziert Friedrich II.

1228 (25.4.) stirbt Isabella von Brienne, Friedrichs Frau, 17jährig bei der Geburt ihres Sohnes Konrad

1228 (28.6.) Friedrich bricht gegen den Willen des Papstes zum Kreuzzug auf

Der junge Ritter Hugolin von Bärenfels wird auf niederträchtige Weise von einem habgierigen Nachbarn seines Erbes beraubt und soll zwangsweise an einem Kreuzzug teilnehmen. Am Anfang der Abenteuer, die in diesem Band erzählt werden, steht ein schwerer Verlust. Doch der junge Mann stemmt sich gegen das widerwärtige Schicksal. Auf seinem Weg, der ihn vom Pfälzer Wald durch halb Europa bis nach Konstantinopel und schließlich nach Sizilien an den kaiserlichen Hof führt, begegnet Ritter Hugolin vielen außergewöhnlichen Persönlichkeiten, trifft seine große Liebe und kämpft mit gefährlichen Feinden. Ein zerrissenes Europa wirft viele Fragen auf, aber der Ritter findet seinen Weg und wächst an den Herausforderungen ...

Woher kommt die Idee zu diesem Buch? Viele Kinder- und Jugendbücher nehmen ihren Anfang mit Gute-Nacht-Geschichten, die Mutter oder Vater am Kinderbett erzählen. Solche Erzählsituationen haben etwas Magisches, aber sie sind manchmal auch beschwerlich, ganz besonders wenn man nicht pausenlos in wolkiger Inspiration schwebt. Doch um die erwartungsvollen Kinderaugen nicht zu enttäuschen, greift man zurück auf bewährte narrative Motive und Muster – Rittergeschichten sind bekanntlich voll davon. Kinder lieben solche Motive und Muster, sie bieten Vertrautheit und geben zu erkennen, wo für sie ganz persönlich etwas abgewandelt wird oder wo eine Figur frech-verwegen aus dem Schatten der Erwartungen tritt und ein besonderes Eigenleben entwickelt.

Unsere Kinder, meine Frau und ich gehören zu einer sogenannten Patchwork-Familie. Die Kinder haben jeweils einen Elternteil durch unerwarteten Tod verloren. Dieses Schicksal hat die drei in besonderer Weise zusammengeführt. Der Wunsch, ein Stück heile Welt zu schaffen, oder auch das Verlangen, Erfahrungen der eigenen Familiengeschichte erzählerisch zu verarbeiten, spielte eine Rolle, als ich die Figuren Kunibert und Fridolin erfand, der eine ein Ritter, der andere ein Drache. Diese beiden Figuren verband eine unverbrüchliche Freundschaft, sie durchstreiften auf ihren Abenteuern die menschliche Phantasie und erkundeten historische Schauplätze der Geschichte Europas. Dabei spielte es eine Rolle, die Landschaften und Kulturen einzubeziehen, die zu den lebenden und verstorbenen Eltern gehörten, vor allem Deutschland, Italien, Spanien und Griechenland.

Ein Buch zu schreiben ist etwas anderes, als Gute-Nacht-Geschichten zu erzählen. Ich begann mit dem Schreiben, als unsere Kinder sieben, zwölf und dreizehn Jahre alt waren. Aus Ritter Kunibert wurde Hugolin und aus dem Drachen ein Pferd, womit zugleich die Entscheidung zugunsten eines höheren Realitätsbezuges verbunden war. Aus anfänglichen Kindergeschichten entstand schließlich ein Jugendbuch. Im Laufe der Handlung sollte sich der Charakter des jungen Ritters aus einer gewissen Naivität heraus zu einer reiferen Persönlichkeit entfalten, wobei verschiedene Schicksalsschläge eine wichtige Rolle spielten. Seine Herzensdame, Carolina, musste eine starke Frau verkörpern, etwas anderes wäre in unserer Familie nicht denkbar und wünschenswert gewesen. Dabei sollte man nicht vergessen, dass es in der Zeit Hugolins durchaus starke oder sogar sehr starke Frauen gab. Dies gilt nicht nur für Kaiserinnen, Königinnen, Regentinnen und andere Frauen, die an der Herrschaft teilhatten oder diese eigenständig ausübten, sondern auch für viele Frauen aus einfachen Verhältnissen. Man denke beispielsweise an die Frauenbewegung der Beginen.

Hugolins Zeitgeschichte, das frühe 13. Jahrhundert, die Zeit des Stauferkaisers Friedrich II., empfand ich bereits im Kindesalter als faszinierend. Ausgehend von der Stauferstadt Schwäbisch Gmünd wanderten meine Eltern mit meinen Geschwistern und mir oftmals zu den drei Kaiserbergen Stuifen, Rechberg und Hohenstaufen. Dabei wurde ein Gefühl für die Bedeutung dieses Herrschergeschlechts geweckt. Eine große Stauferausstellung in Stuttgart (1977) nährte die Sympathie für Friedrich Barbarossa, Friedrich II. und auch für den unglücklichen jungen Konradin, mit dessen beklagenswerter Hinrichtung auf dem Marktplatz von Neapel 1268 die Geschichte der Stauferherrschaft endete. Das Stauferthema begleitete meine Familie auch später, nicht nur bei zahlreichen Besuchen der Kaiserpfalz Wimpfen oder der Kaiserdome am Rhein, sondern auch bei Reisen durch Italien, bis nach Palermo, wo heute noch die Hochgräber Friedrichs II., seiner Eltern, seines Großvaters und seiner ersten Frau in der Kathedrale zu sehen sind. Die politischen Wirren der Stauferzeit und die damit verbundenen Begegnungen zwischen unterschiedlichen Gruppen und Kulturen bieten viele Bezugspunkte für Erfahrungen, die junge Menschen auch heute teilen, wenngleich sie hoffentlich friedlicher leben dürfen als die Zeitgenossen Friedrichs II. In jedem Fall lassen sich aus Hugolins und Carolinas Abenteuern spannende Eindrücke gewinnen, die auch die Bedeutung und inneren Zusammenhänge Europas veranschaulichen. Die Handlung wurde so gestaltet, dass sie im historischen Kontext hätte stattfinden können, aber das Buch beansprucht nicht, die mittelalterlichen Verhältnisse in jeder Hinsicht originalgetreu zu rekonstruieren. Vielmehr geht es um die Begegnung mit den historischen Wurzeln Europas und um das Experiment, wie sich ein junger Charakter durch die abenteuerlich-schwierigen Lebensbedingungen mittelalterlicher Zeiten schlägt. Es ist unwahrscheinlich, dass ein junger und unbedeutender Ritter wie Hugolin seinem Kaiser so nahekommen konnte, wie dies in der Handlung geschieht, aber es war immerhin möglich und führt den Leser in eine spannende und aspektreiche Welt. Dies gilt für viele Handlungen und Details der Erzählung. Während die Hugolin-Handlung also erfunden ist, hält sich die Rahmenhandlung an die historischen Gegebenheiten.

In der einleitenden Passage wird vorgeschlagen, von „Ritterzeit" statt von „Mittelalter" zu sprechen. Der Begriff „Mittelalter" ist letztlich eine sehr oberflächliche und einseitige Bezeichnung für die tausendjährige Periode zwischen Niedergang des weströmischen Reiches und Beginn der Renaissance. Für Rom selbst mag die Epochenbezeichnung Mittelalter – mit den allgemein damit verbundenen

Vorstellungen – eine hohe Gültigkeit haben, für viele andere Teile der Welt erscheint sie aber als unpassend. Im 5. Jahrhundert setzt der Niedergang der Stadt Rom ein. Jahrhundertelang wurde die Stadt immer wieder erobert, geplündert, verwüstet. Der oströmische Reichsteil existierte – mit Tiefen, aber auch mit glanzvollen Höhen – bis 1453. Die Bezeichnung dieses Reichtsteils als „byzantinisch" ist ähnlich unpassend wie der pauschale Mittelalterbegriff. Die Bezeichnung „byzantinisch" verdunkelt die tatsächlichen Verhältnisse. Denn die Bürger im Herrschaftsbereich der Kaiserstadt Konstantinopels haben sich selbst niemals als „Byzantiner" bezeichnet. Sie waren Römer, außerdem vielleicht Regionalisten, z. B. Mazedonier oder Kreter. Im Norden Europas kam es während der Zeit des sogenannten Mittelalters – im Vergleich zur Antike – zu dynamischen Entwicklungen, z. B. durch die Karolinger, durch die Ottonen, Salier oder Staufer, durch die Plantagenets, Kapetinger oder Bourbonen, durch die Habsburger, Arpaden oder Piasten – und durch die vielen, die unter ihrer Regierung lebten und arbeiteten –, durch die romanischen Kirchbauten oder durch die gotische Kathedralbaukunst. Es wäre nicht angebracht, diese Entwicklungsphasen als grundsätzlich rückschrittlich zu verstehen. Auch und besonders in Italien zeigte sich während des sogenannten Mittelalters eine dynamische Entwicklung – beispielsweise in den Republiken Venedig, Genua, Pisa oder Amalfi. Die Stadt Rom selbst spielte auch in dieser Zeit eine Rolle und leuchtete noch im Glanz vergangener Größe, aber erst mit Beginn der Renaissance erstarkte Rom wieder zu einer echten Metropole mit großer Strahlkraft.

Für die Stadt Rom kann das Mittelalter als ein finsteres Zeitalter gelten, für viele andere Teile Europas nicht oder zumindest nicht pauschal. Dies anzuerkennen bedeutet umgekehrt nicht, das sogenannte Mittelalter als eine ideale Zeit zu verherrlichen. Es gab furchtbare Irrtümer, sinnlose Grausamkeiten und gravierende Fehlentwicklungen – aber dies gilt eben auch für die vorausgehende und nachfolgende Zeit. Die menschlichen Leidenschaften haben sich nicht *grundlegend verändert, zu allen Zeiten sorgten sie für Krieg, Ungerechtigkeit, Unterdrückung und Verblendung. Es lässt sich kaum bezweifeln, dass das 20. Jahrhundert als das bisher grausamste in der Menschheitsgeschichte gelten kann. Wir kennen noch nicht die Bilanz des 21. Jahrhunderts. Auch sollten wir nicht vergessen, dass das heutige Europa im Mittelalter geboren wurde. Der Kulturraum des Römischen Reiches der Antike war das Mittelmeer, nicht das geographische Europa. Europa, in der Antike gezeugt, wurde im Mittelalter geboren. Auch deshalb verlangt diese Zeit eine differenzierte Sicht.*

Das Rittertum zählt zu den faszinierendsten Phänomenen der europäischen Geschichte. Dies hat mit der Aura von Abenteuer, Heldentum und Edelmut zu tun, aber auch mit der Wirkung, die das Rittertum in gesellschaftlicher und pädagogischer Hinsicht erzielte. Ritterlichkeit gehörte über Jahrhunderte hinweg zu den großen gesellschaftlichen Idealen – und somit auch zu den pädagogischen Zielsetzungen. Es ging dabei um eine personalisierende und emotionalisierende Vermittlung tugendhafter Werte wie Tapferkeit, Ehre, Treue, Glaube, Ehrlichkeit, Selbstbeherrschung, Dienstbereitschaft, Großzügigkeit, Gerechtigkeit und anderer erstrebenswerter Eigenschaften, die sich in der Idealgestalt des Ritters kristallisierten. Die Wirkung des Ritterideals war so groß, dass selbst Könige und Kaiser der Ritterlichkeit nacheiferten und sich gerne ritterlicher Tugenden rühmen ließen. Ein besonders herausragendes Beispiel hierfür ist König Richard Löwenherz, dessen ritterliche Tapferkeit sogar bei seinen Feinden hohe Anerkennung fand. Sultan Saladin beispielsweise soll Richard während eines Kampfes vor Jaffa Ersatzpferde geschickt haben, nachdem er beobachtet hatte, dass Richards Pferd getötet worden war.

Das Rittertum bot – zumindest phasenweise – eine ungewöhnliche Chance gesellschaftlichen Aufstiegs und eröffnete in einer Welt strenger sozialer Ordnung die Möglichkeit individueller Entwicklung. Unabhängig von günstigen oder ungünstigen Umständen war der Ritter in erster

Linie selbst verantwortlich für das eigene Leben und die eigenen Entscheidungen. Diese Freiheit verband sich oftmals mit den ritterlichen Untugenden der Maßlosigkeit und Selbstdarstellung. Auch hierfür bietet Richard Löwenherz ein anschauliches Beispiel. Bei der Eroberung der Festungsstadt Akkon im Sommer 1191 ließ Richard das Banner des verbündeten Herzogs von Österreich in einen Graben werfen, um dessen Beuteansprüche auszuschalten und die eigenen Leistungen bei der Eroberung herauszustellen. Diese Demütigung musste der englische König teuer bezahlen. Auf der Rückreise in die Heimat ließ ihn der Herzog von Österreich verhaften. Über ein Jahr verbrachte Richard Löwenherz in Gefangenschaft und wurde erst nach einer hohen Lösegeldzahlung wieder freigelassen.

Ritterliche Freiheit hat etwas Archaisches und Eigenmächtiges. Unerbittlich führten Ritter Fehden gegeneinander, wenn sie sich in ihrer Ehre oder in ihren Rechten verletzt sahen. Weder Herrscher noch Päpste konnten dieses Verhalten wirksam zügeln. Sogar im 19. Jahrhundert waren bei Ehrverletzungen noch – verbotene – Duelle üblich, die auf einer archaisch anmutenden Eigenmächtigkeit beruhten. Zweikämpfe und Turnierkämpfe mit Selbstdarstellern finden heute noch auf Schulhöfen und in Sportstadien statt, sie sind aber nicht mehr repräsentativ, stellen eher eine Unterbrechung des alltäglichen gesellschaftlichen Lebens dar. Die Übertreibungen ritterlicher Freiheit und Eigenmächtigkeit waren früher am besten zu zähmen, wenn sich Ritter in den Dienst einer großen Sache stellten. Dazu boten die Kreuzzüge scheinbar ideale Bedingungen. Viele Ritter entwickelten beim Zug ins Heilige Land höchste Aufopferungsbereitschaft. Die religiöse Weihe solcher Ritterzüge gipfelte in der Gründung von Ritterorden, die die militärische Tradition des Rittertums mit der klösterlichen Lebensweise des Mönchtums verbanden. In diesem Zusammenhang dürfte die ritterliche Kultur ihren Höhepunkt, aber auch ihren Wendepunkt erreicht haben. Selbstbestimmung und Selbstdarstellung des Ritters waren durch die Ordensregeln aufgehoben. In den Kreuzzügen zeigten sich strategische und logistische Grenzen der kämpfenden Reiter. Ihr religiöses Ideal wurde aufgrund zahlloser Entgleisungen der in sich fragwürdigen Kreuzzugsbewegung einem selbstzerstörerischen Prozess ausgesetzt. All dies spielt für die Abenteuer des Ritters Hugolin eine Rolle.

Vor allem meine Kinder Philipp, Marc und Isabel, meine Frau Barbara, unsere Nachbarin Kerstin und mein Bruder Meinrad schufen die Motivation, dieses kleine Buch zu schreiben und zu überarbeiten. Sie wurden Fans und Kritiker, wofür ich ihnen sehr dankbar bin. Zahlreiche Anregungen verdankt dieses Buch außerdem Dr. Julia Becker, Hansjörg Schächtelin und Ingo Schlüchtermann. Philipp erstellte einige Bilder, die das Buch bereicherten, Helmut Daigger schuf das Titelbild. Als mir die Kinder zum 50. Geburtstag eine gebundene Fassung der Hugolin-Abenteuer schenkten und mich aufforderten, endlich mit dem Drucken zu beginnen, machte ich mich auf den Weg. Es fand sich eine gute Book-on-Demand-Publikationsmöglichkeit, damit auf diesem Weg auch andere freundliche Leser die Abenteuer des Ritters Hugolin und seiner Gefährtin Carolina verfolgen können.

Benedikt Mancini

Weitere Informationen und Material über Hugolin von Bärenfels und seine Zeit finden sich auf der Website **www.hugolin.eu** .

Folgebände zu den Abenteuern Hugolins von Bärenfels sind in Vorbereitung.

Benedikt Mancini
Die Abenteuer des Ritters Hugolin von Bärenfels – Band 1: Der Schwur

3. Auflage (2020)

Herstellung und Verlag:
BoD – Books on Demand
Norderstedt

ISBN 978-3-746-04457-6